ANJOS EM CHAMAS

BEAR GRYLLS

ANJOS EM CHAMAS

Tradução de
ROBERTO MUGGIATI

1ª edição

EDITORA RECORD
RIO DE JANEIRO • SÃO PAULO
2016

CIP-BRASIL. CATALOGAÇÃO NA PUBLICAÇÃO
SINDICATO NACIONAL DOS EDITORES DE LIVROS, RJ

Grylls, Bear, 1974-
G942a Anjos em chamas / Bear Grylls; tradução de Roberto Muggiati. – 1ª ed. – Rio de Janeiro: Record, 2016.
434 p.; 23 cm.

Tradução de: Burning Angels
Sequência de: Voo fantasma
ISBN 978-85-01-07321-1

1. Ficção britânica. I. Muggiati, Roberto. II. Título.

16-33710 CDD: 823
CDU: 821.111-3

Título original: Burning Angels

Publicado originalmente na Grã-Bretanha em 2016 por Orion Books, um selo do The Orion Publishing Group Ltd, Londres, uma empresa do grupo Hachette UK.

Texto revisado segundo o novo Acordo Ortográfico da Língua Portuguesa.

Editoração eletrônica: Abreu's System

Direitos exclusivos de publicação em língua portuguesa somente para o Brasil adquiridos pela
EDITORA RECORD LTDA.
Rua Argentina, 171 – Rio de Janeiro, RJ – 20921-380 – Tel.: (21) 2585-2000,
que se reserva a propriedade literária desta tradução.

Impresso no Brasil

ISBN 978-85-01-07321-1

Seja um leitor preferencial Record.
Cadastre-se no site www.record.com.br e receba informações sobre nossos lançamentos e nossas promoções.

Atendimento e venda direta ao leitor:
mdireto@record.com.br ou (21) 2585-2002.

Para Roger Gower, morto por caçadores ilegais enquanto fazia rondas aéreas de conservação ambiental sobre a África Oriental, e para o Roger Gower Memorial Fund e o Tusk Trust, duas importantes organizações de caridade para a conservação da natureza.

AGRADECIMENTOS

Um muito obrigado às seguintes pessoas: as agentes literárias da PFD, Caroline Michel, Annabel Merullo e Laura Williams, por seu trabalho duro e grande esforço no apoio à publicação deste livro; Jon Wood e Jemima Forrester e todos na Orion — Malcolm Edwards, Mark Rusher e Leanne Oliver, que formam a "Equipe Grylls". Gostaria de agradecer também a todos na BGV, por tornarem o lado cinematográfico da série de suspense de Will Jaeger uma realidade tão empolgante.

Meus agradecimentos também a: Hamish de Bretton-Gordon, Ollie Morton e Iain Thompson, da Avon Protection, por suas sugestões, conselhos e conhecimento inestimáveis em tudo relacionado aos riscos QBRN e suas sugestões quanto aos aspectos químico, biológico e nuclear deste livro, incluindo as medidas de defesa e segurança. Chris Daniels e todos na Hybrid Air Vehicles, por seu conhecimento e experiência únicos em tudo o que diz respeito a Airlanders e por alargarem os limites do que é possível com este tipo de aeronave; Paul e Anne Sherrat, pelas informações importantes sobre as relações na Guerra Fria imediatamente após a Segunda Guerra Mundial; e Peter Message, pela leitura crítica vigorosa nos estágios iniciais do manuscrito deste livro.

E um último agradecimento especial a Damien Lewis, por ajudar a desenvolver o que descobrimos juntos no baú de guerra identificado como "confidencial" do meu avô. Dar vida àqueles documentos, lembranças e artefatos num contexto tão moderno é algo brilhante.

NOTA DO AUTOR

Meu avô, brigadeiro William Edward Harvey Grylls, da 15ª/19ª cavalaria dos King's Royal Hussars, condecorado com a medalha de Oficial da Mais Excelente Ordem do Império Britânico, foi comandante da Target Force — unidade secreta estabelecida a pedido de Winston Churchill no fim da Segunda Guerra Mundial. A unidade foi uma das equipes de operadores mais clandestinas já reunidas pelo Departamento de Guerra, e sua tarefa era, predominantemente, rastrear e proteger tecnologias secretas, armas, cientistas e oficiais nazistas de alta patente, para servir aos Aliados contra a nova superpotência mundial e inimiga de todos: os soviéticos.

Ninguém da nossa família tinha conhecimento da atuação do meu avô como comandante da T-Force até muitos anos depois de sua morte e da liberação de informações confidenciais do governo nos termos da regra dos setenta anos do Official Secrets Act — o que deslanchou o processo de descobertas que inspirou este livro.

Meu avô era um homem de poucas palavras, mas tenho lembranças muito afetuosas dele de quando eu era criança. Adepto do cachimbo, enigmático e com um humor rascante, era adorado por aqueles a quem liderou.

Para mim, porém, foi sempre apenas o vovô Ted.

Daily Mail, agosto, 2015

ENCONTRADO TREM DE OURO NAZISTA: CONFISSÃO EM LEITO DE MORTE LEVA CAÇADORES DE TESOUROS A LOCALIZAÇÃO SECRETA, ENQUANTO OFICIAIS POLONESES AFIRMAM TER VISTO PROVAS NO RADAR.

Um trem nazista carregado de ouro foi encontrado na Polônia após o homem que ajudou a escondê-lo no fim da Segunda Guerra Mundial revelar sua localização numa confissão em seu leito de morte. Dois homens, um alemão e um polonês, afirmaram na semana passada ter encontrado o trem — supostamente contendo o tesouro — nas proximidades da pequena cidade de Walbrzych, no sudoeste da Polônia.

Piotr Zuchowski, oficial da Conservação e Patrimônio Nacional da Polônia, disse: "Não sabemos o que há dentro do trem. Provavelmente equipamentos militares, mas também joias, obras de arte e documentos de arquivo. Trens blindados deste período eram usados para carregar itens de altíssimo valor, e este é um deles."

Rumores disseminados pela região afirmam que a Alemanha nazista encomendou que uma enorme malha ferroviária subterrânea contornando o gigantesco castelo de Ksiaz fosse construída para esconder bens valiosos do Terceiro Reich. Prisioneiros dos campos de concentração foram usados na construção dos imensos túneis — que tinham por codinome Riese (Gigante) —, mais tarde empregados como espaço para a produção de armas estratégicas, uma vez que o local ficava protegido dos ataques aéreos dos Aliados.

The Sun, outubro, 2015

A história nos conta que o regimento SAS, o Serviço Aéreo Especial Britânico, criado em 1942, foi dissolvido em 1945... Mas um novo livro escrito pelo renomado historiador Damien Lewis revela que, na verdade, uma única e secreta unidade do SAS composta por treze homens continuou em combate. O grupo passou a "atuar nas sombras" a partir do fim da guerra, quando deu início a uma missão não oficial para caçar os criminosos de guerra nazistas.

O objetivo era encontrar não somente os monstros da SS e da Gestapo que assassinaram seus camaradas capturados, mas também as centenas de civis franceses que tentaram ajudá-los. Em 1948, a equipe já havia capturado mais de cem dos piores assassinos da guerra — muitos dos quais haviam escapado de ter de enfrentar a justiça em Nuremberg em 1945 e 1946 — e os levado a julgamento.

Esta minúscula unidade do SAS, apelidada de "os Caçadores Secretos", era comandada de um quartel-general fantasma baseado no Hyde Park Hotel, em Londres. Fora fundada sem qualquer tipo de registro por um aristocrata russo exilado a serviço do Departamento de Guerra Britânico, o príncipe Yuri Galitzine.

E foram integrantes deste grupo os primeiros a descobrir a total extensão dos campos de extermínio... O campo Natzweiler, próximo a Estrasburgo, fora cenário de experimentos terríveis nas mãos dos nazistas. Foi ali que o comandante Josef Kramer realizou experimentos com a técnica de usar gás para matar os prisioneiros judeus.

....

BBC, janeiro, 2016

ÖTZI, O HOMEM DO GELO, SOFRIA DE UMA INFECÇÃO BACTERIANA, DIZEM PESQUISADORES

Bactérias extraídas das entranhas de uma múmia de 5.300 anos mostram que ela estava sofrendo de uma infecção bacteriana, segundo descoberta de cientistas. Ötzi, o Homem do Gelo, nome dado ao corpo congelado descoberto nos Alpes em 1991, tinha uma infecção bacteriana comum hoje em dia, disseram os pesquisadores.

Uma análise genética da bactéria — *Helicobacter pylori* — foi realizada, ajudando a traçar o histórico do micro-organismo, intimamente relacionado à história da migração humana.

O professor Albert Zink, chefe do Instituto de Múmias e do Homem do Gelo na Academia Europeia em Bolzano, disse: "Um dos primeiros desafios foi obter amostras do estômago sem causar dano à múmia. Assim, tivemos que descongelá-la por completo para então finalmente conseguir acesso por uma abertura..."

Capítulo 1

16 de outubro de 1942, geleira de Helheim, Groenlândia

O tenente da SS Herman Wirth afastou com a mão os flocos de neve que rodopiavam, obscurecendo sua visão. Obrigou-se a chegar mais perto, de modo que seu rosto e o dela ficassem a uma distância de pouco mais de um palmo. Olhando fixamente através do gelo entre os dois, tomou um susto.

Os olhos da mulher estavam abertos, mesmo em seus espasmos finais. Eram, de fato, azuis como o céu — exatamente como ele sabia que seriam. Mas acabavam aí suas esperanças, de um jeito súbito e inesperado.

O olhar dela penetrava o dele. Enlouquecido. Desanimado. Morto como o de um zumbi. Um par quente de canos de arma fitando-o do bloco translúcido de gelo que a continha.

Por incrível que possa parecer, quando a mulher caíra rumo à morte e acabara sepultada dentro da geleira, estivera chorando lágrimas de sangue. Wirth podia ver o caminho por onde a vermelhidão lodosa e espumosa correra de suas cavidades oculares para acabar congelada e imortalizada.

Forçando-se a interromper o contato visual, ele desviou o olhar mais para baixo, na direção da boca. Uma boca com a qual passara inúmeras noites fantasiando, enquanto tremia com o frio ártico que se infiltrava até mesmo no grosso saco de dormir de penas de ganso em que dormia.

Idealizara mentalmente os lábios dela. Sonhara com eles sem cessar. Eram carnudos, com uma tonalidade esplendidamente rosada e tinha o formato de um beicinho, dizia a si mesmo; a boca de uma perfeita donzela alemã que esperara cinco mil anos para que um beijo a revivesse.

O beijo dele.

Quanto mais olhava, porém, mais sentia uma onda de asco lhe revirar as entranhas. Virou-se e sentiu ânsias de vômito em meio à rajada glacial de vento que fustigava e uivava pela fenda de gelo.

Aquele beijo seria na verdade o beijo da morte; o abraço de uma diaba.

A boca da mulher estava coberta por uma crosta de massa vermelho-escura — um bolo congelado de sangue que se projetava no gelo feito uma mortalha macabra em turbilhão. E, sobre a boca, do nariz também vazava uma enorme onda de fluido carmesim em uma hemorragia horripilante.

Ele baixou o olhar para a esquerda e para a direita, deixando os olhos passearem pela pele congelada e nua dela. Por algum motivo, esta mulher de tempos longínquos arrancara suas roupas antes de rastejar pelo lençol de gelo e tropeçar cegamente para dentro desta fenda que cortava a geleira. Acabara pousando sobre uma prateleira de gelo, congelando completamente em questão de horas.

Perfeitamente preservada… mas longe de ser perfeita.

Wirth mal conseguia acreditar, mas até nas axilas da mulher do gelo havia riscos formados por gotas grossas e longas de fluido vermelho. Antes de morrer — da forma como havia morrido —, aquela suposta deusa nórdica ancestral suara o próprio sangue.

Ele deixou o olhar ir ainda mais para baixo, temendo o que encontraria ali. E não se enganara. Um borrão grosso e congelado de vermelho cercava as partes íntimas da mulher. Mesmo deitada ali, com o coração dando suas últimas batidas, gotas espessas de sangue pútrido fluíram do meio de seus quadris.

Wirth se virou e vomitou.

Lançou o conteúdo de seu estômago através da malha de arame da jaula, vendo o líquido aquoso se esparramar nas sombras bem lá embaixo. Continuou até não ter mais nada para botar para fora, quando os espasmos secos deram lugar a arfadas curtas, lancinantes e dolorosas.

Então, com as mãos agarrando o arame, endireitou o corpo. Olhou rapidamente para cima, na direção dos holofotes ofuscantes que projetavam uma luz intensa e implacável sobre o obscuro abismo de gelo, refletindo tudo ao redor de Wirth num frenético caleidoscópio de cores congeladas.

A suposta Vár, de Kammler — sua amada princesa nórdica da antiguidade: bem, o general podia ficar com ela todinha para si!

Hans Kammler, general da SS: o que, em nome de Deus, Wirth diria — e mostraria — a ele? O famoso comandante viajara toda aquela distância para testemunhar aquela gloriosa libertação do gelo e a promessa de ressurreição da mulher, de forma que pudesse dar a notícia pessoalmente ao *Führer*.

O sonho de Hitler, finalmente realizado.

E agora isso.

Wirth forçou o olhar de volta para o cadáver. Quanto mais o analisava, mais horrorizado ficava. Era como se o corpo da donzela de gelo estivesse em guerra consigo mesmo; como se houvesse rejeitado as próprias entranhas, expelindo-as por cada orifício. Se havia morrido daquele jeito, com sangue e carne congelando no interior da camada de gelo, devia ter permanecido viva e sangrando por um tempo considerável.

Wirth não acreditava mais que a queda fenda abaixo a tivesse matado. Ou o frio. Teria sido obra de fosse lá qual doença antiga e demoníaca que a tomara para si enquanto ela cambaleava e se arrastava pela geleira.

Mas chorar sangue?

Vomitar sangue?

Transpirar sangue?

Até mesmo urinar sangue?

O que, em nome de Deus, poderia causar isto?

O que, em nome de Deus, a teria matado?

Aquela estava longe de ser a figura materna ariana ancestral pela qual todos estavam esperando. Aquela não era a deusa guerreira nórdica com a qual ele sonhara por incontáveis noites — prova de uma gloriosa linhagem ariana que se estendia por cinco mil anos no passado. Aquela não era a antiga mãe do *Übermensch* nazista: uma mulher nórdica, loura e de olhos azuis, perfeita, resgatada de tempos muito anteriores à história registrada.

Hitler almejara tanto por tal prova.

E agora aquilo: uma diaba.

Estudando as feições torturadas — os olhos vazios, salientes e encrostados, tomados pelo olhar aterrorizante dos zumbis —, Wirth foi acometido por uma conclusão súbita e desesperadora.

De alguma forma, soube que estava olhando através de uma porta para os próprios portões do inferno.

Cambaleou para trás, afastando-se do corpo congelado, erguendo o braço sobre a cabeça e puxando violentamente a corda de sinalização.

— Para cima! Me levem para cima! Para cima! Ativem o guincho!

Acima dele, um motor rugiu, ganhando vida. Wirth sentiu a jaula se mover em guinadas. Ao subir, o bloco de gelo horripilante e ensanguentado se distanciou de sua visão.

O sol da alvorada lançava um rubor tênue sobre a neve remexida pelo vento e pelo gelo enquanto a figura arqueada de Wirth era levada para a superfície. Ele escalou, exausto, para fora da jaula e pisou na branquidão compacta e congelada, as sentinelas de ambos os lados tentando bater os calcanhares à sua passagem. As enormes botas revestidas de pele que usavam provocavam somente uma pancada seca com o movimento, as solas de borracha afundadas numa grossa camada de gelo.

Wirth bateu uma continência desanimada. Sua mente estava perdida em pensamentos torturantes. Apontando os ombros na direção contrária aos ventos uivantes, levantou o casaco grosso para cobrir suas feições entorpecidas e avançou em direção a uma barraca próxima.

Uma rajada forte de ventania açoitava a fumaça negra para longe da chaminé que se projetava do teto. O forno fora aceso, sem dúvida pronto para um generoso café da manhã.

Wirth presumiu que seus três colegas da SS já estivessem de pé. Levantavam cedo, e como aquele era o dia em que a donzela do gelo seria erguida do túmulo, estariam duplamente ansiosos para encarar a alvorada.

De início, havia dois outros oficiais da SS com ele: o primeiro--tenente Otto Rahn e o general Richard Darre. Então, sem qualquer aviso, o general da SS Hans Kammler aparecera num avião adaptado para o gelo, a fim de testemunhar as etapas finais da épica operação.

Como comandante geral da expedição, era o general Darre quem supostamente dava as ordens, mas todos sabiam que o general Kammler era quem detinha o poder de fato. Kammler era o homem de Hitler. O *Führer* lhe dava ouvidos. E, para falar a verdade, Wirth ficara empolgado com o fato de o general ter vindo pessoalmente testemunhar sua hora de maior triunfo.

Naquele momento, pouco menos de 48 horas antes, as coisas pareciam ir muito bem; o final perfeito para uma missão incrivelmente ambiciosa. Porém, naquela manhã... Bem, Wirth estava com pouco apetite para encarar a alvorada, o café ou os colegas da SS.

Perguntava-se: por que estava ali?

Wirth se estabelecera como estudioso de culturas e religiões antigas, que fora o que chamara a atenção de Himmler e Hitler. Seu número do Partido Nazista lhe fora concedido pelo próprio *Führer* — uma rara honraria. E, em 1936, pudera fundar a Deutsche Ahnenerbe, cujo nome significava "Herança dos Ancestrais" e cuja missão era provar que uma mítica população nórdica certa vez dominara o mundo — a raça ariana original.

Dizia a lenda que um povo louro de olhos azuis habitara a Hiperbórea, uma fantástica terra congelada ao norte que por sua vez sugeria uma localização no Círculo Polar Ártico. Seguiram-se, portanto, expedições para a Finlândia, a Suécia e o Ártico, todas sem revelações grandiosas ou importantes. Mas, quando um grupo de soldados fora enviado à Groenlândia para estabelecer uma estação meteorológica, ouviram relatos instigantes de que uma mulher da antiguidade fora descoberta sepultada no gelo da Groenlândia.

Assim nascera sua atual e fatídica missão.

Em suma, Wirth era um entusiasta da arqueologia e um oportunista. Não era um nazista ferrenho, disso não havia dúvida. Mas como presidente da Deutsche Ahnenerbe, fora forçado a ficar lado a lado com os fanáticos mais sinistros do regime de Hitler — dois dos quais estavam na barraca à sua frente naquele exato instante.

Sabia que aquilo não terminaria bem para ele. Muito fora prometido — em parte, diretamente ao *Führer*. Muitas expectativas majestosas, muitas esperanças e ambições impossíveis dependiam daquele momento.

Mas Wirth vira aquele rosto, e a dama do gelo tinha as feições de um monstro.

Capítulo 2

Wirth abaixou a cabeça e passou pela camada dupla de lona grossa: uma para manter do lado de fora o frio assassino e a tempestade de neve, e a outra, interna, para manter do lado de dentro o calor exalado pelos corpos humanos e pelo forno crepitante.

Sentiu o cheiro de café fresco. Três pares de olhos se voltaram para ele, ansiosos.

— Meu caro Wirth, por que essa cara? — alfinetou o general Kammler. — Hoje é o grande dia!

— Não deixou nossa adorável *Frau* cair fenda abaixo, deixou? — acrescentou Otto Rahn, um sorriso torto retorcendo-lhe as feições. — Nem tentou acordá-la com um beijo e acabou levando um tapa no rosto?

Rahn e Kammler caíram na gargalhada.

O general linha-dura da SS e o paleontólogo um tanto afeminado pareciam partilhar de uma espécie peculiar de camaradagem. Como muita coisa no Reich, aquilo não fazia sentido para Wirth. Já a terceira figura ali sentada — o general da SS Richard Walter Darre — apenas fitava seu café com uma carranca, os olhos negros sob sobrancelhas arqueadas e os lábios finos bem cerrados, como sempre.

— Então, e a nossa donzela do gelo? — incitou Kammler. — Ela está pronta para nós? — Passou a mão acima dos itens do café da manhã. — Ou primeiro devemos fazer nosso banquete de comemoração?

Wirth estremeceu. Ainda estava nauseado. Concluiu que seria melhor que os três homens vissem a Senhora do Gelo antes de comerem.

— Talvez seja melhor, *Herr* general, tratarmos disso antes do café da manhã.

— Parece desanimado, *Herr* tenente — disse Kammler. — Ela não é por acaso o que todos nós esperávamos? Um anjo louro de olhos azuis vindo do norte?

— Você a libertou do gelo? — intrometeu-se o general Darre. — As feições dela estão visíveis? O que elas nos dizem sobre nossa Freia?

Darre pegara o nome emprestado de uma antiga deusa nórdica, cujo significado era "senhora", para a mulher sepultada no gelo.

— Ela certamente é nossa Hariasa — retrucou Rahn. — Nossa Hariasa do norte antigo.

Hariasa era uma divindade germânica. Seu nome significava "deusa com muito cabelo". Três dias antes, aquilo parecera totalmente adequado.

Por semanas a equipe viera cortando o gelo delicadamente para permitir uma inspeção mais detalhada da mulher lá dentro. Quando finalmente conseguiram, encontraram a dama do gelo virada para a parede da fenda, com apenas as costas à vista. Mas fora o bastante. Ela revelara possuir gloriosas mechas de cabelos louros e compridos, arrumados na forma de grossas tranças.

Ao saberem disso, Wirth, Rahn e Darre sentiram um lampejo de animação. Se as feições também correspondessem ao modelo racial ariano, estariam em bons lençóis. Hitler despejaria sobre eles suas bênçãos. Tudo o que precisavam fazer era libertá-la da parede da fenda, virar o bloco de gelo e dar uma boa olhada nela.

Bem, Wirth dera essa olhada... e fora de revirar o estômago.

— Ela não é bem o que esperávamos, *Herr* generais — balbuciou. — É melhor que vejam por si próprios.

Kammler foi o primeiro a se pôr de pé, as sobrancelhas levemente arqueadas enrugando-lhe a testa. O general da SS se apropriara do nome de uma terceira divindade nórdica para o corpo congelado.

— Será amada por todos que colocarem os olhos nela — declarou. — Por isso falei ao *Führer* que a batizamos de Vár, "a adorada".

Bom, só mesmo um santo amaria aquele corpo ensanguentado e doente. E de uma coisa Wirth estava certo: havia poucos santos na tenda naquele exato instante.

Ele conduziu os colegas pelo gelo, sentindo como se liderasse seu próprio cortejo fúnebre. Entraram na jaula e foram abaixados, os holofotes ganhando vida à medida que os homens afundavam até o subsolo. Wirth dera ordens para que as luzes fossem mantidas apagadas, a não ser que alguém estivesse trabalhando no corpo ou o inspecionando. Não queria que o calor emitido pela potente iluminação derretesse o gelo e libertasse a donzela à espera. Precisaria continuar completamente congelada para ser transportada em segurança de volta à sede da Deutsche Ahnenerbe em Berlim.

Ele deu uma olhada rápida para Rahn do outro lado da jaula. Seu rosto estava coberto por sombras. Não importava onde estivesse, o primeiro-tenente sempre usava um chapéu fedora preto de feltro e aba larga. Como caçador de ossadas e aventureiro arqueológico autoproclamado, ele o adotara como marca registrada. Wirth sentia certa camaradagem em relação ao extravagante Rahn. Compartilhavam as mesmas esperanças, paixões e convicções. E, obviamente, os mesmos medos.

A jaula parou com uma guinada abrupta. Balançou para a frente e para trás por um instante como um pêndulo enlouquecido, antes que a corrente que a segurava a fizesse parar.

Quatro pares de olhos encararam o rosto do cadáver sepultado no bloco de gelo riscado por medonhas espirais vermelho-escuras. Wirth podia sentir o impacto que aquela visão estava provocando em seus colegas de SS. Fez-se um silêncio perplexo, incrédulo.

Foi o general Kammler quem finalmente o rompeu. Virou o olhar para Wirth. Seu rosto era inescrutável como sempre, com uma expressão reptiliana fria brilhando por trás dos olhos.

— O *Führer* está à espera — anunciou em voz baixa. — Não podemos desapontar o *Führer*. — Uma pausa. — Faça dela uma figura digna de seu nome: Vár.

Wirth balançou a cabeça negativamente, incrédulo.

— Vamos seguir em frente como planejado? Mas, *Herr* general, os riscos...

— Que riscos, *Herr* tenente?

— Não temos ideia do que a matou... — Wirth apontou para o corpo. — O que causou todo...

— Não há risco algum — interrompeu Kammler. — Ela sofreu um acidente na calota de gelo cinco milênios atrás. Você vai limpá-la. Torná-la bela. Torná-la nórdica, ariana... perfeita. Torná-la pronta e adequada para o *Führer*.

— Mas como, *Herr* general? — questionou Wirth. — O senhor viu...

— Descongele-a, pelo amor de Deus — irrompeu Kammler. Ele apontou para o bloco de gelo. — Vocês da Deutsche Ahnenerbe vêm fazendo experiências com seres humanos vivos há anos, congelando--os e descongelando-os, não é verdade?

— É verdade, *Herr* general — admitiu Wirth. — Não eu pessoalmente, mas foram realizados experimentos envolvendo o congelamento humano, mais a água salgada...

— Poupe-me dos detalhes. — Kammler apontou o dedo enluvado para o cadáver ensanguentado. — Sopre vida para dentro dela. Faça o que for preciso, mas apague o sorriso de caveira daquele rosto. Livre-se daquele... olhar dela. Faça com que se adeque aos mais belos sonhos do *Führer*.

Wirth se forçou a responder.

— Sim, *Herr* general.

Kammler desviou o olhar de Wirth para Rahn.

— Se não o fizerem... Se fracassarem nesta missão... a responsabilidade estará nas mãos dos senhores.

Com um grito, ordenou que a jaula fosse erguida. Subiram juntos em silêncio. Quando chegaram à superfície, Kammler se virou para encarar os homens da Deutsche Ahnenerbe.

— Não estou mais com estômago para o café da manhã. — Batendo os calcanhares, fez a saudação nazista. — *Heil Hitler!*

— *Heil Hitler* — ecoaram seus colegas da SS.

E com isso o general Hans Kammler marchou sobre o gelo, em direção à sua aeronave — e à Alemanha.

Capítulo 3

Dias atuais

O piloto do avião de carga Hercules C-130 se virou para dar uma olhada em Will Jaeger.

— Meio exagerado, colega, alugar um C-130 inteiro só para vocês, hein? — Ele tinha um sotaque forte do sul, muito provavelmente do Texas. — São só vocês três, não são?

Olhando pela abertura do compartimento de carga, Jaeger inspecionou seus dois colegas, sentados em assentos dobráveis de lona.

— Sim, só nós três.

— Um pouco demais, não acha?

Jaeger embarcou no avião como se estivesse pronto para um salto de paraquedas a grande altitude: equipado com um capacete que cobria todo o rosto, máscara de oxigênio e um macacão volumoso. O piloto não tinha a menor chance de reconhecê-lo.

Não ainda, pelo menos.

Jaeger deu de ombros.

— Bem, estávamos esperando mais gente. Sabe como é: alguns não puderam vir. — Uma pausa. — Ficaram presos na Amazônia.

Deixou as últimas palavras pairarem no ar por uns poucos e bons segundos.

— Na Amazônia? — questionou o piloto. — Na selva, certo? O que aconteceu? Algum salto que deu errado?

— Pior que isso. — Jaeger afrouxou as tiras que apertavam seu capacete de paraquedismo, como se precisasse tomar um pouco de ar. — Não puderam vir... porque morreram.

O piloto reagiu com algum atraso.

— Morreram? Mas morreram como? Algum tipo de acidente com os paraquedas?

Jaeger começou a falar devagar, dando ênfase a cada palavra:

— Não. Não foi um acidente. Não do meu ponto de vista. Foi mais como um assassinato bem-planejado, bem-deliberado.

— Assassinato? Caramba. — O piloto esticou o braço e deu um descanso aos manetes da aeronave. — Estamos nos aproximando da nossa altitude de cruzeiro... Cento e vinte minutos para o salto. — Uma pausa. — Assassinato? Mas quem foi assassinado? E, diabos, por quê?

Como resposta, Jaeger retirou o capacete por completo. Continuava com a balaclava no rosto para manter o calor. Sempre usava uma quando saltava de uma altura de trinta mil pés; podia fazer mais frio que no Everest naquele tipo de altitude.

O piloto ainda não seria capaz de reconhecê-lo, mas poderia ver a expressão nos olhos de Jaeger. Que, naquele instante, era ameaçadora.

— Imagino que tenha sido assassinato — repetiu Jaeger. — A sangue-frio. O curioso é que... tudo aconteceu após um salto de um C-130. — Ele passou os olhos pela cabine. — Na verdade, uma aeronave bem parecida com esta aqui...

O piloto balançou a cabeça, demonstrando os primeiros sinais de nervosismo.

— Meu camarada, não estou sacando... Mas, olha, sua voz me parece um pouco familiar. Esse é o problema com vocês, britânicos: soam todos iguais, sem querer ofender.

— Não ofendeu. — Jaeger sorriu. Seus olhos não. Aquele olhar seria capaz de congelar sangue. — Mas, me diga, acho que você deve ter servido no SOAR. Antes de ir para a iniciativa privada.

— No SOAR? — O piloto pareceu surpreso. — Sim. Na verdade, servi, sim. Mas como... eu conheço você de algum lugar?

Os olhos de Jaeger endureceram.

— Uma vez Night Stalker, sempre Night Stalker — falou. — Não é o que eles dizem?

— Sim, é o que dizem. — Agora o piloto parecia assustado. — Mas, então, meu camarada, conheço você de algum lugar?

— Para falar a verdade, conhece sim. Embora eu ache que você vá desejar nunca ter me conhecido. Porque neste exato instante, *meu camarada*, sou seu pior pesadelo. Era uma vez um piloto, tempos atrás, que transportava a mim e à minha equipe até a Amazônia, mas infelizmente ninguém viveu feliz para sempre...

Três meses antes, Jaeger liderara uma equipe de dez pessoas numa expedição na Amazônia em busca de uma aeronave perdida da Segunda Guerra Mundial. Haviam contratado a mesma empresa privada de voos fretados de agora. No percurso, o piloto mencionara ter servido nas tropas armadas americanas do Regimento de Aviação de Operações Especiais, o SOAR, também conhecidos como Night Stalkers.

O SOAR era uma unidade que Jaeger conhecia bem. Muitas vezes, no tempo em que servira nas forças especiais, foram os pilotos do SOAR que tinham tirado ele e seus homens da merda. O lema do SOAR era "A morte espera no escuro", mas Jaeger nunca imaginara que ele e sua equipe acabariam sendo alvo dele.

Jaeger levantou a mão e arrancou a balaclava.

— A morte espera no escuro... E esperou mesmo, especialmente com você ajudando a guiar a ação. Quase conseguiu acabar com a gente.

Por um instante o piloto o encarou, seus olhos arregalados e incrédulos. E então ele se virou para a figura sentada ao seu lado.

— A aeronave é sua, Dan — anunciou em voz baixa, entregando os controles ao copiloto. — Preciso trocar umas palavras com nosso... amigo inglês aqui. E Dan, passe um rádio para Dallas/Fort Worth. Aborte o voo. Precisamos que eles nos guiem...

— Eu não faria isso — interrompeu Jaeger. — Não se fosse você.

O movimento foi tão rápido que o piloto nem percebeu, quanto mais teve chance de resistir. Jaeger sacou uma pistola compacta SIG

Sauer P228 de onde estava escondida em seu macacão. Aquela era a arma preferida dos agentes de elite, e ele apertou com força o cano contra a nuca do piloto.

A cor se esvaiu completamente do rosto do homem.

— Que... que diabos? Está sequestrando minha aeronave?

Jaeger sorriu.

— Pode acreditar. — Dirigiu as palavras seguintes ao copiloto. — Você também era um Night Stalker? Ou só mais um canalha traíra como o seu amigo aqui?

— O que digo a ele, Jim? — resmungou o copiloto. — Como respondo a este filho da...

— Vou dizer como responder — interrompeu Jaeger, soltando a trava da poltrona do piloto e girando-a com violência até o sujeito ficar de frente para ele. Jaeger apontou a 9 mm para a testa do piloto. — Rápido e com a verdade, sem divagações, ou a primeira bala estoura os miolos dele.

Os olhos do piloto saltaram.

— Responda logo, Dan. Esse cara é louco o bastante para isso.

— Sim, nós dois fomos do SOAR — disse o copiloto. — Mesma unidade.

— Certo, então por que não me mostram o que o SOAR sabe fazer? Sei que vocês são os melhores. Todos nós das forças especiais britânicas sabemos. Prove. Programe a rota para Cuba. Quando passarmos pela costa dos Estados Unidos e sairmos do espaço aéreo americano, desça ao nível da altura máxima das ondas. Não quero que ninguém saiba que estamos a caminho.

O copiloto lançou um olhar rápido para o piloto, que assentiu com a cabeça.

— Apenas obedeça — disse.

— Estabelecendo uma rota para Cuba — confirmou o copiloto entre dentes. — Tem algum destino específico em mente? Porque há milhares de quilômetros de litoral cubano para escolher, se é que você me entende.

— Você vai nos deixar sobre uma pequena ilha, aonde chegaremos saltando de paraquedas. As coordenadas exatas virão assim que nos aproximarmos. Preciso que nos coloque naquela ilha imediatamente após o pôr-do-sol, ou seja, sob a cobertura da escuridão. Programe a velocidade para que isso aconteça.

— Você não está pedindo muito — rosnou o copiloto.

— Mantenha-nos na rota a sudeste e sem desvios. Enquanto isso, tenho algumas perguntinhas para fazer ao seu camarada aqui.

Jaeger abaixou o assento do navegador, posicionado ao fundo da cabine, e se acomodou, abaixando o cano da arma até que estivesse alinhada com a virilha do piloto.

— Então. Perguntas — refletiu. — Muitas perguntas.

O piloto deu de ombros.

— Tudo bem. Tanto faz. Manda bala.

Jaeger olhou para a pistola por um breve momento e então sorriu maldosamente.

— Tem certeza disso?

O piloto franziu as sobrancelhas.

— Força de expressão.

— Pergunta número um: por que mandou minha equipe direto para a morte na Amazônia?

— Ei, eu não sabia. Ninguém falou nada sobre matar.

Jaeger apertou a empunhadura da pistola com mais força.

— Responda à pergunta.

— Dinheiro — murmurou o piloto. — Não é sempre isso? Mas que diabo, eu não sabia que tentariam matar vocês.

Jaeger ignorou os protestos do homem.

— Quanto?

— O bastante.

— Quanto?

— Cento e quarenta mil dólares.

— Certo, vamos fazer o cálculo. Perdemos sete. Vinte mil dólares por vida. Eu diria que você nos vendeu barato.

O piloto jogou as mãos para o alto.

— Ei, eu não tinha a menor ideia! Tentaram apagar vocês? Como diabos eu iria saber?

— Quem pagou a você?

O piloto hesitou.

— Um sujeito brasileiro. Da região. Conheci num bar.

Jaeger bufou. Não acreditava numa só palavra, mas tinha de continuar pressionando. Precisava de detalhes. Alguma informação prática. Algo que o ajudasse na caçada a seus verdadeiros inimigos.

— Tem um nome para me dar?

— Sim. Andrei.

— Andrei. Um brasileiro chamado Andrei que você conheceu num bar?

— Isso. Bem, talvez ele não soasse muito como um brasileiro. Estava mais para russo.

— Ótimo. Faz bem para a saúde ter uma memória afiada. Especialmente quando se tem uma 9 mm apontada para os bagos.

— Não me esqueci disso.

— Mas então, esse Andrei, esse russo que você conheceu num bar… tem alguma ideia de para quem ele estaria trabalhando?

— A única coisa que sei é que um cara chamado Vladimir era o chefe. — Ele hesitou. — Quem quer que tenha matado a sua gente, ele era o cara que dava as ordens.

Vladimir. Jaeger já ouvira aquele nome antes. Concluíra que se tratava do líder da gangue, embora não restasse dúvida de que haveria outros, mais poderosos, acima dele.

— Você conheceu esse Vladimir? Chegou a vê-lo?

O piloto balançou a cabeça.

— Não.

— Mas aceitou o dinheiro mesmo assim.

— Sim. Aceitei o dinheiro.

— Vinte mil dólares por cada homem meu. O que você fez: deu uma festa à beira da piscina? Levou as crianças para a Disney?

O piloto não respondeu. Sua mandíbula se projetava em desafio. Jaeger ficou tentado a dar uma coronhada na cabeça do sujeito, mas precisava dele consciente e em total controle de suas faculdades mentais.

Precisava dele para pilotar aquela aeronave como nunca antes e levá-los a seu destino, que rapidamente ia se aproximando.

Capítulo 4

— Certo. Agora que já estabelecemos a bagatela pela qual você vendeu meus homens, vamos combinar o seu caminho para a redenção. Ou pelo menos parte dele.

O piloto grunhiu.

— O que você tem em mente?

— O negócio é o seguinte. Vladimir e seu grupo sequestraram um integrante da minha equipe de expedição. Letícia Santos. Brasileira. Ex-militar. Uma mãe jovem e divorciada com uma filha para cuidar. Eu gostava dela. — Uma pausa. — Letícia está sendo mantida numa ilha remota próxima à ilha principal de Cuba. Você não precisa saber como a encontramos. Só precisa saber que estamos voando até lá para resgatá-la.

O piloto forçou uma risada.

— E quem diabos é você? James Bond? Vocês são três. Uma equipe de três pessoas. E o quê? Acham que um tipo como Vladimir não terá companhia?

Jaeger apontou os olhos azuis-acinzentados para o piloto. Havia neles uma intensidade calma, mas inflamada.

— Vladimir tem trinta homens bem armados sob seu comando — disse. — Estamos em desvantagem, numa proporção de dez para um. Vamos entrar mesmo assim. E precisamos que você garanta nossa chegada àquela ilha com o máximo de surpresa e discrição.

Com cabelos castanhos um tanto longos e feições levemente magras e lupinas, Jaeger parecia ter menos que seus 38 anos. Mas tinha o olhar de um homem que havia visto muito e com quem não se devia mexer, especialmente quando, como agora, empunhava uma arma.

O olhar não passou despercebido pelo piloto do C-130.

— Uma força de ataque investindo contra um alvo bem-protegido: nos círculos das operações especiais americanas, sempre estimamos que uma proporção de três contra um contava a nosso favor.

Jaeger revirou a mochila, tirando dela um objeto de aparência estranha: parecia uma grande lata de feijões assados sem o rótulo, mas com uma alavanca presa a uma das extremidades. Ele o estendeu na direção do piloto.

— Ah, mas nós temos isto. — Seus dedos passaram sobre as letras estampadas sobre um lado da lata: *Kolokol-1*.

O piloto deu de ombros.

— Nunca ouvi falar.

— Nem teria como. É coisa russa, da era soviética. Mas deixe-me colocar desta forma: se eu puxar o pino e deixar cair, a aeronave será tomada completamente por um gás tóxico e cairá feito pedra.

O piloto olhou para Jaeger, a tensão contraindo seus ombros.

— Se fizer isso, todos morremos.

Jaeger queria pressionar o sujeito, mas sem exagerar.

— Não vou puxar o pino — disse, jogando a lata de volta na mochila. — Mas, acredite em mim, você não gostaria de mexer com esse Kolokol-1.

— Certo. Já saquei.

Três anos antes, Jaeger tivera seu próprio encontro traumatizante com o gás. Estivera acampando com a mulher e o filho nas montanhas galesas quando os vilões — o mesmo grupo que agora mantinha Letícia Santos prisioneira — surgiram na calada da noite e atacaram usando Kolokol-1, deixando Jaeger inconsciente e fazendo-o lutar por sua vida.

Aquela fora a última vez que vira a mulher e seu filho de oito anos — Ruth e Luke.

Qualquer que tivesse sido o esquadrão misterioso que os levara, também passara a atormentar Jaeger com a lembrança do sequestro. Na verdade, não duvidava mais de que o haviam deixado vivo somente para que *pudessem* torturá-lo.

Todo homem tem seu limite. Depois de vasculhar o mundo atrás da família perdida, Jaeger finalmente fora obrigado a aceitar a terrível verdade: haviam sumido aparentemente sem deixar rastros, e ele tinha sido incapaz de protegê-los.

Jaeger praticamente desabara, procurando conforto na bebida e no esquecimento. Fora preciso um amigo muito especial — e o ressurgimento de provas de que a mulher e o filho ainda estavam vivos — para trazê-lo de volta à vida. A si mesmo.

Mas Jaeger voltara muito diferente.

Mais sério. Mais sábio. Mais cínico. Menos disposto a confiar nos outros.

Satisfeito com a própria companhia. Solitário, por assim dizer.

Além disso, o novo Will Jaeger se mostrara muito mais disposto a violar qualquer regra para caçar aqueles que haviam destroçado sua vida. Daí a origem da atual missão. E descobriu que não era contrário a aprender algumas artes obscuras com o inimigo durante o processo.

Sun Tzu, o antigo mestre chinês da guerra, tinha um provérbio: "Conheça teu inimigo". Era a mensagem mais simples que existia, mas, mesmo assim, durante a passagem de Jaeger pelas forças armadas, ele a tratara como um mantra. *Conheça teu inimigo*: aquela era a primeira regra de qualquer missão.

E nos dias atuais ele considerava que a segunda regra de qualquer missão era *aprenda com o seu inimigo.*

Nos Royal Marines e no SAS — as duas unidades em que servira — ressaltava-se a necessidade de se pensar lateralmente. De manter a mente aberta. De fazer o inesperado. Aprender com o inimigo era o ápice de tudo aquilo.

Jaeger havia concluído que a última coisa que o esquadrão alocado naquela ilha cubana esperaria era ser atacado na calada da noite com o mesmo gás que eles haviam usado.

O inimigo fizera aquilo com ele.

Ele havia aprendido a lição.

Era hora de dar o troco.

Kolokol-1 era um agente químico que os russos mantinham em segredo. Ninguém conhecia sua constituição exata, mas em 2002 ele ganhou uma notoriedade súbita quando um grupo de terroristas invadiu um teatro em Moscou, fazendo centenas de reféns.

Os russos não brincaram em serviço. Sua força especial — a Spetsnaz — encheu o teatro de Kolokol-1. Em seguida, atacou o local feito um furacão, rompendo o cerco e matando todos os terroristas. Infelizmente, àquela altura muitos dos reféns também haviam sido afetados pelo gás.

Os russos nunca admitiram exatamente o que fora usado, mas os amigos de Jaeger nos laboratórios secretos de defesa do Reino Unido tiveram acesso a algumas amostras e confirmaram que se tratava de Kolokol-1. O gás era supostamente apenas um agente incapacitante, mas a exposição prolongada a ele se mostrara letal para alguns dos reféns naquele teatro em Moscou.

Em suma, o agente servia bem às intenções da missão.

Jaeger queria que alguns dos homens de Vladimir sobrevivessem. Talvez todos. Se desse um fim neles, provavelmente acabaria com a polícia, o exército e a aeronáutica cubana em seu encalço. E, naquele exato instante, ele e sua equipe tinham pressa; precisavam entrar e sair sem que fossem notados.

Mesmo para os sobreviventes, contudo, o Kolokol-1 tinha efeitos muito incapacitantes. Demoraria semanas para que se recuperassem, e, quando o fizessem, Jaeger e sua equipe — na companhia de Letícia Santos — já estariam bem longe.

Havia outro motivo pelo qual Jaeger queria que ao menos Vladimir sobrevivesse. Tinha perguntas a fazer. E seria o russo quem daria as respostas.

Disse ao piloto:

— É assim que vamos proceder: precisamos estar sobre uma coordenada de seis dígitos às duas horas. Essa coordenada indica uma área oceânica a oeste da ilha-alvo, a duzentos metros do litoral. Você deve sobrevoar à altura da copa das árvores e então dar uma guinada para o alto até alcançar trezentos pés, quando faremos um SBA.

O piloto o encarou.

— SBA? Será o seu fim.

O SBA — salto de baixa altitude — era uma técnica ultrafurtiva que as forças de elite raramente empregavam em combate por causa dos riscos envolvidos.

— Assim que saltarmos, desça o máximo que puder — continuou Jaeger. — Passe bem longe da ilha. Evite que sua aeronave e o barulho que ela provoca sejam notados...

— Que diabos, eu sou um Night Stalker — interrompeu o piloto. — Sei o que fazer. Não preciso que me digam.

— É bom ouvir isso. Você vai se distanciar da ilha e estabelecer uma rota direto para casa. E a sua parte acaba aí. Você estará livre de nós. — Jaeger fez uma pausa. — Estamos entendidos?

O piloto deu de ombros.

— Mais ou menos. O negócio é que seu plano é meio merda.

— Como assim?

— É simples. Posso trair você de uma série de maneiras. Posso largar vocês nas coordenadas erradas, tipo no meio do maldito oceano, e deixar que nadem. Ou aumento a altitude e faço um zumbido sobre a ilha. Ei, Vladimir! Acorde! A cavalaria está chegando... todos os três! Que diabos, seu plano tem mais furos que a porcaria de uma peneira.

Jaeger concordou com a cabeça.

— Entendo seu raciocínio. Mas o negócio é que você não fará nenhuma destas coisas. Pelo seguinte motivo: você se sente culpado até o último fio de cabelo pelos meus sete homens mortos. Precisa de uma chance de se redimir, ou a culpa irá torturá-lo até o dia de sua morte.

— Você acha que tenho uma consciência — rosnou o piloto. — É aí que se engana.

— Você tem, não há dúvidas — retrucou Jaeger. — Mas, só por garantia, há um segundo motivo. Se nos botar na merda, vai acabar saindo bastante prejudicado.

— Ah, é? Quem vai me prejudicar? E como?

— O negócio é que você acabou de realizar um voo não autorizado para Cuba abaixo do nível do radar. Na volta, irá para o aeroporto de Dallas/Fort Worth, já que não tem nenhum outro lugar para ir. Temos bons amigos em Cuba. Estão esperando um sinal, uma palavra minha: SUCESSO. Se não receberem o sinal até as cinco horas, entrarão em contato com a alfândega americana para denunciar que sua aeronave vem fretando voos com carregamentos de drogas.

Os olhos do piloto se inflamaram.

— Nunca toquei em drogas! São um mau negócio. Além disso, os caras do aeroporto nos conhecem. Nunca vão acreditar.

— Pois eu acho que vão. No mínimo, terão que averiguar. Não podem ignorar uma denúncia do diretor da alfândega cubana. E quando o DEA subir a bordo com seus cães farejadores, eles irão à loucura. Fiz questão de espalhar um pouco de pó branco nos fundos da sua aeronave, sabe? Tem bastante lugar num C-130 para se esconder alguns gramas de cocaína.

Jaeger percebeu a mandíbula do piloto se contraindo de tensão. O sujeito deu uma olhada na pistola na mão de Jaeger. Estava desesperado para saltar em cima dele, mas tinha certeza de que levaria chumbo.

Todo homem tem seu limite.

Todos podem ser tirados do sério.

— É o método da cenoura presa na ponta da vara, meu chapa. A cenoura é sua redenção. Ficaríamos quase quites. A vara seria a prisão perpétua numa penitenciária americana por tráfico de drogas. Se completar esta missão, estará a salvo. Limpo. Sua vida volta ao normal, mas com um peso um pouco menor na consciência. Seja por que ângulo for, faz sentido executar essa missão.

O piloto voltou o olhar para Jaeger.

— Vou levá-los à zona de salto.

Jaeger sorriu.

— Vou mandar meu pessoal se preparar.

Capítulo 5

O C-130 passou rugindo baixo e rápido, roçando as cristas das ondas escurecidas pela noite.

Jaeger e sua equipe estavam postados na rampa aberta, e as rajadas violentas de ar provocadas pela passagem do avião uivavam em seus ouvidos. Lá fora, o mar era de um breu furioso.

De vez em quando, Jaeger via o lampejo de borbulhas brancas à medida que a aeronave sobrevoava um recife e as ondas quebravam com força em sua superfície. A ilha de destino também era cercada por corais denteados — um terreno que eles fariam bem em evitar. A água proporcionaria um pouso relativamente suave, ao passo que os corais esmigalhariam suas pernas. Se tudo corresse bem, o ponto de salto planejado por Jaeger os colocaria no oceano, na parte de dentro do recife mais próximo à ilha, a uma curta distância do litoral.

Assim que o piloto do C-130 fora convencido de que não tinha opção a não ser executar o que lhe fora pedido, ele havia se dedicado à missão de maneira mais ou menos engajada. E, naquele exato instante, Jaeger podia afirmar que aqueles caras eram mesmo o que diziam ser: Night Stalkers reformados.

O ar frio da noite rodopiava para dentro do compartimento de carga à medida que as quatro hélices com lâminas em forma de gancho giravam para ambos os lados. O piloto voava próximo à altura máxima das ondas, guiando o enorme veículo como se fosse um carro de Fórmula 1.

O efeito no compartimento de carga escuro e ressonante seria de provocar vômito se Jaeger e sua equipe não estivessem tão acostumados a transportes do tipo.

Virou-se para os dois companheiros. Takavesi "Raff" Raffara era praticamente um gigante: um maori durão e um dos maiores amigos de Jaeger dos anos que compartilharam no SAS. Um agente cem por cento confiável, Raff era o homem que Jaeger escolheria para ter ao seu lado caso se visse na merda. Confiaria ao amigo — cujos longos cabelos eram arrumados em tranças, no tradicional estilo maori — sua própria vida e o fizera inúmeras vezes durante seus anos de serviço militar, tendo voltado a fazê-lo em tempos recentes, na ocasião em que Raff o salvara da bebida e da ruína nos confins da terra.

A segunda agente era uma figura silenciosa e similar a uma sílfide, cujos cabelos louros batiam em suas feições delicadas graças ao dilacerante deslocamento de ar. Ex-soldado das forças especiais russas, Irina Narov era atraente e imperturbável, tendo provado seu valor diversas vezes durante a expedição na Amazônia. Mas aquilo não significava que Jaeger conhecia sua real natureza nem que a achava menos perturbadora.

Estranhamente, porém, ele quase chegava a confiar nela; a contar com ela. Apesar de seu jeito difícil de ser, às vezes completamente insuportável, à sua própria maneira ela era tão confiável quanto Raff. E, em certas ocasiões, demonstrara ser tão letal quanto ele — uma assassina fria e calculista sem igual.

Atualmente, Narov vivia em Nova York e ganhara cidadania americana. Explicara a Jaeger que vinha atuando na clandestinidade, trabalhando com uma agência internacional cuja identidade ele ainda estava para descobrir. Cheirava a algo obscuro, mas havia sido a tal agência — o pessoal de Narov — que financiara a presente missão: o resgate de Letícia Santos. E naquele momento, isso era tudo com que Jaeger se importava.

Havia também os misteriosos elos de Narov com a família dele, em particular com seu saudoso avô, William Edward "Ted" Jaeger. O vovô Ted servira nas forças especiais britânicas durante a Segunda Guerra Mundial, inspirando o neto a seguir a carreira militar. Narov afirmara ter considerado o vovô Ted como seu próprio avô e estar trabalhando em nome dele, em honra à sua memória.

Aquilo não fazia muito sentido para Jaeger. Ele nunca ouvira ninguém em sua família fazer a menor menção a Narov, incluindo o avô. Ao término da expedição na Amazônia, tinha jurado que tentaria obter respostas dela; resolver o enigma que ela representava. A atual missão de resgate, porém, acabara se tornando prioridade.

Por meio do pessoal de Narov e de seus contatos no submundo cubano, a equipe de Jaeger conseguira monitorar a localidade onde Letícia Santos estava sendo mantida. Receberam informações bastante úteis, e, como bônus, lhes tinham passado uma descrição detalhada do próprio Vladimir.

No entanto, nos últimos dias Letícia fora transportada de uma quinta de segurança relativamente baixa para uma quinta em uma ilha remota, o que era preocupante. A vigilância fora dobrada, e Jaeger temia que, caso a transportassem novamente, a perdessem de vez.

Havia uma quarta figura no compartimento de carga do C-130. O responsável pela carga estava bem preso com uma corda à lateral interna da aeronave, de modo que pudesse se empoleirar na rampa sem ser levado pelo forte deslocamento de ar. Ele apertou os fones de ouvido com força para escutar uma mensagem do piloto. Sinalizando o entendimento com a cabeça, ele se levantou e estendeu os cinco dedos diante dos rostos deles: cinco minutos para o salto.

Jaeger, Raff e Narov se colocaram de pé. O sucesso da missão dependia de três coisas: velocidade, agressividade e surpresa — o lema não oficial dos agentes das forças especiais. Por este motivo, era vital que caminhassem sem alarde e pudessem se mover ligeira e silenciosamente pela ilha. Por consequência, o equipamento que carregavam continha o mínimo necessário.

Além do paraquedas para saltos de baixa altitude, cada integrante da equipe levava uma mochila contendo granadas de Kolokol-1, explosivos, água, rações de emergência, um kit médico e um machadinho com a lâmina afiada. O resto do espaço era ocupado por trajes de proteção contra riscos QBRN e máscaras respiratórias.

Na época do alistamento de Jaeger, a ênfase fora no risco NBQ: nuclear, biológico e químico. Agora era QBRN — químico, biológico, radiológico e nuclear — a nova terminologia refletindo a nova ordem mundial. Quando a União Soviética era a inimiga do Ocidente, a maior ameaça era a nuclear. Mas num mundo fragmentado, cheio de Estados vilões e grupos terroristas, as guerras químicas e biológicas — ou, o que era mais provável, o terrorismo químico e biológico — eram as novas ameaças principais.

Jaeger, Raff e Narov carregavam uma SIG P228 cada um, com um pente estendido de vinte balas, além de seis pentes de munição sobressalente. Além disso, cada um tinha sua arma branca. Narov levava uma faca de combate Fairbairn-Sykes, uma arma de lâmina afiada para matar a curta distância. Era uma peça bem característica, utilizada pelos comandos britânicos durante a guerra. O afeto de Narov por aquela faca era outro mistério que intrigava Jaeger.

Mas naquela noite ninguém pretendia usar balas nem facas para dar conta do inimigo. Quanto menos barulho e sujeira, melhor. Deixariam o Kolokol-1 fazer seu trabalho silencioso.

Jaeger verificou o relógio: três minutos para o salto.

— Estão prontos? — gritou. — Lembrem-se: deem tempo para o gás agir.

Recebeu em resposta um aceno com a cabeça e um polegar para cima. Raff e Narov eram profissionais — os melhores —, e ele não detectou nenhum sinal de nervosismo. Claro, estavam em menor número na proporção de dez para um, mas ele acreditava que o Kolokol-1 equilibraria um pouco as chances deles. Claro, ninguém estava exatamente feliz por usar o gás. Mas às vezes, como defendia Narov, você precisava recorrer a um mal menor para combater outro maior.

Enquanto se preparava mentalmente para o salto, Jaeger foi acometido por uma pequena preocupação: o salto de baixa altitude nem sempre era bem-sucedido.

Durante seu tempo no SAS, Jaeger passou um bom tempo testando equipamentos inovadores dignos da era espacial. Trabalhando com a Fundação Corporativa de Transporte Aéreo — uma agência secreta que cuidava de técnicas de inserção aéreas dignas de James Bond —, tinha saltado das maiores altitudes possíveis.

Mas, recentemente, as forças armadas britânicas haviam desenvolvido uma espécie de conceito completamente diferente. Em vez de saltar do limite da atmosfera terrestre, o SBA fora desenvolvido para permitir que o paraquedista saltasse de uma altitude próxima a zero e ainda assim sobrevivesse.

Em teoria, ele permitia o salto a uma altura de cerca de 75 metros, mantendo assim a aeronave bem abaixo do nível dos radares. Em suma, permitia que um esquadrão voasse para dentro de um território hostil com pouco risco de ser detectado — daí o motivo de ser empregado na missão daquela noite.

Com segundos para se abrirem, os paraquedas de SBA foram desenvolvidos para ter um perfil achatado e largo, de modo a capturar a maior quantidade possível de ar. Mesmo assim, ainda era necessária uma unidade ejetada por um foguete para fazer o paraquedas abrir por completo antes da amerissagem do paraquedista. E mesmo com esta unidade a foguete — em essência, um mecanismo que lançava seu paraquedas bem alto no ar — você ainda contava com apenas cinco segundos para desacelerar a descida e pousar.

Isso não deixava margem alguma para erro.

Mas também não dava ao inimigo tempo algum para avistá-lo e impedir que você chegasse ao solo — ou à água — vivo.

Capítulo 6

A luz verde piscou, sinalizando o momento do salto.

Num fluxo contínuo que durou milissegundos, Jaeger, Raff e Narov mergulharam da rampa aberta do C-130. Suas finas silhuetas foram sugadas pelo enorme vácuo. Jaeger se sentiu fustigado como um boneco de pano num túnel de vento gigante. A seus pés, ele só conseguia divisar o oceano agitado chegando cada vez mais perto: o impacto devia estar a poucos segundos de acontecer.

No momento exato, ele acionou o paraquedas ejetado a foguete e subitamente se sentiu lançado aos céus amarrado ao míssil barulhento. Alguns momentos depois, o motor do foguete silenciou, e a lona do paraquedas floresceu na escuridão acima.

O paraquedas inflou com um estalo seco, fazendo atrito com o ar poucos segundos depois de o foguete atingir o ápice da subida. O estômago de Jaeger fez uma série de acrobacias vertiginosas... e, no instante seguinte, ele se viu flutuando suavemente em direção ao mar arfante.

Quando sentiu os pés atingirem a água, Jaeger golpeou o mecanismo de desacoplamento instantâneo, descartando o volumoso paraquedas. A corrente oceânica prevalecente seguia na direção sudeste, carregando os paraquedas para o mar aberto do Atlântico, o que significava que muito provavelmente jamais voltariam a ser vistos.

Era exatamente isso que Jaeger queria: precisavam entrar e sair sem deixar rastros de que estiveram ali.

O Hercules desapareceu rapidamente, sua forma fantasmagórica logo engolida pela noite vazia. A escuridão total agora cercava Jaeger. Tudo o que conseguia ouvir era o uivo das ondas; tudo o que sentia eram os movimentos mornos do mar do Caribe atingindo-o e arrastando-o, seu cheiro salgado e penetrante invadindo sua boca e seu nariz.

As mochilas eram forradas com sacos estanques à prova d'água. Os resistentes sacos negros transformavam a pesada bagagem num aparato flutuante provisório. Segurando-os diante do corpo, as três figuras começaram a bater os pés em direção à fileira esfarrapada de palmeiras que demarcava a costa da ilha. Começaram a surfar rumo à praia em ondas potentes. Poucos minutos depois do salto, os três chegaram à terra firme, rastejando até a areia e arrastando seus corpos encharcados para o abrigo mais próximo.

Por cinco minutos esperaram e ficaram em silêncio nas sombras, esquadrinhando os arredores com olhos de águia.

Se alguém tivesse avistado a descida do C-130, aquele seria o momento mais provável para aparecer. Mas Jaeger não detectou coisa alguma. Nenhum barulho fora do comum. Nenhum movimento surpresa. Aparentemente, não havia vivalma por ali. A não ser pelo martelar rítmico das ondas sobre a areia branca, tudo ao redor deles estava completamente imóvel.

Jaeger agora sentia a adrenalina do ataque iminente pulsando em suas veias. Era hora de começar a se mexer.

Ele sacou um navegador GPS Garmin compacto para checar sua posição. Não era algo incomum que uma equipe aérea lançasse tropas em coordenadas erradas, e o piloto daquela noite tinha desculpas de sobra para fazê-lo.

Confirmadas as coordenadas, Jaeger pegou uma minúscula bússola luminosa, determinou a direção e sinalizou o caminho à frente. Narov e Raff o seguiram, e os três marcharam silenciosamente para dentro da floresta. Não eram necessárias palavras entre profissionais com tantas batalhas nas costas.

Trinta minutos depois, haviam atravessado a massa de terra deserta. A ilha era coberta por bosques densos de palmeiras que, por sua vez, intercalavam-se com folhas de capim-elefante na altura dos ombros. Ou seja, os três, ali, podiam se mover como fantasmas sob sua cobertura, sem serem vistos ou detectados.

Com um sinal de Jaeger, os outros dois pararam. Segundo seus cálculos, deviam estar a cem metros do complexo da quinta onde Letícia Santos vinha sendo mantida.

Jaeger se agachou, e Raff e Narov se aproximaram.

— Coloquem os trajes — sussurrou ele.

A ameaça de um agente químico como o Kolokol-1 era dupla: a primeira seria respirá-lo; a segunda, absorvê-lo através de uma membrana viva e porosa como a pele. Estavam usando trajes de proteção Raptor 2, uma variante das forças especiais feita com material ultraleve e uma camada interna de microesferas de carbono ativado que absorveria qualquer gotícula do composto que pudesse estar flutuando pelo ar. Os trajes Raptor eram quentes e claustrofóbicos, e Jaeger estava feliz por agirem na calada da noite, quando a temperatura cubana era mais amena.

Contavam também com máscaras de gás Avon FM54 das mais modernas para proteger o rosto, os olhos e os pulmões. Eram equipamentos de alta qualidade, com o exterior endurecido por chama, um único visor e um design ultraflexível e bem-ajustado.

Mesmo assim, Jaeger odiava usar aqueles respiradores. Era um homem que amava a natureza e estar a céu aberto. Detestava ficar trancafiado, aprisionado ou restrito de alguma maneira artificial.

Ele se preparou psicologicamente e jogou a cabeça para a frente, posicionando o respirador sobre o rosto e certificando-se de que a borracha formasse um lacre impenetrável em contato com a pele. Apertou as tiras de contenção e sentiu a máscara tomar o contorno de suas feições.

Cada um deles havia escolhido uma máscara personalizada ajustada para o tamanho do próprio rosto, mas tiveram de levar um capuz antifumaça para Letícia Santos. Os capuzes eram de tamanho único, mas, ainda assim, proporcionavam um período razoável de proteção contra altas concentrações de gases tóxicos.

Jaeger colocou a mão sobre o filtro do respirador e aspirou fundo, apertando ainda mais a máscara junto ao rosto e fazendo um "teste de confiança" para garantir que o lacre estivesse perfeito. Puxou algumas golfadas de ar, ouvindo os ruídos estranhos de inalação e exalação ribombando em seus ouvidos.

Verificada a máscara, ele calçou as incômodas sobrebotas de borracha e puxou sobre a cabeça o capuz de seu traje contra riscos QBRN, o elástico vedando a frente da máscara. Por fim, colocou as luvas finas de algodão e as grossas de borracha por cima, de forma a proporcionar proteção dupla às mãos.

Seu mundo agora se reduzia à visão através da lente da máscara. O filtro volumoso ficava preso ao lado esquerdo frontal de modo a evitar que bloqueasse o campo de visão, mas, ainda assim, Jaeger já começava a sentir a claustrofobia se manifestando.

Mais um motivo para entrar rápido e acabar logo com tudo aquilo.

— Testando o áudio — anunciou, falando ao minúsculo microfone incorporado à borracha da máscara. Não era preciso apertar botão algum para falar; estaria constantemente ativado. Sua voz soava estranhamente abafada e anasalada, mas ao menos o sistema de intercomunicação por rádio a curta distância permitiria que eles se comunicassem durante a ação iminente.

— Funcionando — respondeu Raff.

— Funcionando... Caçador — acrescentou Narov.

Jaeger abriu um sorriso. "O Caçador" fora o apelido que ganhara durante a missão na Amazônia.

Ao sinal de Jaeger, seguiram em frente escuridão adentro. Logo avistaram as luzes da construção-alvo brilhando em meio às árvores. Atravessaram um trecho de terreno baldio até ficarem diretamente voltados para os fundos da quinta. Tudo que os separava dela era uma estreita rua de terra.

Acobertados pelas árvores, estudaram o alvo. Estava banhado pelo anel de luz forte da iluminação de segurança. Naquele instante, não havia por que tentar usar o equipamento de visão noturna. A luz intensa sobrecarregaria esse tipo de ferramenta, transformando o mundo ao redor num branco ofuscante.

Apesar do frio da noite, dentro dos trajes e máscaras a temperatura era quente e úmida. Jaeger sentia as gotas de suor escorrerem pela testa. Passou a mão enluvada pelo visor do respirador numa tentativa de desembaçá-lo.

Havia luzes acesas no segundo andar da quinta, que era tudo o que se podia ver por cima do alto muro que contornava o perímetro. De vez em quando, Jaeger avistava uma silhueta pelas janelas, indo de um lado a outro. Como esperado, os homens de Vladimir vigiavam tudo atentamente.

Ele percebeu a presença de dois veículos 4×4 perto do muro. Precisariam ser sabotados, para o caso de alguém resolver persegui-los. Ele olhou rapidamente para o telhado plano da casa. Aquele era o lugar mais óbvio para se colocar sentinelas, mas não havia movimento algum ali que Jaeger pudesse detectar. Parecia deserto. Ainda assim, caso houvesse um acesso a ele, o telhado seria exatamente o lugar que teriam problemas para cobrir.

Jaeger falou pelo microfone de garganta:

— Vamos em frente. Mas fiquem atentos ao telhado. Precisamos também sabotar os veículos.

Ambos fizeram que sim com a cabeça.

Jaeger os conduziu numa corrida para o outro lado da rua descoberta. Pararam junto aos veículos, usando granadas dotadas de gatilhos sensíveis a movimentos para preparar uma armadilha. Se alguém tentasse sair com um dos veículos, o movimento seria suficiente para detonar os explosivos.

Raff então partiu sozinho em outra direção, rumo à linha de transmissão de energia elétrica. Usaria um dispositivo de sabotagem compacto para causar uma poderosa sobrecarga à rede da quinta, queimando os fusíveis e estourando as instalações elétricas. Vladimir certamente teria um gerador de emergência, mas não seria de grande utilidade, uma vez que a própria rede elétrica estaria frita.

Jaeger lançou um olhar rápido para Narov. Posicionou a palma da mão no alto da cabeça — o sinal que significava "vem comigo". Ele então se colocou de pé e correu até a entrada da frente da quinta, ouvindo a pulsação martelar os ouvidos no caminho.

Se havia um momento em que a probabilidade de serem vistos seria maior, era aquele, enquanto se preparavam para escalar o muro alto. Jaeger avançou centímetro por centímetro ao redor da quina e assumiu sua posição junto à lateral do portão da frente. Numa fração de segundo, Narov estava ao seu lado.

— Em posição — murmurou Jaeger ao microfone.

— Afirmativo — foi a resposta sussurrada de Raff. — Tudo no escuro.

Uma fração de segundo depois, zumbidos e estalos foram ouvidos, vindos do interior da quinta.

Em meio a uma chuva de centelhas, o complexo inteiro ficou subitamente às escuras.

Capítulo 7

Jaeger levantou Narov pelas pernas e a impulsionou para o alto. Ela esticou os braços na direção do topo do muro e puxou o corpo para cima dele. Em seguida, abaixou-se e ajudou Jaeger a subir. Segundos depois, desceram para o outro lado.

Tudo estava escuro como breu.

Tinham levado apenas alguns segundos para escalar o muro, mas Jaeger já conseguia ouvir gritos abafados vindos da construção.

A porta da frente se abriu e uma figura cambaleou para fora, o facho de uma lanterna fazendo uma varredura no complexo às escuras e refletindo o fuzil que levava na mão. Jaeger congelou. Observou a figura avançar até um barracão situado num dos cantos, muito provavelmente onde ficava o gerador secundário.

Quando a figura entrou e desapareceu, Jaeger correu para a frente, com Narov seguindo-o de perto. Posicionou-se numa das laterais das portas da quinta enquanto Narov fazia o mesmo do outro lado, então sacou um cilindro de um dos compartimentos do seu cinturão, desengatando dele uma machadinha também.

Lançou um olhar rápido para Narov.

Ela reagiu levantando o polegar.

Os olhos frios como gelo.

Jaeger segurou o pino que prendia o grampo de retenção. Assim que o puxasse, a granada estaria pronta para soltar o gás. Estavam agora num caminho sem volta.

Ele soltou o pino delicadamente, mantendo os dedos sobre a alavanca. Caso soltasse o mecanismo, o grampo voaria para longe e a granada começaria a liberar seu conteúdo.

— Em posição — sussurrou pelo rádio.

— Em posição — ecoou Raff. Depois de acabar com a energia da quinta, o enorme maori seguira para os fundos, o único outro modo de entrar ou sair da construção.

Jaeger se preparou para agir.

— Entrando.

Ele bateu com a machadinha na janela. O barulho de vidro quebrando foi abafado pelos que estavam lá dentro, trombando para todos os lados na escuridão. Puxando a machadinha de volta, lançou o cilindro para dentro, liberando a alavanca e deixando o grampo soltar.

Do lado oposto, Narov espelhou seus movimentos, arremessando seu cilindro pela janela que acabara de quebrar.

Jaeger contou os segundos. *Três. Quatro. Cinco...*

Pelo outro lado do vidro quebrado, ouviu um chiado intenso enquanto as granadas soltavam seu conteúdo sufocante. Seguiram-se ruídos de arfadas e ânsia de vômito quando o Kolokol-1 começou a fazer efeito, corpos em pânico trombando com obstáculos não vistos.

De repente, Jaeger ouviu um som similar a uma tossida e um urro às suas costas quando o gerador ganhou vida. A figura emergiu do barracão que abrigava a máquina para verificar se a energia havia voltado, mas tudo permanecia às escuras. Virou a lanterna para um lado e para o outro, tentando identificar a razão do blecaute.

Jaeger tinha uma fração de segundo para lidar com ele. Tirou sua SIG Sauer do coldre peitoral. A silhueta da pistola estava diferente: mais longa, com o peso mais focado no cano. Ele, Raff e Narov tinham acoplado silenciadores SRW Trident na extremidade de suas P228s. Também carregaram os pentes com projéteis subsônicos, que viajavam a uma velocidade menor que a do som, evitando assim o estouro que uma bala provoca ao atravessar a barreira do som.

Para compensar a falta de velocidade, os cartuchos eram mais pesados, e o efeito conjunto deixava a arma quase silenciosa, mas não menos letal.

Jaeger ergueu a P228, mas, antes que pudesse abrir fogo, uma silhueta familiar emergiu das sombras e apertou o gatilho duas vezes: *zum, zum*; mirou novamente; *zum*. Raff fora um milésimo de segundo mais rápido que Jaeger; estivera um passo à frente na hora de atirar.

Dez. Onze. Doze... A voz na cabeça de Jaeger continuava contando os segundos enquanto o Kolokol-1 fazia seu trabalho.

Por um momento, foi tomado pela imagem mental de como deveriam estar as coisas dentro do prédio. Escuro como breu. Caos completo. Em seguida, o primeiro contato com o Kolokol-1. Um instante de pânico antes que o terror se instalasse, o gás incendiando traqueias e queimando pulmões.

Jaeger sabia por experiência própria o que um gás como aquele fazia às pessoas; que jeito terrível de sucumbir. Você poderia até sobreviver, mas jamais se esqueceria da sensação.

Por um momento tenebroso, sentiu-se de volta àquelas montanhas galesas, quando uma faca rasgou a lona fina de sua barraca e um bocal foi empurrado para dentro, liberando uma nuvem de gás sufocante. Viu mãos tatearem e agarrarem sua mulher e seu filho, puxando-os para a escuridão. Tentou se levantar para lutar, para salvá-los, mas o Kolokol-1 queimou seus olhos e congelou seus braços e suas pernas por completo.

Em seguida, um punho coberto por uma luva o agarrou pelos cabelos e o forçou a ficar de pé até estar encarando os olhos cheios de ódio por trás da máscara.

— Não se esqueça jamais — chiou uma voz. — Você fracassou em proteger sua mulher e seu filho.

Embora distorcido pela máscara, Jaeger achou ter reconhecido o tom cruel e tomado de ódio, mas sem conseguir de jeito nenhum associar um nome à voz de seu algoz. Ele o conhecia e ao mesmo tempo não o conhecia, e aquilo se mostrara uma tortura da qual era impossível fugir.

Jaeger forçou essas imagens para fora de sua mente. Lembrou a si mesmo das pessoas que, naquele momento, eles atacavam com gás.

Testemunhara os horrores sanguinários provocados à sua equipe na Amazônia, isso para não falar da pobre Letícia Santos. E obviamente havia uma parte dele que esperava descobrir ali algo que pudesse levá-lo a sua mulher e seu filho.

Cada segundo agora era precioso. *Dezessete. Dezoito. Dezenove Vinte!*

Jaeger deu um passo para trás, levantou a perna e atingiu a porta violentamente com a bota. A forte madeira de lei tropical não cedeu um centímetro, mas o batente era feito de compensado barato e se estilhaçou, fazendo a porta virar para dentro em suas dobradiças.

Jaeger abriu caminho no interior às escuras com a SIG de prontidão. Fez uma varredura no ambiente com o feixe da lanterna acoplada à parte de baixo do cano da arma. O ar estava denso, tomado pela névoa branca e oleosa que dançava diante da luz. Corpos se contorciam pelo chão, arranhando o pescoço como se quisessem arrancar as próprias gargantas.

Ninguém nem mesmo reparava em sua presença. Tinham os olhos ofuscados pelo gás e os corpos ardendo em chamas.

Jaeger continuou avançando. Passou por cima de uma figura arfando e se contorcendo a seus pés. Usou a bota para fazer outra rolar, dando uma boa olhada nos rostos enquanto passava.

Nenhum era o de Letícia Santos.

O feixe de sua lanterna passou por uma poça de vômito e um corpo que se retorcia em meio às sombras. O fedor seria repugnante, mas nenhum cheiro era capaz de atravessar o respirador de Jaeger.

Ele se forçou a seguir em frente e bloquear os pensamentos de horror. Precisava manter o foco na missão: *encontrar Letícia.*

Movendo-se em meio à nuvem sinistra e desorientadora de gás, sua lanterna encontrou uma fantasmagórica fonte branca — um cilindro de Kolokol-1, soltando os últimos resquícios de seu conteúdo. Em pouco tempo, Jaeger chegou aos fundos da sala. À sua frente, dois lances de escada: um levando ao andar de cima, outro para o de baixo. Seu instinto lhe dizia que Letícia estaria no subsolo.

Colocou a mão dentro do traje e sacou um segundo cilindro. Mas, ao retirar o pino, pronto para lançar a granada escada abaixo, um surto de claustrofobia paralisante o acertou como um soco no estômago. Sentiu-se paralisar, com a mente travada naquele momento sombrio nas montanhas, que parecia passar em sua cabeça em contínua e infinita repetição.

Era crucial manter o ímpeto num ataque como aquele. Mas ondas de náusea subiram das profundezas do estômago de Jaeger, fazendo com que se curvasse diante de tanta intensidade. Sentiu como se estivesse de volta à barraca, afogando no mar de seu próprio fracasso, incapaz até mesmo de defender sua própria mulher e seu filho.

Braços e pernas pareciam completamente paralisados.

Não conseguia lançar o cilindro.

Capítulo 8

— Arremesse! — gritou Narov. — ARREMESSE! Santos está em algum lugar lá embaixo. Arremesse essa porcaria!

Suas palavras atravessaram rasgando a paralisia de Jaeger. Foi necessário um esforço colossal, mas de algum jeito ele conseguiu recobrar a consciência e atacar, lançando a granada bem longe na escuridão do subsolo. Segundos depois, descia pelos degraus a passos firmes, fazendo uma varredura da área com sua arma e seguido de perto por Narov.

Nos anos em que servira nas unidades de elite, revistar prédios era um dos exercícios mais praticados. Era rápido, natural e instintivo.

Havia duas portas ao pé da escadaria, uma de cada lado. Jaeger virou à direita e Narov, à esquerda. Ele abriu o grampo de retenção de um terceiro cilindro de Kolokol-1. Sua bota acertou a porta, arrebentando a madeira e escancarando-a, e ele atirou o cilindro para dentro.

À medida que o gás começou a ser liberado, um vulto cambaleou em sua direção, tossindo e praguejando numa língua que Jaeger não entendia. O vulto abriu fogo, disparando loucamente com sua arma, mas o gás o cegava. No instante seguinte ele caiu de lado, agarrando a garganta e arfando em busca de oxigênio.

Jaeger avançou para dentro do cômodo, esmagando os cartuchos de metal disparados sob as solas de suas sobrebotas. Fez uma sondagem rápida à procura de Letícia Santos. Não a encontrando em lugar algum, estava prestes a sair quando foi tomado por uma constatação desesperadora: *ele reconhecia aquele lugar*.

De alguma forma, em algum lugar, ele o vira antes.

Foi então que entendeu. Numa tentativa de torturá-lo a distância, os sequestradores de Santos enviaram imagens do cativeiro a Jaeger por e-mail. Uma delas a mostrava ferida, amarrada e ajoelhada diante de um lençol sujo e rasgado, no qual foram rabiscadas as palavras:

Devolva o que é nosso.
Wir sind die Zukunft.

Wir sind die Zukunft: nós somos o futuro.

As palavras foram escritas de maneira tosca com o que aparentava ser sangue.

Jaeger via agora aquele mesmo lençol à sua frente, preso a uma das paredes. Embaixo dele, no chão, encontravam-se os resquícios do cárcere: um colchão sujo, um balde para as necessidades fisiológicas, pedaços de corda puída e algumas revistas com páginas marcadas, além de um bastão de beisebol, sem dúvida usado para espancar a cativa.

Não foi o quarto que Jaeger reconheceu; foram os instrumentos do cárcere e da tortura de Letícia Santos.

Ele olhou ao redor. Narov revistara o quarto do lado oposto e ainda assim não havia sinal da brasileira. *Onde a teriam levado?*

Os dois pararam por um segundo ao pé da escada. Estavam ensopados de suor, e a respiração lhes vinha em suspiros arfados. Cada um pegou um cilindro e se preparou para seguir em frente. Tinham que manter o ímpeto do ataque.

Subiram ruidosamente os lances de escada que levavam ao telhado, lançando mais cilindros e se dividindo para vasculhar, mas o piso inteiro parecia vazio. Após alguns segundos, Jaeger ouviu uma explosão de estática em seu fone de ouvido, e a voz de Raff veio pelo rádio.

— A escada dos fundos leva ao telhado.

Jaeger se virou e correu naquela direção, lutando para abrir caminho em meio ao gás denso e rodopiante. Raff estava parado ao pé de uma escada de degraus velhos de metal; acima dele, um alçapão aberto dava para o céu.

Jaeger nem hesitou antes de começar a subir. Letícia tinha de estar ali. Podia sentir em seus próprios ossos.

Quando sua cabeça se aproximou da abertura, desligou o feixe de luz da pistola. A luz da lua seria o bastante para que conseguisse enxergar, e a lanterna apenas o transformaria num alvo fácil. Usou uma das mãos para ajudar na subida da escada, mantendo a arma de prontidão com a outra. Não havia sentido em soltar o gás ali. Fazia pouco efeito a céu aberto.

Subiu furtivamente os últimos centímetros, sentindo Narov nos degraus de baixo, e passou a cabeça e os ombros pela abertura, vasculhando os arredores em busca do inimigo. Ficou completamente imóvel por vários segundos, observando e ouvindo.

Finalmente, num movimento ligeiro, saltou para o telhado. Ao fazê-lo, ouviu uma pancada. Parecia ensurdecedora em comparação ao silêncio de antes. Uma televisão velha havia sido despejada no centro do telhado, uma pilha de móveis velhos se amontoando logo atrás.

Uma cadeira quebrada caiu de lado quando uma figura ergueu uma arma de trás da zona de cobertura.

No instante seguinte, houve uma rajada violenta de disparos.

Jaeger se aprumou, mantendo-se abaixado e com a pistola apontada. Ao seu redor, as balas ricocheteavam no concreto liso do telhado. Ou enfrentava aquilo naquele exato instante ou estaria morto. Usou os flashes dos disparos para mirar e apertou o gatilho três vezes numa rápida sucessão: *zum, zum, zum!* Nesse ramo, tudo se resumia a conseguir disparar uma carga veloz, mas letalmente precisa.

Aquilo era a vida e a morte na zona de guerra. Ali, a linha que as separava era medida em frações de centímetro e milissegundos. E a mira de Jaeger era rápida e certeira.

Ele mudou de posição e se agachou, esquadrinhando ao seu redor. Quando Narov e Raff saltaram da escada e se colocaram de ambos os seus lados, Jaeger rastejou para a frente, equilibrando-se perfeitamente nas pontas dos pés, como um gato espreitando a presa. Fez uma varredura do monte de móveis velhos com sua arma. Tinha certeza de que havia mais inimigos escondidos ali.

Repentinamente, uma figura saiu da zona de cobertura e começou a correr. Jaeger fixou o corredor em sua mira, mas, ao se retesar para disparar, com o dedo colado ao gatilho, percebeu que se tratava de uma mulher; uma mulher de cabelos escuros. *Tinha de ser Letícia Santos!*

Jaeger viu uma segunda figura correr atrás dela, com a silhueta de uma pistola na mão. Era seu sequestrador e potencial assassino, mas estavam próximos demais para que ele pudesse abrir fogo com segurança.

— Solte a arma! — rosnou. — Solte a arma!

A máscara FM54 tinha um sistema de projeção de voz embutido, que funcionava como um megafone, fazendo suas palavras soarem estranhamente metálicas e robóticas.

— Solte a arma!

Como resposta, o atirador serpenteou um braço forte em volta do pescoço da mulher, forçando-a na direção da beirada do telhado. Jaeger avançou, mantendo-os na mira.

Com o traje e o respirador, parecia duas vezes maior que o normal. Imaginou que Letícia não saberia quem estava por trás da máscara, e sua voz metálica e projetada seria igualmente irreconhecível.

Seria ele amigo ou inimigo?

Ela não saberia dizer.

Ela deu um passo temeroso para trás, seu algoz lutando para mantê-la sob controle. A beirada do telhado estava bem às costas deles. Não havia onde se esconder nem para onde correr.

— Solte a arma! — repetiu Jaeger. — Solte a porcaria da arma!

Segurava a SIG à sua frente com as duas mãos, próximas ao corpo: o silenciador tendia a forçar os gases do cano de volta para o rosto do atirador, por isso era crucial manter a postura o mais firme possível de modo a amortecer o coice. Estava com o sequestrador bem em sua mira, o cão puxado e o dedo indicador no gatilho — e, ainda assim, não conseguia atirar. Sob a luz tênue, não tinha certeza se iria acertar o alvo, e as luvas volumosas tornavam o tiro duplamente difícil.

O algoz encostava a própria pistola no pescoço de Letícia. Jaeger estava num beco sem saída.

Ele sentiu Narov se mover junto ao seu ombro. Ela também mantinha a P228 de cano longo apontada para o alvo. Suas mãos se mantinham firmes como rochas: estáveis e frias como sempre. Ela deu um passo à frente, e Jaeger lhe lançou um olhar rápido. Nenhuma resposta. Nem mesmo um sinal de reação. Narov não interrompeu o contato visual com as miras de ferro da SIG.

Mas agora havia algo muito diferente no perfil dela.

Narov arrancara o respirador, deixando-o pendurado pelas tiras, e colocara os óculos AN/PVS-21 com visão noturna. Eles iluminavam suas feições com um estranho brilho verde fluorescente. Ela também havia tirado as luvas.

Por um momento terrível, Jaeger percebeu exatamente o que a colega estava prestes a fazer.

Ele esticou a mão para tentar pará-la. Mas era tarde demais.

Zum, zum, zum!

Narov puxara o gatilho.

Arriscara o tiro.

Capítulo 9

Pelo padrão militar, o cartucho de uma P228 9 mm pesa 7,5 gramas. As três balas subsônicas disparadas por Narov eram dois gramas mais pesadas. Viajando com uma velocidade cem metros por segundo mais baixa, ainda assim levaram apenas uma fração de segundo para atingirem o alvo.

Elas atravessaram o rosto do atirador, jogando-o para trás e fazendo-o cair da beirada do telhado num mergulho fatal. Foram disparos certeiros. Mas, ao cair, seu braço continuou preso ao pescoço da mulher.

Com um grito agonizante, ambas as figuras sumiram de vista. A queda do telhado tinha uns bons quinze metros. Jaeger esbravejou, irritado. *Maldita Narov!*

Virou-se e correu para o alçapão. Enquanto descia a escada feito um foguete, o Kolokol-1 rodopiava à altura de seus joelhos como uma neblina fantasmagórica. Saltou do último degrau de metal, voou pelo corredor e trovejou escada abaixo, passando por cima dos corpos no caminho. Atravessou correndo a porta estilhaçada, virou à direita e dobrou às pressas um dos cantos da casa, parando sem fôlego onde duas figuras estavam jogadas num monte desordenado.

O atirador morrera na hora como resultado dos três tiros na cabeça, e o pescoço de Letícia parecia ter se quebrado na queda.

Jaeger praguejou outra vez. Como as coisas puderam sair do controle tão rápido? A resposta lhe veio quase instantaneamente: *Culpa da atitude impulsiva e idiota de Narov.*

Ele se curvou sobre a forma contorcida de Letícia. Estava com o rosto virado para baixo, imóvel. Ele colocou a mão no pescoço dela, buscando pulsação. Nada. Sentiu um arrepio. Não conseguia acreditar: o corpo ainda estava quente, mas ela estava morta, exatamente como ele temia.

Narov apareceu ao lado dele. Jaeger virou o rosto para cima, os olhos em chamas.

— Belo trabalho de merda. Você acabou...

— Dê outra olhada — interrompeu a voz de Narov. Tinha aquele tom frio, monótono e imparcial que lhe era característico; o tom que Jaeger achava tão desconcertante. — Uma boa olhada.

Ela esticou o braço, pegou a figura caída pelos cabelos e puxou a cabeça para trás com violência. *Não tem respeito algum, nem mesmo pelos mortos.*

Jaeger fitou as feições pálidas. Era uma mulher latina, sem dúvida, mas não Letícia Santos.

— Como...

— Sou mulher — interrompeu Narov. — Sei reconhecer a postura de outra mulher. O jeito de andar. E o dessa aqui... não era o de Letícia.

Por um momento, Jaeger se perguntou se Narov sentira um mínimo de remorso por matar aquela prisioneira misteriosa, ou ao menos por ter feito o disparo que a levou a despencar rumo ao seu destino.

— Mais uma coisa — acrescentou Narov. Ela enfiou a mão no casaco da mulher e tirou uma pistola, mostrando-a para Jaeger. — Ela fazia parte da gangue.

Jaeger ficou estupefato.

— Jesus. Todo aquele drama no telhado. Uma encenação.

— Sim. Para nos atrair.

— Como você sabia?

Narov virou seu olhar vazio para Jaeger.

— Vi uma protuberância. Uma protuberância em forma de arma. Mas, em grande parte, foi puro instinto e intuição. O sexto sentido de um soldado.

Jaeger balançou a cabeça para organizar os pensamentos.

— Mas então... onde diabos está Letícia?

Com um lampejo súbito de inspiração, ele gritou pelo rádio:

— Raff! — O grande maori permanecera no prédio, verificando os sobreviventes e procurando por pistas. — Raff! Você pegou Vladimir?

— Sim. Peguei.

— Ele consegue falar?

— Sim. Muito mal.

— Certo. Traga-o aqui.

Trinta segundos depois, Raff emergiu da casa com um corpo sobre os ombros imensos. Ele deixou o homem cair aos pés de Jaeger.

— Esse é Vladimir... ou pelo menos é o que ele diz.

O líder dos sequestradores mostrava os sintomas inconfundíveis de um ataque por Kolokol-1. Seus batimentos cardíacos haviam desacelerado a um nível perigosamente baixo, assim como a respiração, e os músculos estavam estranhamente flácidos. Tinha a pele oleosa e a boca seca.

Acabara de ser tomado pelos primeiros surtos de vertigem, o que significava que logo começaria a vomitar e a ter convulsões. Jaeger precisava de respostas antes que o sujeito perdesse toda a utilidade. Tirou uma seringa da pochete em seu peito e a colocou diante dos olhos do homem.

— Ouça bem — anunciou, com a voz reverberando através do sistema de projeção da máscara. — Você foi atacado com sarin — mentiu. — Sabe alguma coisa de gases nervosos? É uma maneira horrível de morrer. Você só tem mais alguns minutos de vida.

O homem revirou os olhos, aterrorizado. Claramente, entendia inglês o suficiente para captar a essência do que Jaeger estava dizendo.

Jaeger acenou a seringa.

— Está vendo isso? Compoden. O antídoto. Se eu injetar, você vive.

O homem se agitou, tentando pegar a seringa.

Jaeger o empurrou com o pé.

— Certo, responda à seguinte pergunta: onde está a refém, Letícia Santos? Você ganha a injeção em troca de uma resposta. Caso contrário, está morto.

O homem agora se debatia com violência, e a saliva escorria do nariz e da boca. Mesmo assim, conseguiu de alguma forma levantar a mão tremulante e apontar de volta para a quinta.

— Porão. Debaixo do tapete. Lá.

Jaeger levantou a agulha e a afundou no braço do homem. Kolokol-1 não possui antídoto e a seringa continha uma dose de uma solução salina sem efeito. Alguns minutos a céu aberto seriam o bastante para assegurar sua sobrevivência, ainda que fosse demorar muitas semanas para que se recuperasse por completo.

Narov e Jaeger partiram para a casa, deixando Raff de olho no russo. De volta ao porão, a lanterna de Jaeger revelou um tapete colorido de estilo latino sobre o piso de concreto. Ele o jogou de lado, descobrindo um alçapão pesado de aço. Puxou a alça, mas a portinhola não se moveu. Estava trancada por dentro.

Tirou um explosivo de carga dirigida da mochila e o desenrolou, expondo a tira aderente. Em seguida, escolheu um ponto na parte de trás do alçapão e colou o explosivo junto à fenda.

— Assim que a bomba explodir, jogue o gás lá dentro — instruiu. Narov assentiu com a cabeça e deixou uma granada de Kolokol-1 de prontidão.

Os dois se colocaram a postos sob cobertura. Jaeger acionou o estopim e, na mesma hora, houve uma grande explosão. Uma nuvem densa de fumaça e destroços se espalhou pelo ar. O alçapão era agora uma ruína detonada.

Narov jogou o cilindro de gás no interior esfumaçado. Jaeger contou os segundos, deixando que o gás fizesse efeito antes de atravessar a abertura e se jogar lá embaixo. Ele caiu no chão, absorvendo o impacto nos joelhos, e imediatamente levantou a arma, fazendo uma varredura no ambiente com a lanterna presa à pistola.

Em meio à névoa densa de gás, ele identificou duas figuras deitadas no chão, inconscientes.

Narov saltou e caiu perto dele, e Jaeger apontou a lanterna para os homens inconscientes.

— Verifique os dois.

Enquanto Narov obedecia à ordem, Jaeger deslizou junto à parede em direção aos fundos, onde havia um pequeno nicho com um baú pesado de madeira. Ele esticou a mão enluvada e puxou a alça, mas o baú estava trancado.

Dane-se a chave.

Ele colocou ambas as mãos na alça e um pé na parte da frente do baú, retesou os músculos dos ombros e puxou com toda sua força. A tampa se soltou das dobradiças com um estalo. Jaeger a jogou de lado e apontou a lanterna para dentro.

No fundo do baú havia um grande embrulho sem forma, envolto por um lençol velho. Ele esticou os braços e o levantou, sentindo o peso característico de um corpo humano, e então o colocou com cuidado no chão. Quando afastou o lençol, viu-se olhando para o rosto de Letícia Santos.

Eles a encontraram. Estava inconsciente, e, pela aparência de suas feições maltratadas, Vladimir e seu bando haviam feito de sua vida um inferno naqueles últimos dias. Jaeger nem quis pensar no que teria passado. Mas pelo menos estava viva.

Às suas costas, Narov verificava o segundo corpo, só para ver se estava mesmo morto. Como muitos dos capangas de Vladimir, aquele ali usava um colete à prova de balas; sem dúvida, aquela gente não brincava em serviço.

Mas ao fazer a figura pesada rolar para ficar de costas, a luz de sua lanterna refletiu em algo que fora deixado no chão, ao lado dele. Era esférico e metálico, do tamanho de um punho, e sua camada externa era segmentada em inúmeros quadrados minúsculos.

— GRANADA!

Jaeger se virou, entendendo a ameaça numa questão de segundos. O atirador preparara uma armadilha. Acreditando que estava para morrer, puxou o pino de uma granada e deitou sobre ela, mantendo o grampo no lugar com o peso do próprio corpo.

— PROTEJA-SE! — gritou Jaeger, pegando Letícia nos braços e se jogando no refúgio do nicho na parede.

Ignorando-o completamente, Narov jogou o homem de volta em cima da granada e se lançou sobre ele para se proteger da explosão.

Seguiu-se uma explosão enorme e lancinante. Narov foi catapultada pela detonação, cuja intensidade lançou Jaeger nicho adentro, fazendo-o bater com a cabeça na parede.

Uma onda de agonia percorreu seu corpo… e em poucos segundos seu mundo inteiro ficou preto.

Capítulo 10

Jaeger virou à esquerda, pegando a saída que levava à Harley Street de Londres, uma das áreas mais nobres da cidade. Três semanas haviam se passado desde a missão cubana, e ele ainda estava com o corpo rígido e dolorido dos ferimentos que sofrera na quinta. Mas o desmaio fora apenas temporário: a máscara poupara sua cabeça de danos piores.

Foi Narov quem levou a pior. No ambiente fechado do porão, não havia opção além de se jogar na granada. Ela usou o corpo do atirador, assim como o colete à prova de balas que ele usava, para protegê-los da explosão, concedendo a Jaeger um instante para colocar Letícia em segurança.

Jaeger parou em frente à Clínica Biowell, estacionando sua Triumph Tiger Explorer numa das vagas reservadas a motocicletas. A Explorer era rápida em meio ao tráfego, e ele raramente deixava de encontrar uma vaga. Aquela era uma das alegrias de transitar pela cidade sobre duas rodas. Tirou sua surrada jaqueta Belstaff, ficando só de camiseta.

A primavera estava no ar e os plátanos enfileirados pelas ruas de Londres se expandiam com sua folhagem. Se precisasse estar na cidade — e não a céu aberto no campo — aquela era sua época preferida do ano para isto.

Acabara de receber a notícia de que Narov recobrara a consciência e fizera sua primeira refeição com alimentos sólidos. Na verdade, o cirurgião chegara até a mencionar a possibilidade de dar-lhe alta muito em breve.

Não havia dúvidas de que Narov era durona.

Deixar aquela ilha cubana se mostrara um desafio. Acordando após a explosão da granada, Jaeger havia se levantado com as pernas trêmulas e içado tanto Narov quanto Letícia Santos para fora do porão. Em seguida, Raff e ele carregaram as duas mulheres para fora da construção inundada de gás, fugindo pelo terreno da quinta.

O ataque tinha ficado barulhento em pouco tempo, e Jaeger não sabia quem mais naquela ilha poderia ter ouvido os disparos. O alarme provavelmente teria soado, e a prioridade deles era dar o fora dali. Que Vladimir e seu bando se explicassem sozinhos às autoridades cubanas.

Dirigiram-se à doca ali perto, onde os sequestradores mantinham um bote inflável de casco rígido transoceânico. Colocaram Narov e Santos a bordo, ligaram o poderoso motor duplo de 350 cavalos e partiram para o leste rumo ao território britânico das Ilhas Turcas e Caicos, num trajeto de 180 quilômetros pela faixa marítima que as separava. Jaeger conhecia pessoalmente o governador das ilhas, que estaria à espera deles.

Já em alto-mar, Jaeger e Raff estabilizaram a situação de Narov, estancando seu sangramento. Colocaram-na em posição de recuperação, deixando-a confortável junto a Letícia na parte de trás do bote, onde uma pilha de coletes salva-vidas servia como almofadas.

Feito isso, começaram a se livrar do grosso de seus equipamentos. Armas, trajes de proteção contra riscos QBRN, respiradores, explosivos e cilindros de Kolokol-1 — qualquer coisa que pudesse ligá-los à missão — foram despejados na água.

Quando chegaram à terra firme, sobrara pouca coisa que poderia associá-los a qualquer ação militar. Tinham a aparência de quatro civis que passeavam de bote e acabaram encontrando problemas no mar.

Certificaram-se de não deixar na ilha qualquer rastro que pudesse ser seguido, recolhendo os cilindros usados de Kolokol-1. Tudo o que ficara para trás foram algumas dezenas de cartuchos de 9 mm não rastreáveis. Até mesmo suas pegadas haviam sido mascaradas pelas sobrebotas do traje QBRN.

Havia câmeras de vigilância na quinta, mas, depois que Raff fritou a rede elétrica, não havia energia para mantê-las ligadas. De qualquer forma, Jaeger desafiaria qualquer um a identificá-los, fosse ele ou sua equipe, por trás das máscaras de gás.

Tudo o que restava eram os três paraquedas, e até mesmo eles deveriam ser levados para o mar pelas correntes predominantes.

Por qualquer ângulo que Jaeger olhasse, a barra estava limpa.

Enquanto navegavam pelo oceano calmo e escuro, ele parou um instante para refletir sobre o fato de que ainda estava vivo; ele e toda a sua equipe. Sentiu aquela descarga incrível de adrenalina de entrar numa zona mortal e sobreviver.

A vida nunca parecia tão real quanto nos momentos seguintes a ela quase lhe ter sido tirada.

Talvez por causa disso, uma imagem surgiu sem ser convidada em sua mente. De Ruth — cabelos escuros, olhos verdes e feições finas, delicadas, com seu ar de mistério céltico. De Luke — oito anos de idade e já a cara do pai. Luke agora estaria com onze anos, a poucos meses de seu décimo segundo aniversário. Nascera em julho e por isso sempre conseguiram comemorar seu aniversário em algum lugar mágico, pois caía bem no meio das férias de verão.

Jaeger escavou as recordações dos aniversários em sua mente: quando carregara o Luke de dois anos pela Calçada do Gigante, na costa oeste selvagem da Irlanda; o surfe nas praias portuguesas quando Luke tinha seis anos; a trilha pelos desertos cobertos de neve do Mont Blanc quando ele tinha oito.

Mas depois disso tudo o que lhe restava era uma escuridão súbita e vazia... uma perda deprimente que já durava três longos anos. Cada um destes aniversários perdidos fora um inferno e ainda por cima duplo, pois quem quer que tivesse sequestrado sua mulher e seu filho começara a torturar Jaeger a distância com imagens do cárcere.

Recebera por e-mail fotos de Ruth e Luke acorrentados, ajoelhados aos pés dos sequestradores, com os rostos magros e assustados, os olhos vermelhos e atormentados por pesadelos.

Saber que estavam vivos e que vinham sendo mantidos num estado de total e abjeta angústia e desespero levara Jaeger à beira da loucura. Somente a caçada — a promessa de resgatá-los — foi o que o trouxera de volta.

Com Raff no controle do motor do bote, Jaeger navegara usando um sistema portátil de GPS. Com a mão livre, desamarrara o cadarço de uma bota e removera algo de baixo da sola interna.

Passara a lanterna rapidamente sobre o item em suas mãos, e seus olhos se demoraram sobre os rostos que o encaravam da fotografia amassada — uma foto que levava consigo em todas as missões, não importava onde ou quando. Fora tirada nas últimas férias de família — um safári na África — e mostrava Ruth envolta num colorido sarongue queniano e Luke, todo bronzeado, de shorts e uma camiseta que dizia SALVEM OS RINOCERONTES, parado orgulhosamente ao lado dela.

Enquanto o bote percorria o mar noturno, Jaeger fez uma oração curta para eles, onde quer que estivessem.

Em seu coração, sabia que estavam vivos e que a missão cubana o deixara um passo mais perto de encontrá-los. Enquanto vasculhavam a quinta, Raff recolhera um iPad e alguns drives de computador, colocando-os na mochila. Jaeger esperava que pudessem oferecer pistas vitais.

Quando o bote aportou na capital das Ilhas Turcas e Caicos, Cockburn Town, ligações foram feitas da residência do governador; pauzinhos foram mexidos. Letícia e Narov foram transportadas por via aérea diretamente para o Reino Unido num jato particular equipado com instalações médicas de última geração.

A Clínica Biowell era um hospital particular exclusivo. Normalmente se faziam poucas perguntas aos pacientes, o que era conveniente quando se tinha duas mulheres sofrendo de intoxicação por Kolokol-1, uma delas salpicada com fragmentos de estilhaços.

Com a explosão da granada, estilhaços de metal atingiram Narov e perfuraram seu traje, permitindo ao Kolokol-1 agir em sua pele. Mas a longa viagem no bote e o ar fresco do oceano haviam ajudado a dispersar a pior parte das toxinas.

Jaeger encontrou Narov em seu quarto de hospital, apoiada numa pilha de travesseiros imaculados. Raios de sol entravam pela janela parcialmente aberta.

Levando em conta tudo pelo que passara, sua aparência estava impressionantemente boa. Um pouco cansada e pálida, talvez. Olheiras profundas sob os olhos. Ainda tinha alguns curativos aqui e ali onde os estilhaços a haviam acertado. Mas, passadas apenas três semanas do ataque, ela estava firme no caminho da recuperação.

Jaeger ocupou o assento ao lado da cama. Narov não disse nada.

— Como está se sentindo? — perguntou ele.

Ela nem olhou na sua direção.

— Viva.

— Isso diz muito — resmungou Jaeger.

— Tudo bem, que tal isso, então: minha cabeça dói, estou entediada para caralho e louca para ir embora daqui.

Mesmo a contragosto, Jaeger teve que sorrir. Ele nunca deixava de se impressionar com como aquela mulher podia ser irritante. Seu tom de voz monótono, inexpressivo e formal davam a suas palavras apenas uma leve sugestão de ameaça, e ainda assim não havia dúvidas quanto a seu altruísmo ou a sua bravura. Ao se jogar sobre aquele corpo e abafar a granada, ela salvara a todos. Eles deviam suas vidas a Narov, e Jaeger não gostava de ter uma dívida tão alta com alguém que representava um imenso enigma.

Capítulo 11

— Os médicos dizem que você não vai a lugar algum tão cedo — falou Jaeger. — Não até fazerem mais alguns exames.

— Os médicos podem ir se catar. Ninguém vai me prender aqui contra a minha vontade.

Embora Jaeger sentisse uma certa urgência para voltar ao caso, precisava de Narov em forma e recuperada.

— Vai com calma, mocinha — disse. Ela olhou para ele com um ar de perplexidade. — Use o tempo para se curar. — Fez uma pausa. — E *só aí* vamos tratar de negócios.

Narov bufou.

— Mas não temos tempo. Depois da missão na Amazônia, aqueles que nos perseguiram prometeram uma caçada implacável. Agora estarão triplamente determinados. E ainda assim temos todo o tempo do mundo para que eu fique aqui, deitada e sendo paparicada?

— Você não será útil a ninguém se estiver só meio-viva.

Narov o fuzilou com os olhos.

— Estou bem viva. E o tempo está se esgotando, ou será que esqueceu? Aqueles documentos que descobrimos no avião. *Aktion Werwolf*. O plano para o Quarto Reich.

Jaeger não esquecera.

Ao fim da épica missão amazônica, tinham se deparado com um gigantesco avião de combate da época da Segunda Guerra Mundial escondido na selva, em meio a uma pista de pouso aberta entre os arbustos. Acabaram descobrindo que a aeronave transportara os cientistas mais proeminentes de Hitler, além da *Wunderwaffe* do Reich — seu arsenal ultrassecreto e moderno — para um lugar onde armas terríveis como aquelas poderiam ser desenvolvidas muito depois do fim da guerra.

Encontrar a aeronave fora uma descoberta surpreendente. Mas, para Jaeger e sua equipe, o verdadeiro choque havia sido a revelação de que foram os Aliados — principalmente os Estados Unidos e a Grã-Bretanha — que patrocinaram os voos de relocação nazistas altamente confidenciais.

Nos estágios finais da guerra, os vencedores fizeram acordos com nazistas do alto escalão para garantir que eles escapassem à justiça. Àquela altura, a Alemanha não era mais a verdadeira inimiga: a Rússia de Stalin, sim. O Ocidente se vira diante de uma nova ameaça: a ascensão do comunismo e a Guerra Fria. Valendo-se da velha máxima que dizia que o inimigo do meu inimigo é meu amigo, as forças aliadas elaboraram grandes esquemas para salvaguardar os arquitetos mais proeminentes do Reich de Hitler.

Ou seja: nazistas importantes e suas tecnologias foram transportados por via aérea para o outro lado do mundo sob sigilo e em segurança. Os britânicos e os americanos usaram diversos codinomes para se referir a este programa obscuro: para o Reino Unido tratava-se da Operação Darwin, enquanto para os Estados Unidos era o Projeto Safe Haven. Mas os nazistas tinham seu próprio codinome operacional, que deixava todos os outros no chinelo: *Aktion Werwolf* — Operação Lobisomem.

A *Aktion Werwolf* tinha um cronograma de setenta anos e foi elaborada para promover a vingança máxima contra os Aliados. Era um plano que daria origem à ascensão do Quarto Reich através da colocação de nazistas do alto escalão em posições de poder mundial, enquanto desenvolviam as mais temíveis *Wunderwaffe* para alcançar seus objetivos.

Tais informações constavam nos documentos recuperados da aeronave na Amazônia. E, durante a expedição, Jaeger percebera que outra força, assustadoramente poderosa, também em busca do avião, estava determinada a enterrar seus segredos para sempre.

Vladimir e seu bando caçaram a equipe de Jaeger pela Amazônia. Dos prisioneiros, apenas Letícia Santos fora poupada, de modo a coagir e armar uma cilada para Jaeger e seus companheiros de expedição. Mas então Narov havia manipulado as peças daquele jogo e descoberto a localização do cativeiro de Santos — daí surgira a missão de resgate que tinham acabado de executar, uma missão que trouxera à luz novas e vitais evidências.

— Tenho novidades — anunciou Jaeger. Com o tempo, acabara aprendendo que era melhor ignorar o mau humor de Narov. Descobrimos as senhas. Conseguimos acessar o laptop e os drives.

Passou à colega uma folha. Havia umas palavras rabiscadas.

Kammler H.
BV222
Katavi
Choma Malaika

— Estas são as palavras-chave que identificamos na janela de bate-papo do e-mail deles — explicou Jaeger. — Vladimir, caso este seja realmente o nome dele, vinha se comunicando com algum superior. O sujeito que dá as ordens. Estas palavras surgiram repetidamente na comunicação entre eles.

Narov as leu algumas vezes.

— Interessante. — Seu tom se tornara um pouco mais suave. — Kammler H. Trata-se supostamente do general Hans Kammler, embora todos achássemos que tivesse morrido há muito tempo. Agora, BV222... — continuou. — Só pode ser o Blohm & Voss BV222 *Wiking*. Um hidroavião da Segunda Guerra. Um veículo impressionante, capaz de pousar praticamente em qualquer lugar onde houvesse água.

— E *Wiking* significa viking, certo? — indagou Jaeger.

Narov bufou.

— Meus parabéns.

— E o restante? — perguntou ele, sem reagir à provocação.

Narov deu de ombros.

— Katavi. Choma Malaika. Soa quase africano.

— É verdade.

— Então... você checou?

— Sim.

— E...? — insistiu ela, irritada.

Jaeger sorriu.

— Quer saber o que eu descobri?

Narov franziu as sobrancelhas. Sabia que Jaeger a estava provocando agora.

— Como vocês dizem, está perguntando se o macaco quer banana?

Jaeger sorriu.

— Choma Malaika é como dizem "Anjos em Chamas" em suaíli, a língua falada na África Oriental. Aprendi um pouco dela nas operações que fiz por lá. E veja só isso. A tradução de Katavi é... "o Caçador".

Narov olhou para ele. A importância daquele nome obviamente não lhe passara despercebida.

Desde a infância, Jaeger sempre acreditara em sinais. Era um homem supersticioso, especialmente quando as coisas pareciam ter um significado pessoal para ele. "O Caçador" era o apelido que recebera na expedição na Amazônia, e Jaeger dava muito valor a ele.

Uma tribo indígena amazônica — os amahuaca — os ajudara na busca da aeronave escondida. Mostraram ser companheiros constantes e leais. Um dos filhos do líder da tribo, Gwaihutiga, dera aquele nome, "O Caçador", para Jaeger, depois que ele os salvara da morte certa. E quando Gwaihutiga perdeu a vida nas mãos de Vladimir e seu bando sanguinário, o nome se tornou ainda mais valioso. Jaeger agarrava-se a ele, para que não esquecesse.

E agora, outro caçador em outro continente antigo, a África, parecia querer chamar sua atenção.

Capítulo 12

Narov gesticulou diante da lista rascunhada.

— Precisamos levar isso à minha gente. Estas últimas palavras.. Katavi, Choma Malaika... certamente significarão algo mais para eles.

— Você confia muito nessa sua gente. Acredita bastante nas habilidades deles.

— São os melhores. São os melhores em todos os aspectos.

— O que me faz lembrar de perguntar: quem é essa sua gente? Mereço uma explicação já faz um tempo, não acha?

Narov deu de ombros.

— Concordo. Por isso, minha gente convidou você a conhecê-los.

— Com que finalidade, exatamente?

— Ser recrutado. E se unir a nós. Isto é, se conseguir provar que realmente... está pronto.

A expressão de Jaeger se fechou.

— Você quase disse *é digno*, não é mesmo?

— Não importa. Não importa o que eu penso. Não é uma decisão minha, de qualquer forma.

— E o que a faz pensar que eu gostaria de me unir a vocês? De me unir a *eles*?

— É simples. — Narov olhou para ele. — Sua mulher e seu filho. Nesse momento, minha gente oferece a maior chance que você jamais terá de encontrá-los.

Jaeger sentiu a emoção subir pelo seu corpo. Três anos terríveis: era um tempo insuportavelmente longo para procurar por seus entes queridos, especialmente quando todos os indícios sugeriam que vinham sendo mantidos como reféns de um inimigo implacável.

Antes de conseguir pensar numa resposta adequada, sentiu seu telefone vibrar. Recebera uma mensagem. O cirurgião de Letícia Santos vinha mantendo-o atualizado por mensagens de texto, e ele achou que talvez fosse receber notícias de como ela estava.

Jaeger deu uma olhada na tela do celular barato. Esses telefones pré-pagos normalmente eram os mais seguros. Se você o deixasse sem a bateria, apenas ligando-o rapidamente para verificar as mensagens, era praticamente impossível de rastrear. Caso contrário, seu telefone sempre revelaria sua posição.

A mensagem era de Raff, normalmente um homem de poucas palavras. Jaeger a abriu.

Urgente. Me encontre no lugar de sempre. E leia isto.

Jaeger seguiu tela abaixo e clicou em um link embutido na mensagem. Uma manchete apareceu: "Ilha de edição bombardeada em Londres — suspeita de terrorismo". Embaixo havia uma foto de um prédio coberto por uma nuvem crescente de fumaça.

A imagem atingiu Jaeger como um soco no estômago. Conhecia bem aquele lugar. Era The Joint, a ilha de edição onde vinham sendo dados os últimos retoques a um filme televisivo que contava a história da expedição que ele e sua equipe fizeram à Amazônia.

— Ah, meu Deus... — Ele esticou o braço e mostrou a tela a Narov. — Começou. Atacaram Dale.

Narov manteve o olhar fixo por um instante, sem revelar qualquer tipo de reação.

Mike Dale fora o cineasta que os acompanhara na expedição amazônica. Tratava-se de um jovem operador de câmera australiano que se transformara em aventureiro e filmara a jornada épica de Jaeger e sua equipe para uma série de televisão.

— Eu avisei — disse ela. — Falei que isso aconteceria. A não ser que coloquemos um fim nisso, irão caçar cada um de nós. E, depois de Cuba, mais ainda.

Jaeger colocou o telefone no bolso, pegou a jaqueta Belstaff e o capacete da motocicleta.

— Vou encontrar Raff. Não vá a lugar algum. Voltarei com uma atualização... e uma resposta.

Por mais que estivesse com vontade de sair dirigindo a toda para descarregar sua raiva reprimida, Jaeger se forçou a guiar com cuidado. A última coisa de que precisava agora era se arrebentar num acidente de trânsito, especialmente quando era possível que tivessem perdido outro integrante da equipe.

De início, Jaeger e Dale tiveram uma relação turbulenta e problemática. Mas, ao longo das semanas que passaram na selva, Jaeger começara a respeitar e valorizar o trabalho do cinegrafista e a estimar sua companhia. No fim, Dale se transformara em alguém com quem ele contava como um amigo próximo.

Por "lugar de sempre" Raff quis dizer Crusting Pipe, um velho bar situado no que um dia foram os porões de uma casa de algum nobre londrino. Com seu teto baixo e arqueado coberto por manchas amareladas de fumaça de cigarro e uma camada de serragem espalhada pelo chão, tinha um ar que remetia a um lugar de encontro de piratas, arruaceiros e ladrões de casaca.

O tipo de local que combinava bem com Raff, Jaeger e sua turma.

Jaeger estacionou a motocicleta na praça pavimentada por pedras arredondadas e abriu caminho entre a multidão, descendo de dois em dois degraus a escada que levava ao piso inferior. Encontrou Raff no cubículo de sempre, um lugar tão privado e conspiratório quanto alguém poderia desejar.

Havia uma garrafa de vinho sobre a mesa velha e decrépita. Pela luz da vela ao lado, Jaeger pôde ver que já estava pela metade.

Sem abrir a boca, Raff colocou uma taça em frente a Jaeger e o serviu. Depois levantou sua própria taça, soturnamente, e os dois beberam. Ambos já tinham visto derramamento de sangue — e perdido amigos e companheiros de combate — o suficiente para saber que a morte era uma companhia constante. Vinha no pacote.

— Me conte — incentivou Jaeger.

Em resposta, Raff estendeu uma folha de papel até o outro lado da mesa.

— Um resumo de um dos policiais. Um cara que conheço. Peguei uma hora atrás.

Jaeger leu rapidamente o texto.

— O ataque aconteceu pouco depois da meia-noite — continuou Raff, fechando a cara. — A segurança no The Joint é intensa. Tem de ser, com todo aquele equipamento caro de edição para proteger. Bem, o sujeito entrou e saiu sem ativar qualquer alarme. Uma bomba caseira foi colocada na ilha de edição on-line onde Dale e sua equipe faziam a edição final, escondida entre o conjunto de discos rígidos.

Raff deu um longo gole em sua taça.

— A explosão parece ter sido ativada por alguém ao entrar na sala. O mais provável é que se trate de uma bomba caseira feita com uma placa de pressão. Seja como for, o impacto serviu a dois propósitos: em primeiro lugar, destruiu toda a filmagem da expedição. Em segundo, transformou meia dúzia de discos rígidos de aço numa tempestade de estilhaços.

Jaeger fez a pergunta óbvia.

— Dale?

Raff balançou a cabeça.

— Não. Dale havia deixado a ilha de edição para buscar café. Pegaria um para cada membro da equipe. Sua noiva, Hannah, foi a primeira a entrar. Ela e uma jovem assistente. — Uma pausa intensa. — Nenhuma das duas sobreviveu.

Jaeger balançou a cabeça, horrorizado. Ao longo das semanas em que Dale editara o filme, Jaeger acabara conhecendo bem Hannah. Saíram juntos algumas noites, depois das quais ele aprendera a admirar sua companhia alegre e animada, além da companhia da assistente de edição, Chrissy.

As duas estavam mortas. Estraçalhadas por uma bomba caseira Era um pesadelo.

— E como está Dale? — Jaeger se arriscou a perguntar.

Raff deu uma olhadela para ele.

— Adivinhe. Ele e Hannah iam se casar no próximo verão. Está completamente arrasado.

— Alguma imagem das câmeras de segurança? — perguntou Jaeger.

— O que dizem é que foram apagadas. O cara que fez isso é um profissional. Estamos tentando acessar o drive e talvez tenhamos alguém que possa recuperar alguma coisa. Mas é melhor esperar sentado.

Jaeger reabasteceu as taças. Por vários segundos, os dois homens permaneceram sentados num silêncio melancólico. Então Raff enfim estendeu a mão sobre a mesa e agarrou o braço de Jaeger.

— Sabe o que isso significa? A caçada começou. Somos nós contra eles. Eles contra nós. Agora é matar ou morrer. Não há outra escolha.

— Mas temos boas notícias — Jaeger arriscou dizer. — Narov está de volta. Acordada. Inquieta. Parece recuperada, basicamente. E Santos está aos poucos recobrando a consciência. Acredito que as duas ficarão bem.

Raff gesticulou para pedir mais vinho. Beberiam aos mortos de qualquer forma. O barman se aproximou com uma segunda garrafa e mostrou o rótulo para Raff, que sinalizou sua aprovação fazendo que sim com a cabeça. Ele tirou a rolha e a ofereceu para que o maori pudesse verificar se a garrafa era boa. Raff indicou que aquilo não era necessário. Aquele era o Crusting Pipe. Tratavam o vinho com o devido cuidado.

— Apenas sirva, Frank, por favor. Estamos bebendo em homenagem a amigos que se foram. — Voltou, então, a atenção para Jaeger. — Me conte: como está a rainha do gelo?

— Narov? Agitada. Determinada como sempre. — Uma pausa. — Ela me convidou para conhecer o pessoal dela. — Jaeger deu uma olhada rápida na folha de papel sobre a mesa. — Depois disso, acho que precisamos ir até lá.

Raff concordou com a cabeça.

— Se nos derem acesso a quem fez isso, devemos todos ir.

— Narov parece acreditar neles. Tem toda a confiança do mundo.

— E você? Confia nela? Nessa gente dela? Não tem mais dúvidas, como tinha na Amazônia?

Jaeger deu de ombros.

— Ela é difícil. Cautelosa. Não confia em ninguém. Mas acho que nesse instante nossa única opção é esse pessoal. E precisamos saber o que eles sabem.

Raff soltou um grunhido.

— Por mim, tudo bem.

— Certo. Envie uma mensagem. Alerte a todos. Avise que estamos sendo caçados. E diga que se preparem para uma reunião, com data e local a serem definidos.

— Entendido.

— Avise também para que se cuidem. As pessoas que fizeram isso... basta um instante de distração para que todos acabemos mortos.

Capítulo 13

A chuva primaveril caía suave e fria na pele exposta de Jaeger, uma carícia úmida e cinzenta que combinava perfeitamente com seu estado de espírito.

Estava parado num bosque de pinheiros bem longe do campo de jogo. As calças escuras de motoqueiro e a jaqueta Belstaff se fundiam à umidade fria e gotejante da cena.

Um grito ecoou até ele.

— Dê cobertura! Vá com ele, Alex! Dê cobertura!

Era a voz de algum pai, de alguém que Jaeger não reconhecia. O sujeito devia ser novo na escola, mas, como Jaeger não aparecia ali já havia uns bons três anos, a maior parte dos rostos lhe pareciam estranhos agora.

Assim como o seu rosto devia parecer para eles.

Uma figura esquisita e distante meio escondida entre as árvores, assistindo a uma partida de rúgbi estudantil na qual aparentemente não tinha qualquer interesse; não tinha um filho por quem torcer.

Um desconhecido altamente suspeito. De rosto esquelético. Reservado. Perturbado.

Era de admirar que ninguém tivesse chamado a polícia para levá-lo dali.

Jaeger ergueu os olhos para as nuvens. Baixas, ameaçadoras; passando com uma rapidez que zombava das minúsculas, mas determinadas, figuras que se empurravam para chegar à linha da bola, enquanto pais orgulhosos gritavam palavras de incentivo, sentindo o cheiro de uma vitória merecida.

Jaeger se perguntou por que fora até ali.

Imaginou que era porque desejava recordar o passado, antes que tivesse início o próximo capítulo da missão — encontrar o pessoal de Narov, quem quer que fossem. Fora até ali — até aquele campo de jogo ensopado de chuva — pois aquele fora o último lugar em que vira seu filho feliz e livre antes que a escuridão o levasse. Antes que ela os levasse.

Fora até ali para tentar recapturar parte daquilo — parte daquela magia pura, cintilante, preciosa.

Seus olhos percorreram a cena até repousarem na forma atarracada, mas imponente, da Abadia de Sherborne. Por mais de treze séculos, a catedral saxã e antiga abadia beneditina montara guarda sobre aquela cidade histórica e sobre a escola onde seu filho crescera e estudara.

Toda aquela boa educação e tradição se cristalizavam ali, com enorme potência, no campo de rúgbi.

"KA MATE! KA MATE! KA ORA! KA ORA! *Vou morrer? Vou morrer? Vou viver? Vou viver?*" Jaeger ouvia as palavras até mesmo agora, ecoando pelo campo e reverberando em suas lembranças. Aquele canto icônico.

Junto a Raff, Jaeger fora presença certa no time de rúgbi da SAS, onde massacravam unidades rivais quase até a morte. Raff sempre liderara o *haka*, a tradicional dança de guerra maori realizada no pré-jogo, enquanto o restante do time o flanqueava, destemido e invencível.

Havia uma quantidade considerável de maoris no SAS, o que fazia tudo parecer bem apropriado.

Sem ter filhos ou vocação para o casamento, Raff havia mais ou menos adotado Luke como filho postiço. Tornara-se um visitante frequente na escola, além de técnico honorário do time de rúgbi. Oficialmente, a escola não lhes permitira fazer o *haka* antes das partidas. Mas extraoficialmente os outros técnicos fizeram vista grossa, especialmente quando os garotos iniciaram uma série ininterrupta de vitórias.

E fora assim que um antigo canto de guerra maori acabara ecoando pelos campos sagrados de Sherborne.

— KA MATE! KA MATE! KA ORA! KA ORA!

Jaeger olhou para a partida. O time adversário fazia os garotos de Sherborne recuarem mais uma vez. Jaeger duvidou que o *haka* ainda fosse usado para abrir as partidas, uma vez que sua ausência e a de Raff agora já duravam três longos anos.

Já estava prestes a virar as costas e partir, caminhando em direção à Triumph estacionada discretamente sob as árvores, quando sentiu uma presença ao seu lado. Olhou ao redor.

— Jesus, William. Achei que pudesse ser você. Mas o que...? Caramba. Já faz um bom tempo. — A figura estendeu a mão. — Como diabos você está?

Jaeger teria reconhecido o sujeito em qualquer situação. Acima do peso, com os dentes tortos, olhos um tanto protuberantes e cabelos grisalhos presos num rabo-de-cavalo, Jules Holland era mais conhecido por todos como o Caça-Ratos, ou Rato, para encurtar.

Os dois homens apertaram as mãos.

— Eu estou... Bem, eu estou... vivo.

Holland fez uma careta.

— Não parece muito bem. — Fez-se uma pausa. — Você meio que sumiu. Teve aquele torneio de rúgbi de sete no Natal: você, Luke e Ruth marcavam bastante presença na escola. Depois do Ano-Novo, sumiram. Sem dar uma palavra.

Seu tom beirava a mágoa. Jaeger podia entender por quê. Para algumas pessoas, aquela era uma amizade improvável, mas, ao longo do tempo, Jaeger fora se afeiçoando ao comportamento anticonvencional e inconformado do Rato, além de nada pretensioso.

Com o Rato, era preto no branco... sempre.

Aquele Natal fora uma das poucas ocasiões em que Jaeger conseguira fazer com que Ruth realmente investisse seu tempo no rúgbi. Antes disso, ela demonstrava relutância em assistir às partidas, pois não suportava ver Luke "apanhando tanto", como ela dizia.

Jaeger compreendia, mas mesmo aos oito anos de idade Luke era obcecado pelo jogo. Dotado de instintos protetores naturais e uma lealdade indomável, tornara-se um bastião da defesa. Uma rocha. Um leão.

Sua investida era de dar medo, e poucos jogadores adversários conseguiam passar por ele. Apesar da preocupação da mãe, ele exibia seus hematomas e cortes como distintivos de honra. Parecia ter uma apreciação natural pelo ditado: "O que não o mata o fortalece."

O esporte daquele Natal — o rúgbi de sete; sete jogadores de cada lado — tendia a ser mais rápido e menos amarrado pelo atrito brutal do jogo habitual. Jaeger convencera Ruth a comparecer àquela primeira partida de rúgbi de sete e, assim que viu o filho correndo feito o vento e marcando um belo ponto, ela acabou fisgada.

Dali em diante, ela e Jaeger passaram a acompanhar os jogos de braços dados na lateral, gritando em apoio a Luke e sua equipe. Aqueles foram momentos preciosos, nos quais Jaeger sentia a felicidade simples de fazer parte de uma família.

Ele filmara uma das partidas mais difíceis, de modo que pudessem mostrar o filme para os meninos e analisar como seria possível refinar suas técnicas. Lições a serem aprendidas. Mas, agora, aquelas eram algumas das últimas imagens que tinha de seu filho desaparecido.

E ele assistira àquelas cenas inúmeras vezes nos três anos som brios que se passaram desde que o perdera.

Capítulo 14

Agindo num impulso, eles seguiram de carro para o norte naquele Natal, rumo ao País de Gales, com a ideia de fazer um acampamento de inverno, lotando o carro de equipamentos e presentes. Ruth amava tudo que dizia respeito à natureza e era uma ambientalista ferrenha; Luke herdara estes mesmos interesses. Em trio, não havia nada que amassem mais do que se embrenhar na mata.

Mas havia sido nas montanhas galesas que Ruth e Luke foram arrancados dele. Jaeger, traumatizado e enlouquecido pela tristeza, cortou todas as ligações com o mundo em que antes habitavam, incluindo Jules Holland e seu filho, Daniel.

Daniel — que tinha síndrome de Asperger, uma forma de autismo — fora o melhor amigo de Luke na escola. Jaeger podia apenas imaginar como perder repentinamente o colega devia tê-lo afetado.

Holland apontou para o campo.

— Como deve ter percebido, Dan continua com dois pés chatos. Puxou o pai, uma besta desajeitada em qualquer tipo de esporte. Pelo menos no rúgbi dá para disfarçar com um pouco de gordura e músculos. — Deu uma olhadela na própria pança. — Mais para a gordura, quando se trata de um filho meu.

— Sinto muito — disse Jaeger. — Quanto ao sumiço. O silêncio. Aconteceram umas coisas. — Ele olhou para o cenário banhado de chuva ao redor. — Acho que deve ter ouvido falar.

— Uma coisa ou outra. — Holland deu de ombros. — Sinto muito por você. Não precisa se desculpar. Não precisa dizer nada.

Um silêncio se instalou entre eles. Cordial. Discreto. Conformado. A batida das botas na grama e os gritos dos pais pontuavam os pensamentos dos dois.

— Como está o Daniel? — Jaeger acabou perguntando. — Deve ter sido difícil para ele. Perder Luke. Aqueles dois eram completamente inseparáveis.

Holland sorriu.

— Unha e carne, foi como sempre os vi — disse. Deu uma olhada para Jaeger. — Dan fez novos amigos. Mas nunca deixa de perguntar. Quando Luke vai voltar? Coisas desse tipo.

Jaeger sentiu um nó na garganta. Talvez tivesse sido um erro ir até ali. Aquilo o estava carcomendo por dentro. Tentou mudar de assunto:

— E você, muito ocupado? Ainda aprontando das suas?

— Mais ocupado que nunca. Depois que você ganha certa reputação, todas as agências vêm bater à sua porta. Mas ainda trabalho por conta própria. Aberto à melhor oferta. Quanto mais competidores, mais o meu preço continua a subir.

Holland conquistara sua reputação — e seu apelido — num campo definitivamente instável: o da computação e da pirataria on-line. Começara na adolescência, invadindo o portal da escola e substituindo as fotos dos professores dos quais não gostava por burros. Depois, invadiu o site do Comitê de Avaliação do Exame de Nível Avançado e distribuiu notas máximas para si e para seus colegas de turma.

Ativista social e rebelde por natureza, especializou-se em invadir os sistemas de uma série de grupos criminosos e ligados à máfia, tirando dinheiro de suas contas bancárias e transferindo-o diretamente para os rivais. Entrara uma vez na conta bancária de um criminoso brasileiro que vendia narcóticos e madeira da Amazônia, por exemplo, e transferira milhões de dólares para o Greenpeace. Obviamente, os ambientalistas não puderam ficar com o dinheiro. Não podiam se aproveitar exatamente daquilo contra o que lutavam, isso para não falar no aspecto da ilegalidade da operação. Mas a cobertura da mídia que se seguira havia colocado o grupo criminoso sob os holofotes, acelerando seu desmembramento. E representou mais um passo para que o Caça-Ratos ganhasse sua notoriedade.

A cada sucesso, Holland deixava a mesma mensagem: *Hackeado pelo Rato*. E foi assim que suas habilidades únicas chamaram atenção daqueles que tinham sua vida baseada em conseguir informações.

Naquele ponto, ele se vira numa encruzilhada: encarar um tribunal sob uma infinidade de acusações de invasão on-line ou começar a trabalhar secretamente para o lado da lei. Sendo assim, agora era um consultor bastante requisitado de uma sopa de letrinhas de agências de inteligência, com um acesso invejável a informações.

— Bom saber que você anda ocupado — disse Jaeger. — Só não comece a andar com os vilões. No dia em que o Rato começar a trabalhar para o lado errado, estamos fritos.

Holland ajeitou para trás os cabelos desgrenhados e bufou.

—Vai ser difícil. — Desviou o olhar do campo de rúgbi para Jaeger. — Sabe de uma coisa? Você e Raff foram os únicos a levar Dan a sério no campo dos esportes. Deram a ele uma oportunidade. E ele ainda sente falta de vocês. Bastante.

Jaeger fez uma careta, como que se desculpando.

— Sinto muito. Meu mundo virou uma bagunça. Por um bom tempo não pude ajudar nem a mim mesmo, se é que me entende.

Holland apontou para o filho quando aquele ser desengonçado avançou para ocupar sua posição na formação.

— Will, olhe só para ele. Ainda joga mal, mas pelo menos *joga*. Faz parte da turma. Isso é obra sua. É o seu legado. — Olhou para os pés e então para Jaeger. — Por isso, como eu falei, não há por que pedir desculpas. Muito pelo contrário, na verdade. Estou em dívida com você. Se algum dia precisar dos meus... serviços especiais, é só pedir.

Jaeger sorriu.

— Obrigado. Fico feliz.

— Estou falando sério. Pararia qualquer coisa que estivesse fazendo. — Holland abriu um sorriso largo. — E por você eu até abriria mão dos meus honorários obscenamente altos. Seria tudo grátis.

Capítulo 15

— Me diga, o que exatamente é este lugar? — Jaeger se aventurou a perguntar.

Alguns dias após a visita à escola, ele se viu numa gigantesca construção de concreto bem no meio dos campos de florestas densas a leste de Berlim. A equipe da expedição amazônica vinha de todos os lugares, e ele foi o primeiro a chegar. Quando todos estivessem lá, seriam sete — incluindo Jaeger, Raff e Narov.

O guia de Jaeger, um homem de cabelos grisalhos com uma barba bem-aparada, apontou para as paredes de um verde pálido. Tinham uns bons três metros e meio de cada lado, e o túnel comprido e sem janelas era ainda mais longo. Em ambos os lados se ramificavam portas de aço maciço, e junto ao teto corria um grosso duto. O lugar tinha uma arquitetura claramente militar, e havia algo de sinistro em seus corredores vazios e ressonantes que mexia com os nervos de Jaeger.

— O nome pelo qual este lugar é conhecido depende da sua nacionalidade — explicou o idoso. — Se for alemão, este é o Bunker Falkenhagen, em homenagem à cidade próxima de mesmo nome. Foi aqui, neste vasto complexo, cuja maior parte se encontra no subsolo e, portanto, imune a bombas, que Hitler ordenou a criação de uma arma para finalmente derrotar os Aliados.

O homem espiou Jaeger por sob suas sobrancelhas grisalhas. Seu sotaque transatlântico dificultava a identificação de seu país de origem. Podia ser britânico, americano ou vir de um sem-número de nações europeias. Mas, de certa forma, uma decência e uma honestidade simples e básicas emanavam dele.

Havia compaixão em seu olhar, mas Jaeger não duvidava que aquilo pudesse mascarar um interior de puro aço. O homem — Peter Miles, como havia se apresentado — era um dos maiorais entre o pessoal de Narov, o que significava que provavelmente compartilhava com ela alguns de seus instintos assassinos peculiares.

— Por acaso já ouviu falar de *N-stoff*? — sondou Miles.

— Não.

— Poucos já ouviram. Trifluoreto de cloro: *N-stoff*. Ou substância-N, traduzindo do alemão. Imagine um terrível agente duplo: uma mistura de napalm com gás sarin. Isso era o *N-stoff*. Tão volátil que entrava em ignição até mesmo quando tocava a água e, durante sua combustão, também o sufocava até a morte. Segundo o *Chemicplan* de Hitler, seiscentas toneladas deveriam ser produzidas por mês. — Ele deu uma risadinha sutil. — Por sorte, Stalin chegou com seu exército muito antes que uma fração dessa quantidade pudesse ser produzida.

— E depois? — quis saber Jaeger.

— No pós-guerra, esse lugar foi transformado num dos postos de defesa mais importantes do regime soviético. Seria aqui que os líderes passariam o juízo final nuclear, abrigados em segurança trinta metros debaixo da terra e envoltos por um sarcófago inexpugnável de aço e concreto.

Jaeger deu uma olhada no teto.

— Estes dutos; eles servem para trazer ar limpo e filtrado, certo? O que significa que o complexo inteiro poderia ser isolado do lado de fora.

Os olhos do velho homem cintilaram.

— Exato. Jovem, mas inteligente, pelo que vejo.

Jovem. Jaeger sorriu, seus próprios olhos se enrugando com marcas de expressão. Não conseguia lembrar a última vez que o chamaram daquilo. Estava começando a gostar de Peter Miles.

— Me diga, como nós... vocês... terminaram aqui? — questionou.

Miles dobrou num dos cantos, conduzindo Jaeger por outro corredor interminável.

— Em 1990, as Alemanhas Ocidental e Oriental se reunificaram. Os soviéticos foram forçados a devolver essas bases às autoridades alemãs. — Ele sorriu. — O governo alemão nos ofereceu esta. Com bastante discrição, mas pelo tempo que fosse necessário. Apesar de sua história sombria, o lugar atende às nossas demandas de maneira admirável. É completamente seguro. E muito, muito discreto. Além disso, você conhece o ditado inglês: a cavalo dado não se olha os dentes.

Jaeger sorriu. Apreciava a humildade do sujeito, para não falar do jeito como se expressava.

— O governo alemão oferecendo um antigo bunker nazista? E como isso acontece?

O velho homem deu de ombros.

— Nós o consideramos apropriado, de certa maneira. Há uma deliciosa ironia nisso tudo. E quer saber de uma coisa? Se existe uma nação que nunca esquecerá os horrores da guerra, essa nação é a Alemanha. Eles são movidos pela culpa que sentem e tiram forças dela.

— Acho que nunca tinha visto as coisas por essa perspectiva — confessou Jaeger.

— Bem, talvez devesse — repreendeu o velho homem, com delicadeza. — Se existe um lugar seguro, talvez este lugar seja escondido num antigo bunker nazista na Alemanha, onde tudo começou. Mas... estou me precipitando. Estas conversas são mais propícias para quando o resto de sua equipe estiver aqui.

Jaeger foi levado ao seu minúsculo quarto. Havia comido no voo e, para falar a verdade, estava extremamente cansado. Após o furacão das últimas três semanas — a missão em Cuba, a explosão na ilha de edição e agora a reunião de sua equipe —, mal podia esperar por longas horas de sono escondido nas profundezas da terra.

Peter Miles lhe desejou uma boa noite. Assim que a enorme porta de aço se fechou, Jaeger ficou rodeado por um silêncio ensurdece dor. Àquela distância da superfície e envolto por vários metros de concreto reforçado, nem mesmo o menor som podia ser ouvido.

Parecia algo de outro mundo.

Ele se deitou e se concentrou em sua respiração. Aquele era um truque que aprendera em seus tempos de militar. Inspirar profundamente, segurar o ar por vários segundos e depois o liberar sem pressa. E então, de novo. Concentre-se no ato de respirar e todas as outras preocupações desaparecerão de sua mente.

Seu último pensamento consciente foi que, deitado ali sob a terra e numa escuridão absoluta, parecia ter sido conduzido ao próprio túmulo.

Mas Jaeger estava exausto, e não demorou muito até cair num sono profundo.

Capítulo 16

— FORA! PARA FORA! FORA! — GRITOU UMA VOZ. — FORA! ANDA, SEU DESGRAÇADO!

Jaeger sentiu a porta do veículo escancarar-se enquanto uma horda de figuras de preto vestindo toucas ninja os cercava, armas apontadas para eles. Mãos invadiram o carro e o arrastaram para fora com violência, enquanto Peter Miles era igualmente puxado do banco do motorista.

Depois de quatorze boas horas de sono, Jaeger acompanhara Miles numa viagem ao aeroporto para buscar dois dos outros integrantes de sua equipe. Mas, enquanto serpenteavam pela pista estreita em meio à floresta que os levava para fora de Falkenhagen, depararam-se com o caminho bloqueado por uma árvore tombada. Miles desacelerou até parar, claramente sem suspeitar de nada. Momentos depois, uma turba de atiradores usando balaclavas saiu de trás das árvores.

Jaeger foi jogado no chão, e seu rosto, forçado contra a terra molhada.

— ABAIXA! FICA ABAIXADO, PORRA!

Sentiu braços fortes o imobilizando. Seu rosto foi empurrado com tanta força na terra que não conseguia respirar. Enquanto sufocava e engasgava com o cheiro de podridão e decomposição, sentiu-se tomado por uma sensação crescente de pânico.

Eles o estavam asfixiando.

Tentou levantar a cabeça para pegar um pouco de ar, mas uma série de chutes e socos ferozes o acertou.

— ABAIXA! — gritou a voz. — Coloca essa sua cara feia de merda no chão!

Jaeger tentou se libertar, debatendo-se contra seus agressores e xingando-os. Tudo o que isso lhe rendeu foi uma saraivada de golpes furiosos, desta vez com o cabo de um fuzil. Deixando-se cair com a surra, sentiu as mãos serem torcidas violentamente para trás, como se seus braços estivessem para ser arrancados. Em seguida, seus pulsos foram amarrados bem apertados com fita adesiva.

No momento seguinte a tranquilidade da floresta foi quebrada por disparos. *Bang! Bang! Bang!* Tiros descontrolados, provocando um eco ensurdecedor entre as sombras e sob as copas densas. Disparos que fizeram o coração de Jaeger ir à boca.

Isso não é bom. Não é nada bom.

Conseguiu forçar a cabeça para cima o suficiente para dar uma olhada rápida. Viu que Peter Miles conseguira escapar e corria por entre as árvores.

Mais tiros foram disparados. Jaeger viu Miles perder força e cambalear, até cair de frente e ficar imóvel. Um dos atiradores correu em sua direção. Apontando a pistola para o homem caído, puxou o gatilho três vezes em rápida sucessão.

Jaeger estremeceu. Haviam executado Peter Miles, aquele simpático senhor idoso, a sangue-frio. *Quem, em nome de Deus, estava por trás daquilo?*

Um instante depois, alguém segurou os cabelos de Jaeger e puxou sua cabeça para trás. Antes que pudesse dizer qualquer coisa, sentiu um pedaço de fita adesiva ser grudado em sua boca, para depois ter a cabeça enfiada num saco de tecido negro, que foi amarrado em volta do pescoço.

Tudo ficou bem escuro.

Tropeçando às cegas, Jaeger foi puxado para ficar em pé e lançado para a frente de qualquer jeito em meio à floresta. Ele tropeçou num galho caído e desabou pesadamente.

Gritos furiosos:

— LEVANTA! LEVANTA! LEVANTA!

Foi arrastado por um pedaço de terreno pantanoso, onde o cheiro das folhas podres lhe agredia os sentidos. A marcha forçada frenética seguiu em frente até Jaeger ficar completamente desorientado. Por fim detectou um novo ruído à frente: a pulsação rítmica de um motor. Eles o estavam levando até algum tipo de veículo.

Coberto pelo saco, só conseguia identificar dois fortes pontos de luz a perfurar as densas sombras.

Faróis.

Com dois sujeitos segurando-o pelas axilas, Jaeger foi empurrado na direção das luzes. Seus pés se arrastavam sem que os comandasse. No momento seguinte, bateram seu rosto na grade da carroceria, e um lampejo de dor atravessou sua testa.

— AJOELHA, DESGRAÇADO! DE JOELHOS! *AJOELHA!*

Jaeger foi forçado a se ajoelhar. Sentia os faróis apontados para seu rosto, a luz ofuscante atravessando o saco. Sem qualquer palavra de aviso, o saco foi retirado. Tentou virar a cabeça para evitar a luminosidade, mas seguraram-lhe os cabelos com muita força, obrigando-o a olhar para a luz.

— NOME! — rosnou a voz. Estava logo ao lado de seu ouvido agora. — Vamos ouvir o seu nome de merda!

O homem que falava estava fora do campo de visão de Jaeger, mas a voz parecia estrangeira, com um forte sotaque do leste europeu. Por um segundo angustiante Jaeger desconfiou que o grupo criminoso que sofrera o ataque de Kolokol-1 — Vladimir e seu pessoal — o estava sequestrando. Mas certamente não era possível que fossem eles, pois, como diabos o teriam encontrado?

Pense, Jaeger. Rápido.

— NOME! — gritou a voz outra vez. — *NOME!*

A garganta de Jaeger estava seca de medo. Conseguiu emitir apenas um som:

— Jaeger.

Os homens que o seguravam bateram seu rosto no farol mais próximo, deixando suas feições coladas no vidro.

— O nome e o sobrenome. *O nome e o sobrenome de merda!*

— Will. William Jaeger. — Tossiu as palavras com a boca cheia de sangue.

— Está vendo? Assim é melhor, William Jaeger. — A mesma voz, sinistra e predatória, mas um pouco mais calma agora. — Agora me diga: quais os nomes dos outros integrantes da sua equipe?

Jaeger não respondeu. Não responderia sob hipótese alguma. Mas pôde sentir a raiva e a agressividade aumentarem novamente.

— Mais uma vez: qual o nome dos outros integrantes da sua equipe?

Com muito esforço, Jaeger conseguiu dizer:

— Não tenho ideia do que você está falando.

Sentiu a cabeça ser puxada para trás. Em seguida, seu rosto foi pressionado contra a terra da floresta, com ainda mais força que antes. Ele tentou prender a respiração enquanto os insultos e xingamentos recomeçavam, pontuados por chutes e socos desferidos com precisão. Quaisquer que fossem seus captores, certamente sabiam como machucar alguém.

Depois de um tempo, foi colocado de pé e sua cabeça foi mais uma vez metida dentro do saco.

A voz cuspiu uma ordem.

— Deem um jeito nele. Não tem qualquer utilidade caso se recuse a falar. Vocês sabem o que fazer.

Jaeger foi arrastado até o que devia ser a traseira do veículo. Ergueram-no e o jogaram para dentro. Mãos o forçaram a sentar, com as pernas esticadas e os braços amarrados às costas.

Então, silêncio. Só o ruído de sua própria respiração extenuada.

Os minutos se arrastaram. Jaeger podia sentir e até experimentar o gosto metálico de seu próprio medo. Em determinado momento, tentou mudar de posição, fazendo um esforço para aliviar a dor nos braços e nas pernas.

Pou! Alguém lhe deu um chute no estômago. Nenhuma palavra foi dita. Jaeger foi forçado a assumir a mesma posição sentada. Sabia agora que, apesar das pontadas de dor, não tinha permissão para se mover. Fora colocado numa posição dolorosa cujo propósito era promover uma tortura implacável e insuportável.

Sem qualquer aviso, o veículo deu uma guinada súbita e começou a se mover. O movimento inesperado fez Jaeger cair de frente. No mesmo instante levou um chute na cabeça. Assumiu novamente sua postura, mas, em poucos momentos, a caminhonete passou por uma vala e ele foi catapultado de costas. Mais uma vez choveram socos e cotoveladas, pressionando sua cabeça contra o revestimento frio de metal do veículo.

Por fim, um de seus torturadores o forçou à mesma posição de antes. A dor era intensa. Sua cabeça pulsava, os pulmões queimavam e ele ainda arfava da surra. Sentia-se como se o coração fosse irromper do peito. O medo e o pânico tomavam conta.

Jaeger sabia que fora capturado por verdadeiros profissionais. A questão era: quem era exatamente essa gente?

E para onde, em nome de Deus, o estavam levando?

Capítulo 17

A viagem de caminhonete pareceu levar uma eternidade, em solavancos por estradas esburacadas e pela pista irregular. Apesar da dor que sentia, Jaeger pelo menos teve tempo para pensar. Alguém deve tê-los traído. Caso contrário, ninguém os teria encontrado no Bunker Falkenhagen, isso era certo.

Teria sido Narov? Se não ela, quem mais sabia onde iriam se encontrar? Ninguém da equipe fora informado sobre o destino final. Tudo o que lhes disseram era que seriam pegos no aeroporto.

Mas por quê? Depois de tudo que passaram, por que Narov o teria vendido? E para quem?

De repente, a caminhonete desacelerou até parar. Jaeger ouviu a porta de trás sendo aberta. Ficou tenso. Mãos o agarraram pelas pernas e o puxaram para fora, deixando-o desabar. Ele tentou usar os braços para amortecer a queda, mas mesmo assim bateu com a cabeça no chão.

Jesus, isso doeu.

Jaeger foi arrastado para longe, puxado pelos pés como a carcaça de um animal, com a cabeça e o torso sendo arrastados pela terra. Pela luz que atravessava o saco, podia ver que era dia. Fora isso, havia perdido toda a noção do tempo.

Ouviu uma porta se abrindo e foi chutado para dentro de alguma espécie de construção. Subitamente tudo ficou negro outra vez. Uma sensação aterrorizante de completa escuridão. Ouviu então o zumbido familiar de um motor e sentiu o chão aos seus pés descer. Estava num elevador, mergulhando nas profundezas.

Após um tempo, o movimento finalmente parou. Jaeger foi arrastado para fora e empurrado por uma série de curvas de noventa graus — uma espécie de corredor retorcido, concluiu. Então uma porta se abriu, liberando um tsunami de barulhos ensurdecedores. Era como se tivessem deixado uma televisão ligada sem estar sintonizada em canal algum, emitindo interferência eletrônica — o chamado ruído branco — a todo volume.

Ele foi agarrado pelas axilas e arrastado de costas para dentro do cômodo com o ruído branco. Suas mãos foram soltas e suas roupas, arrancadas com tanta força que os botões voaram. Ficou apenas de cueca; até os sapatos foram levados.

Ajeitaram-no em uma posição encarando a parede, com as mãos nos tijolos frios, mas apoiadas apenas nas pontas dos dedos. Seus captores foram chutando suas pernas para trás até ele ficar suspenso no que parecia ser um ângulo de sessenta graus, apoiado nos dedos dos pés e das mãos.

Passos marcharam para longe. Silêncio total, a não ser por sua própria respiração dolorida e exausta.

Haveria mais alguém ali além dele?

Teria companhia?

Não havia como saber.

Anos antes, Jaeger fora submetido a um treinamento simulado de resistência a interrogatórios como parte do processo seletivo para o SAS. Era algo planejado para testar sua determinação sob pressão e para ensiná-lo a lidar com o cativeiro. Foram 36 horas de inferno, mas ele estivera ciente o tempo inteiro de que era apenas um exercício.

Isto, por outro lado, era bastante real e assustador.

Seus músculos dos ombros começaram a arder, os dedos a ficar com cãibra, enquanto o ruído branco ensurdecedor martelava o tempo todo em seu crânio. Tinha vontade de gritar de dor, mas sua boca ainda estava tapada. Tudo o que podia fazer era urrar e gritar dentro da própria cabeça.

No fim, foram as cãibras nos dedos que se tornaram insuportáveis. A dor queimava as mãos, os músculos se retesavam com tanta força que parecia que seus dedos estavam sendo arrancados. Por um instante ele relaxou, apoiando as palmas na parede. Foi um alívio tremendo permitir que elas suportassem seu peso. Mas no momento seguinte ele se curvou ao sentir a dor de uma aguilhoada elétrica subindo por sua espinha.

Jaeger gritou, mas o som que saiu foi o de um ganido abafado. Não estava sozinho ali, e alguém acabara de aplicar um eletrodo — um bastão elétrico de manejar gado? — à base de sua coluna.

Com uma selvageria brutal, foi chutado até assumir a posição anterior. Nenhuma palavra foi dita, mas a situação não deixava margem para dúvidas: caso tentasse relaxar ou se mover, eles o fustigariam com o eletrodo.

Não demorou muito para que seus braços e pernas começassem a tremer descontroladamente. No exato instante em que sentiu que não podia mais aguentar, seus pés foram chutados de baixo dele, e desabou no chão feito um homem morto. Não havia absolutamente qualquer tipo de folga. Mãos o agarraram como um pedaço de carne, forçando-o a assumir a posição sentada que adotara na caminhonete, mas desta vez com os braços para a frente.

Seus captores eram torturadores sem rosto nem voz. Mas a mensagem não podia ser mais clara: mover-se significava dor.

Tudo que atormentava Jaeger agora era a explosão ensurdecedora de ruído branco. O tempo perdera o sentido. Quando perdia a consciência e caía de lado, arrastavam-no para uma nova posição dolorosa e assim por diante.

Em determinado ponto, algo pareceu mudar.

Sem qualquer tipo de aviso, Jaeger sentiu que o colocavam de pé. As mãos foram forçadas para trás das costas, os pulsos amarrados, e ele foi então empurrado em direção à porta. Mais uma vez o arrastaram pelos corredores, virando à esquerda e à direita numa série de ângulos retos.

Ouviu outra porta se abrir e foi jogado dentro de um cômodo. Uma borda afiada foi empurrada na parte de trás de seus joelhos. Era uma cadeira de madeira simples e nua, que o forçou a se sentar. Arqueou as costas em silêncio.

Onde quer que estivesse agora, o clima era ainda mais frio, aliado a um odor tênue de umidade e ar estagnado. De certa maneira, aquele fora o momento mais assustador até então. Jaeger compreendera a função do quarto do ruído branco; seu propósito e suas regras. Seus captores estiveram tentando cansá-lo, tentando dobrá-lo e forçá-lo a ceder.

Mas aquilo? Desconhecimento. Total falta de som ou de qualquer sinal de presença humana que não a sua — aquilo era completamente arrepiante. Jaeger sentiu uma pontada de medo. Um medo real e visceral. Não sabia para onde fora levado, mas sentia que não havia nada de bom naquele lugar.

Além disso, não tinha noção de quem poderia tê-lo capturado ou do que pretendiam fazer com ele agora.

De repente o ambiente foi inundado por luz, cegando-o. O saco lhe foi arrancado e na mesma hora um potente feixe luminoso foi aceso. Parecia estar apontando diretamente para o seu rosto.

Aos poucos, seus olhos começaram a se ajustar e ele passou a identificar os detalhes.

Havia uma mesa de metal à sua frente, com tampo de vidro. Sobre a mesa havia uma xícara de porcelana sem enfeites.

Nada mais: apenas uma xícara de líquido fumegante.

Sentado atrás da mesa estava um homem corpulento e barbado, os cabelos rareando. Parecia ter entre sessenta e setenta anos. Usava um casaco puído de tweed e uma camisa esfiapada. Com roupas e óculos antiquados, tinha o ar de um professor universitário cansado ou então de um curador de museu mal-remunerado. Um solteirão que fazia sua própria faxina em casa, queimava a comida e gostava de colecionar borboletas.

Parecia uma pessoa comum: seria esquecido num instante e nunca faria as pessoas numa multidão virarem a cabeça. O arquétipo do homem grisalho. E a última coisa que Jaeger esperava encontrar naquele momento.

Ele esperava um bando de vândalos de cabeça raspada do leste europeu, cada um manejando o cabo de uma picareta ou um bastão de beisebol. Aquilo era tão estranho. Era completamente fora dos padrões e o estava intrigando.

O homem grisalho fitava Jaeger sem dizer uma só palavra. Sua expressão quase dava a impressão de que estava... desinteressado; entediado; analisando algum espécime não identificado de museu.

Ele indicou a xícara com a cabeça.

— Chá, branco, um cubo de açúcar. Uma xícara.

Falava em voz baixa, com um leve sotaque estrangeiro, um que Jaeger não conseguia identificar. Não soava particularmente agressivo nem hostil. Na verdade, dava a impressão de estar um pouco cansado — como se já tivesse feito aquilo mil vezes antes.

— Uma bela xícara. Você deve estar com sede. Beba um pouco.

Nas forças armadas, Jaeger aprendeu a sempre aceitar bebida ou comida quando lhe ofereciam. Sim, podia estar envenenada, mas por que se dariam ao trabalho de fazer isso? Era mais fácil espancar um prisioneiro ou matá-lo com um tiro.

Ele encarou a xícara de porcelana branca. O vapor tênue rodopiava pelo ar frio.

— Uma xícara de chá — repetiu o homem em voz baixa. — Branco com um cubo de açúcar. Beba.

Jaeger virou os olhos para o rosto do homem grisalho e então novamente para a xícara. Em seguida, esticou a mão e a segurou. Pelo cheiro parecia chá quente, adoçado e com leite. Levou-o aos lábios e mandou para dentro.

Não houve reação adversa. Não desabou, vomitou nem teve convulsões.

Colocou a xícara de novo sobre a mesa.

O silêncio tomou conta do ambiente mais uma vez.

Jaeger deu uma olhada rápida ao seu redor. O quarto era um cubo vazio e completamente inexpressivo, destituído de janelas. Sentia os olhos do homem grisalho sobre si, fitando-o atentamente. Jaeger voltou o próprio olhar para o chão.

— Você está com frio, acredito. Deve estar. Frio. Gostaria de se esquentar?

A cabeça de Jaeger começou a pulsar. O que seria aquilo: uma pergunta capciosa? Talvez. Mas Jaeger precisava ganhar tempo. E ele estava sentado ali só de cueca, congelando os bagos.

— Já estive mais aquecido, senhor. Sim, senhor. Estou com frio.

A parte do "senhor" era outra lição aprendida durante o treinamento militar de Jaeger: trate seus captores como se merecessem algum tipo de respeito. Havia uma pequena chance de que aquilo lhe rendesse frutos; talvez os convencesse a vê-lo como outro ser humano.

Mesmo assim, naquele momento, as esperanças de Jaeger eram mínimas. Tudo o que passara ali fora planejado para rebaixá-lo ao nível de um animal indefeso.

— Creio que gostaria de se esquentar — continuou o homem grisalho. — Olhe para o lado. Abra a bolsa. Dentro, vai encontrar roupas secas.

Jaeger deu uma olhada para baixo. Uma bolsa de ginástica de aparência barata aparecera ao lado de sua cadeira. Ele esticou a mão e fez o que lhe foi instruído, abrindo o zíper. Teve um pouco de receio de encontrar a cabeça ensanguentada de algum integrante de sua equipe amazônica no interior. Em vez disso, encontrou um macacão de trabalho laranja desbotado e um par de meias puídas, além de um par castigado de tênis *plimsoll*.

— Mas o que estava esperando? — perguntou o homem grisalho, um sorriso sutil surgindo em suas feições. — Primeiro, uma boa xícara de chá. Agora, roupas. Roupas para aquecê-lo. Vista-se. Coloque-as.

Jaeger vestiu o macacão e abotoou a frente, depois calçou os sapatos e se sentou novamente.

— Está mais quente? Sente-se melhor?

Jaeger assentiu com a cabeça.

— Acho que agora está entendendo. Eu tenho o poder de ajudá-lo. Mas preciso de algo em troca: preciso que *você me* ajude. — O homem grisalho fez uma pausa. — Só preciso saber quando seus amigos vão chegar, quem devemos esperar e como podemos reconhecê-los.

— Não posso responder a esta pergunta, senhor. — Aquela era a resposta padrão que Jaeger fora treinado para dar: uma negativa, mas com o máximo de educação e respeito que podia ter diante das circunstâncias. — Eu não sei do que está falando — acrescentou. Sabia que tinha de enrolá-lo.

O inquisidor soltou um suspiro, como se esperasse por aquela resposta.

— Não importa. Nós encontramos o seu... equipamento. Seu laptop. Seu celular. Vamos descobrir os códigos de segurança e as senhas, e logo estas coisas vão nos revelar seus segredos.

A cabeça de Jaeger rodopiava. Tinha certeza de que não levara um laptop. Já seu telefone pré-pago barato não revelaria nada de grande importância.

— Se não pode responder à minha pergunta, ao menos me diga isto: o que está fazendo aqui? Por que está no meu país?

A mente de Jaeger titubeou. *Seu país*. Mas estava na Alemanha. Certamente não passara tempo o bastante naquela caminhonete para que entrassem em alguma nação do leste europeu. Com quem, em nome de Deus, estavam-no confundindo? Seria alguma divisão corrupta dos serviços de inteligência alemães?

— Não sei do que está falando... — começou, mas o homem grisalho o interrompeu.

— Isso é muito triste. Eu o ajudei, Sr. Will Jaeger, mas o senhor não está tentando me ajudar. E, se não pode ajudar, então será levado de volta ao quarto com o barulho e a dor.

O homem grisalho mal acabara de falar quando mãos que não foram vistas colocaram o saco novamente sobre a cabeça de Jaeger. O choque daquilo fez seu coração acelerar.

Em seguida, colocaram-no de pé, giraram-no e sem mais uma palavra o levaram embora.

Capítulo 18

Jaeger se viu de volta ao quarto do ruído branco, apoiado num ângulo extremamente desconfortável contra a parede de tijolos. Durante a seleção para o SAS, lugares como este eram chamados de "amaciadores" — um quarto onde homens fortes eram tornados fracos. Tudo o que ele conseguia ouvir era aquele uivo sem sentido rasgando a escuridão. O único cheiro que sentia era o do próprio suor, frio e pegajoso sobre a pele. E, em sua garganta, tudo o que havia era o gosto ácido de bile.

Sentia-se ferido, exausto e completamente sozinho, com o corpo doendo como raramente doera antes. Sua cabeça latejava; a mente gritava.

Jaeger começou a murmurar canções mentalmente; trechos de suas músicas preferidas da juventude. Se pudesse cantá-las, talvez conseguisse bloquear o ruído branco, a agonia e o medo.

Ondas de cansaço tomavam conta do seu corpo. Estava perto do limite e sabia disso.

Quando as canções acabaram, contou para si mesmo histórias de quando era criança. Contos dos heróis que o pai costumava ler para ele. Os feitos daqueles que o inspiraram e o fizeram seguir em frente nos momentos em que encarara seus desafios mais difíceis; tanto na infância quanto durante as piores provações pelas quais passara nas forças armadas.

Ressuscitou a história de Douglas Mawson, um explorador australiano que passara por um verdadeiro inferno, faminto e sozinho no Antártica, e ainda assim conseguira se arrastar até um lugar seguro. De George Mallory, muito possivelmente a primeira pessoa a escalar o Everest; um homem que sabia, sem sombra de dúvida, que estava sacrificando sua vida para conquistar o pico mais alto do mundo. Mallory não chegara a voltar vivo, falecendo naquelas encostas cobertas de neve. Mas fora o sacrifício que escolhera fazer.

Jaeger sabia que o ser humano era capaz de atingir o que parecia impossível. Quando o corpo gritava que não suportava mais, a mente podia forçá-lo a seguir em frente. Um indivíduo podia ir bem além do possível.

Da mesma forma, se Jaeger acreditasse com força e determinação, poderia superar as desvantagens. Poderia sobreviver àquilo.

A força da vontade.

Começou a repetir o mesmo mantra sem parar: *Fique atento a qualquer chance de fuga. Fique atento...*

Ele perdeu a noção do tempo; qualquer percepção de quando era dia e quando era noite. Em determinado momento, o saco foi levantado para liberar sua boca, e uma xícara foi empurrada em seus lábios. Sentiu a cabeça sendo forçada para trás enquanto despejavam o líquido em sua garganta.

Chá. Exatamente como antes.

Foi seguido por um biscoito insípido. E depois outro e mais outro. Forçaram-no a engoli-los, abaixaram o saco e o fizeram reassumir a posição.

Como um animal.

Mas pelo menos pareciam querer mantê-lo vivo por enquanto.

Algum tempo depois, sua cabeça deve ter se abaixado, caindo com o sono e desabando sobre o peito. Sentiu-se levado a um estado brutal de alerta ao ser colocado em uma nova posição igualmente desconfortável.

Desta vez, fizeram-no ajoelhar sobre um pouco de cascalho. Com a passagem dos minutos, as pedras afiadas e denteadas entravam mais fundo em sua pele, interrompendo a circulação e provocando descargas de dor que lhe subiam ao cérebro. Agonizava de dor, mas dizia a si mesmo que podia aguentar.

A força da vontade.

Quanto tempo se passara?, perguntou a si mesmo. Dias? Dois ou três, ou mais? Parecia uma eternidade.

A certa altura o ruído branco cessou abruptamente, e as notas extremamente inapropriadas da música-tema de Barney, o Dinossauro, começaram a tocar a todo volume. Jaeger ouvira falar de técnicas como aquela: colocar músicas de desenhos animados infantis para destroçar com a sanidade e a determinação de um homem. Era conhecida como operação psicológica. Mas, para Jaeger, surtiu o efeito contrário.

Barney era um dos personagens preferidos de Luke quando pequeno. A música serviu para trazer uma enxurrada de lembranças à mente. Momentos felizes. Momentos aos quais se agarrar; uma rocha à qual amarrar sua alma castigada pela tormenta.

Lembrou a si mesmo de que fora aquilo que o levara ali. Sua principal razão de estar ali era seguir a trilha de sua mulher e de seu filho desaparecidos. Se deixasse que seus captores o vencessem, estaria abandonando tal missão e desistindo daqueles que amava.

Não trairia Ruth e Luke.

Tinha que aguentar; aguentar firme.

Em determinado momento, Jaeger sentiu que estavam-no fazendo se deslocar novamente. Àquela altura, mal conseguia caminhar, de forma que precisou ser parcialmente carregado porta afora, atravessando o corredor sinuoso até entrar no que acreditava ser o mesmo cômodo de antes.

Jaeger foi jogado na cadeira, o saco foi arrancado e a luz inundou o ambiente.

Sentado à sua frente estava o homem grisalho. De onde estava sentado, Jaeger podia sentir o cheiro do suor rançoso nas roupas do sujeito. Manteve os olhos grudados no chão, enquanto o homem grisalho interpretava seu papel de olhar para ele com ar entediado.

— Dessa vez, infelizmente, não temos chá. — O homem grisalho deu de ombros. — As coisas só vão melhorar se você puder cooperar.

Acho que já entendeu isso a esta altura. Então me diga: pode fazer isso? Pode colaborar com a gente?

Jaeger tentou ordenar suas ideias embaralhadas. Sentia-se confuso. Não sabia o que dizer. Cooperar como, exatamente?

— Então, Sr. Jaeger — o homem grisalho levantou uma sobrancelha, intrigado —, está disposto a cooperar? Caso contrário, não temos mais nenhuma utilidade para o senhor.

Jaeger não disse uma só palavra. Por mais confuso e exausto que pudesse estar, ainda pressentia uma cilada.

— Então me diga, que horas são? Me diga as horas. Isso certamente não é pedir demais. Está disposto a me ajudar simplesmente me dizendo que horas são?

Por um instante Jaeger foi verificar o relógio, mas este lhe fora arrancado alguns momentos após sua captura. Não tinha ideia de que dia era, quanto mais da hora.

— Que horas são? — repetiu o homem grisalho. — Você pode me ajudar de um jeito fácil. Só quero saber as horas.

Jaeger não tinha a menor ideia de como deveria responder. De repente, uma voz gritou em seu ouvido:

— RESPONDA À PORCARIA DA PERGUNTA!

Um punho fez contato com a lateral de sua cabeça, socando-o e derrubando-o da cadeira. Ele tombou desajeitadamente. Nem mesmo estivera ciente de que havia mais gente ali. O choque do golpe fez sua pulsação disparar como uma metralhadora.

Viu de relance três sujeitos musculosos de cabelos curtos, usando roupas de moletom escuras, esticando os braços para agarrá-lo. Jogaram seu corpo novamente sobre a cadeira antes de retornarem ao silêncio.

A expressão do homem grisalho permaneceu totalmente ilegível. Gesticulou para um dos capangas musculosos, e os dois trocaram algumas palavras numa língua gutural que Jaeger não entendia. Então o líder dos executores sacou um rádio e falou por um momento.

O homem grisalho se voltou para Jaeger. Parecia quase querer se desculpar.

— Não há necessidade alguma destes… aborrecimentos. Logo irá perceber que não deve resistir a nós, pois temos todas as cartas, cada uma delas, em nossas mãos. Ajudar a nós significaria apenas ajudar a você mesmo, além de também a sua família.

Jaeger sentiu seu coração disparar.

O que, em nome de Deus, ele queria dizer com aquilo… *Sua família?*

Capítulo 19

Jaeger sentiu o vômito subindo de suas entranhas. Forçou tudo de volta para dentro com pura força de vontade. Se aquelas eram as pessoas que estavam com Ruth e Luke, teriam de matá-lo. Caso contrário, ele iria se libertar e cortar a garganta de cada um.

A porta se abriu atrás dele com um clique. Jaeger ouviu alguém entrar na sala e passar por ele. Seus olhos se arregalaram, incrédulos. Temia que aquilo acontecesse, mas, ainda assim, por Deus, tinha de ser um sonho. Sua vontade era de bater a cabeça na parede cinza e fria para tentar despertar daquele pesadelo.

Irina Narov parou de costas para ele e passou alguma coisa para o homem grisalho por sobre a mesa. Em silêncio, virou-se. Tentou passar o mais rápido possível, mas, ao fazê-lo, Jaeger conseguiu enxergar de relance a ansiedade — e a culpa — ardendo em seus olhos.

— Obrigado, Irina — disse o homem grisalho em voz baixa. Voltou seus olhos vazios e entediados para Jaeger. — A adorável Irina Narov. Você a conhece, claro.

Jaeger não respondeu. Não havia por quê. Sentia que algo pior — muito pior — estava por vir.

Narov deixara um pacote sobre a mesa. Algo nele parecia familiar a Jaeger. O homem grisalho o empurrou em sua direção.

— Dê uma olhada. Você precisa ver isso. Precisa ver para compreender por que não tem outra escolha a não ser nos ajudar.

Jaeger esticou a mão, mas, assim que o fez, soube com uma certeza arrepiante o que se encontrava à sua frente. Era a camisa de Luke com os dizeres SALVEM OS RINOCERONTES, a mesma que ganhara durante o safári que a família fizera no leste africano alguns anos antes. Os três haviam caminhado por uma trilha na savana iluminada pelo luar, entre manadas de girafas, gnus e, melhor ainda, rinocerontes — os animais preferidos deles. Fora algo mágico. As mais perfeitas férias em família. E as camisetas eram alguns de seus souvenires mais preciosos.

E agora isso.

Os dedos doloridos e ensanguentados de Jaeger apertaram o algodão fino. Levantou a camisa e a aproximou do rosto, ouvindo sua pulsação martelar os ouvidos. Sentia-se como se o coração fosse explodir. Lágrimas brotaram em seus olhos.

Estavam com a sua família; aqueles canalhas assassinos, implacáveis e doentes.

— Você precisa entender: não há necessidade de nada disso. — As palavras do homem grisalho atravessaram os pensamentos atormentados de Jaeger. — Tudo o que queremos são algumas respostas. Dê as respostas que procuramos e podemos reuni-lo a seus entes queridos. Isso é tudo o que peço. O que poderia ser mais fácil?

Jaeger sentia os dentes rangendo. Sua mandíbula trincou. Os músculos estavam retesados de tensão enquanto ele lutava contra o ímpeto cego de atacar, de revidar. Sabia onde aquilo o levaria. Suas mãos haviam sido amarradas com fita adesiva outra vez, e ele podia sentir sobre si o olhar dos capangas, querendo que ele fizesse o primeiro movimento.

Tinha de esperar uma oportunidade. Cedo ou tarde, cometeriam um erro, e ele entraria em ação.

O homem grisalho abriu os braços de maneira convidativa.

— Então, Sr. Jaeger, como um esforço para ajudar sua família, por favor, me diga: quando seus amigos chegarão? Por quem exatamente devemos esperar? E como podemos reconhecê-los?

Jaeger sentiu uma guerra explodir dentro de sua cabeça. Estava sendo puxado em duas direções contrárias. Deveria entregar seus amigos mais próximos? Trair seus companheiros de combate? Ou perder a única chance que tinha de ver Ruth e Luke novamente?

Que se dane, disse a si mesmo. Narov o traíra. Supostamente estava do lado dos anjos, mas fora tudo uma encenação. Ela o entregara como ninguém jamais fizera antes.

Em quem ainda poderia confiar?

A boca de Jaeger se abriu. No último momento, ele sufocou as palavras. Se deixasse que o vencessem, estaria traindo aqueles a quem amava.

Ele nunca trairia sua mulher e seu filho.

Tinha de se manter inabalável.

— Não sei do que você está falando.

O homem grisalho ergueu ambas as sobrancelhas. Foi o mais próximo que Jaeger viu de alguma reação espontânea vinda dele: estava claramente surpreso.

— Sou um homem sensato e paciente — suspirou. — Vou lhe dar uma nova chance. Vou dar *à sua família* uma nova chance. — Uma pausa. — Me diga: quando seus amigos chegarão? Por quem exatamente devemos esperar? E como podemos reconhecê-los?

— Não posso responder...

— Veja só, se não cooperar, as coisas ficarão bem difíceis para você. Para a sua família. Então, é tudo muito simples. Me dê as respostas. Quando seus amigos chegarão? Quem exatamente são eles? E como podemos saber quem são?

— Não posso...

O homem grisalho interrompeu Jaeger com um estalar de dedos. Olhou rapidamente para a direção dos capangas.

— Basta. Acabou. Levem-no.

O saco preto foi enfiado na cabeça de Jaeger; ele sentiu o queixo bater contra o peito e os braços serem apertados, juntos.

No instante seguinte já estava de pé, sendo carregado da sala feito um boneco de pano rasgado.

Capítulo 20

Do outro lado da divisória de vidro, Narov estremeceu. Com um fascínio horrorizado, assistiu à figura encapuzada de Jaeger ser arrastada para fora do quarto. O espelho falso proporcionava uma visão perfeita de todo o processo.

— Você não está muito feliz com isso, acredito — arriscou-se a dizer uma voz.

Era Peter Miles, o homem de idade que Jaeger pensara ter sido morto na floresta.

— Não — balbuciou Narov. — Acho que foi necessário, mas.. precisa continuar? Até o fim?

O velho homem abriu as mãos, as palmas voltadas para ela.

— Foi você quem nos disse que ele precisava ser testado. Esse bloqueio que tem em relação à mulher e ao filho... esse total desespero; essa culpa. Isso pode levar um homem a contemplar algo que normalmente não faria sob hipótese alguma. O amor é uma emoção poderosa; o amor por um filho talvez seja a mais poderosa de todas.

Narov afundou na cadeira.

— Não vai levar muito mais tempo — disse Peter Miles. — O maior teste... esse ele passou. Se tivesse fracassado, não se juntaria a nós.

Narov acenou com a cabeça, amuada, a mente perdida num redemoinho de pensamentos obscuros.

Bateram à porta. Uma figura muito mais velha e encarquilhada entrou. Plantou a bengala com firmeza no batente, a preocupação estampada no olhar. Parecia estar na casa dos noventa anos, mas, debaixo das sobrancelhas grossas, seus olhos continuavam brilhantes e alertas.

— Vocês já acabaram com isso, não é?

Peter Miles massageou a testa, exausto.

— Quase. Graças a Deus. Só mais um pouquinho e teremos certeza.

— Mas isso tudo era mesmo necessário? — questionou o velho. — Quero dizer, lembre-se de quem era o avô dele.

Miles olhou para Narov.

— Irina pareceu acreditar que sim. Lembre-se, ela serviu ao lado dele em situações de alto estresse, no calor do combate, e testemunhou como seus nervos às vezes podem parecer hesitar.

Um lampejo de raiva atravessou os olhos do velho.

— Ele passou por muita coisa! Pode até hesitar, mas nunca vai se render. Nunca! É meu sobrinho e um Jaeger.

— Eu sei — concordou Miles. — Mas acho que você entende minha intenção.

O velho homem balançou a cabeça.

— Nenhum homem deveria ter de passar pelo que ele passou nestes últimos anos.

— E não sabemos ao certo que efeito isso causou nele a longo prazo. Daí vem a preocupação de Narov. E daí vem o atual... procedimento.

O velho homem olhou rapidamente para Narov. Surpreendentemente, havia um olhar gentil em sua expressão.

— Minha querida: anime-se. O que tiver de ser, será.

— Sinto muito, tio Joe — murmurou ela. — Talvez meus temores sejam equivocados. Infundados.

O rosto do velho homem se suavizou.

— Ele vem de uma linhagem boa, minha querida.

Narov lançou um olhar para o homem de cabelos grisalhos.

— Ele não deu um passo em falso, tio. Não desapontou ninguém durante o teste inteiro. Acho que eu estava errada.

— O que tiver de ser, será — ecoou o velho. — E talvez Peter tenha razão. Talvez seja melhor termos certeza absoluta.

Ele se virou para sair, demorando-se sob o batente da porta.

— Mas se ele falhar no último obstáculo, prometam-me uma coisa. Não contem para ele. Deixem que vá embora deste lugar sem que jamais saiba que fomos nós que o testamos e que ele... nos desapontou.

O velho saiu da sala de observação, deixando um último comentário suspenso no ar.

— Depois de tudo pelo que passou, saber disso... o destruiria.

Capítulo 21

Jaeger esperava ser arrastado de volta à sala do ruído. Em vez disso, foi conduzido à esquerda por vários segundos antes que o fizessem parar subitamente. Agora havia no ar um cheiro diferente: desinfetante, além do fedor inconfundível de urina.

— Privada — latiu seu captor. — Use a privada.

Desde que sua provação tivera início, Jaeger fora forçado a urinar onde quer que estivesse, de pé ou agachado. Agora desabotoou o macacão com as mãos amarradas, apoiou-se na parede e se aliviou na direção do mictório. O saco preto ainda não fora removido, de forma que teve de urinar às cegas.

De repente, ouviu um sussurro conspiratório.

— Parece que você está na mesma que eu, parceiro. Eles são mesmo uns canalhas aqui, não são?

A voz parecia próxima, como se a pessoa estivesse parada bem ao lado dele. Soava amigável; quase digna de confiança.

— Sou Dave. Dave Horricks. Você perdeu a noção do tempo? É, eu também. Parece uma eternidade, não é, parceiro?

Jaeger não respondeu. Pressentia uma cilada. Outro jogo psicológico. Terminou o que tinha de fazer e começou a abotoar o macacão.

— Parceiro, fiquei sabendo que pegaram sua família. Que a estão mantendo aqui por perto. Se tiver alguma mensagem... posso fazer com que chegue a ela.

Valendo-se de uma enorme força de vontade, Jaeger conseguiu permanecer em silêncio. Mas e se realmente houvesse uma chance de mandar uma mensagem para Ruth e Luke?

— Rápido, parceiro, antes que o guarda volte. Me diga o que quer que eu fale para eles: para sua mulher e seu filho. E, se tiver alguma mensagem para os seus amigos, posso levar uma para eles. Quantos são? Diga, rápido.

Jaeger se inclinou na direção do homem, como se quisesse sussurrar algo em seu ouvido. Sentiu o sujeito se aproximar. Disse:

— Aqui está a mensagem, Dave: vá para o inferno.

Instantes depois, sua cabeça foi empurrada para baixo, e fizeram-no dar meia-volta e marchar para longe do mictório. Após algumas viradas e guinadas, ouviu uma porta se abrir. Foi empurrado para dentro de outro quarto e guiado até uma cadeira. O capuz foi retirado; a luz invadiu o lugar.

Diante dele havia duas pessoas sentadas.

Sua mente mal conseguia registrar o que os olhos viam.

Tratavam-se de Takavesi Raffara lado a lado com a jovem figura de Mike Dale, cujos cabelos compridos agora estavam desgrenhados e malcuidados, e os olhos, profundos e sombrios — sem dúvida, resultado de sua perda recente.

Raff, então, tentou um sorriso.

— Parceiro, pela sua cara parece que você foi atropelado por um maldito caminhão. Já o vi pior depois de uma noitada no Crusting Pipe assistindo aos All Blacks massacrarem seu time. Mas, ainda assim...

Jaeger não falou nada.

— Ouça, parceiro — tentou Raff outra vez, percebendo que bom humor não funcionaria naquela situação. — Ouça o que vou dizer. Você não foi sequestrado por ninguém. Ainda está no Bunker Falkenhagen. Aqueles caras que jogaram você na caminhonete... Eles ficaram dirigindo em círculos.

Jaeger permaneceu em silêncio. Se pudesse ao menos libertar suas mãos, mataria os dois.

Raff soltou um suspiro.

— Parceiro, você precisa me ouvir. Eu não quero ficar aqui. Nem Dale. Não participamos dessa merda. Só ficamos sabendo o que fizeram quando chegamos aqui. Pediram para que ficássemos e fôssemos as primeiras pessoas que você veria. Pediram isso porque acharam que você confiaria em nós. Acredite em mim. Acabou, camarada. É o fim.

Jaeger balançou a cabeça. *Por que diabos eu deveria confiar nesses canalhas; por que deveria confiar em qualquer um?*

— Sou eu. Raff. Não estou tentando enganar você. Acabou. Fim.

Jaeger balançou a cabeça outra vez: *Vá para o inferno.*

Silêncio.

Mike Dale se inclinou à frente, colocando os cotovelos sobre a mesa. Jaeger percebeu que o cinegrafista parecia um monte desbotado de merda. Mesmo em seus piores momentos na Amazônia, Jaeger nunca o vira com uma aparência sequer próxima daquela.

Dale olhou rapidamente para Jaeger com seus olhos cansados e inchados.

— Como você provavelmente pode ver, não tenho dormido ultimamente. Acabei de perder a mulher que amava. Acha que eu estaria aqui, te enrolando com uma besteira atrás da outra, depois de perder Hannah? Acha que sou capaz disso?

Jaeger estremeceu. Um único sussurro:

— Nesse instante, acho todo mundo capaz de praticamente tudo.

Não tinha mais a menor ideia de em quem ou em que poderia acreditar.

Às suas costas, ouviu uma batida leve na porta. Raff e Dale trocaram olhares. *O que diabos, agora?*

Sem convite algum, a porta se abriu e uma figura envelhecida e curvada entrou, segurando firme sua bengala. Parou ao lado de Jaeger, colocando uma mão enrugada em seu ombro. Estremeceu ao ver a figura castigada e ensanguentada sentada na cadeira.

— Will, meu rapaz. Espero que não se incomode com a intrusão de um velho nesses... procedimentos.

Jaeger levantou a cabeça e o encarou com seus olhos inchados e vermelhos.

— Tio Joe? — Parecia incrédulo. — Tio Joe?

— Will, meu rapaz, estou aqui. E, como tenho certeza que seus amigos lhe contaram, está tudo acabado. Terminou de verdade. Não que algo assim devesse sequer ser necessário.

Jaeger esticou suas mãos amarradas e segurou o braço do velho com força.

Tio Joe apertou seu ombro.

— Acabou, meu rapaz. Confie em mim. Mas é agora que começa o trabalho de verdade.

Capítulo 22

O presidente inspirou profundamente o ar de Washington na primavera. Em pouco tempo as cerejeiras desabrochariam, as flores cor-de-rosa adornariam as ruas da cidade e o ar seria tomado por sua essência inebriante.

Aquela era uma das épocas preferidas do ano para o presidente Joseph Byrne; uma época em que o frio do inverno glacial deixava a costa leste, trazendo os meses longos e agradáveis do verão. Mas era claro que, para aqueles que conheciam a história, as cerejeiras também lembravam uma verdade sombria e inconveniente.

As mais comuns eram de uma espécie chamada cereja Yoshino — descendentes de algumas das três mil mudas enviadas aos Estados Unidos nos anos 1920 pelo Japão como um símbolo de amizade eterna. Em 1927, a cidade sediara seu primeiro Festival das Cerejeiras, que rapidamente se tornara um evento regular no calendário de Washington, D.C.

E então, em 1941, uma enorme horda de aviões de combate japoneses baixou em Pearl Harbor, pondo um fim súbito ao Festival das Cerejeiras. Infelizmente, a promessa japonesa de amizade não se mostrara tão eterna quanto fora sugerido inicialmente.

Por quatro anos, Estados Unidos e Japão travaram os mais amargos conflitos. Mas, no pós-guerra, as duas nações renovaram sua amizade. A necessidade certamente dava origem a alianças peculiares. Em 1947 o Festival das Cerejeiras fora restaurado, e o resto, como gostava de dizer o presidente, era história.

Ele se virou para as duas figuras ao seu lado, gesticulando na direção do vasto panorama, onde os primeiros tons rosados enfeitavam as copas das árvores distantes, as mais próximas das águas da Bacia das Marés da cidade.

— Uma bela vista, senhores. Todo ano tenho medo que as cerejeiras não deem flores. Todo ano elas provam que estou errado.

Daniel Brooks, diretor da CIA, fez alguns comentários adequadamente apreciativos. Sabia que o presidente não os convocara ali para admirar a vista, por mais impressionante que fosse. Preferia tratar logo da ordem do dia.

Ao seu lado, o vice-diretor da agência, Hank Kammler, protegia os olhos da luz do sol. Ficava claro pela linguagem corporal que os dois homens da CIA não suportavam a presença um do outro. A não ser por convocações presidenciais como aquela, tentavam passar o menor tempo possível juntos.

O fato de que Hank Kammler fora escolhido como o próximo diretor da agência — assim que Brooks fosse forçado a se afastar do cargo — fazia o homem mais velho sentir calafrios. Não conseguia pensar em alguém pior para comandar a agência de inteligência mais poderosa do mundo.

O problema era que, por algum motivo inexplicável, o presidente parecia confiar em Kammler; parecia colocar fé em suas habilidades duvidosas. Brooks não conseguia entender. Kammler parecia exercer um fascínio peculiar sobre Byrne; um fascínio incompreensível.

— Então, senhores, aos negócios. — O presidente acenou para que se acomodassem em suas confortáveis cadeiras. — Parece que houve alguns problemas no que gosto de ver como nosso quintal. A América do Sul. O Brasil. A Amazônia, para ser mais específico.

— Do que se trata, Sr. Presidente? — perguntou Brooks.

— Dois meses atrás, sete indivíduos foram assassinados na Amazônia. Eram de nacionalidades variadas, mas a maior parte era formada por brasileiros; nenhum cidadão americano. — Byrne espalmou as mãos. — O que isso tem a ver conosco? Bem, os brasileiros parecem convictos de que os responsáveis pelas mortes eram americanos ou ao menos de que agiam sob o comando de alguma das nossas agências. Quando eu apertar a mão da presidente do Brasil e for perguntado sobre isso, não vou gostar de achar que não sei de que diabos ela está falando.

O presidente fez uma pausa significativa.

— Estes sete indivíduos faziam parte de uma expedição internacional cujo propósito era recuperar um avião de combate da Segunda Guerra Mundial. Parece que, ao se aproximarem de seu objetivo, uma força misteriosa começou a caçá-los. Foi a constituição dessa força que trouxe este assunto ao meu escritório.

Byrne olhou para os dois homens da CIA.

— Essa força de caça tinha equipamentos de peso a seu dispor, equipamentos aos quais apenas uma agência americana poderia ter acesso... ou é o que argumenta a presidente do Brasil. Entre eles havia drones Predator, helicópteros furtivos Black Hawk e uma gama impressionante de armamentos. Então, senhores, seria isso algo de que um dos dois esteja ciente? Seria possível que isso fosse obra de uma agência americana, como os brasileiros parecem estar insinuando?

Brooks deu de ombros.

— Não está fora dos limites das possibilidades, Sr. Presidente. Mas permita-me colocar da seguinte maneira: não é nada de que eu tenha conhecimento. Posso verificar e em 48 horas voltamos a conversar, mas, no exato momento, não estou sabendo de nada. Só não posso falar em nome do meu colega. — E se virou para a figura ao seu lado.

— Senhor, para falar a verdade, estou a par de algo, sim. — Kammler lançou um olhar fulminante para Brooks. — Meu trabalho é saber de tudo o que acontece. Aquele avião de combate era parte de um projeto conhecido antigamente por vários codinomes. O negócio é que, Sr. Presidente, tratava-se de algo totalmente confidencial na época e é de nosso interesse que continue assim.

O presidente franziu o cenho.

— Prossiga. Sou todo ouvidos.

— Senhor, este é um ano de eleição. Como sempre, assegurar o apoio do *lobby* judeu é crucial. Em 1945, aquele avião de combate transportou alguns dos líderes nazistas mais importantes para um refúgio seguro e secreto na América do Sul. Mas, no que diz respeito ao senhor, o que mais lhe interessa, Sr. Presidente, é saber que ele estava carregado de pilhagem nazista. Inevitavelmente, é claro que ali estava inclusa uma grande quantidade de ouro judeu.

O presidente deu de ombros.

— Não entendo por que a preocupação. Essa história sobre o ouro judeu saqueado... vem sendo contada há anos.

— Sim, senhor, é verdade. Mas dessa vez é diferente. O que não se sabe é que nós, o governo americano, financiamos este voo específico de relocação. Fizemos isto no mais absoluto sigilo, é claro. — Kammler lançou um olhar perspicaz na direção do presidente. — E, respeitosamente, gostaria de sugerir que isso continue a ser absolutamente sigiloso.

O presidente soltou um suspiro profundo.

— Um pacto com o diabo. Isso poderia ser constrangedor num ano de eleição... é isso o que está dizendo?

— Sim, senhor, poderia ser. Muito constrangedor e muito prejudicial. Não aconteceu sob o seu comando. Aconteceu no final da primavera de 1945. Mas isso não quer dizer que a mídia não enlouqueceria.

O presidente desviou o olhar de Kammler para Brooks.

— Dan? Qual sua opinião sobre isso?

Uma ruga se formou na testa do diretor da CIA.

— Não é a primeira vez, senhor, no que diz respeito ao meu vice-diretor, que me encontro às cegas. Se for verdade, claro: pode se mostrar constrangedor. Por outro lado, pode ser um monte de bobagem.

Kammler se retesou. Algo nele pareceu estourar.

— Eu achava que deveria ser um trabalho seu procurar saber de tudo que acontece dentro da agência!

— Então, *tem mesmo* a ver com a CIA? — retrucou Brooks. — *Foi* coisa da agência! Os brasileiros pegaram você no flagra!

— Senhores, por favor. — O presidente ergueu as mãos, pedindo silêncio. — Tenho um embaixador brasileiro bastante insistente exigindo respostas. Por enquanto, é um assunto particular entre governos. Mas não há garantia alguma que vá continuar assim. — Olhou para Brooks e Kammler. — E se estiverem certos e isso for uma conspiração sobre o ouro judeu dos nazistas patrocinada pela América... então as coisas não me parecem nada boas.

Brooks ficou em silêncio. Por mais que detestasse aquilo, o presidente — e Kammler — estavam certos. Se a história chegasse à imprensa, aquela não seria uma grande plataforma de lançamento para a campanha de reeleição. E, embora soubesse que Byrne era fraco, naquele momento era o melhor que tinham.

O presidente endereçou suas próximas palavras diretamente a Kammler.

— Caso, como alegam os brasileiros, haja uma equipe americana clandestina envolvida, as coisas podem ficar caóticas. E, então, Hank, é verdade? Teria algo disso partido de pessoas sob o nosso comando ou controle?

— Senhor, seu predecessor assinou uma ordem executiva presidencial — respondeu Kammler. — Dava carta branca para que certas operações fossem arquitetadas sem necessidade de permissão. Em outras palavras, sem qualquer supervisão presidencial. Ele o fez porque, em certas circunstâncias, é melhor que os senhores não saibam. De forma que sempre possam negar qualquer conhecimento se as coisas ficarem... caóticas.

O presidente Byrne parecia perturbado.

— Hank, eu entendo. Sei tudo sobre negação plausível. Mas nesse momento estou pedindo para ser informado, da melhor maneira que você puder fazê-lo.

A expressão de Kammler se fechou.

— Senhor, permita-me colocar desta forma: às vezes, certas coisas não permanecem em segredo a não ser que haja agências trabalhando para preservar esta confidencialidade.

Byrne massageou as têmporas.

— Hank, não se iluda: se há envolvimento da agência nisso, o melhor é que saibamos do pior o mais cedo possível. Preciso saber qual o potencial de dano.

— Senhor, isso não é coisa da CIA. — Kammler lançou um olhar penetrante na direção de Brooks. — Posso afirmar categoricamente. Mas fico feliz que reconheça a necessidade premente de sigilo, e, caso me permita, eu gostaria de acrescentar que é do interesse de *todos* nós.

— Vou dizer aos brasileiros que não temos nada a ver com isso — anunciou o presidente Byrne, aliviado. — E, Hank, eu entendo a necessidade de manter tudo em sigilo. — Olhou para Brooks. — Todos entendemos. De verdade.

Cinco minutos depois, Brooks foi embora da Casa Branca, com seu motorista ao volante. Desculpou-se com o presidente; sua agenda não permitia que ficasse para o almoço. Kammler ficou para trás, obviamente. O vermezinho não era de recusar qualquer oportunidade para fofocar.

O motorista de Brooks virou na rua principal na direção sul, para longe do centro de Washington. Brooks pegou o telefone celular e discou.

— Bucky? Sim, aqui é Brooks. Já faz um tempo. Como você está?

Ouviu a resposta e caiu no riso.

— Você me pegou. Não é só um telefonema social. O que você acha de uma folguinha da aposentadoria? Não está cansado da vidinha tranquila na Baía de Chesapeake? Está? Perfeito. O que me diz se eu for até a sua casa, você pedir a Nancy para me preparar uma sopa de mariscos e nós dois batermos um papo?

Ele espiou da janela as cerejeiras que passavam. Kammler e suas operações secretas: na melhor das hipóteses, o sujeito era um barril de pólvora; na pior, ele e sua gente estavam se excedendo bastante em suas funções.

Com Kammler, quanto mais Brooks escavava, mais descobria. Mas, às vezes, você precisa escavar e continuar escavando, até encontrar a verdade.

E, às vezes, a verdade é bem feia.

Capítulo 23

A floresta impenetrável que cercava o complexo de Falkenhagen dava um ar de natureza bruta ao ambiente. Aquele era de fato o tipo de lugar onde ninguém jamais o ouviria gritar.

— Quanto tempo passei aqui dentro? — perguntou Jaeger, massageando as mãos numa tentativa de trazer-lhes à vida de novo.

Estava parado do lado de fora do bunker mais próximo, sentindo-se exausto após o teste brutal e desesperado por ar fresco. Estava também ardendo de raiva. Fervilhando.

Raff olhou para o relógio.

— São sete horas da manhã do dia oito de março. Você ficou lá dentro por 72 horas.

Três dias. *Desgraçados.*

— E de quem foi essa ideia, afinal? — sondou Jaeger.

Raff estava prestes a responder, quando tio Joe apareceu ao lado deles.

— Uma palavrinha, meu rapaz. — Ele segurou o braço de Jaeger delicadamente, mas com firmeza. — Algumas coisas são explicadas melhor pela família.

Após a morte prematura do avô de Jaeger duas décadas antes, o tio-avô Joe assumira o papel de avô honorário. Não tendo filhos, aproximara-se de maneira especial do sobrinho-neto e, subsequentemente, de Ruth e Luke.

Costumavam passar as férias de verão na cabana do tio Joe, construída sobre a montanha de Buccleuch na fronteira escocesa. Depois do sequestro de sua família, Jaeger vira poucas vezes o "tio Joe", como o chamavam, mas ainda assim os dois tinham permanecido incrivelmente próximos.

Tio Joe e o avô de Jaeger haviam combatido juntos nos primeiros anos do SAS, e Jaeger era fascinado pela bravura de seus feitos.

Agora o velho senhor o conduzia a uma área onde as árvores faziam sombra sobre um trecho de concreto plano, sem dúvida o telhado de uma das inúmeras construções subterrâneas, talvez o próprio cômodo onde Jaeger fora submetido aos interrogatórios.

— Você quer saber quem é o responsável — começou tio Joe — e, obviamente, tem todo o direito a respostas.

— Posso imaginar quem foi — Jaeger se arriscou a dizer, sombrio. — Narov. Executou seu papel com perfeição. A assinatura dela está por todos os lados.

Tio Joe balançou a cabeça levemente.

— Para falar a verdade, ela não se mostrou tão animada. Conforme o teste continuava, tentou inclusive pôr um fim aos procedimentos.

Fez-se uma pausa.

— Você sabe, acredito eu... ou melhor, tenho certeza absoluta... de que Irina tem uma queda por você.

Jaeger ignorou a provocação sutil.

— Então quem foi?

— Você conheceu Peter Miles? Ele tem um papel muito mais importante nisso tudo do que talvez você possa imaginar.

Os olhos de Jaeger se inflamaram.

— Que diabos ele estava tentando provar?

— Ele temia que a perda de sua família de alguma forma o tivesse desestabilizado; que o trauma e a culpa o levassem a um ponto de ruptura. Estava determinado a testá-lo. A provar que seus temores, e os de Narov, estavam certos. Ou errados.

A raiva de Jaeger incandesceu.

— E o que dá a ele... a *eles*... esse direito?

— Na verdade, acredito que ele tenha todo o direito. —Tio Joe fez uma pausa. — Já ouviu falar do *Kindertransport*? Em 1938, o diplomata britânico Nicholas Winton conseguiu salvar centenas de crianças judias, organizando trens para transportá-las até a Grã-Bretanha. Peter Miles não era conhecido por este nome na época. Era um garoto de onze anos chamado Pieter Friedman, um nome judeu alemão. Pieter tinha um irmão mais velho, Oscar, a quem idolatrava. Mas somente quem tinha dezesseis anos ou menos podia embarcar nos trens de Winton. Pieter conseguiu. Seu irmão, não. Nem tampouco seu pai, sua mãe, suas tias, tios ou avós. Todos foram assassinados nos campos de extermínio. Pieter foi o único da família a sobreviver e até hoje acredita que sua vida seja um milagre, um presente de Deus.

Tio Joe pigarreou.

— Então, como pode ver, se alguém sabe o que representa perder a família, esse alguém é Peter. Ele sabe como isso pode acabar com um homem. Sabe o que pode causar à sua mente.

A raiva de Jaeger parecia ter se dissipado um pouco. Ouvir uma história como aquela colocava as coisas sob outra perspectiva.

— Então eu passei? — perguntou em voz baixa. — Provei que as preocupações deles eram infundadas? Está tudo confuso. Mal consigo me lembrar do que aconteceu.

— Se passou no teste? — Tio Joe abriu os braços para abraçá-lo. — Sim, meu rapaz. Mas é claro. Como falei a eles que aconteceria, você passou com louvor.

Fez-se uma pausa.

— Na verdade, poucos teriam suportado o que você sofreu. E, seja o que acontecer daqui para a frente, agora está claro o motivo pelo qual você deve estar na liderança.

Jaeger olhou para ele.

— Tem outra coisa. A camisa. A camisa de Luke. De onde ela veio?

Uma sombra caiu sobre as feições do velho senhor.

— Só Deus sabe, pessoas fizeram coisas que não deveriam. No seu apartamento em Wardour há um armário. Está cheio de roupas da sua família, esperando, presumo, pelo dia do retorno.

A raiva de Jaeger voltou a se inflamar.

— Invadiram o meu apartamento?

O velho senhor suspirou.

— Invadiram. Tempos extremos não justificam medidas extremas, mas talvez você encontre no seu coração força para perdoá-los.

Jaeger deu de ombros. Provavelmente, com o tempo, perdoaria.

— Luke e Ruth... Eles voltarão — sussurrou tio Joe, com uma intensidade que beirava a ferocidade. — Exija que devolvam aquela camisa, Will. Recoloque-a no armário com carinho.

Ele segurou o braço de Jaeger com uma força surpreendente.

— Ruth e Luke... Eles voltarão para casa.

Capítulo 24

Peter Miles — antes conhecido como Pieter Friedman — estava parado diante deles no antigo bunker de comando soviético do complexo de Falkenhagen. Aquele era um cenário curioso para a reunião prestes a ser realizada.

O bunker era enorme e ficava situado a uma profundidade inacreditável: para alcançá-lo, Jaeger tivera de descer seis lances de escada. O teto era alto e abobadado, cortado por uma treliça de enormes vigas de aço, como uma espécie de ninho de pássaro gigantesco e robótico afundado na terra.

À esquerda e à direita havia escadas de aço aparafusado, que por sua vez levavam a escotilhas nas paredes. Aonde elas levavam ficava a cargo da imaginação de cada um, pois saindo das salas principais havia um labirinto de túneis, tubos, vigas verticais e dutos, além de uma série de imensos cilindros de aço — supostamente onde os nazistas teriam produzido os estoques de *N-stoff*.

Havia pouco conforto material na câmara vazia e ressonante. Jaeger e sua equipe estavam sentados em cadeiras de plástico baratas dispostas num semicírculo em volta de uma mesa de madeira vazia. Raff e Dale estavam lá, junto ao restante da equipe amazônica de Jaeger. De um em um, ele os fitou.

O mais próximo era Lewis Alonzo, afro-americano e ex-SEAL da marinha americana. Durante a expedição na Amazônia, Jaeger passara a entender o homem: gostava de interpretar o papel de sujeito grandalhão, musculoso e indestrutível, mas sem uma inteligência das melhores.

Na verdade, porém, Alonzo era bem o contrário disso. Tinha uma inteligência quase tão imponente quanto seu físico gigantesco. Em suma, o sujeito combinava a estatura de Mike Tyson com a aparência e a esperteza afiada e incisiva de Will Smith. Era também sincero, destemido e dono de um coração muito generoso.

Jaeger confiava nele.

Em seguida vinha a figura relativamente pequena de Hiro Kamishi, ex-integrante das forças especiais japonesas: o Tokushu Sakusen Gun. Era uma espécie de samurai moderno; um soldado do Caminho Superior. Com a aura de um guerreiro místico do Oriente — do Bushido —, ele e Jaeger haviam desenvolvido uma profunda afinidade durante o tempo que passaram na Amazônia.

O terceiro era Joe James, um homem que mais parecia um urso gigante e possivelmente o mais memorável da equipe amazônica de Jaeger. Com seus cabelos longos e desgrenhados, parecia um cruzamento entre um mendigo e um motoqueiro dos Hells Angels —, mas, na verdade, era um ex-integrante do SAS da Nova Zelândia, talvez o grupo mais renomado no ramo dos Serviços Aéreos Especiais. Selvagem e caçador por natureza, era também parte maori, o que fazia dele um companheiro óbvio para Takavesi Raffara.

Tendo participado de incontáveis missões de combate do SAS, James tivera dificuldade em aceitar a perda de tantos camaradas pelo caminho. Mas, ao longo dos anos, Jaeger aprendera a nunca julgar um livro pela capa. James tinha uma atitude incomparável, acreditando na possibilidade de realizar qualquer missão. Igualmente importante, era dono de uma capacidade sem igual para pensar fora da caixa.

Jaeger o respeitava enormemente como soldado.

Havia também Irina Narov, é claro, embora ela e Jaeger mal tivessem trocado uma palavra desde que ele passara pelo teste brutal. Nas 24 horas seguintes, Jaeger havia em grande parte aceitado o ocorrido, reconhecendo-o como o que de fato era: um caso clássico de treinamento de resistência a interrogatórios — o que em seu meio chamavam de "R2I", ou "*resistance to interrogation*".

Todo candidato ao SAS era submetido ao R2I como o clímax do mortífero processo de seleção. Era um teste completo, com muito do que Jaeger sofrera ali: choque, surpresa e desorientação, além de jogos psicológicos terríveis.

Ao longo dos dias de provações físicas e psicológicas simuladas, os candidatos eram analisados minuciosamente em busca de qualquer coisa que pudesse demonstrar uma inclinação a ceder ou a entregar seus colgas de combate. Caso respondessem a qualquer questão que lhes era feita — com respostas que entregassem a missão —, eram dispensados do processo seletivo.

Daí vinha a resposta clássica, memorizada como se fosse um mantra capaz de salvar vidas: *Não posso responder a esta pergunta, senhor*.

Ali em Falkenhagen, tudo acontecera tão inesperadamente e fora executado com tamanha implacabilidade que jamais chegou a passar pela cabeça de Jaeger que seu cativeiro pudesse ser na verdade um jogo cruel e tenebroso. E com Narov interpretando seu papel com maestria, fora convencido de que sofrera a mais alta traição.

Fora enganado, espancado e levado ao limite, mas estava vivo e um passo mais próximo da localização de Ruth e Luke. Naquele instante, aquilo era tudo que lhe importava.

— Senhores, Irina, obrigado por virem. — As palavras de Peter Miles serviram para trazer a mente de Jaeger de volta ao presente. O homem idoso passou os olhos pelos arredores, pela construção de concreto e aço. — Grande parte do motivo pelo qual estamos aqui está enraizada neste lugar. Nesta história terrível. Nestas paredes sombrias.

Voltou a atenção completamente para seu público. Havia uma intensidade no olhar do homem que Jaeger não vira antes. Exigia atenção.

— Alemanha. Primavera de 1945 — anunciou. — A pátria fora ocupada pelos Aliados, e a resistência alemã desmoronava depressa. Muitos dos principais nazistas já estavam nas mãos do inimigo.

"Os comandantes do alto escalão haviam sido levados a um centro de interrogatórios próximo a Frankfurt, cujo codinome era Lata de Lixo. Lá, tentaram negar terminantemente que o Reich tivesse um dia possuído armas de destruição em massa ou que tivesse planejado usá-las para vencer a guerra. Mas um dos prisioneiros acabou cedendo e confessou o que, de início, pareceu ser uma série de revelações incríveis.

"Submetido a um intenso interrogatório, ele revelou que os nazistas haviam desenvolvido três agentes químicos assustadores: os gases nervosos tabun e sarin, e o mítico *Kampfsoffe*, alemão para "gás venenoso", chamado *N-stoff*, ou substância-N. Confessou também toda a extensão do *Chemicplan* de Hitler, seu projeto para manufaturar milhares de toneladas de agentes químicos para esmagar os Aliados. O mais extraordinário é que tudo isso era de total desconhecimento dos Aliados, que, consequentemente, não tinham defesa alguma contra tais agentes.

"Como isso pôde acontecer? Em primeiro lugar, como vocês já devem ter percebido, o complexo de Falkenhagen fica situado nas profundezas do subterrâneo. Dos céus, é mais ou menos invisível. E era em lugares como este que os mais temíveis compostos químicos eram produzidos. Em segundo lugar, Hitler terceirizou seu programa de armas químicas a uma companhia civil: o gigantesco complexo industrial I. G. Farben, dirigido por um tal Otto Ambros."

Miles apertou um botão em seu laptop, projetando uma imagem na parede do bunker de comando: um homem de meia-idade com cabelos louros despenteados e olhos de raposa estranhamente sorridentes. Transmitia imediatamente um aspecto astuto.

— Ambros — anunciou Miles. — Foi ele quem arquitetou a construção destas fábricas de morte. Essa seria uma tarefa intimidadora, exceto pelo fato de que os nazistas possuíam um fornecimento aparentemente ilimitado de trabalho escravo. Instalações subterrâneas como Falkenhagen foram construídas pelos milhões de almas desafortunadas enviadas aos campos de concentração nazistas. Melhor ainda: as perigosas linhas de produção também eram ocupadas pelos prisioneiros dos mesmos campos; afinal, todos eles estavam destinados à morte de qualquer forma.

Miles deixou suas palavras suspensas no ar de forma sinistra. Jaeger se remexeu na cadeira, pouco à vontade.

Sentia como se uma presença estranha e fantasmagórica tivesse se infiltrado no ambiente, com dedos gélidos que apertavam seu coração acelerado.

Capítulo 25

— Uma quantidade absurda de armas químicas foi encontrada pelos Aliados — prosseguiu Miles —, inclusive neste lugar, Falkenhagen. Falou-se até mesmo numa arma-V de longo alcance, a V-4, sucessora do foguete V-2, que poderia lançar agentes nervosos sobre Washington e Nova York.

"A sensação geral era de que havíamos vencido a guerra por um triz. Para alguns, fazia sentido se apoderar do conhecimento dos cientistas nazistas, em preparação para a guerra iminente com os russos: a Guerra Fria. A maioria dos cientistas envolvidos com as armas-V nazistas foi enviada aos Estados Unidos para projetar mísseis e combater a ameaça soviética.

"Mas então os russos soltaram sua bomba. Em meio ao julgamento dos crimes de guerra em Nuremberg, chamaram uma testemunha surpresa: o general de brigada Walter Schreiber, do serviço médico da Wehrmacht. Schreiber declarou que um médico da SS pouco conhecido chamado Kurt Blome fora responsável por um projeto nazista ultrassecreto com foco em guerra biológica via *germes*."

Os olhos de Miles se estreitaram.

— Bem, como vocês sabem, armas biológicas produzidas a partir de germes são as que provocam a maior destruição em massa. Uma bomba nuclear lançada em Nova York pode matar a todos na cidade. Uma ogiva de sarin pode ter o mesmo efeito. Mas um único míssil transportando a peste bubônica poderia matar a todos na América, por um simples motivo: germes são autorreplicantes. Uma vez lançados, reproduzem-se nos hospedeiros humanos e se espalham, matando a todos no processo.

"O projeto de guerra biológica de Hitler tinha o codinome *Blitzableiter*: para-raios. Atuava sob o disfarce de programa de pesquisa sobre o câncer, de modo a esconder-se dos Aliados. Os agentes ali desenvolvidos seriam usados sob ordens diretas do Führer para que a vitória final fosse alcançada. Mas talvez a mais chocante das revelações de Schreiber tenha sido que, ao final da guerra, Kurt Blome fora recrutado pelos americanos para recriar seu programa de guerra biológica... Só que desta vez para o Ocidente.

"Durante a guerra, Blome sem dúvida havia desenvolvido uma gama assustadora de agentes: praga, febre tifoide, cólera, antraz e outros. Além disso, havia colaborado intimamente com a Unidade 731 japonesa, responsável por um ataque com germes que matou meio milhão de chineses."

— A Unidade 731 é uma mancha em nossa história — interrompeu uma voz baixa. Tratava-se de Hiro Kamishi, o integrante japonês da equipe de Jaeger. — Nosso governo nunca se desculpou de verdade. Ficou a cargo dos indivíduos tentarem fazer as pazes com as vítimas.

Pelo que Jaeger conhecia de Kamishi, seria totalmente coerente com sua natureza ter procurado as vítimas da Unidade 731 para buscar a paz.

— Blome era o maestro inegável da guerra biológica. — Miles se voltou para seu público com os olhos brilhando. — Mas havia certas coisas que ele *jamais* revelaria, nem mesmo aos americanos. As armas do *Blitzableiter* não foram usadas contra os Aliados por um simples motivo: os nazistas estavam aperfeiçoando um superagente, um que de fato conquistaria o mundo. Hitler havia ordenado que o finalizassem e preparassem para o ataque, mas a grande velocidade dos avanços dos Aliados pegara a todos de surpresa. Blome e sua equipe foram derrotados, mas somente pelo relógio.

Miles desviou o olhar para uma figura sentada, que apertava uma bengala fina.

— Agora eu gostaria de abrir espaço para alguém que realmente esteve lá. Em 1945, eu era apenas um jovem de dezoito anos. Joe Jaeger pode relatar melhor este episódio negro da história.

Enquanto Miles ajudava tio Joe a se levantar, Jaeger sentiu seu coração começar a palpitar com força. Dentro de si, sabia que o destino o levara àquele momento. Tinha uma esposa e um filho para resgatar, mas, pelo que estava ouvindo, havia mais em jogo do que somente as vidas deles.

Tio Joe deu um passo à frente, apoiando-se pesadamente na bengala.

— Preciso pedir a todos vocês que tenham paciência, pois aposto que tenho o triplo da idade de alguns aqui nesta sala. — Passou os olhos pelo ambiente, pensativo. — Agora, por onde começar? Talvez pela Operação Loyton.

Seus olhos se fixaram em Jaeger.

— Durante a maior parte da guerra, servi ao lado do avô deste rapaz no SAS. Talvez não haja necessidade de dizer, mas aquele homem, Ted Jaeger, era meu irmão. No final de 1944, fomos enviados para o nordeste da França numa missão cujo codinome era Loyton. O objetivo era simples. Hitler ordenara a suas forças que promovessem uma última resistência para impedir o avanço dos Aliados. E nosso trabalho era frustrá-los.

"Descemos de paraquedas e causamos bastante estrago e caos para além das linhas inimigas, explodindo ferrovias e matando os comandantes nazistas do alto escalão. Em contrapartida, porém, o inimigo nos caçou impiedosamente. Ao fim da missão, 31 integrantes da nossa equipe haviam sido capturados. Estávamos determinados a descobrir o que acontecera a eles. O problema é que o SAS foi dissolvido logo após a guerra. Ninguém achava que ainda éramos necessários. Pois bem, nós pensávamos de maneira diferente. E, não pela primeira vez, desobedecemos nossas ordens.

"Montamos uma equipe totalmente clandestina com o objetivo de encontrar nossos homens perdidos. Não demorou muito para que descobríssemos que haviam sido torturados e assassinados de maneira horrenda por seus captores nazistas. Então decidimos caçar os assassinos. Demos a nós mesmos um nome pomposo: a Equipe SAS de Investigação de Crimes de Guerra. Informalmente, éramos conhecidos como os Caçadores Secretos."

Joe Jaeger, saudoso, abriu um sorriso.

— É impressionante o que você pode alcançar com um pequeno blefe. Como nos escondíamos em plena vista, todos presumiam que éramos um grupo autêntico. Não éramos. Na verdade, éramos uma unidade ilegal e não sancionada fazendo o que acreditava ser certo e ao diabo com as malditas consequências. Assim eram aqueles tempos. E eram bons tempos.

O velho parecia tomado pela emoção e sua voz fraquejou, mas ainda assim ele se forçou a continuar.

— Nos anos seguintes, rastreamos cada um dos assassinos nazistas. No processo, descobrimos que muitos de nossos homens haviam ido parar num lugar de absoluto terror: um campo de concentração nazista chamado Natzweiler.

Por um momento, os olhos de tio Joe procuraram Irina Narov. Jaeger já sabia que eles compartilhavam um elo especial. Era uma das muitas coisas que vinha querendo que Narov lhe explicasse por completo.

— Havia uma câmara de gás em Natzweiler — continuou tio Joe. — Seu papel principal era testar as armas nazistas em pessoas vivas: os prisioneiros do campo. Um médico experiente da SS supervisionou os testes. Seu nome era August Hirt. Decidimos que tínhamos de falar com ele.

"Hirt havia desaparecido, mas poucos conseguiam se esconder dos Caçadores Secretos. Descobrimos que ele também estava trabalhando em sigilo para os americanos. Durante a guerra, testara gás nervoso em mulheres e crianças inocentes. Tortura, brutalidade e morte eram suas marcas registradas. Mas os americanos se mostravam mais que felizes em protegê-lo, e sabíamos que nunca permitiriam que fosse julgado. Diante das circunstâncias, tomamos uma decisão executiva: Hirt tinha de morrer. Mas, quando ele percebeu nossa intenção, nos fez uma proposta extraordinária: o maior segredo nazista em troca da própria vida."

O velho senhor apertou os próprios ombros.

— Hirt nos revelou o plano nazista de uma *Weltplagverwüstung*: devastação mundial por praga. Segundo ele, isso seria propiciado por meio de uma nova espécie de agente biológico. Ninguém parecia saber de onde viera o agente, mas sua letalidade era extraordinária. Quando Hirt o testou em Natzweiler, o índice de morte alcançado foi de 99,999%. Nenhum ser humano parecia ter qualquer tipo de resistência natural. Era quase como se o agente não pertencesse a esse mundo... ou pelo menos não à nossa época. Antes de o matarmos, porque, acreditem, nunca o deixaríamos vivo, Hirt nos contou o nome do agente, um nome dado pelo próprio Hitler.

O olhar assombrado de tio Joe repousou sobre Jaeger.

— Chamava-se *Gottvirus*: o vírus Deus.

Capítulo 26

Tio Joe pediu um copo d'água. Peter Miles lhe passou um. Ninguém mais se moveu. Todos naquele bunker ressonante estavam fisgados pela história.

— Relatamos nossa descoberta aos superiores na cadeia de comando mas houve pouco interesse real. O que tínhamos? Sabíamos o nome, *Gottvirus*, mas, fora isso... — Tio Joe deu de ombros, resignado. — O mundo estava em paz; o povo, cansado de guerra. Aos poucos, a coisa toda foi esquecida. Por vinte anos foi esquecida. Até que então... Marburg.

Ele encarava o nada, com o olhar perdido em memórias distantes.

— No centro da Alemanha fica situada a pequena e bela cidade de Marburg. Na primavera de 1967, houve um surto inexplicável de doença no laboratório *Behringwerke* da cidade. Trinta e um funcionários foram infectados. Sete morreram. De alguma forma, um novo e desconhecido patógeno havia surgido: foi batizado de vírus de Marburg, ou *Filoviridae*, por causa de sua forma de fio, parecida com um filamento. Era diferente de qualquer coisa já vista antes.

Tio Joe bebeu todo o copo d'água.

— Aparentemente, o vírus havia entrado no laboratório junto a um carregamento de macacos da África. Era, pelo menos, a versão oficial da história. Equipes de caçadores de vírus foram enviadas à África para rastrear a origem dele. Estavam à procura de seu reservatório natural, seu lar na natureza. Não o encontraram. E mais: também não conseguiram identificar o hospedeiro natural, o animal que normalmente o incuba e carrega. Em resumo, não havia sinal do vírus na floresta africana de onde os macacos tinham saído.

"Macacos são amplamente usados em experimentos de laboratório — prosseguiu. — Como cobaias de novos remédios, coisas do tipo. Mas também são empregados em testes de armas biológicas e químicas, pelo simples motivo de que, se um composto matar um macaco, também é provável que mate um ser humano."

Tio Joe procurou Jaeger novamente com o olhar.

— Seu avô, o brigadeiro Ted Jaeger, começou a investigar. Assim como ocorria com muitos de nós, o trabalho dos Caçadores Secretos continuava. Um cenário arrepiante foi gradualmente sendo descoberto. Revelou-se que, durante a guerra, o laboratório Behringwerke havia sido uma fábrica da I.G. Farben: parte do império de Otto Ambros dedicado ao extermínio em massa. E mais: em 1967, o chefe dos cientistas do laboratório era ninguém menos que Kurt Blome, o antigo coordenador da guerra biológica de Hitler.

Tio Joe passou os olhos pelo público, fogo ardendo neles.

— No início dos anos 1960, Blome fora contratado por um homem que por muito tempo suspeitávamos ter morrido: o ex-general da SS Hans Kammler. Kammler havia sido um dos homens mais poderosos do Reich e um dos confidentes mais próximos de Hitler. Mas, ao final da guerra, ele tinha desaparecido da face da Terra. Ted o caçou por anos. Depois de muito tempo, acabou descobrindo que Kammler havia sido recrutado por uma equipe de inteligência financiada pela CIA cuja missão era espionar os russos.

"Devido a sua notoriedade, a CIA fez com que Kammler operasse sob vários pseudônimos: Harold Krauthammer, Hal Kramer e Horace Konig, entre outros. Nos anos 1960, já havia conquistado um cargo de alto escalão na CIA e se pôs a recrutar Blome para sua causa secreta."

Tio Joe fez uma pausa, uma sombra caindo sobre suas feições enrugadas.

— Usando certos métodos, invadimos o apartamento de Kurt Blome em Marburg e encontramos seus documentos pessoais. O diário dele revelava uma história completamente extraordinária, que teria sido difícil de acreditar em qualquer outro contexto. Mas, nas condições que encarávamos, muitas coisas começaram a fazer sentido. Um sentido horrível e arrepiante.

"No verão de 1943, Blome havia recebido ordens do Führer para se concentrar exclusivamente em um agente biológico. Este agente já havia matado pessoas. Dois homens, ambos tenentes da SS, que acabaram mortos em decorrência da exposição ao agente. Faleceram de um modo completamente horripilante. Seus corpos começaram a sucumbir por dentro. Os órgãos, fígado, rins, pulmões, se desintegraram, entrando em estado de putrefação enquanto o exterior do corpo ainda vivia. Morreram expelindo fluxos de sangue negro e espesso, as sobras de seus órgãos podres e liquefeitos, com uma expressão pavorosa no rosto, parecida com a de um zumbi. O cérebro já havia se transformado em polpa quando a morte finalmente os levou."

O velho homem ergueu os olhos para seu público.

— Vocês devem estar se perguntando: mas o que estariam dois tenentes da SS fazendo ao mexer com tal agente? Bem, ambos haviam servido a uma agência da SS que lidava com história antiga. Lembrem-se, a ideologia deturpada de Hitler defendia que os "verdadeiros alemães" eram uma raça mítica do Norte: os arianos altos, louros, de olhos azuis. O que é bizarro, considerando que Hitler era um homem baixo, de cabelos pretos e olhos castanhos.

Tio Joe meneou a cabeça, contrariado.

— Os dois tenentes da SS, arqueólogos amadores e caçadores de mitos, foram incumbidos da tarefa de "provar" que a chamada raça mestra ariana havia dominado a Terra desde tempos imemoriais. Nem preciso dizer que a missão deles era impossível, mas, ao longo do trabalho, os dois acabaram esbarrando no *Gottvirus*.

"Blome recebeu ordens para isolar e cultivar este patógeno misterioso. Foi o que ele fez, o que se mostrou completamente devastador. Era perfeito; um agente biológico dado por Deus. O *Gottvirus* definitivo. Blome escreveu sobre ele em seu diário: 'É como se este patógeno não tivesse origem neste planeta; ou então tivesse vindo de alguma época pré-histórica, muito antes de o homem moderno caminhar sobre a Terra."

Tio Joe se ajeitou.

— Havia dois desafios a superar antes que o *Gottvirus* fosse utilizado. Em primeiro lugar, os nazistas precisavam de uma cura: uma vacina que pudesse ser produzida em massa para proteger a população alemã. Em segundo lugar, precisavam alterar os meios de transmissão do vírus, de contato com fluidos para via aérea. Era preciso que funcionasse como o vírus da gripe: um espirro bastaria para que se espalhasse por toda uma população em questão de dias.

"Blome trabalhou incessantemente. Estava numa corrida contra o tempo. Felizmente para nós, saiu derrotado. Seu laboratório foi invadido pelos Aliados antes que ele pudesse aperfeiçoar uma vacina ou reprogramar o modo de transmissão do vírus. O *Gottvirus* foi categorizado como *Kriegsentscheidend*, a maior classificação de segurança atribuída pelos nazistas. Ao fim da guerra, o general da SS Hans Kammler estava determinado a mantê-lo o maior segredo do Reich."

Tio Joe se apoiou na bengala; um velho soldado chegando ao fim de uma longa jornada.

— É mais ou menos aí que termina a história. O diário de Blome deixava claro que ele e Kammler haviam preservado o *Gottvirus*, o qual começaram a desenvolver novamente no final dos anos 1960. Uma última coisa: em seu diário, Blome repetia a mesma expressão inúmeras vezes: *Jedem das Seine*... Traduzido do alemão, significa "todos recebem o que merecem".

Ele passou os olhos pela sala. Havia ali um olhar que Jaeger raramente vira antes: medo.

Capítulo 27

— Excelente trabalho, o de Londres. Pelo que soube, sobrou pouca coisa. E nenhum traço dos responsáveis.

Hank Kammler endereçara o comentário a um homem absolutamente monstruoso que estava sentado no banco ao seu lado. Com a cabeça raspada, cavanhaque e um corte assustador em seus ombros curvados, Steve Jones cheirava a perigo.

Ele e Kammler estavam no West Potomac Park de Washington. Por todos os lados, as cerejeiras estavam cobertas de flores, mas não havia nada de remotamente alegre no olhar que o homenzarrão exibia em seu rosto coberto de cicatrizes. Mais jovem — talvez a metade dos 63 anos de Kammler —, Jones tinha uma expressão fria e os olhos de um homem morto.

— Londres? — Jones bufou. — Podia ter feito aquilo de olhos fechados. E agora, o que temos?

Na opinião de Kammler, o físico assustador e os instintos assassinos de Jones eram úteis, mas ele ainda estava incerto quanto a torná-lo um integrante realmente efetivo de sua equipe. Desconfiava de que fosse o tipo de homem mais apto a ser mantido numa jaula de ferro e libertado apenas em tempo de guerra... ou para mandar pelos ares uma ilha de edição em Londres, como no último contrato.

— Estou curioso. Por que o odeia tanto?

— Quem? — perguntou Jones. — Jaeger?

— Sim. William Edward Jaeger. Por que todo este ódio obsessivo?

Jones se inclinou para a frente, apoiando os cotovelos nos joelhos.

— Porque sou bom em odiar. Só isso.

Kammler ergueu o rosto, desfrutando da sensação do agradável sol primaveril em sua pele.

— Ainda gostaria de saber o porquê. Isso me ajudaria a trazer você para meu... círculo de confiança.

— Vamos colocar da seguinte forma — respondeu Jones, enigmático. — Se você não tivesse me dado ordens para mantê-lo vivo, Jaeger estaria morto a esta altura. Eu o teria matado quando sequestrei a mulher e o filho dele. Você devia ter me deixado pôr um fim nisso quando tive chance.

— Talvez. Mas prefiro torturá-lo pelo maior tempo possível. — Kammler sorriu. — A vingança, como dizem, é um prato que se come frio... E, com a família em minhas mãos, tenho todos os meios para vencer. De forma lenta. Dolorosa. E que me traz muita satisfação.

O homenzarrão soltou uma risada que mais parecia um latido.

— Faz sentido.

— De volta à minha pergunta: por que todo este ódio obsessivo?

Jones lançou seu olhar para Kammler. Era como encarar os olhos de um homem sem alma.

— Quer mesmo saber?

— Quero. Seria útil. — Kammler fez uma pausa. — Perdi praticamente toda minha confiança em meus... operadores do leste europeu. Estavam todos ocupados tratando de alguns negócios meus numa ilhota próxima ao litoral cubano. Algumas semanas atrás, Jaeger os acertou com tudo. Ele e sua equipe estavam em três; a minha equipe, em trinta. Você pode entender por que perdi a confiança neles... e por que talvez eu queira usar seus serviços mais vezes.

— Amadores.

Kammler concordou com a cabeça.

— Cheguei à mesma conclusão. Mas esse ódio por Jaeger. Por quê?

O olhar do homenzarrão se voltou para si mesmo.

— Alguns anos atrás, participei da seleção do SAS. Lá se encontrava um oficial de nome Capitão William Jaeger, dos Royal

Marines. Ele me viu suplementando minhas provisões e achou que era responsabilidade sua impor a moral equivocada dele sobre os meus assuntos pessoais.

"Eu estava na seleção de voo. Ninguém chegava nem perto do meu desempenho. Até que veio o teste final. Resistência. Sessenta e quatro quilômetros em montanhas encharcadas. No penúltimo ponto de inspeção, fui chamado de lado pela direção, que me revistou. E eu sei que foi Jaeger o dedo-duro."

— Não parece ser o bastante para odiá-lo por toda a vida — comentou Kammler. — De que tipo de suplementos estamos falando?

— Eu estava com pílulas, do tipo que atletas usam para aumentar a velocidade e a resistência. O SAS afirma encorajar o pensamento lateral. Alegam valorizar o raciocínio dissidente, fora da caixa. Besteira. Se aquilo não era pensamento lateral, então não sei o que é. Mas não ficaram satisfeitos em apenas me eliminar da seleção. Também me denunciaram à minha unidade de origem, o que me fez ser expulso das forças armadas.

Kammler inclinou a cabeça.

— Você foi pego usando drogas para melhorar o seu desempenho? E foi Jaeger quem o entregou?

— Com certeza. Ele é uma víbora. — Jones fez uma pausa. — Já tentou arrumar um emprego quando sua ficha diz que você foi expulso do exército por usar drogas? Deixa eu te contar uma coisa: eu odeio víboras, e Jaeger é a mais hipócrita e venenosa de todas.

— Que sorte, então, termos nos encontrado. — Kammler passou os olhos pelas fileiras de cerejeiras. — Sr. Jones, acho que tenho um trabalho para o senhor. Na África. Num certo negócio meu em andamento por lá.

— Em que lugar da África? Detesto aquele lugar.

— Tenho um rancho de caça no leste africano. A caça a animais de grande porte é minha paixão. Os caçadores da região vêm massacrando meus animais num ritmo de partir o coração. Em particular os elefantes, por causa do marfim. Rinocerontes também. Grama por grama, o chifre de rinoceronte hoje vale mais que ouro. Estou à procura de um homem que possa ir até lá e cuidar das coisas.

— Cuidado não é bem o meu forte — respondeu Jones. Ele virou as mãos enormes e calejadas, fechando-as em punhos enormes como balas de canhão. — Usar isso aqui, sim. Ou, melhor ainda, uma faca, alguns explosivos plásticos e uma Glock. Matar para viver; viver para matar.

— Tenho certeza de que suas mãos serão amplamente necessárias no lugar para onde está indo. Estou à procura de um espião, um capanga e muito provavelmente um assassino, tudo numa só pessoa. O que me diz?

— Nesse caso, se o dinheiro for justo, estou dentro.

Kammler se levantou. Não estendeu a mão para Jones. Não gostava exatamente do homem. Depois das histórias de seu pai sobre os ingleses nos anos de guerra, hesitava em confiar em qualquer um deles. Hitler quisera que a Grã-Bretanha se aliasse à Alemanha durante a guerra, que fizessem um acordo após a queda da França e se unissem contra o inimigo comum: a Rússia e o comunismo. Mas os ingleses, inflexíveis e teimosos ao extremo, recusaram.

Sob a liderança cega e intransigente de Churchill, eles se negaram a agir com sensatez; a entender que cedo ou tarde a Rússia se tornaria a inimiga de todos os povos de pensamento livre. Se não fosse pelos ingleses e seus irmãos escoceses e galeses, o Reich de Hitler teria triunfado, e o resto seria história.

Em vez disso, cerca de sete décadas mais tarde, o mundo estava tomado por depravados e excêntricos: socialistas, homossexuais, judeus, inválidos, muçulmanos e estrangeiros de todos os tipos. Como Kammler os desprezava. Como os detestava. E, ainda assim, alguns destes *Untermenschen* — sub-humanos — tinham conseguido abrir caminho até os altos escalões da sociedade.

E cabia a Kammler — e a alguns homens bons como ele — fazer com que toda essa loucura chegasse ao fim.

Não; Hank Kammler relutaria em depositar sua fé em qualquer inglês. Mas se pudesse usar Jones, então era isso o que faria — e, para tanto, decidiu até lhe dar um bônus.

— Se tudo correr bem, quem sabe você não possa dar o cabo em Jaeger. Para que sua sede por vingança finalmente seja saciada.

Pela primeira vez desde que começaram a conversar, Steve Jones abriu um sorriso, mas não havia calor algum em seus olhos.

— Nesse caso, sou o seu homem. Manda ver.

Kammler se levantou para ir embora. Jones esticou a mão para detê-lo.

— Uma pergunta: por que você o detesta?

Kammler franziu as sobrancelhas.

— Na minha posição, sou eu quem faz as perguntas, Sr. Jones.

Mas Jones não era homem de se intimidar facilmente.

— Contei a você meus motivos. Acho que mereço ouvir os seus.

Kammler abriu o jogo.

— Se precisa mesmo saber, odeio Jaeger porque o avô dele matou o meu pai.

Capítulo 28

Eles haviam interrompido a reunião em Falkenhagen para comer e descansar. Mas Jaeger nunca fora de dormir muito. Podia contar nos dedos de uma das mãos as noites em que desfrutara de um sono profundo e ininterrupto de sete horas nos últimos seis anos.

Encontrava a mesma dificuldade para dormir agora, sua mente quase estourando depois de tudo o que tio Joe lhes havia contado.

Quando voltaram a se reunir no bunker, Peter Miles retomou o fio da meada:

— Acreditamos hoje que o surto de 1967 em Marburg tenha sido uma tentativa de testar o *Gottvirus* em macacos por parte de Blome. Achamos que ele havia conseguido fazer com que o vírus fosse transportado pelo ar, o que teria provocado a infecção dos funcionários, só que isso havia reduzido drasticamente a potência do agente.

"Vigiamos Blome de perto — continuou Miles. — Ele contava com vários colaboradores: ex-nazistas que tinham trabalhado ao seu lado sob o comando do Führer. Depois do surto de Marburg, no entanto, o disfarce passou a correr o risco de ser descoberto. Precisavam de um lugar remoto para preparar seus coquetéis de morte; um lugar onde jamais seriam encontrados.

"Por uma década, os perdemos de vista. — Miles fez uma pausa. — E, em 1976, o mundo descobriu um novo terror: o ebola. O ebola foi o segundo dos *Filoviridae*. Assim como em Marburg, disseram que o vírus era endêmico em macacos e teria feito o salto de espécies até passar a afetar seres humanos. Como em Marburg, o ebola emergiu na África central, próximo ao Rio Ebola, de onde obteve seu nome."

Os olhos de Miles procuraram Jaeger, encarando-o intensamente.

— Para ter certeza da potência de um agente, é preciso testá-lo em humanos. Não somos idênticos aos primatas. Um patógeno que mata um macaco pode não surtir efeito algum em um ser humano. Acreditamos que o ebola tenha sido disseminado deliberadamente por Blome, como um teste em pessoas vivas. O resultado foi um total de noventa por cento de letalidade. Nove em cada dez pessoas infectadas morreram. Era um vírus mortal, mas ainda não era o *Gottvirus* original. Blome e sua equipe claramente estavam chegando perto. Presumimos que eles estivessem trabalhando em algum lugar na África, mas o continente é muito vasto, cheio de lugares desabitados e inexplorados. — Miles espalmou as mãos. — E foi mais ou menos por aí que a trilha se perdeu.

— Por que vocês não interrogaram Kammler? — perguntou Jaeger, abruptamente. — Por que não o levaram a um lugar como este para descobrir o que sabia?

— Por dois motivos. Primeiro: a essa altura ele já tinha conquistado uma posição de muito poder dentro da CIA, assim como muitos ex-nazistas conquistaram nos círculos das forças armadas e da inteligência dos Estados Unidos. E, segundo: seu avô não teve outra opção a não ser matá-lo. Kammler ficou sabendo do interesse dele pelo *Gottvirus*. A caçada teve início. Seguiu-se uma luta até a morte. Fico feliz em dizer que Kammler saiu derrotado.

— Então foi por isso que eles revidaram, perseguindo meu avô? — pressionou Jaeger.

— Exato — confirmou Miles. — O veredito oficial foi suicídio, mas sempre acreditamos que o brigadeiro Ted Jaeger tenha sido morto por pessoas leais a Kammler.

Jaeger assentiu com a cabeça.

— Ele nunca teria tirado a própria vida. Tinha muitas razões para viver.

Quando Jaeger ainda era adolescente, seu avô fora encontrado morto dentro do carro, uma mangueira presa à janela. O veredito tinha sido que teria se envenenado com gás devido ao trauma acumulado dos anos de guerra. Mas poucos da família haviam engolido a história.

— Quando tudo parece perdido, normalmente faz sentido seguir a trilha do dinheiro — continuou Miles. — Começamos a rastrear financiamentos, e um caminho nos levou de fato à África. Além do nazismo, o ex-general da SS Kammler alegava ter outra grande paixão: a preservação de animais selvagens. A certa altura da vida, ele havia adquirido um enorme rancho de caça privado, usando o que acreditamos ser dinheiro saqueado pelos nazistas durante a guerra. Após seu avô pôr fim à vida do general Kammler, o filho dele, Hank, herdou o rancho de caça. Temíamos que estivesse dando prosseguimento ao trabalho secreto do pai por lá, então mantivemos o local em observação por anos, monitorando a reserva em busca de qualquer sinal de um laboratório biológico escondido. Não detectamos nada. Absolutamente nada.

Miles olhou para seu público, fixando-se em Irina Narov.

— E foi então que ouvimos falar de um avião da Segunda Guerra Mundial perdido na Amazônia. Assim que nos informaram o tipo de aeronave encontrada, sabíamos que tinha que ser um dos voos da Operação Refúgio Seguro dos nazistas. E então a Srta. Narov se juntou à equipe de vocês na Amazônia, na esperança de que aquele avião de combate pudesse revelar algo: uma pista que nos levasse ao *Gottvirus*.

"A empreitada de fato nos rendeu algumas pistas. Mas, quase mais importante ainda, ela tirou o inimigo da toca; os forçou a mostrar o jogo. Suspeitamos que o grupo que os caçou, o grupo que ainda está à caça de vocês, esteja sob o comando de Hank Kammler, o filho do general da SS Kammler. Atualmente ele é vice-diretor da CIA, e nosso medo é que tenha herdado a missão do pai: ressuscitar o *Gottvirus*."

Miles fez uma pausa.

— Isso era o que sabíamos até algumas semanas atrás. Desde então vocês resgataram Letícia Santos, que vinha sendo mantida pelo pessoal de Kammler, e no processo apreenderam os computadores de seu captor.

Clique. Luz. Miles projetou uma imagem na parede do bunker.

Kammler H.

BV222

Katavi

Choma Malaika

— São palavras-chave retiradas dos e-mails do grupo de sequestradores da ilha cubana. Analisando as conversas, chegamos à conclusão de que as mensagens foram trocadas pelo líder dos sequestradores, Vladimir, e o próprio Hank Kammler.

Miles apontou para a imagem.

— Vou começar com a terceira linha. Entre os documentos descobertos naquele avião de combate na Amazônia, havia um que revelava um voo nazista destinado a um lugar chamado Katavi. O rancho de caça de Kammler fica situado na fronteira ocidental da nação africana da Tanzânia, próximo a um certo Lago Katavi.

"Agora, por que um voo da Operação Refúgio Seguro na era nazista teria como destino uma faixa de água? Considerem aquele segundo item na lista: BV222. Durante a guerra, os nazistas tinham um centro de pesquisas de hidroaviões secreto em Travemunde, no litoral alemão. Lá desenvolveram o Blohm & Voss BV222, a maior aeronave usada durante a guerra.

"Isso é o que acreditamos que tenha acontecido: no fim da guerra, a Tanzânia era uma colônia britânica. Kammler prometeu aos britânicos uma infinidade de segredos nazistas em troca de proteção e conseguiu, assim, carta branca para um voo destinado ao maior "Refúgio Seguro" de todos, o Lago Katavi, via BV222. O general da SS Hans Kammler estava naquele voo, assim como seu precioso vírus, talvez congelado ou talvez sob alguma forma de pó dessecado... embora, é claro, aquele fosse um segredo que jamais revelaria aos Aliados.

"Quando os britânicos descolonizaram a África Oriental, Kammler perdeu seus financiadores, e daí surgiu sua decisão de comprar uma vasta área de terra nos arredores do Lago Katavi. Foi lá que montou seu laboratório: um lugar onde poderia desenvolver o *Gottvirus* em completo sigilo.

"Não temos prova alguma de que este laboratório biológico exista, é claro. Caso exista, está perfeitamente escondido. Kammler é dono de uma reserva de caça legítima. Está tudo lá: guardas de caça, uma equipe capacitada de conservação, um alojamento luxuoso e ainda uma pista de pouso e decolagem para os clientes chegarem e partirem por via aérea. Mas o último termo na lista encontrada nos computadores oferece uma última pista.

"Choma Malaika vem do suaíli: a língua da África Oriental. Significa 'Anjos em Chamas'. Dentro do rancho de caça de Kammler, aparentemente, há um Pico dos Anjos em Chamas. Fica situado na cordilheira de Mbizi, ao sul do Lago Katavi. As montanhas Mbizi são densamente arborizadas e quase completamente inexploradas."

Miles projetou uma nova imagem: uma cordilheira irregular erguendo-se sobre a savana.

— Vejam bem, é claro que a existência daquelas palavras-chave e a existência de uma montanha de mesmo nome poderiam ser apenas uma coincidência bizarra. Mas seu avô me ensinou a nunca acreditar em coincidências.

Ele cutucou a imagem com o dedo.

— Se Kammler possui de fato um laboratório de guerra biológica, acreditamos que esteja escondido bem nas profundezas da montanha dos Anjos em Chamas.

Capítulo 29

Peter Miles encerrou a conferência com uma convocação para uma sessão de *brainstorming*, valendo-se do vasto conhecimento militar naquela sala.

— Uma pergunta idiota — começou Lewis Alonzo. — Qual seria a pior coisa que poderia acontecer?

Miles o olhou, intrigado.

— No caso de um Juízo Final? Se estivermos diante de um maníaco homicida?

Alonzo abriu o sorriso que era sua marca registrada.

— Sim, um doido varrido. Um completo tantã. Sem meias-palavras: conte tudo.

— Nosso receio é estarmos diante de um agente biológico ao qual quase ninguém no mundo sobreviveria — respondeu Miles, com um ar sinistro. — Mas só se Kammler e sua gente tiverem descoberto como transformá-lo em arma. Este seria o pior cenário possível, um pesadelo: que o vírus fosse espalhado pelo mundo, com surtos simultâneos o bastante para que nenhum governo tivesse tempo de desenvolver uma cura. Seria uma pandemia com um índice de mortalidade sem precedentes; um evento para mudar, ou melhor, para *acabar* com o mundo.

Ele fez uma pausa, deixando o teor arrepiante destas palavras se assentar.

— Mas o que Kammler e seus amigos *pretendem* fazer com o vírus… isso só podemos tentar adivinhar. Um agente como esse teria um valor inestimável, obviamente. Será que o venderiam diante da melhor oferta? Ou chantageariam os líderes mundiais? Simplesmente não sabemos.

— Há uns dois anos, fizemos simulações com alguns panoramas possíveis — comentou Alonzo. — Contamos com a presença de alguns dos principais agentes da inteligência americana. Eles listaram as três maiores ameaças à segurança mundial. A *numero uno* definitiva era que um grupo terrorista colocasse as mãos numa arma de destruição em massa completamente funcional. Há três maneiras de se fazer isso. A primeira: comprar um dispositivo nuclear de algum estado vilão, provavelmente de um país decadente do antigo bloco soviético. A segunda: interceptar uma arma química durante o transporte de um país a outro; talvez gás sarin sírio a caminho do descarte. E a terceira: adquirir a tecnologia necessária para construir seu próprio dispositivo nuclear ou químico.

Ele olhou para Peter Miles.

— Aqueles caras sabiam do que estavam falando, e nenhum deles mencionou algum filho da puta pirado oferecendo uma arma biológica pronta para quem pagasse mais.

Miles concordou com a cabeça.

— E por um bom motivo. O desafio real é disseminá-lo. Presumindo que tenham aperfeiçoado uma versão transmitida pelo ar, seria fácil embarcar num avião e brandir um lenço polvilhado com o vírus seco pela cabine. E lembre-se de que cem milhões de vírus cristalizados, o equivalente às populações da Inglaterra e da Espanha juntas, colocariam um ponto final no meio de qualquer frase.

"Assim que esse nosso homem acabasse com o conteúdo do lenço, ele poderia contar com o sistema de ar-condicionado da aeronave para fazer o resto. Ao final do voo, digamos, de um Airbus A380, você teria umas quinhentas pessoas infectadas, e o mais interessante é que nenhuma delas saberia disso. Horas depois, todas iriam desembarcar no aeroporto de Heathrow, em Londres. Um lugar grande, abarrotado de pessoas. Elas embarcariam em ônibus, trens ou metrôs, disseminando o vírus com a própria respiração. Algumas estariam a caminho de Nova York, Rio de Janeiro, Moscou,

Tóquio, Sydney ou Berlim. Em 48 horas, o vírus se espalharia por todas as cidades, nações e continentes... E esse, Sr. Alonzo, seria o seu cenário apocalíptico.

— E qual seria o período de incubação? Quanto tempo levaria para as pessoas perceberem que há algo errado?

— Não sabemos. Mas se for similar ao ebola, então seriam 21 dias.

Alonzo assobiou.

— Essa merda é do caralho. Não dá para inventar um agente mais assustador.

— Exato. — Peter Miles sorriu. — Mas tem uma complicação. Lembram-se do homem que embarcou no Airbus A380 com um lenço infectado com cem milhões de vírus? Ele precisa ser um tipo de cara. Ao contaminar as pessoas naquela aeronave, também estará se contaminando. — Miles fez uma pausa. — Mas é claro que em certos grupos terroristas existe uma abundância de jovens dispostos a morrer pela causa.

— Estado Islâmico; al-Qaeda; Boko Haram; al-Qaeda no Magrebe Islâmico. — Jaeger listou os suspeitos de costume. — Há um número enorme de loucos pensando da mesma maneira por aí.

Miles assentiu.

— E é por isso que tememos que Kammler possa vender o agente para quem oferecer mais. Alguns destes grupos possuem fundos de guerra praticamente ilimitados e certamente contam com os meios, os meios humanos suicidas, para cuidar da disseminação.

Uma nova voz se pronunciou:

— Há um problema com tudo isso. Uma falha. — Era Narov. — Ninguém vende um agente desses a outra pessoa sem ter um antídoto. Caso contrário, estaria assinando a própria sentença de morte. E se você conta com o antídoto, então o homem com o lenço estaria imune. Ele sobreviveria.

— Talvez — disse Miles. — Mas você gostaria de ser esta pessoa? Gostaria de confiar nesta vacina, que no máximo só teria sido testada em camundongos, ratos e macacos? E onde Kammler vai conseguir seres humanos vivos em quem testar suas vacinas?

À menção desses testes, o olhar de Miles se voltou para Jaeger, como se atraído irresistivelmente para ele. Quase com culpa. O que havia por trás dos testes com humanos que continuava a forçar a atenção do homem para ele?

Esse hábito começava a deixar Jaeger seriamente assustado.

Capítulo 30

Jaeger decidiu que abordaria a questão dos testes em humanos mais tarde.

— Certo, vamos direto ao ponto — anunciou. — O que quer que Kammler venha planejando fazer com seu *Gottvirus*, esse rancho em Katavi é a localização mais provável para encontrá-lo, certo?

— É nisso que acreditamos — confirmou Miles.

— Então qual é o plano?

Miles olhou de canto de olho para tio Joe.

— Digamos apenas que estamos abertos a todas as sugestões.

— Por que não ir simplesmente às autoridades? — sugeriu Alonzo. — Mandar um *Team Six* dos SEALS para chutar o traseiro de Kammler?

Miles espalmou as mãos.

— Temos indícios inquietantes, mas nenhuma prova. Além disso, não temos ninguém em quem confiar completamente. O poder está infiltrado nos mais altos escalões. Obviamente, o atual diretor da CIA, Dan Brooks, entrou em contato conosco, e é um bom homem. Mas ele tem suas preocupações, que chegam até mesmo ao nível de seu próprio presidente. Em suma, só podemos confiar em nós mesmos; na nossa rede.

— Quem exatamente faz parte dessa rede? — questionou Jaeger. — Quem exatamente é este *nós* ao qual você fica se referindo?

— Os Caçadores Secretos — respondeu Miles. — Formados após a Segunda Guerra Mundial e em ação até hoje. — Ele apontou para o tio Joe. — Infelizmente, o único remanescente do grupo original é Joe Jaeger. É uma bênção que ele ainda esteja conosco. Outros tomaram as rédeas. Irina Narov é uma delas. — Ele sorriu. — E temos a esperança de contar com seis novos recrutas nesta sala hoje.

— E quanto a financiamento? Apoio? Cobertura? — insistiu Jaeger.

Peter Miles fez uma careta.

— Boas perguntas... Vocês todos devem ter ouvido falar do tal trem nazista carregado de ouro descoberto recentemente escondido sob uma montanha polonesa por um grupo de caçadores de tesouros. Bem, havia muito mais destes trens, a maior parte deles de pilhagens ao Berlin Reichsbank.

— O tesouro de Hitler? — indagou Jaeger.

— O tesouro do seu Reich de Mil Anos. Ao fim da guerra, a riqueza era assombrosa. Quando Berlim foi tomada pelo caos, o ouro foi carregado em trens e levado para múltiplos esconderijos. A localização de um destes trens chegou ao conhecimento dos Caçadores Secretos. Muito de sua carga vinha de pilhagens ilícitas, mas, uma vez derretido o ouro, ele não pode mais ser rastreado. Achamos que seria melhor se o mantivéssemos como capital de funcionamento. — Ele deu de ombros. — A cavalo dado não se olha os dentes.

"Quanto à cobertura, temos um pouco. Originalmente, os Caçadores Secretos foram formados sob a jurisdição do Ministério da Economia de Guerra. Churchill instaurou o ministério para pôr em prática suas operações de guerra mais secretas. Com o fim do conflito, ele supostamente teria sido fechado, mas, na verdade, ainda há um pequeno ramo executivo em atividade, operando numa casa georgiana sem grandes atrativos em Eaton Square, em Londres. São eles nossos benfeitores; supervisionam e apoiam nossas atividades."

— Pensei que você tivesse dito que foi o governo alemão quem lhes emprestou este lugar.

— O pessoal de Eaton Square tem uma rede de contatos muito boa. Apenas nos níveis mais altos, é claro.

— E quem são vocês, especificamente? — pressionou Jaeger. — Quem são os Caçadores Secretos? Números? Equipe? Operadores?

— Somos todos voluntários. Somos chamados apenas quando necessário. Para dar a vocês um exemplo prático, o pessoal do R2I, até mesmo o chefe dos interrogadores, faz parte da nossa rede. Nós os chamamos, eles fizeram o trabalho. Agora eles se foram, pelo menos até precisarmos novamente. Até mesmo este lugar só fica operacional quando nós ficamos. Caso contrário, fica só a naftalina.

— Tudo bem. Digamos que a gente concorde em entrar — declarou Jaeger. — Qual é o próximo passo?

Clique. Luz. Miles exibiu um slide mostrando uma vista aérea da montanha dos Anjos em Chamas.

— Choma Malaika, fotografada do céu. Faz parte da reserva de caça de Kammler, mas é completamente inacessível. Foi designada como um santuário de reprodução para elefantes e rinocerontes, fechado a todos, exceto aos funcionários mais importantes da reserva. Há uma ordem de atirar para matar qualquer um que tentar entrar.

"O que mais nos interessa é o que se encontra *sob* a montanha. Há uma série de cavernas gigantescas, originalmente esculpida pela água, mas alargada em tempos mais recentes por ação animal. Aparentemente, todos os grandes mamíferos precisam de sal. Os elefantes entram nas cavernas à procura dele e usam suas presas para extraí-lo. Acabaram ampliando as cavernas a proporções elefantinas... se me permitem o trocadilho.

"Vocês perceberão que a principal estrutura geológica é uma caldeira: um antigo vulcão desmoronado. Ele deixou um círculo irregular de paredes em volta de uma enorme cratera central, onde o antigo cone do vulcão explodiu e ficou em pedaços. A maior parte da bacia da cratera é irrigada pela chuva sazonal, formando um lago raso. As cavernas se abrem perto da água, e todas definitivamente estão dentro da zona proibida por Kammler."

Miles passou os olhos pela sala.

— Não temos prova alguma de que algo sinistro esteja escondido naquelas cavernas. Precisamos invadi-las e encontrar esta prova. E é aí que vocês entram. Afinal, são vocês os profissionais.

Jaeger estudou a fotografia aérea por uns bons segundos.

— As paredes da cratera parecem ter uns oitocentos metros de altura. Poderíamos fazer um salto de alta altitude e baixa abertura na própria cratera, acionando o paraquedas enquanto cobertos pelas paredes. Então, descer até o solo sem sermos vistos e entrar nas cavernas... O problema é não sermos detectados quando estivermos lá. Certamente contarão com sensores de movimento posicionados nas entradas. Eu instalaria câmeras de vigilância, infravermelhas, iluminação de segurança, fogos acionados por armadilhas... tudo a que tivesse direito. Esse é o problema com as cavernas: só existe um meio de entrar, o que significa que podem ser facilmente protegidas.

— Então é simples — sugeriu uma voz. — Vamos entrar sabendo que seremos detectados. Vamos deixar que a teia da aranha nos prenda. No mínimo, muito provavelmente isso nos permitirá ver o que eles estão fazendo ali.

Jaeger olhou para a origem da voz: Narov.

— Ótimo. Mas tem um problema: como vamos sair?

Narov sacudiu a cabeça com indiferença.

— Lutando. Vamos entrar fortemente armados. Quando acharmos o que estamos procurando, abrimos nosso caminho a bala.

— Ou morremos tentando. — Jaeger balançou a cabeça. — Não. Tem de haver uma maneira melhor...

Por um instante ele olhou para Narov, e o canto da boca se retorceu num esgar malicioso.

— Sabem de uma coisa? Acho que acabei de pensar em uma. E querem saber do que mais? Vocês vão amar.

Capítulo 31

— Essa é uma reserva de caça completa, não é mesmo? — perguntou Jaeger. — Quero dizer, eles oferecem safáris turísticos, acomodações e coisa e tal?

Peter Miles assentiu com a cabeça.

— Exato. O Alojamento Katavi. Uma instalação cinco estrelas.

— Certo. Digamos que você seja um hóspede do alojamento, mas que não esteja pensando direito. A caminho do alojamento você decide escalar o Pico dos Anjos em Chamas, só porque ele está ali. O topo do anel da cratera fica situado fora dos limites do santuário, da zona onde eles atiram para matar, certo?

— Isso mesmo — confirmou Miles.

— Então você está dirigindo rumo ao alojamento e espia o pico fantástico. Você tem tempo de sobra e pensa: por que não? É uma subida íngreme, mas ao chegar ao cume você vê uma parede de pedra descendo cratera abaixo. Você vê a entrada de uma caverna: escura, misteriosa, atraente. Você não sabe que se trata de um território proibido. Por que saberia? Então, decide descer de rapel para explorar. Este será nosso trajeto até as cavernas, e pelo menos teremos uma boa desculpa.

— O que há de errado então? — questionou Narov.

— Você não está pensando direito, lembra? Essa é a chave. Que tipo de pessoa não pensa direito? Não um bando de soldados experientes como nós. — Jaeger meneou a cabeça. — Recém-casados. Um casal rico, abastado e recém-casado: o tipo de gente que passa a lua-de-mel num rancho de caça cinco estrelas.

Jaeger desviou o olhar de Narov para James e em seguida de volta para ela.

— E estes são vocês dois. Sr. e Sra. Bert Groves, com carteiras recheadas de dinheiro e bom senso prejudicado por tanto amor.

Narov encarou a forma maciça e barbada de Joe James.

— Eu e ele? Por que nós?

— Você, porque nenhum de nós vai compartilhar um alojamento de safári com outro cara — respondeu Jaeger. — E James, porque, assim que se barbear e cortar o cabelo, ficará perfeito.

James balançou a cabeça e sorriu.

— E você, o que vai fazer enquanto a adorável Irina e eu caminhamos rumo ao pôr do sol africano?

— Eu estarei logo atrás de vocês — respondeu Jaeger — com as armas e o apoio.

James coçou a farta barba.

— Só tem um problema, além de ter que tirar isso aqui... Será que dá para confiar que eu vá manter as mãos longe de Irina? Quer dizer, por mais que eu...

— Calado, Osama bin Lindo — Narov o cortou. — Posso cuidar de mim mesma.

James deu de ombros, bem-humorado.

— Mas, falando sério agora, tem um problema. Kamishi, Alonzo e eu estamos na pior. Estamos com leishmaniose cutânea, proibidos de fazer qualquer atividade fatigante. E, como todos sabem, essa missão vai ser dura.

James não estava de brincadeira quanto à doença. No final da expedição amazônica, ele, Alonzo e Kamishi ficaram presos na floresta por várias semanas. Durante a épica operação de extração, os três foram devorados vivos por mosquitos-palha, pequenos insetos tropicais do tamanho da cabeça de um alfinete.

Os mosquitos depositaram suas larvas sob a pele dos homens, para que se alimentassem da carne viva. As picadas se tornaram feridas abertas e purulentas. O único tratamento era uma série de injeções de Pentostam, uma droga altamente tóxica. Cada dose dava a sensação de que havia ácido queimando em suas veias. O Pentostam era tão nocivo que podia enfraquecer os sistemas circulatório e respiratório do paciente; daí a proibição de qualquer atividade física fatigante.

— Ainda temos o Raff — arriscou Jaeger.

James meneou a cabeça.

— Com todo o respeito, não cola com Raff. Desculpa, meu camarada; são as tatuagens e o cabelo. Ninguém acreditaria. E isso — ele olhou para Jaeger — faz com que sobre só você.

Jaeger deu uma olhada para Narov. Ela não parecia nem um pouco perturbada diante do plano proposto. Ele não ficou completamente surpreso. Ela parecia ter poucas das sensibilidades humanas normais sobre como as pessoas devem ou não interagir, especialmente entre os dois sexos.

— E se o pessoal de Kammler nos reconhecer? Temos motivos para acreditar que possuem fotos de mim, pelo menos — contestou Jaeger. Aquele fora o principal motivo pelo qual ele não sugerira fazer dupla com Narov logo de cara.

— Temos duas opções — uma voz se pronunciou. Era Peter Miles. — E permita-me dizer: eu gosto desse plano. Você irá disfarçado. A opção extrema é passar por uma cirurgia plástica. A opção menos extrema é mudar sua aparência o máximo possível sem precisar de cirurgia. Seja como for, temos pessoas capazes de fazer isso.

— Cirurgia plástica? — perguntou Jaeger, incrédulo.

— Não é assim tão incomum. A Srta. Narov já fez duas. Sempre que suspeitamos de que aqueles a quem ela caçava estavam cientes de sua aparência; na verdade, os Caçadores Secretos têm um longo histórico de passar por esse tipo de cirurgia.

Jaeger ergueu as mãos.

— Certo, mas veja, será que não podemos fazer isso sem retalharmos a minha cara?

— Podemos; neste caso, você ficará louro — anunciou Miles. — E, só para garantir, sua mulher será uma morena estonteante.

— Que tal uma ruiva fogosa? — sugeriu James. — É bem mais apropriado ao temperamento dela.

— Vai se catar, Osama.

— Não, não. Um louro e uma morena. — Peter Miles sorriu. — Confiem em mim; ficará perfeito.

Decidido isso, a reunião chegou ao fim. Todos estavam cansados. Ficar trancafiado nas profundezas do subterrâneo estava deixando Jaeger estranhamente inquieto e irritável. Estava louco para sentir uma lufada de vento e o calor do sol no rosto.

Mas ainda havia uma coisa a fazer antes. Enrolou para sair enquanto a sala esvaziava e em seguida se aproximou de Miles, ocupado guardando o equipamento usado na projeção.

— Alguma chance de trocarmos uma palavrinha em particular?

— Mas é claro. — O velho Miles passou os olhos pelo bunker. — Estamos sozinhos, acredito.

— Veja, estou um pouco curioso — começou Jaeger. — Por que continua enfatizando os testes em seres humanos? A relevância que você parece pensar que tenha para mim, particularmente?

— Ah, isso... não sou muito bom em esconder coisas; não quando me perturbam... — Miles ligou novamente o computador. — Deixe eu lhe mostrar uma coisa.

Ele clicou num arquivo e abriu uma imagem. Mostrava um homem de cabeça raspada, em um pijama listrado preto e branco, jogado contra uma parede de azulejos. Os olhos estavam bem fechados, a testa, bastante enrugada, e a boca, aberta num grito silencioso.

Miles olhou para Jaeger.

— A câmara de gás de Natzweiler. Assim como com a maioria das coisas, os nazistas documentaram os experimentos com gás venenoso em grande detalhe. Existem quatro mil imagens como esta. Algumas são muito mais inquietantes, pois mostram os testes em mulheres e crianças.

Jaeger teve um pressentimento repugnante de onde Miles estava querendo chegar com aquilo.

— Me conte tudo sem rodeios. Preciso saber.

O velho Miles empalideceu.

— Não sinto prazer algum em ter de dizer isto. E, lembre-se, estas são apenas minhas suspeitas... Mas Hank Kammler capturou sua mulher e seu filho. Ele os está mantendo em cativeiro. Ele, ou seus homens, lhe enviaram provas de que ainda estavam vivos; ou que estavam vivos pouco tempo atrás.

Há algumas semanas, Jaeger recebera um e-mail com um arquivo anexado. Quando o abrira, vira uma imagem que mostrava Ruth de joelhos e Luke segurando a primeira página de um jornal: prova de que estavam vivos até aquela data. Era tudo parte da tentativa de atormentar Jaeger e fazê-lo desmoronar.

— E eu andei refletindo. Ele levou sua família. Eventualmente terá de testar o *Gottvirus* em seres humanos, se quiser evidências definitivas de sua eficácia...

As palavras do velho homem foram ficando mais baixas até cessarem. Seus olhos estavam cheios de dor. Deixou o resto sem ser dito. Já Jaeger não precisava que dissesse.

Miles encarou Jaeger, examinando-o.

— Mais uma vez, peço desculpas por termos sentido a necessidade de testar você. Pela avaliação da sua resistência a interrogatórios.

Jaeger não disse nada. Aquela era a última coisa que lhe passava pela cabeça no momento.

Capítulo 32

Jaeger usava as botas para ganhar impulso, forçando o corpo para o exterior e deixando a gravidade cuidar do resto. A corda chiava pelo freio ATC à medida que ele mergulhava de rapel e o chão da cratera ficava mais perto a cada segundo.

Cerca de quinze metros abaixo, Narov pendia de seu equipamento de escalada — um mosquetão em forma de "D" preso a um *nut*: uma peça de metal similar a uma cunha enfiada numa fenda conveniente da rocha, com um aro de aço ligado a ela. Estava bem ancorada, esperando que Jaeger a alcançasse, para então começar a fase seguinte da descida.

Os oitocentos metros de rocha quase vertical que formavam a face interior da cratera dos Anjos em Chamas exigiam quatorze rapéis separados, com uma corda de escalada de sessenta metros, que era aproximadamente o tamanho máximo que uma pessoa conseguia carregar.

Aquilo estava se mostrando um empreendimento e tanto.

Cerca de 72 horas antes, Jaeger estivera sentado, num silêncio atordoado. A conferência de Peter Miles deixara pouco para a imaginação. Não se tratava mais apenas de Ruth e Luke; possivelmente a sobrevivência de toda a espécie humana estava em jogo.

Conforme cabia a recém-casados, ele e Narov pegaram um voo de classe executiva para o principal aeroporto internacional do país, antes de alugarem um 4×4 e partirem para oeste rumo aos campos castigados pelo sol da África. Após uma viagem de dezoito horas, chegaram ao Pico dos Anjos em Chamas, estacionaram, trancaram o veículo alugado e começaram a épica escalada.

As botas de Jaeger fizeram contato outra vez, e ele empurrou com força, lançando-se para longe da face da rocha. Mas, ao fazê-lo, pedaços grandes de pedra se soltaram e despencaram lá para baixo... na direção onde Narov estava pendurada com seu equipamento de escalada.

— Pedras caindo! — gritou Jaeger. — Cuidado aí embaixo!

Narov nem olhou para cima. Não teve tempo. Em vez disso, Jaeger a viu agarrar a face da rocha com os dedos nus, esforçando-se para colar o corpo à parede da cratera, pressionando o rosto contra aquela rigidez aquecida pelo sol. Encostada na vastidão enorme da rocha, ela parecia um tanto pequena e frágil, e Jaeger prendeu a respiração enquanto a miniavalanche caía com tudo.

No último instante, os pedregulhos se chocaram contra um ressalto estreito de rocha logo acima de onde ela estava posicionada, ricocheteando para fora e deixando de acertá-la por poucos centímetros.

Aquela fora por pouco. Se uma só pedra a acertasse, teria aberto seu crânio, e, de onde estavam, Jaeger não teria como tirá-la dali e correr para um hospital.

Ele deixou o último pedaço de corda assobiar por entre os dedos e parou ao lado dela.

Narov o olhou.

— Já existem muitas coisas tentando matar a gente aqui. Não preciso que você faça o mesmo.

Parecia tranquila. Nem um pouco abalada.

Jaeger se atrelou ao equipamento de escalada, separou-se da corda e a passou para Narov.

— Sua vez. Ah, e tenha cuidado com as pedras. Algumas delas estão um pouquinho soltas.

Como sabia bem, Narov não era de reagir ao seu senso de humor provocante. Ela normalmente tentava ignorá-lo, o que só deixava tudo mais engraçado.

Dessa vez, fechou a cara.

— *Schwachkopf*.

Como ele tinha descoberto na Amazônia, Narov gostava daquele xingamento alemão: *idiota*. Jaeger presumiu que fosse algo que tivesse aprendido em seu tempo com os Caçadores Secretos.

Enquanto Narov se preparava, Jaeger mantinha o olhar fixo na direção oeste, para além do interior fumegante do antigo vulcão. Podia ver o ponto onde um arco gigantesco cortava a parede da cratera. A abertura permitia que a água do lago a oeste dali entrasse durante o ápice das chuvas, elevando o nível da água na cratera.

E era isso que tornava aquele lugar tão perigoso.

O Tanganica, o lago de água doce mais longo do mundo, se estendia a norte por várias centenas de quilômetros a partir dali. Seu isolamento e sua velha idade — uns vinte milhões de anos — haviam permitido que um ecossistema singular se desenvolvesse. Aquelas águas abrigavam jacarés gigantes, caranguejos imensos e hipopótamos enormes. As florestas exuberantes que se aglomeravam nos arredores eram lar para manadas de elefantes selvagens. E, com a chegada das chuvas, muito daquela vida era levada do lago para dentro da cratera da montanha Anjos em Chamas.

Entre Jaeger e aquele arco imponente se encontrava um dos charcos principais da caldeira. Não conseguia enxergá-lo, por causa da farta densidade da floresta. Mas o ouvia bem. Os ruídos dos hipopótamos soprando, sugando e mugindo chegavam claramente a seus ouvidos em meio ao ar quente e úmido.

Um bando de cem estava reunido ali, pisoteando o charco no maior banho de lama do mundo. E conforme o inclemente sol africano torrava o solo e o charco começava a encolher, os gigantescos animais se viam forçados a se aproximar cada vez mais, os nervos à flor da pele.

Sem dúvida, aquele tipo de terreno deveria ser evitado ao máximo. O mesmo valia para os cursos d'água que ligavam os lamaçais. Eles abrigavam jacarés, e, depois do encontro de Jaeger e Narov com um destes répteis mortíferos e poderosos na Amazônia, os dois não pretendiam repetir a experiência tão cedo.

Tentariam manter-se em terra seca sempre que possível.

Mas, obviamente, até ali havia perigo.

Capítulo 33

Vinte minutos depois de provocar a queda dos pedregulhos, as grossas botas Salewa de Jaeger bateram no rico solo magmático negro do fundo da cratera. A corda fez com que subisse e descesse algumas vezes, quicando, antes de finalmente encontrar equilíbrio.

Estritamente falando, eles teriam descido melhor usando uma linha estática — uma corda com elasticidade zero — para a série épica de rapéis. Mas uma linha estática não é nada boa caso se venha a cair. A elasticidade de uma corda de escalada é o que serve para amortecer a queda, de maneira semelhante ao modo como uma pessoa que pula de *bungee jump* desacelera no final do salto.

Mas uma queda é sempre uma queda; ainda machuca.

Jaeger desprendeu seu gancho, soltou a corda do último ponto de rapel no alto e a deixou cair com um zunido aos seus pés. Em seguida, partindo do centro, ele a enrolou e a jogou sobre o ombro. Levou um breve instante para procurar o caminho por onde seguir. O terreno à sua frente era simplesmente de outro mundo, muito diferente da escalada à cratera.

Quando ele e Narov exploraram o exterior da montanha, o solo se mostrara notavelmente frágil e traiçoeiro sob seus pés. Fora irrigado pelas chuvas sazonais e se transformara numa treliça de fossas profundas e resvalantes, capaz de fazê-los afundar em segundos.

A escalada até o topo fora uma tarefa árdua, desorientadora, cansativa e insuportavelmente quente. Em muitos trechos eles progrediram sob a sombra de uma ravina, escondidos da vista de qualquer um e desprovidos de meios fáceis de avançar. Fora quase impossível firmar os pés na superfície seca de cascalho; a cada passo, eles deslizavam uma boa distância para trás.

Mas Jaeger era motivado implacavelmente por um pensamento: o de Ruth e Luke aprisionados nas cavernas lá embaixo, ameaçados pelo terrível destino que Peter Miles insinuara. A conversa ocorrera havia não mais que poucos dias, e aquela imagem — aquela terrível assombração — ardia na mente de Jaeger.

Se houvesse um laboratório de guerra biológica escondido em algum lugar sob aquela montanha — com a família de Jaeger muito provavelmente enjaulada e pronta para os testes finais das armas — seria necessário um ataque da equipe completa para neutralizá-lo. A presente missão era uma tentativa de provar sua existência, de um jeito ou de outro.

Por enquanto, haviam deixado o restante da equipe — Raff, James, Kamishi, Alonzo e Dale — no bunker Falkenhagen, ocupando-se dos preparativos. Estavam analisando as opções para o ataque iminente e reunindo as armas e equipamentos que seriam necessários.

Jaeger se sentia movido por uma vontade urgente de encontrar sua família e de parar Kammler, mas ao mesmo tempo sabia o quanto era vital se preparar adequadamente para o que estava por vir. Se não o fizessem, cairiam na primeira batalha, antes mesmo de terem qualquer chance de vencer a guerra.

Quando servia nas forças armadas, uma de suas máximas preferidas era a dos cinco "P": planejamentos perfeitos previnem performances porcas. Ou, colocado de outro modo: fracasse na preparação e prepare-se para fracassar em tudo mais. A equipe em Falkenhagen vinha trabalhando para garantir que, quando encontrassem o laboratório biológico de Kammler, estariam completamente preparados e não fracassariam.

Para Jaeger, fora um alívio duplo chegar ao topo do aro da cratera na noite anterior. *Um passo a mais. Um passo mais perto da verdade sombria.* À esquerda e à direita, o contorno irregular da serra se estendia à distância, uma montanha-russa do que um dia fora magma e fogo vulcânico incandescente, mas que agora era um fio de navalha cinzento e desagradável, com um perfil rochoso, castigado pelo sol e fustigado pelo vento.

Acamparam ali — ou melhor, num ressalto rochoso situado alguns metros abaixo das bordas da cratera. Aquela prateleira de rocha dura, fria e pouco convidativa só fora acessível por meio de rapel, o que significara que estavam imunes a qualquer ataque de animais selvagens. E havia predadores em abundância ali no covil de Hank Kammler. Além dos óbvios — leões, leopardos e hienas —, havia também os enormes búfalos-africanos e os hipopótamos, que matavam mais pessoas por ano do que qualquer tipo de carnívoro. Poderosos, territoriais, surpreendentemente rápidos para o próprio tamanho e altamente protetores de suas crias, os hipopótamos se mostravam os animais mais perigosos da África. E as fontes de água cada vez mais escassas de Katavi os tinham reunido em grandes bandos apinhados, irritados e tensos.

Quando uma quantidade excessiva de ratos é colocada numa gaiola, eles acabam comendo uns aos outros. Quando um grande número de hipopótamos é colocado num charco, tudo termina na maior luta de pesos-pesados da história.

E caso você seja um ser humano desafortunado e der o azar de se encontrar no meio disso, seu destino é virar pudim de sangue sob as patas de um hipopótamo agressivo.

Jaeger tinha acordado na borda da cratera e se deparado com uma vista de tirar o fôlego: o solo inteiro da caldeira era um mar de nuvens brancas e macias. Iluminado com um vivo tom rosado pelo sol da alvorada, parecia quase firme o bastante para que pudessem sair de seu ressalto rochoso e usá-lo para atravessar a cratera de uma ponta a outra.

Na verdade, tratava-se de uma propagação da névoa baixa, jogada para cima pela mata fechada que servia de tapete a boa parte do interior da caldeira. E agora que estava lá embaixo, em meio a ela, a visão — junto aos cheiros e sons — era de tirar o fôlego.

Com a corda enrolada, Jaeger e Narov começaram a avançar. Mas a chegada deles ali já havia despertado alguns alarmes. Uma revoada de flamingos se ergueu de um lago próximo, alçando voo feito um gigantesco tapete voador rosa, com seus grasnidos e urros cacarejantes ecoando pelas paredes da cratera. A vista era impressionante: devia haver milhares daquelas aves distintas, atraídas até ali pelos minerais ricos depositados nas águas vulcânicas do lago.

Aqui e ali, Jaeger podia ver pontos em que um gêiser jorrava uma fonte de água fervente bem alto no ar. Parou um momento para verificar o caminho à frente e sinalizou em seguida a Narov para que o seguisse.

Avançaram furtivamente pelo terreno estranho, com apenas um ou outro gesto apontando para o caminho a ser tomado. Compreendiam instintivamente o motivo do silêncio um do outro. Havia algo de extraordinariamente exótico naquele lugar, uma sensação de um mundo perdido no tempo, quase uma sensação de que pessoas não deveriam jamais colocar os pés ali.

Daí o desejo de se moverem em total silêncio, sem serem notados por qualquer coisa que pudesse fazer deles uma presa.

Capítulo 34

As botas de Jaeger afundaram numa crosta de lama seca e castigada pelo sol. Ele parou diante da lagoa à sua frente. Era rasa — rasa demais para ter jacarés — e límpida. Parecia uma água adequada para consumo humano, e marchar debaixo do sol escaldante deixara sua garganta seca como lixa. Mas bastou mergulhar rapidamente os dedos e dar uma passada de língua para confirmar suas suspeitas. *Aquela água o mataria.*

Subindo das profundezas do solo e aquecida quase até o ponto de ebulição pelo magma, a água era quente ao toque. E, mais importante, era tão salgada que lhe dava ânsia de vômito.

O solo da cratera era pontuado aqui e ali por estas fontes vulcânicas e fumegantes, de onde borbulhavam gases tóxicos. Nos pontos onde o sol havia secado as águas salinas, uma fina camada de sal se cristalizara em torno das bordas, dando a impressão bizarra de que havia neve cobrindo o chão naquele local tão perto do equador.

Ele olhou para Narov.

— É salgada — sussurrou. — Nada boa. Mas deve haver água em abundância nas cavernas.

Fazia um calor extremo. Precisavam continuar se hidratando.

Ela concordou com a cabeça.

— Vamos em frente.

Quando Jaeger pisou no charco quente e salgado, a crosta branca e quebradiça foi triturada por suas botas enlameadas. Diante deles havia um bosque de baobás — as árvores preferidas de Jaeger. Seus troncos enormes eram prateados e lisos, lembrando a ele dos flancos de um poderoso elefante.

Jaeger se dirigiu até eles, passando por um espécimen que exigiria sua equipe completa estendendo os braços só para contornar a grossa circunferência. Partindo daquela base gigantesca, o tronco se erguia, escultural e bulboso, a uma copa atarracada, em que cada galho era como um dedo retorcido se esticando para agarrar os céus.

O primeiro encontro de Jaeger com um baobá acontecera alguns anos antes, na mais memorável das maneiras. A caminho do safári que fizera com Ruth e Luke, os três passaram pelo Sunland Big Baobab da África do Sul, na província de Limpopo, famoso por sua circunferência de 45 metros e sua idade colossal.

Os baobás começam a ficar ocos naturalmente quando atingem a idade de algumas centenas de anos. O interior do Sunland Baobab era tão grande que tinham construído um bar dentro dele. Jaeger, Ruth e Luke haviam passado um tempo sentados no âmago cavernoso da árvore, bebendo leite de coco gelado com canudos e sentindo-se como uma família de hobbits.

Jaeger acabou perseguindo Luke pelo interior retorcido e nodoso, repetindo com voz rouca a expressão preferida de Gollum: *Meu precioso. Meu precioso.* Ruth chegara até a emprestar sua aliança a Luke para dar um pouco mais de autenticidade à cena. Fora um momento mágico e hilário — e, em retrospecto, de partir o coração.

E ali estava um bosque de baobás montando guarda diante da boca escura e escancarada da entrada do covil de Kammler; seu reino sob a montanha.

Jaeger acreditava em sinais. Os baobás estavam ali por um motivo. Falavam para ele: *Você está no caminho certo.*

Ele se ajoelhou diante de uma dúzia de frutos caídos — todos com um delicado tom de amarelo, parecendo um ovo de dinossauro acomodado na terra.

— O baobá é conhecido aqui como a árvore de ponta-cabeça — ele sussurrou para Narov. — É como se fossem arrancados pelo punho de um gigante e jogados na terra do lado contrário. — Estas informações vinham do tempo que passou como soldado na África, mesma época em que também aprendera um pouco da língua local.

— O fruto é rico em antioxidantes, vitamina C, potássio e cálcio: é o mais nutritivo do mundo. Não há nada que chegue nem perto.

Ele guardou vários dos frutos em sua mochila, insistindo para que Narov fizesse o mesmo. Os dois carregavam rações de combate, mas Jaeger aprendera nas forças armadas a nunca deixar passar a oportunidade de recolher um pouco de comida fresca, em contraste com os alimentos secos que levavam. Rações secas eram ótimas por causa do peso e de sua durabilidade. Mas não eram tão apropriadas para manter o intestino funcionando bem.

Um estalo agudo ecoou pelo bosque de baobás. Jaeger olhou ao redor. Narov estava igualmente alerta, com os olhos examinando a vegetação rasteira e o nariz farejando o vento.

O ruído se repetiu. Sua fonte parecia ser um bosque próximo de canela-fedida, cujo nome vinha do odor desagradável liberado quando o tronco ou os galhos eram cortados. Jaeger reconheceu o som pelo que era: uma manada de elefantes em movimento, fazendo um lanche pelo caminho — arrancando as cascas das árvores e se servindo dos ramos mais suculentos e folhosos.

Tinha suspeitado que encontrariam elefantes por ali. As cavernas haviam sido imensamente alargadas pela ação das manadas ao longo dos anos. Ninguém sabia ao certo se fora a sombra fresca ou o sal que os atraíra em primeiro lugar. O que quer que fosse, eles tinham adotado o hábito de passar dias seguidos no subterrâneo, alternando-se entre dormir de pé e escavar as paredes da caverna, usando suas enormes presas como pés-de-cabra improvisados. Com a tromba, levavam os pedaços quebrados de pedra à boca e os trituravam com os dentes, liberando assim o sal encravado no sedimento antigo.

Jaeger concluiu que a manada de elefantes estava a caminho da entrada da caverna bem naquele instante, o que significava que ele e Narov tinham de chegar lá antes dos animais.

Os dois se entreolharam.

— Vamos nessa.

Com as botas correndo sobre a terra quente, Jaeger e Narov atravessaram um último trecho de campina, que crescia à sombra da parede da cratera, e voaram na direção da área onde a sombra era mais escura. A parede de rocha se avultava diante deles e a boca da caverna era um corte enorme e irregular de uns vinte metros ou mais. Alguns segundos depois, com a manada de elefantes em seu encalço, os dois se lançaram caverna adentro.

Jaeger parou um momento para olhar ao redor. O melhor lugar para posicionar sensores de movimento era no ponto de estreitamento da entrada da caverna, mas seriam praticamente inúteis sem a ajuda de câmeras.

Existiam diversos tipos de sensores de movimento, mas os mais simples eram aproximadamente do tamanho e da forma de um cartucho de espingarda. Os modelos empregados pelos britânicos vinham com oito sensores, além de um aparelho de transmissão/recebimento similar a um pequeno rádio. Os sensores eram enterrados logo abaixo do nível do solo e detectavam qualquer atividade sísmica num raio de vinte metros, enviando uma mensagem para o aparelho nessa ocasião.

Como a entrada da caverna tinha uns vinte metros de largura, um kit com oito sensores bastaria para cobrir toda a extensão. Mas com a quantidade de animais selvagens que entravam e saíam por ali, qualquer um que fosse vigiar o lugar precisaria de uma câmera de vídeo com transmissão em tempo real, de modo a verificar se o movimento fora causado por algum intruso hostil e não por uma manada de paquidermes famintos por sal.

Seria quase impossível detectar os sensores de movimento sob a terra. Eram as câmeras escondidas que Jaeger procurava, além de antenas e cabos. Não havia nada óbvio a vista, mas aquilo não significava nada. Durante sua passagem pelas forças armadas, já se deparara com câmeras de vigilância disfarçadas de rochas e cocô de cachorro, isso para citar apenas alguns exemplos.

Ele e Narov seguiram em frente. A caverna se abria diante deles, formando uma enorme construção, com as dimensões de uma catedral imensa. Estavam agora na zona do crepúsculo: os últimos vestígios de cinza antes que a escuridão se prolongasse ininterruptamente pelas entranhas da montanha. Pegaram suas lanternas de cabeça Petzl. Não havia sentido em usar os óculos de visão noturna ali. A tecnologia se baseava em ampliar a luz ambiente — emitida pela lua e pelas estrelas — para permitir que uma pessoa enxergasse no escuro.

No seu trajeto não haveria luz alguma.

Apenas trevas.

Podiam ter recorrido a um kit de imagem térmica (IT), mas era pesado e volumoso, e eles precisavam viajar depressa e sem peso. E caso fossem apanhados, não queriam estar carregando nada que os distinguisse de um casal de turistas precavido e aventureiro.

Jaeger encaixou sua Petzl na cabeça e levou a mão enluvada até ela para girar o vidro da lente. Uma luz azulada foi emitida dos bulbos duplos de xenônio, banhando o interior da caverna num festival de lasers até parar sobre uma camada do que parecia ser esterco velho e seco espalhado em grossas camadas pelo chão. Ele se abaixou para inspecioná-lo.

O chão da caverna estava todo tomado por excrementos de elefante, salpicados de fragmentos rochosos mastigados; um depoimento da força bruta daqueles animais. Tinham a capacidade de arrebentar as próprias paredes da caverna e moê-las até virarem pó.

A manada estava agora ribombando atrás deles.

A fuga de Jaeger e Narov não seria nada fácil.

Capítulo 35

Jaeger levou a mão à base da coluna e apalpou o cós da calça, verificando se a protuberância angulosa ainda estava lá em seu lugar. Haviam debatido longa e intensamente se deveriam ir armados e, em caso positivo, com o quê.

Por um lado, portar armas não casava bem com a história de um casal em lua-de-mel. Por outro lado, descer de rapel num lugar como aquele sem alguma forma de proteção seria um suicídio em potencial.

Quanto mais discutiam, mais ficava claro que não levar arma alguma pareceria estranho. Afinal, estavam falando da África selvagem, onde só os mais fortes sobreviviam. Ninguém se aventurava naquele tipo de terreno sem meios para se proteger.

No fim, acabaram optando por levar uma P228 cada, além de um par de pentes. Nada de silenciadores, é claro, pois isso era para matadores e assassinos profissionais.

Seguro de que a pistola não havia se soltado durante a longa marcha até a caverna, Jaeger olhou de relance para Narov. Ela também estava checando a arma. Embora devessem se comportar como recém-casados, era difícil deixar velhos hábitos para trás. As instruções lhes haviam sido marteladas sem piedade ao longo dos anos, e os dois não conseguiam simplesmente parar de agir da noite para o dia como os soldados de elite que eram.

Jaeger estava fora das forças armadas havia sete anos. Saíra em parte para montar uma empresa de ecoexpedições chamada Enduro Adventures, que praticamente abandonara quando Luke e Ruth lhe foram roubados. Isso, por sua vez, o levara à missão atual: resgatar sua família e refazer sua vida, muito possivelmente prevenindo um mal incalculável no processo.

A luz diminuiu ainda mais, e uma série de bufos profundos e guturais ecoaram pelo espaço fechado. Os elefantes invadiam a caverna atrás deles. Aquele foi o incentivo de que Jaeger e Narov precisavam para seguir em frente.

Sinalizando para que Narov fizesse o mesmo, Jaeger se abaixou, encheu a mão de esterco e o esfregou nas pernas de suas calças de combate, fazendo o mesmo com a camiseta e a pele exposta dos braços, do pescoço e das pernas, antes de levantar a camiseta para cobrir também a barriga e as costas. Como gesto final, esfregou o último pedaço de esterco de elefante nos cabelos, recém-tingidos de louro.

O esterco tinha um leve odor de urina rançosa e folhas fermentadas, mas isso era tudo que conseguia identificar. Ainda assim, para um elefante — cujo universo era definido basicamente pelo olfato — aquilo poderia fazer com que Jaeger parecesse ser apenas mais um paquiderme inofensivo; mais um elefante na manada.

Era o que ele esperava, pelo menos.

Jaeger aprendera esse truque nas encostas do Monte Kilimanjaro, o pico mais alto da África. Estivera num treinamento com um dos lendários especialistas em sobrevivência do regimento, que explicara como era possível se mover em meio a uma manada de búfalos-africanos se cobrindo previamente da cabeça aos pés com o estrume fresco do animal. Ele provou isso com maior ênfase ordenando a cada soldado da tropa, incluindo Jaeger, que fizesse exatamente aquilo.

Assim como os búfalos-africanos, os elefantes não enxergavam bem a uma distância maior que poucos metros. A luz das lanternas de cabeça de Jaeger e Narov dificilmente os incomodaria. Detectavam alimento, predadores, refúgio e perigo por meio de um dos melhores olfatos no mundo animal. Suas narinas se localizavam na extremidade da tromba e tão poderoso era esse seu sentido que ele conseguia detectar uma fonte de água a até dezenove quilômetros de distância.

Tinham também uma audição aguçada, podendo detectar sons muito além do alcance de um ser humano. Em suma, caso Jaeger e Narov pudessem incorporar o cheiro de um elefante e se manter em silêncio pela maior parte do tempo, a manada nem saberia que eles estavam ali.

Os dois avançaram por um trecho plano coberto de estrume seco, suas botas levantando pequenas nuvens de detritos conforme andavam. Em alguns pontos, os montes de fezes antigas estavam manchados de verde-escuro, como se alguém tivesse passado derramando tinta pela caverna.

Jaeger concluiu que deveria ser guano.

Ergueu a cabeça, e os feixes duplos fizeram uma varredura no teto lá no alto. Como esperado, cachos de figuras negras esqueléticas surgiram à vista, todos pendurados de cabeça para baixo. Morcegos. Morcegos-das-frutas, para ser mais preciso. Milhares e milhares deles. Um limo verde, proveniente das frutas que digeriam, borrava as paredes. Guano.

Ótimo, disse Jaeger a si mesmo. Estavam caminhando numa caverna coberta de fezes do chão ao teto.

Sob a luz da lanterna de cabeça de Jaeger, um minúsculo par de olhos alaranjados se abriu. Um morcego adormecido acordou de repente. A luz da Petzl despertou mais alguns, e um murmúrio de raiva e incômodo pulsou entre os animais que ocupavam o teto da caverna.

Diferentemente da maioria dos morcegos, os morcegos-das-frutas — também chamados de raposas-voadoras —, não usam o sistema de ecolocalização, pelo qual guinchos e chiados de alta frequência ressonam nas paredes. Em vez disso, são dotados de olhos grandes e bulbosos, que permitem que se situem na penumbra dos sistemas de cavernas. Assim sendo, a luz os atrai.

O primeiro morcego se soltou do poleiro — onde suas garras estavam enganchadas numa fenda no teto da caverna, com as asas finas envoltas em torno do corpo feito um manto — e alçou voo. O animal mergulhou para a terra, certamente confundindo a lanterna de Jaeger com um raio de sol que entrava pela caverna.

E logo uma nuvem destas coisas estava em cima dele.

Capítulo 36

Bam! Bam! Bam! Bam! Bam!

Jaeger sentiu a primeira das raposas-voadoras se jogar sobre sua cabeça conforme a horda negra tentava voar em direção ao raio de luz. O teto ficava a mais de trinta metros de altura, a uma distância que fazia os morcegos parecerem minúsculos. De perto, porém, eles eram monstruosos.

Com uma envergadura de asas de até dois metros, os animais deviam pesar uns bons dois quilos. Aquele tipo de peso, à grande velocidade, certamente machucava e, com olhos protuberantes brilhando num vermelho raivoso e fileiras reluzentes de dentes em crânios estreitos e magros, os morcegos tinham um aspecto definitivamente demoníaco.

Quando mais daquelas formas fantasmagóricas se lançaram das alturas em sua direção, Jaeger tombou ao chão. Ergueu os braços e cobriu a luz com as mãos em concha, ao mesmo tempo protegendo a própria cabeça daquela investida.

No instante em que apagou a luz, os morcegos foram embora, atraídos pelo sol que se infiltrava pela entrada da caverna. Enquanto se distanciavam numa enorme nuvem de asas negras, o grande elefante que liderava a manada trombeteou e bateu as orelhas, irritado. Claramente tinha o mesmo apreço que Jaeger por aquelas criaturas.

— *Megachiroptera* — sussurrou Narov. — Também chamados de raposas-voadoras. Você pode ver por quê.

— Estão mais para lobos voadores. — Jaeger balançou a cabeça, enojado. — Definitivamente *não* são os meus animais preferidos.

Narov riu baixinho.

— Eles dependem de visão e olfato aguçados para encontrar comida, geralmente frutas. Hoje pensaram que o prato fosse você. — Ela farejou o ar, de um jeito exagerado. — Embora isso me deixe surpresa. Você está cheirando a merda, lourão.

— Rá, rá — murmurou Jaeger. — E você está com um cheiro maravilhoso.

Lourão. O apelido acabara sendo inevitável. Com as sobrancelhas e até mesmo os cílios descoloridos com água oxigenada, Jaeger ficara surpreso ao ver como sua aparência fora alterada. No que dizia respeito a disfarces, o seu era surpreendentemente eficaz.

Os dois se levantaram do chão, bateram a poeira e seguiram em frente em silêncio. No alto, os últimos sussurros fantasmagóricos dos morcegos se calaram. O único barulho restante vinha de trás: a batida constante e sísmica de cerca de cem elefantes adentrando cada vez mais fundo a caverna.

A um lado do chão da caverna, corria um riacho escuro e lento expelido pela entrada. Jaeger e Narov escalaram por uma série de ressaltos que os levou a uma altura de alguns metros do nível da água. Chegaram enfim a um cume, e uma vista esplêndida se revelou diante deles.

O rio se alargava num fluxo colossal de água, formando um vasto lago sob a montanha dos Anjos em Chamas. O feixe da lanterna de Jaeger nem chegava a alcançar a margem oposta. Mais fantásticas, porém, eram as formas que se lançavam das águas numa animação bizarra, aparentemente congelada.

Jaeger passou alguns segundos olhando maravilhado antes de entender exatamente o que era aquilo com que acabavam de esbarrar. Tratava-se de uma selva petrificada — de um lado, as formas esqueléticas e pontudas de palmeiras gigantes erguendo-se do lago em ângulos improváveis; do outro, uma fileira compacta de troncos de madeira de lei perfurava a água como os pilares de um templo romano havia muito esquecido.

Em algum ponto do passado, aquela devia ter sido uma exuberante floresta pré-histórica. Uma erupção vulcânica devia ter lançado uma chuva de cinzas sobre a folhagem, enterrando-a. Ao longo do tempo, o vulcão fora crescendo e a selva se tornara pedra. Fora transformada nos mais incríveis minerais: em opala — um lindo mineral vermelho, com listras azuis e verdes fluorescentes —, em malaquita, uma gema com tons de verde-cobre esplêndidos e ondulados —, e em uma série de rochas sedimentares lisas, reluzentes e negras.

Jaeger visitara boa parte do mundo com as forças armadas, indo a alguns dos cantos mais remotos que o planeta tinha a oferecer, e, ainda assim, jamais deixava de se impressionar e de se surpreender com as maravilhas naturais — raramente, porém, como naquele momento. Ali, naquele lugar onde esperavam achar apenas escuridão e maldade, haviam se deparado com uma beleza e um esplendor impressionantes.

Jaeger se virou para Narov.

— Nunca me faça qualquer tipo de reclamação sobre o lugar para onde levei você em nossa lua-de-mel.

Ela não conseguiu evitar o sorriso.

O lago devia ter uns bons trezentos metros de largura, o equivalente a três campos de futebol colocados lado a lado. Já a sua extensão ficava a cargo da imaginação. Um ressalto corria junto ao flanco meridional, e aquele era claramente o percurso que deviam fazer.

Ao partirem, um pensamento ocorreu a Jaeger. Se em algum ponto mais à frente estivesse o segredo sombrio de Kammler — sua fábrica de morte — havia poucos indícios disso ali no ponto onde estavam. Na verdade, não havia sinal algum de qualquer presença humana por perto.

Nenhuma pegada de bota.

Nenhuma trilha usada por humanos.

Nenhuma indicação da passagem de veículos.

Mas o sistema de cavernas era claramente gigantesco. Certamente havia outras entradas; outras passagens feitas pela água que levavam a outras galerias.

Seguiram em frente.

O ressalto os forçou para perto da parede da caverna, que brilhava sedutoramente. A rocha era perfurada por uma infinidade de cristais de quartzo congelados que assumiam uma coloração branco-azulada sob a luz da lanterna, as pontas afiadas feito lâminas. Aranhas haviam tecido suas teias entre os cristais, e a parede inteira parecia coberta por um fino manto de seda.

As teias estavam apinhadas de insetos mortos. Mariposas gordas e pretas; borboletas gigantes de cores incríveis; enormes vespas africanas listradas em laranja e amarelo, cada uma do tamanho de um dedo mínimo; estavam todas enredadas e mumificadas na seda. Para todo lugar que Jaeger olhava, via aranhas fazendo um banquete com sua presa. Água significava vida, pensou Jaeger. O lago devia atrair animais de todos os tipos. Ali, os caçadores — as aranhas — estavam esperando. E a aranha esperava o tempo que fosse para agarrar sua presa, assim como faziam muitos outros predadores.

Conforme penetravam na caverna, esse pensamento não saía de sua cabeça.

Capítulo 37

Jaeger redobrou a atenção. Não esperava encontrar aquela quantidade de vida animal nas profundezas da caverna na montanha dos Anjos em Chamas.

Havia algo mais em meio aos cristais reluzentes e às teias tremulantes, projetando-se da parede da caverna em ângulos estranhos. Eram os ossos petrificados dos animais que tinham habitado a selva pré-histórica agora fossilizada: jacarés gigantes, feras colossais — sem dúvida os antepassados dos elefantes — e o ancestral peso-pesado dos hipopótamos figuravam na paisagem da caverna.

O ressalto se estreitou.

Jaeger e Narov foram forçados a caminhar colados à rocha.

Uma fenda estreita se abria entre o ressalto e a parede. Jaeger olhou para dentro. *Havia algo ali.*

Olhou mais de perto. A massa emaranhada e atormentada de marrom amarelado tinha o aspecto de carne e osso de algo que já estivera vivo — pele mumificada que assumira a consistência do couro.

Jaeger sentiu uma presença ao seu lado.

— Um bebê elefante — sussurrou Narov, espiando dentro da fissura. — Eles encontram o caminho no escuro tateando com a ponta da tromba; deve ter caído ali por acidente.

— Sim, mas veja aquelas marcas. — Jaeger apontou o feixe duplo de luz para um osso que parecia bastante corroído. — Algo fez aquilo. Algo grande e poderoso. Algum carnívoro.

Narov concordou com a cabeça. Em algum lugar daquela caverna, havia comedores de carne.

Por um instante, ela voltou sua lanterna para o lago às costas deles.

— Veja — sussurrou. — Estão chegando.

Jaeger olhou por sobre os ombros. A fileira de elefantes estava entrando no lago. À medida que a água ficava mais profunda, os animais menores — os adolescentes — mergulhavam de cabeça. Levantavam a tromba até que só a ponta ficasse de fora, com as narinas na extremidade sugando avidamente o ar como um *snorkel*.

Narov se virou para checar o caminho que ela e Jaeger haviam tomado. Pequenos vultos cinzentos podiam ser vistos correndo naquela direção. Os mais novos da manada: os filhotes. Eram pequenos demais para cruzar o lago, de forma que tinham de dar a volta na margem, mantendo-se em terra firme.

— Precisamos ir mais rápido — sussurrou Narov, a voz agora tomada por certa urgência.

Começaram a andar a passos largos.

Não tinham ido muito longe quando Jaeger escutou.

Um barulho baixo e fantasmagórico quebrou o silêncio: era como um cruzamento entre o uivo de um cachorro, o mugido de um touro e a gritaria de um macaco.

Um urro de resposta ecoou.

Jaeger sentiu um arrepio percorrer sua espinha.

Se já não tivesse ouvido aquele tipo de grito antes, acreditaria que a caverna era habitada por uma horda de demônios. Reconheceu, porém, as criaturas pelo que de fato eram: *hienas*.

Mais à frente no caminho havia hienas — um animal que Jaeger conhecia bem.

Com a aparência de um cruzamento entre um leopardo e um lobo, as maiores podem pesar mais que um homem adulto. Contam com mandíbulas tão fortes que conseguem triturar os ossos de suas presas e comê-los. Normalmente só atacam os fracos, os doentes e os velhos. Se forem acuadas, contudo, são tão perigosas quanto um bando de leões.

Talvez até mais.

Jaeger não tinha dúvida de que havia uma matilha de hienas no caminho, esperando para emboscar os mais novos da manada.

Como se para confirmar esse receio, de trás deles veio a resposta desafiadora de um elefante ao grito sinistro da hiena: um trombetear poderoso de sua enorme tromba. O animal irrompeu pelo sistema de cavernas feito uma trovoada, agitando as orelhas gigantes e balançando a cabeça na direção da ameaça.

O líder dos elefantes desviou do curso, levando dois outros consigo. Enquanto o corpo principal da manada seguia em frente e atravessava o lago, os três elefantes se lançaram água adentro em direção ao ressalto de pedra, à fonte dos uivos das hienas.

Jaeger calculou os riscos. Os elefantes estavam prestes a enfrentar uma matilha de hienas, e ele e Narov estavam bem no meio. Cada segundo era vital. Não havia tempo para buscar uma rota alternativa e desviar das hienas, e nem para hesitar, por mais que não gostasse do que estavam para fazer.

Jaeger levou a mão às costas e sacou sua P228, lançando um olhar para Narov. Ela já empunhava a própria arma.

— Mire na cabeça! — murmurou Jaeger enquanto os dois se deslocavam para a frente. — *Mire na cabeça*. Uma hiena ferida é letal...

A luz das lanternas quicava e girava enquanto os dois corriam, lançando sombras fantasmagóricas nas paredes. Atrás, os elefantes trombetearam novamente, chegando cada vez mais perto.

Jaeger foi o primeiro a avistar os adversários. Uma enorme hiena malhada partiu em direção ao som dos passos e da luz das lanternas, seus olhos cintilando malignamente. Tinha as típicas patas traseiras atarracadas, ombros enormes, pescoço curto e a cabeça em forma de bala, além da distinta crina desgrenhada descendo pela espinha dorsal. A mandíbula da fera estava aberta num rosnado, exibindo os caninos curtos e grossos e as fileiras de imensos pré-molares, capazes de esmigalhar ossos.

Era como um lobo anabolizado.

A fêmea da hiena malhada era maior que o macho e liderava a matilha. Balançava baixo a cabeça, e Jaeger avistou outros pares de olhos cintilantes a flanqueando. Contou sete animais no total, enquanto às suas costas os elefantes enfurecidos cruzavam o último trecho do lago sem diminuir o ritmo.

Jaeger não diminuiu o passo. Empunhando a arma com as duas mãos e mirando enquanto corria, puxou o gatilho.

Pzzzt! Pzzzt! Pzzzt!

Três balas 9 mm atravessaram o crânio da rainha hiena. Ela caiu pesadamente, batendo o torso no ressalto de pedra — morta antes mesmo de chegar ao chão. Sua tropa rosnou e partiu para o ataque.

Jaeger sentiu Narov ao seu ombro, disparando enquanto corria.

A distância entre eles e a matilha raivosa havia se tornado uma questão de poucos metros.

Capítulo 38

Mesmo enquanto Jaeger saltava pelo ar para desviar dos corpos ensanguentados, sua P228 continuava a cuspir cartuchos.

Suas botas aterrissaram do outro lado e ele seguiu correndo, pois os elefantes se aproximavam às suas costas — a água fervendo sob as patas enormes, os olhos ardendo de fúria, as orelhas batendo e a tromba sentindo o perigo.

Para os elefantes, havia sangue, morte e combate no caminho à frente, no exato trajeto por onde seus pequeninos precisavam passar. Seu instinto mais forte parecia ser o de proteger o grupo. A manada de cem animais era uma grande e expandida família, e naquele instante seus filhotes se encontravam em perigo mortal.

Jaeger podia compreender o desespero e a raiva dos bichos, mas isso não significava que queria estar por perto quando os descontassem no inimigo.

Ao olhar instintivamente por sobre o ombro, em busca de Narov, ficou surpreso ao ver que ela não estava mais ali. Parou de correr, tremendo, virou-se e a avistou curvada sobre uma hiena, tentando tirá-la do caminho.

— SAI DAÍ! — gritou Jaeger. — ANDA! AGORA!

A única reação de Narov foi redobrar os esforços com o peso morto do cadáver. Jaeger hesitou só por um segundo; em um instante já estava de volta ao lado dela. As quatro mãos agarraram os ombros outrora poderosos do animal e, juntas, lançaram-no na fenda ao lado do ressalto.

Tinham acabado de fazer isso quando o líder dos elefantes os alcançou. Os ouvidos de Jaeger foram atingidos por um ruído que pareceu transformar suas entranhas em geleia à medida que o elefante trombeteava sua raiva colossal. Segundos depois, o animal brandiu as presas na direção dos dois, deixando-os encurralados na parte mais estreita do ressalto de pedra.

Jaeger arrastou Narov de volta à fenda, onde o teto da caverna se unia à beirada interna do ressalto. Espremidos contra as grossas teias de aranha e cristais pontiagudos como agulhas, taparam as lanternas com as mãos e se deitaram, imóveis.

Qualquer movimento atrairia a fúria do elefante. Se ficassem parados e quietos em meio à escuridão, contudo, talvez sobrevivessem à carnificina.

O enorme elefante perfurou a primeira das hienas, levantando-a com suas presas e lançando-a energicamente nas águas do lago.

A força do animal era simplesmente incrível.

Um a um, os corpos das hienas foram erguidos e arremessados no lago. Quando o ressalto ficou completamente livre de cadáveres, o líder dos elefantes pareceu se acalmar um pouco. Jaeger observou, tanto fascinado quanto assustado, o enorme animal utilizando a extremidade macia e plana de sua tromba para farejar o que havia acontecido.

Pôde ver as imensas narinas se dilatando para aspirar o odor. Cada cheiro contava uma história. Sangue de hiena. Para o elefante, aquilo era bom. Mas também estava misturado a uma essência desconhecida pelo animal: cordite. Uma nuvem de fumaça, resultado do disparo da pistola, adensava o ar frio da caverna.

O elefante pareceu perplexo: *Que cheiro é esse?*

A tromba se esticou ainda mais. Jaeger pôde ver a extremidade rosada e molhada tateando em sua direção. Aquela tromba — grossa como uma árvore e capaz de levantar 250 quilos — podia se enrolar em volta de uma coxa ou do torso e arrancá-los dali num piscar de olhos, esmigalhando-os contra a parede de pedra.

Por um instante Jaeger pensou em partir para a ofensiva. A cabeça do elefante estava a não mais que três metros: seria um tiro fácil.

Conseguia agora ver claramente seus olhos, os cílios longos e finos refletindo a luz que saía da lanterna.

Estranhamente, sentiu que o animal podia compreendê-lo no momento em que esticou a tromba para fazer o primeiro contato com sua pele. Havia algo de humano — de compassivo — naquele olhar.

Jaeger abandonou qualquer ideia de abrir fogo. Mesmo que pudesse se obrigar a fazê-lo, o que duvidava, sabia que um projétil subsônico de 9 mm jamais perfuraria o crânio de um elefante.

Ele se entregou à carícia do animal.

Quando a tromba fez contato com a pele de seu braço, ele congelou. Era extremamente delicado, como uma brisa leve roçando os pelos. Ouviu-o fungar, absorvendo o seu odor.

O que estaria sentindo?, perguntou-se Jaeger. Esperava de verdade que o estrume tivesse funcionado. Mas não haveria também algum cheiro humano subjacente que o animal conseguiria detectar? Tinha de haver.

Aos poucos, o odor familiar de sua própria espécie pareceu acalmar o grande elefante. Mais algumas carícias e fungadas e a tromba seguiu em frente. Jaeger estava usando o volume de seu corpo para proteger Narov, de forma que o elefante só conseguiu farejá-la superficialmente.

Aparentemente satisfeito, o animal se voltou para sua próxima tarefa: pastorear a prole em meio à confusão sanguinolenta que eram os restos das hienas. Mas, antes que o elefante fosse embora, Jaeger vislumbrou seus olhos; aqueles olhos anciãos e profundos, que tudo viam.

Era como se soubesse. Sabia o que havia encontrado ali. Mas decidira deixá-los viver. Jaeger estava certo disso.

O animal seguiu até onde estavam os filhotes, agrupados no ressalto, amedrontados e inseguros. Usou a tromba para acalmá-los e reconfortá-los, antes de cutucar os que estavam na frente para que voltassem a andar.

Jaeger e Narov aproveitaram a oportunidade para levantar e seguir adiante, à frente dos bebês elefantes, rumo à segurança.

Ou pelo menos foi o que pensaram.

Capítulo 39

Seguiram correndo, movendo-se a passos rápidos pelo caminho.

O ressalto de pedra se alargou até virar uma vasta área plana, onde o lago chegava naturalmente ao fim. Era ali que o restante da manada tinha se reunido. Pelas pancadas vibrantes das presas a escavar as paredes de pedra, aquele também era claramente o local da mina de sal.

Era por isso que estavam ali.

Jaeger se agachou sob a proteção da parede da caverna. Precisava de um momento para recobrar o fôlego, para tentar controlar seus batimentos cardíacos. Pegou uma garrafa de água e bebeu com vontade.

Apontou a garrafa na direção do caminho que haviam acabado de trilhar.

— Que ideia foi aquela de mudar o corpo de lugar? Da hiena? Não importava onde tinha caído: morreu, está morta.

— Os bebês elefantes... eles não conseguiriam atravessar um caminho bloqueado por uma hiena morta. Eu estava tentando liberar a passagem.

— Tudo bem, mas as vinte toneladas do papai elefante estavam a caminho para cuidar disso da maneira adequada.

Narov deu de ombros.

— Eu sei, mas... Os elefantes são meus animais preferidos. Não podia deixar os novinhos encurralados. — Ela olhou para Jaeger. — E, de qualquer forma, o papai elefante não fez mal nem mesmo a um fio de cabelo seu, não é mesmo?

Jaeger revirou os olhos, irritado. O que podia dizer? Narov tinha um relacionamento mágico, quase infantil, com os animais. Ele percebera isso ainda na expedição amazônica. Ela às vezes agia quase como se tivesse uma ligação mais forte com os animais do que com os seres humanos; como se os entendesse melhor do que aqueles de sua própria espécie.

Não parecia importar o tipo de animal. Aranhas venenosas, serpentes poderosas, peixes carnívoros — às vezes tudo com o que ela parecia se importar eram os seres não humanos desta Terra. Todas as criaturas de Deus, grandes ou pequenas. E, quando tinha de matar algum animal para proteger seus colegas de combate — como acabara de acontecer com as hienas —, parecia ser assombrada pelo arrependimento.

Jaeger esvaziou a garrafa em grandes goles e a jogou de volta dentro da mochila. Enquanto apertava as alças dos ombros e se preparava para seguir em frente, a luz de sua lanterna iluminou momentaneamente algo muito abaixo deles.

A natureza raramente segue as linhas retas e angulares de projeto ou construção que os seres humanos tendem a preferir. Ali na selva, elas são raras, quase inexistentes. Foi isso — essa anomalia reta, essa diferença perceptível e antinatural — que chamou a atenção de Jaeger.

Um rio desembocava no lago, vindo do interior mais profundo da caverna. Logo antes do ponto onde isto acontecia, havia um afunilamento. Uma constrição natural.

E ao lado mais próximo daquele ponto estreito havia uma edificação.

Parecia mais um abrigo da Segunda Guerra Mundial — como parte do bunker Falkenhagen — do que um gerador ou uma estação de bombeamento. Mas, considerando sua proximidade à água, Jaeger estava certo de que acabavam de se deparar com uma das duas coisas.

Os dois desceram até a beira da água, mantendo a cautela. Apertando o ouvido contra o concreto, Jaeger ouviu um zunido leve e rítmico vindo do interior e teve certeza do que havia lá dentro.

Era uma unidade de energia hidráulica, instalada onde a água se afunilava com velocidade e força. Parte do rio corria para a edificação por meio de um duto, e lá dentro devia haver um rotor com hélices — a encarnação moderna da velha roda d'água. O impulso da corrente fazia a hélice girar, o que, por sua vez, alimentava um gerador de energia. A construção grande e sólida do gerador servia para proteger as partes mecânicas de serem esmagadas por uma manada curiosa de elefantes.

Todo o ceticismo de Jaeger evaporou num instante. Havia realmente algo debaixo daquela montanha, algo escondido bem nas profundezas; algo artificial, que precisava de energia.

Ele apontou o dedo para a escuridão.

— Vamos seguir o cabo. Ele nos levará ao que quer que precise de energia para funcionar. E a essa distância, sob a montanha...

— Todo laboratório precisa de eletricidade — interrompeu Narov. — É aqui! Estamos perto.

Os olhos de Jaeger se acenderam.

— Vamos nessa!

Partiram em ritmo acelerado, seguindo o cabo cada vez mais para dentro da caverna. Envolto num sarcófago de aço para salvaguardá-lo de qualquer perigo, ele serpenteava para dentro das entranhas da montanha. Passo a passo, iam se aproximando de seu objetivo.

O cabo terminava num muro.

A imensa estrutura cortava toda a extensão da caverna. Tinha vários metros de altura — mais alta que o maior dos elefantes. Jaeger não tinha dúvida de que o muro fora colocado ali por aquele motivo: impedir que as manadas avançassem.

No ponto onde o muro encontrava o rio, havia comportas na estrutura que permitiam a entrada de água. Jaeger imaginou que haveria outras turbinas dentro delas, sendo a unidade de processamento de água que haviam encontrado antes uma fonte reserva de energia.

Os dois pararam sob a sombra fria do muro. Jaeger estava tomado por uma severa determinação. A montanha estava prestes a revelar seus segredos, fossem quais fossem.

Falta pouco agora.

Ele olhou para a estrutura. Era uma chapa vertical de concreto liso reforçado.

Aquela era a fronteira; mas a fronteira com o quê?

O que estaria escondido atrás daquele muro?

Ou até mesmo *quem*? Uma imagem de Ruth e Luke — acorrentados e enjaulados — passou pela sua cabeça.

Sempre em frente. Continue andando. Aquele fora um mantra para Jaeger durante seu tempo nos Royal Marines. *Numa luta, encurte a distância.* Havia mantido aquilo em mente na caçada para encontrar sua família, assim como fazia agora.

Esquadrinhou a estrutura em busca de apoios para as mãos. Havia poucos, se é que havia algum. Parecia impossível de escalar. A não ser que...

Ele foi até a lateral, até onde o muro artificial encontrava a parede natural da caverna. Como tinha imaginado, havia ali um ponto fraco. No lugar onde a estrutura lisa encostava nos cristais pontiagudos e nos afloramentos salientes, talvez fosse possível escalar. Dava para ver os locais onde as pessoas que haviam construído o muro arrebentaram alguns dos afloramentos durante sua edificação.

Fizeram-no a esmo, para se livrar de quaisquer afloramentos que entrassem em seu caminho. Com isso, acabaram deixando alguns para trás, oferecendo assim apoios às mãos e aos pés.

— Isso não foi construído com o intuito de impedir o avanço de pessoas — sussurrou Jaeger, mapeando a rota da escalada na cabeça. — Está aqui para evitar que elefantes ávidos por sal sigam em frente. Para proteger o que quer que haja do outro lado.

— O que quer que precise de eletricidade para funcionar ali — murmurou Narov, os olhos brilhando. — Estamos perto agora. Muito perto.

Com um movimento de ombro, Jaeger tirou a mochila e a deixou cair a seus pés.

— Eu subo primeiro. Amarre as mochilas quando eu estiver lá no alto, para que eu possa içá-las. Depois você me segue.

— Entendido. Afinal, você é o... como vocês dizem? O louco de pedra.

Desde criança, escalar era uma das atividades preferidas de Jaeger. Na escola, para vencer uma aposta com outro aluno, ele subira a torre do sino numa escalada livre — ou seja, sem corda alguma. No SAS, servira com a Tropa dos Montanhistas, especializada em todos os aspectos da guerra em montanhas. Durante a recente expedição amazônica, por sua vez, executara subidas e descidas notáveis por diversos trechos perigosos.

Em suma, se houvesse necessidade de escalar algo, era ele quem se aventurava.

Precisou de diversas tentativas, mas, ao amarrar uma pedra na ponta da corda de escalada, Jaeger conseguiu arremessá-la e laçar um dos afloramentos salientes mais altos. Com a corda presa, tinha uma espécie de ponto de ancoragem — podia começar a subir com um grau razoável de segurança.

Jaeger se livrou de todo o peso excedente, entulhando todo seu equipamento sem função — incluindo a pistola — na mochila. Levantando a mão esquerda, fechou os dedos em volta de um afloramento protuberante. Seria aquilo o osso maxilar de uma antiga hiena gigante? Naquele exato momento, Jaeger não dava a mínima.

Seus pés fizeram contato com nódulos similares, e ele foi usando os restos pré-históricos encrustados na parede da caverna para subir os primeiros poucos metros. Agarrou a corda e se arrastou até o apoio firme seguinte.

A corda estava bem presa, e ele progredia consideravelmente.

Tudo com o que se importava agora era chegar ao topo daquela parede e descobrir o que o muro protegia — e escondia.

Capítulo 40

Jaeger tateou em busca da borda da superfície superior. Seus dedos se dobraram sobre ela, e, com os músculos dos ombros queimando, ele puxou o corpo para cima, usando primeiro a barriga e depois os joelhos para rastejar feito uma minhoca até o alto.

Permaneceu deitado por vários segundos, respirando em arfadas súbitas e espasmódicas. O muro era largo e plano no topo, prova do enorme esforço aplicado em sua construção. Como ele suspeitara, o intuito não era o de bloquear a entrada de humanos. Não havia nem mesmo um rolo de arame farpado no alto. Estava claro que não se esperava que alguém chegasse ali sem ser convidado e com a ideia de escalá-lo.

Quem quer que tivesse construído aquela barreira — e Jaeger não duvidava mais que Kammler fosse de alguma forma responsável — não imaginava que o lugar pudesse ser descoberto. Acreditavam claramente que fosse indetectável e, por esse motivo, seguro.

Jaeger arriscou uma olhadela do outro lado. Os feixes de luz duplos da lanterna de cabeça foram refletidos de volta em sua direção por uma superfície imóvel, negra e espelhada. Havia um segundo lago escondido atrás do muro, situado numa imensa galeria circular cavernosa.

O espaço todo parecia estar completamente deserto, mas não foi isso que fez Jaeger ficar boquiaberto.

Bem no centro do lago havia uma visão simplesmente fantástica. Flutuando sobre a superfície espelhada do lago estava uma aparição totalmente inesperada e ao mesmo tempo estranhamente familiar.

Jaeger tentou manter o controle sobre suas emoções e sua empolgação; sentiu a pulsação incrivelmente acelerada.

Ele desenganchou a corda do ponto onde ficara precariamente presa e a fixou adequadamente em torno de um pequeno pináculo antes de baixar uma das pontas até Narov. Ela amarrou a primeira mochila e ele a içou, repetindo o processo com a segunda. Depois foi a vez de Narov escalar a barreira, enquanto Jaeger fazia a segurança, com as pernas para fora do muro.

Quando ela chegou ao topo, Jaeger apontou sua lanterna para o lago.

— Dá só uma olhada — sussurrou. — Dê uma boa e longa olhada nisso.

Narov nem piscava. Jaeger raramente a vira ficar sem palavras. Mas era assim que estava agora.

— Achei que estava sonhando — disse ele. — Me diga que não estou. Diga que é de verdade.

Narov não conseguia desviar o olhar.

— Estou vendo o que tem ali. Mas como, em nome de Deus, eles conseguiram trazê-lo para cá?

Jaeger deu de ombros.

— Não faço a menor ideia.

Depois de baixar as mochilas do outro lado do muro, os dois desceram de rapel para se juntar a elas no chão. Agacharam-se em meio ao ambiente estático, contemplando seu próximo e aparentemente impossível desafio. A não ser a nado — e só Deus sabia o que havia naquela água — como chegariam ao centro daquele lago? E, uma vez feito isso, como embarcariam no que ali jazia amarrado?

Jaeger imaginou que talvez devessem ter esperado por algo assim. De certa forma, haviam sido avisados de tal possibilidade durante a reunião em Falkenhagen. Ainda assim, encontrá-lo ali, ainda por cima tão completamente imaculado e intacto — aquilo o fazia perder o fôlego.

No centro do lago, sob a montanha, estava ancorada a forma gigantesca de um hidroavião Blohm & Voss BV222.

Mesmo a distância, era simplesmente estupendo — um gigante de seis turbinas amarrado a uma boia pelo nariz que mais parecia um bico. O tamanho inacreditável da coisa era evidenciado pelo barco a motor de aspecto antigo atado à sua lateral, ofuscado pela graciosa asa que se estendia sobre ele.

No entanto, talvez até mais que o tamanho e a presença do avião de combate, o que mais confundia Jaeger era o quanto ele parecia intacto. Não havia camada alguma de guano na superfície superior do veículo, pintada com o que tinha de ser seu verde-camuflagem original. Da mesma forma, a parte de baixo, azul e branca — cujo contorno lembrava o leme em forma de V de uma lancha — não continha qualquer sinal de algas ou ervas daninhas.

Da superfície superior do avião de combate brotava uma floresta de torres de artilharia — o BV222 fora projetado para operar sem necessidade de qualquer escolta. Tratava-se de uma enorme plataforma de armas voadora, supostamente capaz de abater qualquer aeronave dos Aliados.

O acrílico das torres de artilharia parecia quase tão claro e limpo quanto no dia em que a aeronave deixara a fábrica. Pela lateral, corria uma fileira de escotilhas, que terminava na parte dianteira, sobre a insígnia icônica da Luftwaffe: uma cruz negra sobreposta a uma cruz maior, branca.

Parecia ter sido pintada no dia anterior.

De alguma forma, aquele BV222 estivera ali por sete décadas, sendo constantemente preservado e vigiado. Mas o maior mistério, que Jaeger não conseguia entender por nada no mundo, era como diabos a aeronave tinha entrado ali.

Com uma envergadura de 45 metros, era larga demais para tê-lo feito pela caverna.

Aquilo tinha de ser obra de Kammler. De alguma forma, ele a colocara ali.

Mas por que fizera isso?

Com que propósito?

Por um instante, Jaeger se perguntou se Kammler não teria montado seu laboratório de guerra biológica escondido dentro daquele avião, oculto nas profundezas da montanha. Mas mal cogitou a ideia e já a descartou. Não fosse pelas lanternas de cabeça que levavam consigo, o BV222 estaria encoberto por total escuridão.

Jaeger não tinha qualquer dúvida de que estava deserto.

Enquanto descansava, botando o cérebro para funcionar, ele se deu conta do quanto o local estava silencioso. A enorme estrutura de concreto bloqueava quase todo o som vindo dos outros lugares do sistema de cavernas: os elefantes escavando, a trituração rítmica de fragmentos de rocha, o impacto de uma ou outra pata com o chão ou um ronco satisfeito.

Ali onde estavam, nada se movia. Era um lugar privado de todo tipo de vida. Fantasmagórico. Deserto.

Um lugar onde toda vida aparentemente chegava a um fim.

Capítulo 41

Jaeger apontou para o hidroavião.

— Não temos nada que nos leve lá. Teremos de nadar.

Narov sinalizou aprovação, assentindo em silêncio. Começaram a se livrar de tudo que não era necessário. O percurso tinha 150 metros, e a última coisa de que precisavam na água fria era sentir o peso de mochilas, cinturões e munição. Deixariam tudo que não fosse essencial — as roupas do corpo e os calçados — à margem do lago.

Jaeger só hesitou quando teve de descartar a pistola. Detestava a ideia de prosseguir desarmado. A maioria dos armamentos modernos funcionava perfeitamente após um bom mergulho na água, mas o importante agora era se mover com rapidez no longo e gélido nado que os aguardava.

Ele colocou sua P228 perto da de Narov sob uma pequena rocha, junto à pilha de equipamentos e itens variados.

Jaeger, no entanto, não ficou surpreso ao ver que Narov mantinha consigo uma de suas armas. Na Amazônia, ele descobriu que ela jamais se separava de sua faca de combate Fairbairn-Sykes, um talismã de significado pessoal e supostamente um presente do avô de Jaeger.

Olhou para ela.

— Pronta?

Os olhos dela brilhavam.

— Quer apostar corrida?

Jaeger fez uma espécie de anotação mental da localização do avião, fixando-a na cabeça antes de apagar a lanterna. Narov fez o mesmo. Usando só o tato, guardaram as Petzls em sacos à prova d'água com fecho hermético. Tudo ao redor agora estava escuro; uma negritude completa e implacável.

Jaeger levou a mão à frente do rosto. Não conseguia ver nada. Aproximou a mão até a palma tocar o nariz, mas ainda assim não conseguiu enxergar coisa alguma. Nem mesmo a luz mais tênue chegava até ali, àquela profundidade do subterrâneo.

— Fique perto de mim — sussurrou. — Ah, e mais uma coisa...

Ele não terminou a frase. Em vez disso, mergulhou no lago gelado, na esperança de ter tapeado Narov e partido em vantagem. Ele a sentiu entrar na água poucos metros atrás dele, debatendo-se vigorosamente para alcançá-lo.

Valendo-se de braçadas longas e poderosas para seguir na frente, a cabeça de Jaeger só saía da água para inspirar rapidamente o ar. Ex-integrante dos Royal Marines, sentia-se à vontade tanto dentro d'água quanto sobre ela. A atração exercida por aquele avião de combate era irresistível, mas a completa escuridão era terrivelmente desorientadora.

Quase tinha perdido as esperanças de ter seguido na direção correta quando sua mão fez contato com algo sólido. A sensação era de aço frio e duro. Concluiu que tinha de ser um dos flutuadores do avião. Arrastou-se para fora da água e, como esperava, conseguiu se elevar a uma superfície plana.

Tateou em busca da lanterna de cabeça, tirou-a do saco e a acendeu, apontando-a para a superfície do lago. Narov estava apenas alguns segundos atrás dele, e Jaeger usou a luz para guiá-la.

— Perdedora — sussurrou, alfinetando-a de leve, enquanto a ajudava a sair da água.

Ela fechou a cara.

— Você trapaceou.

Ele deu de ombros.

— Vale tudo no amor e na guerra.

Os dois se agacharam, concedendo-se alguns segundos para recuperar o fôlego. Jaeger iluminou os arredores com a lanterna, o facho reluzindo na enorme vastidão da asa que se alongava sobre eles. Lembrou-se de ter ouvido na reunião em Falkenhagen que o BV222 na verdade contava com dois andares: o de cima, para passageiros e carga, e o de baixo, onde se localizavam as fileiras de metralhadoras com as quais o avião podia ser protegido.

Próximo como estava da fuselagem, podia muito bem acreditar naquilo. Ali, finalmente conseguia estimar o tamanho da coisa em si, junto a sua graça cativante e sua presença imponente. Precisava entrar na aeronave.

Jaeger se levantou, ajudando Narov a ficar em pé. Mal deu um ou dois passos à frente quando um grito rompeu o silêncio. Um lamento rítmico e estridente irrompeu pelo lago, ecoando ensurdecedoramente pelas paredes duras de pedra.

Jaeger congelou. Percebeu instantaneamente o que havia acontecido. O BV222 devia ter sido equipado com sensores infravermelhos. Assim que começaram a se mover, ficaram expostos aos raios invisíveis, fazendo disparar o alarme.

— Apague a lanterna — sussurrou.

Momentos depois, estavam imersos na mais profunda escuridão, mas isso não durou muito.

Um feixe potente de iluminação irrompeu da margem sul do lago, afugentando as sombras mais profundas. A luz passou por sobre a água e se fixou no avião de combate, quase cegando Jaeger e Narov.

Resistindo ao impulso de procurar cobertura e se preparar para uma batalha, Jaeger protegeu os olhos do clarão.

— Lembre-se — sussurrou. — Somos marido e mulher. Turistas. Seja quem for, não estamos aqui para lutar.

Narov não disse nada. Seus olhos estavam concentrados na aparição que os rodeava, como se estivesse hipnotizada. O poderoso holofote iluminara boa parte da caverna, revelando a forma reluzente do BV222 em toda sua glória alucinante.

Era quase como uma peça principal de um museu.

Inacreditavelmente, parecia boa o suficiente para voar.

Capítulo 42

Um grito ressoou pela água.

— Fiquem onde estão! Não se mexam!

Jaeger enrijeceu. O sotaque parecia europeu. Não era nativo de língua inglesa, certamente. Alemão, talvez? Pela pronúncia das palavras, era o que parecia.

Seria Kammler? Não era possível. O pessoal no bunker Falkenhagen vinha seguindo Hank Kammler de perto, com o apoio eficaz de seus contatos na CIA. E, de qualquer forma, a voz parecia jovem demais.

Além disso, havia algo de errado com o tom. Era desprovido da arrogância que se esperaria de Kammler.

— Fiquem onde estão — repetiu a voz, com uma clara indicação de ameaça por trás das palavras. — Estamos indo até vocês agora.

Ouviu-se o ronco de um potente motor, e a forma de um bote inflável rígido saiu de seu esconderijo. Cortando a superfície do lago, o veículo rapidamente chegou aos pés de Jaeger e Narov.

A figura na proa tinha um tufo de cabelo louro desgrenhado e uma barba irregular. Devia ter cerca de um metro e oitenta e era branco, diferentemente do restante dos homens no bote, que eram africanos da região. Vestia uniforme verde de combate, e Jaeger não deixou de notar que ele embalava nos braços um fuzil de assalto.

Os outros tripulantes do bote, que usavam roupas e armamentos similares, mantinham Narov e Jaeger na mira.

O homem alto os encarava fixamente.

— O que estão fazendo aqui? Estão aqui por engano, não é?

Jaeger decidiu se fazer de burro. Esticou a mão para cumprimentar o homem. A figura no bote não se mexeu para apertá-la.

— Você é...? — perguntou o homem, friamente. — E por favor: explique por que estão aqui.

— Bert Groves, e esta é minha mulher, Andrea. Somos ingleses. Turistas. Na verdade, estamos mais para aventureiros, acho. Não conseguimos resistir à tentação de ver a cratera; tínhamos de dar uma olhada. A caverna nos atraiu para dentro. — Jaeger apontou para o avião de combate. — E depois esta coisa chamou ainda mais a nossa atenção. É inacreditável.

A figura no bote franziu o cenho, a desconfiança fazendo sua testa se enrugar ainda mais.

— A presença de vocês aqui é bem... aventureira para turistas, por assim dizer. E também perigosa, em muitos aspectos. — Ele apontou para os homens que comandava. — Relatórios dos meus guardas indicaram que vocês eram caçadores clandestinos.

— Caçadores clandestinos? De jeito algum. — Jaeger olhou para Narov. — Somos recém-casados. Acho que nos deixamos empolgar por nossa aventura africana; talvez não estivéssemos pensando direito. Espírito de lua-de-mel, sabe como é. — Ele deu de ombros, como se pedisse desculpas. — Sinto muito se causamos algum tipo de problema.

A figura no bote reajustou seu aperto no fuzil.

— Sr. e Sra. Groves... creio que o nome me seja familiar. Vocês reservaram um quarto na Pousada Katavi, com data de chegada prevista para amanhã de manhã?

Jaeger sorriu.

— Isso mesmo. Somos nós. Amanhã de manhã às onze. Por cinco dias. — Olhou para Narov, tentando fazer seu melhor para agir como o marido mais apaixonado do mundo. — Recém-casados e dispostos a viver a vida ao máximo!

Os olhos do homem no bote permaneceram gélidos.

— Bem, claro, se não são caçadores ilegais, então vocês são mais do que bem-vindos. — Seu tom trazia pouco acolhimento para corresponder às palavras. — Me chamo Falk Konig. Sou o chefe dos ambientalistas da Reserva de Caça Katavi. Mas esta não é a rota aconselhada para se começar um safári de lua-de-mel nem para se chegar à pousada.

Jaeger forçou uma risada.

— É, imaginei. Mas, como disse, não dava para resistir à tentação do Pico dos Anjos em Chamas. E, uma vez naquela montanha, bem... não dá para parar. É como um Mundo Perdido da vida real. Aí vimos os elefantes entrando na caverna. Quero dizer, é um espetáculo admirável. — Deu de ombros. — Tivemos de ir atrás.

Konig concordou com a cabeça, ainda rijo.

— Sim, a caldeira abriga um ecossistema muito rico em espécies. Um habitat realmente único. É a reserva de reprodução dos nossos elefantes e rinocerontes. E é por isso que é proibida a *todos os visitantes*. — Ele fez uma pausa. — Preciso fazer um alerta a vocês: seguimos uma política pela qual temos licença para disparar em invasores na reserva de reprodução. Qualquer intruso na área pode ser alvejado.

— Nós entendemos. — Jaeger olhou para Narov. — E lamentamos por qualquer incômodo que tenhamos causado.

Konig o examinou, ainda com um pouco de desconfiança no olhar.

— Sr. e Sra. Groves, essa não foi a coisa mais inteligente a se fazer. Da próxima vez, por favor, venham pelo caminho normal, ou talvez não encontrem uma recepção tão pacífica.

Narov estendeu o braço para apertar a mão de Konig.

— Meu marido... É tudo culpa dele. Ele é um cabeça-dura e sempre pensa que sabe de tudo. Eu tentei dissuadi-lo... — Ela sorriu, aparentando estar apaixonada. — Mas é isso que amo nele também.

Konig pareceu relaxar um pouco, mas Jaeger se viu engolindo uma resposta apropriada a Narov. Ela estava interpretando seu papel com perfeição, quem sabe até bem demais — Jaeger quase tinha a impressão de que ela estava se divertindo.

— Entendo. — Konig ofereceu a Narov um curtíssimo aperto de mão. — Mas, Sra. Groves... a senhora não soa tão inglesa.

— É Andrea — respondeu Narov. — E, nos dias de hoje, como sabe, há vários ingleses que não soam muito como ingleses. Falando nisso, Sr. Konig, o senhor não soa muito tanzaniano.

— Na verdade, sou alemão. — Konig lançou um olhar de canto de olho para o enorme avião de guerra amarrado sobre a água. — Sou um ambientalista alemão morando atualmente na África e trabalhando com uma equipe tanzaniana local. Parte de nossa responsabilidade é proteger esta aeronave.

— É da Segunda Guerra, certo? — perguntou Jaeger, simulando ignorância. — Quero dizer... é inacreditável. Como, em nome de Deus, isso veio parar aqui, nas profundezas da montanha? Certamente é grande demais para ter chegado pela entrada da caverna.

— Realmente — confirmou Konig. Ainda havia certa cautela em seu olhar. — Eles removeram as asas e rebocaram a aeronave para cá durante o auge das chuvas, em 1947, acredito eu. Depois, contrataram africanos locais para trazer as asas em partes.

— Impressionante. Mas por que aqui, na África? Quero dizer, como acabou aterrissando aqui, e por quê?

Por um brevíssimo instante, uma sombra escura passou pelas feições de Konig.

— Isso eu não sei dizer. Essa parte da história aconteceu muito antes da minha época.

Jaeger podia ver que ele estava mentindo.

Capítulo 43

Konig deu um curto aceno de cabeça para o avião de guerra.

— Devem estar curiosos, não?

— Para ver o que há dentro? Claro! — disse Jaeger, animado.

Konig sacudiu a cabeça.

— Infelizmente isso está fora de questão. Todo acesso é proibido, assim como qualquer acesso a toda esta área. Mas creio que agora vocês já tenham entendido isso, não?

— Sim — disse Jaeger. — Ainda assim, é uma pena. O acesso não é permitido por quem?

— Pelo proprietário deste lugar. Katavi é um santuário de caça particular, administrado por um americano de ascendência alemã. Isso faz parte de nossa atração junto aos estrangeiros. Ao contrário dos parques nacionais operados pelo governo, a gestão de Katavi conta com uma certa eficiência teutônica.

— É uma reserva de caça que funciona? — perguntou Narov. — É o que você quer dizer?

— É bem isso. Existe uma guerra em andamento contra a vida selvagem africana. Infelizmente, os caçadores ilegais estão ganhando. Daí a ordem de atirar para matar introduzida aqui, como uma medida desesperada para tentar nos ajudar a vencer essa guerra. — Konig olhou para os dois. — Uma ordem que quase matou vocês dois hoje.

Jaeger escolheu ignorar a última parte.

— Vocês têm o nosso voto — comentou sinceramente. — Matar um elefante por suas presas ou um rinoceronte por seus chifres... Isso é um desperdício trágico.

Konig inclinou a cabeça.

— Concordo. Perdemos em média um elefante ou um rinoceronte todos os dias. Cada morte devastadora. — Fez uma pausa. — Mas, por ora, Sr. e Sra. Groves, chega de perguntas, eu acho.

Ordenou que entrassem no bote inflável. Não foram exatamente coagidos, mas estava claro que não tinham opção. O bote se afastou do avião de guerra, cada onda provocada por sua popa balançando o enorme veículo. Apesar do tamanho, o BV222 tinha uma inegável graça e beleza, e Jaeger estava determinado a encontrar uma oportunidade para voltar ali e revelar os seus segredos.

O bote os levou até onde um túnel de acesso se encaminhava para fora do sistema de cavernas. Konig apertou um botão incrustado na parede, e a passagem cortada na rocha se iluminou, graças às instalações elétricas embutidas no teto.

— Esperem aqui — ordenou. — Vamos pegar suas coisas.

— Obrigado. Sabem onde estão? — disse Jaeger.

— Claro. Meus homens vêm observando vocês há algum tempo.

— Verdade? Uau. Como é que fizeram isso?

— Bem, temos sensores posicionados nas cavernas. Mas, você pode imaginar, com animais sempre entrando e saindo, eles são constantemente acionados. E, de qualquer maneira, ninguém chega a invadir essa parte tão remota da montanha. — Konig fixou um olhar crítico em Jaeger e Narov. — Ou, pelo menos, não normalmente... Hoje, algo surpreendeu meus guardas. Um som inesperado. Uma série de tiros...

— Disparamos em algumas hienas — interrompeu Narov, na defensiva. — Uma matilha. Fizemos isso para proteger os elefantes. Tinham filhotes.

Konig ergueu a mão para silenciá-la.

— Estou ciente de que mataram as hienas, e, certamente, elas são uma ameaça. Vêm para cá a fim de comer os filhotes. Causam estouros na manada dos elefantes, os menores são pisoteados e já não temos muitos para que fiquem morrendo assim. Quanto às hienas... nós mesmos temos de controlar a população; manter seus números reduzidos.

— Então seus guardas ouviram os tiros? — perguntou Jaeger.

— Ouviram. E me chamaram, alarmados. Temiam que invasores tivessem entrado na caverna. Então eu cheguei e encontrei... *vocês.* — Uma pausa. — Uma dupla de recém-casados que escala montanhas, explora cavernas e elimina uma matilha de hienas malhadas. É muito incomum isso, Sra. Groves, não acha?

Narov nem pestanejou.

— Você se aventuraria neste lugar sem estar armado? Seria loucura.

O rosto de Konig permaneceu inexpressivo.

— É possível. Mas, mesmo assim, lamentavelmente, vou ter de confiscar suas armas. Por dois motivos. Primeiro: vocês estão invadindo uma área proibida. Ninguém aqui, exceto eu e meus guardas, tem permissão de carregar armas.

Olhou para Narov e Jaeger.

— Segundo: porque o dono deste lugar ordenou que quem quer que invada isso aqui seja preso. Acho que talvez a segunda ordem não se aplique a hóspedes da nossa pousada. Mas guardarei meus pensamentos para mim, além de suas armas, até pelo menos ter conversado com o proprietário.

Jaeger deu de ombros.

— Sem problema. Não vamos precisar delas aonde estamos indo.

Konig forçou um sorriso.

— Claro. Na Pousada Katavi vocês não precisarão de armas.

Jaeger olhou para dois dos guardas de Konig, que se dirigiam para recolher o material que ele e Narov tinham deixado à margem do lago.

— As pistolas estão debaixo de uma pequena pedra ao lado dos suprimentos! — gritou para eles. Virou-se para Konig. — Acho que não pega muito bem portar armas numa zona restrita como essa, não é?

— Está certo, Sr. Groves — respondeu Konig. — Não pega nada bem.

Capítulo 44

Jaeger fez menção de servir de novo Narov, mas não havia sentido, porque ela mal tinha tocado na bebida. Fazia isso só pelas aparências.

Narov franziu a testa.

— Não gosto de bebidas alcoólicas.

Jaeger suspirou.

— Esta noite você tem de se soltar um pouco. Precisa parecer verossímil.

Havia escolhido uma garrafa de Saumur gelado — um vinho espumante seco francês e uma opção um pouco menos ostensiva que champanhe. Queria pedir algo para celebrar seu status de recém-casados, mas algo que não chamasse muita atenção. Imaginou que o Saumur — com seu rótulo azul-royal e discretas letras em branco e dourado — seria uma boa escolha.

Haviam completado 36 horas de sua estada na fabulosa Pousada Katavi. Consistia de um conjunto de bangalôs de safári caiados, cada um com o exterior esculpido com curvas suaves, destinadas a amenizar as linhas duras das paredes, e localizado numa encosta em forma de cuia no sopé das montanhas Mbizi. Cada bangalô vinha completo com tetos altos à moda tradicional e ventiladores de teto que mantinham os quartos relativamente frescos.

Ventiladores semelhantes giravam preguiçosamente sobre os comensais do jantar daquela noite, lançando uma brisa suave pelo ambiente — o restaurante Veranda da pousada. Posicionado com grande cuidado acima de um charco, ele oferecia uma vista perfeita. E naquela noite o cenário abaixo estava movimentado, bufos de hipopótamos e sopros de elefantes pontuando as conversas dos hóspedes.

A cada hora passada ali, Jaeger e Narov se davam conta do desafio que representava voltar àquele avião de guerra. Na Pousada Katavi, tudo era feito para o hóspede — culinária, lavagem, limpeza, preparo de cama, condução — e ainda havia o itinerário diário das excursões de safári. As pessoas ali certamente sabiam como dirigir uma reserva de caça, mas tudo aquilo deixava pouquíssimo espaço para qualquer atividade livre — como, por exemplo, um retorno proibido às cavernas.

Na cabeça de Jaeger, uma preocupação sombria o corroía: estariam Ruth e Luke também escondidos em algum lugar debaixo daquela montanha? Estariam aprisionados em algum laboratório, como ratos à espera do toque do vírus assassino definitivo?

Por mais que soubesse que devia fazer uma encenação convincente com Narov, Jaeger ardia de frustração. Precisavam seguir em frente, obter resultados. Mas Konig ainda nutria suspeitas em relação a eles: não podiam arriscar nada que as alimentasse ainda mais.

Tomou um gole do Saumur. Estava gelado à perfeição no balde de gelo colocado ao seu lado; não podia negar que era bom.

— Então... Você acha tudo isso estranho? — perguntou, baixando a voz para garantir que não fossem ouvidos.

— Estranho como?

— O Sr. e a Sra. Groves? O lance da lua-de-mel?

Narov o encarou, inexpressiva.

— Por que acharia? Estamos interpretando um papel. Por que isso seria estranho?

Ou Narov estava mentindo ou então tudo isso lhe vinha com naturalidade. Era bizarro. Jaeger passara meses tentando sondar o âmago dessa mulher; tentando conhecê-la de verdade. Mas não se achava nada perto de consegui-lo.

Com a produção a que se submetera no bunker de Falkenhagen — seu novo visual moreno — havia algo de uma beleza celta-irlandesa em Narov. Jaeger se tocou, na verdade, que havia algo na aparência dela que lembrava sua mulher Ruth.

Achou a ideia muito perturbadora.

Por que aquilo lhe viera à cabeça?

Devia ser o álcool.

Uma voz cortou seus pensamentos.

— Sr. e Sra. Groves. Estão bem-instalados? Gostando do jantar?

Era Konig. O ambientalista chefe da reserva fazia uma ronda noturna entre os comensais, verificando se tudo estava como deveria. Ainda não soava abertamente amistoso, mas pelo menos não prendera os dois por sua invasão à montanha.

— Não encontramos falha alguma — respondeu Jaeger. — É tudo impecável.

Konig gesticulou para a vista.

— Impressionante, não?

— Sensacional. — Jaeger ergueu a garrafa de Saumur. — Quer se juntar a nós para um drinque comemorativo?

— Obrigado, não. Dois recém-casados? Acho que não precisam de companhia.

— Por favor, sua presença seria ótima — disse Narov. — Deve saber tanto sobre a reserva. Estamos fascinados... Encantados. Não é, Pintada?

Dirigira o último comentário a uma gata espreguiçada debaixo de sua cadeira. A pousada tinha vários bichanos residentes. Como não podia deixar de ser, Narov havia adotado o menos atraente; aquele que os outros hóspedes tendiam a enxotar de suas mesas.

"Pintada" era uma vira-lata branca com manchas pretas. Era magra como uma vara e perdera uma das patas traseiras. Metade da perca-do-Nilo assada de Narov — um peixe local — fora dada à gata no decurso da noite, deixando-a ainda mais contente.

— Ah, vejo que você e Paca ficaram amigas — comentou Falk, com o tom um pouco mais ameno.

— Paca? — perguntou Narov.

— Suaíli para "gata". — Ele deu de ombros. — Não é muito criativo, mas os funcionários a encontraram à beira da morte numa das aldeias da região. Atropelada por um veículo. Eu a adotei, e, como ninguém sabia o nome de verdade dela, começamos a chamá-la de Paca.

— Paca. — Narov saboreou a palavra por um instante. Ofereceu o que restava ainda do seu peixe. — Aqui, Paca; não faça muito barulho ao mastigar. Algumas pessoas ainda estão comendo.

A gata estendeu a pata, derrubou o pedaço da carne do peixe com um tapinha e o atacou.

Konig se permitiu um breve sorriso.

— Devo supor, senhora Groves, que a senhora seja uma incurável amante dos animais?

— Sim, os animais — ecoou Narov. — Tão mais simples e mais honestos que os humanos. Ou querem comer você, ou querem que você os agrade e os alimente ou que lhes dê lealdade e amor... que eles lhe retribuem, só que com cem vezes mais força. E nunca decidem num capricho deixá-lo por outro qualquer.

Konig permitiu-se uma risadinha.

— Talvez o senhor precise se preocupar, Sr. Groves. E acho que talvez eu vá me juntar a vocês. Mas só uma taça: começo o dia cedo amanhã.

Fez sinal a um garçom para trazer uma terceira taça. Era o amor de Narov pelo gato menos atraente da Pousada Katavi que parecia estar conquistando sua boa vontade.

Jagger serviu um pouco do Saumur.

— Ótima equipe, a propósito. E deveria dar os parabéns ao chef pela comida. — Uma pausa. — Mas me conte... como é que a reserva funciona? Quero dizer, é rentável?

— Em certo nível, sim — respondeu Konig. — Dirigimos um negócio muito lucrativo aqui na pousada. Mas eu sou, antes de mais nada, um ambientalista. Para mim, tudo o que importa é que protejamos os animais. E nesse aspecto... Nesse aspecto, para ser honesto, estamos fracassando.

— Fracassando como? — perguntou Narov.

— Bem, esse não é um tipo de conversa adequada para uma lua-de-mel. Seria penoso, particularmente para a senhora Groves.

Narov acenou com a cabeça para Jaeger.

— Casei-me com um cara que me leva à cratera dos Anjos em Chamas só por farra. Acho que posso aguentar.

Konig deu de ombros.

— Está bem, então. Mas fique avisada: é uma guerra sombria e sangrenta que está sendo travada lá fora.

Capítulo 45

— São muito poucos os hóspedes que escolhem chegar aqui dirigindo como vocês — começou Konig. — A maioria vem à África com um cronograma apertado. Chegam ao Aeroporto Internacional de Kilimanjaro, de onde são trazidos até aqui por um monomotor.

"Eles chegam, ansiosos para riscar os animais de grande porte de sua lista de caça. Os Sete Grandes: leão, guepardo, rinoceronte, elefante, girafa, búfalo-africano e hipopótamo. Uma vez feito isso, a maioria voa para o Amani Beach Resort. É um resort realmente mágico, situado bem no Oceano Índico. Amani quer dizer "paz" em suaíli, e, acreditem em mim: é o lugar perfeito para fugir de tudo com total privacidade."

O rosto de Konig se entristeceu.

— Já eu passo meus dias de uma maneira bem diferente. Eu os passo tentando garantir que uma quantidade suficiente de exemplares dos Sete Grandes sobreviva para agradar nossos visitantes. Sendo piloto, faço patrulhas aéreas contra caçadores ilegais. Bom, talvez "patrulha" seja um termo um pouco exagerado. Não é como se pudéssemos fazer alguma coisa, já que os caçadores clandestinos andam fortemente armados.

Ele sacou um mapa surrado.

— Passo meus dias fazendo roteiros aéreos, que são gravados em vídeo e sincronizados com um sistema de mapeamento computadorizado. Dessa forma, traçamos um videomapa em tempo real dos incidentes envolvendo caça ilegal, marcando as localizações exatas. É tecnologia de ponta, e, acreditem em mim, é só pelo financiamento do meu chefe, o Sr. Kammler, que podemos contar com estas coisas. Temos pouquíssimo apoio do governo.

Kammler. Ele dissera o nome. Não que Jaeger duvidasse de quem dava as cartas ali, mas era bom receber aquela confirmação definitiva.

Konig abaixou a voz.

— No ano passado, tínhamos 3.200 elefantes. Parece bastante, não? Isso até você descobrir que durante aquele ano perdemos uns setecentos. Cerca de dois elefantes mortos por dia. Os caçadores disparam contra eles com fuzis de assalto, cortam as presas com motosserras e deixam as carcaças para apodrecer no sol.

Narov parecia horrorizada.

— Mas, se continuar nesse ritmo, em cinco anos vocês não terão mais nenhum.

Konig balançou a cabeça, desanimado.

— É ainda pior. Estamos no quarto mês do ano e ainda não voei um só dia sem encontrar carnificinas... Só nestes quatro meses já perdemos aproximadamente oitocentos elefantes. *Em apenas quatro meses*. Estamos perto de uma catástrofe.

Narov parecia lívida de choque.

— Mas isso é um *absurdo*. Depois de ver a manada naquela caverna.... Quero dizer, pensar em todos eles e muitos outros sendo chacinados... É difícil de acreditar. Mas por que este aumento na caça agora? Sem saber disso, fica difícil contra-atacar.

— A maior vantagem do sistema de mapeamento é que ele nos permite deduzir algumas coisas, como o foco da atividade de caça ilegal. Por meio dele chegamos a uma aldeia, então a certo indivíduo. Um negociante libanês, comprador de marfim. Foi sua chegada na área que fez disparar o aumento.

— Então relate as descobertas à polícia — sugeriu Jaeger. — Ou às autoridades de preservação ambiental. Quem quer que lide com estas questões.

Konig deu uma risada amarga.

— Sr. Groves, essa é a África. A quantidade de dinheiro que esse negócio rende... Todo mundo recebe suborno, em todos os níveis. As chances de alguém tomar uma medida contra este negociante libanês são praticamente nulas.

— Mas o que um libanês faz aqui? — questionou Jaeger.

Konig deu de ombros.

— Há negócios escusos libaneses por toda a África. Acho que esse sujeito decidiu se tornar o Pablo Escobar do comércio de marfim.

— E quanto aos rinocerontes?

Eram os preferidos da família de Jaeger, e ele sentia uma forte ligação com aqueles animais magníficos.

— Com os rinocerontes é ainda pior. O santuário de reprodução onde mantemos a política de atirar para matar é, em sua maior parte, dedicado aos rinocerontes. Com alguns milhares de elefantes, ainda temos manadas reprodutivamente viáveis. Já com os rinocerontes, tivemos de trazer alguns machos adultos por via aérea para fazer aumentar os números. Para mantê-los viáveis.

Konig pegou sua taça e bebeu tudo. O tema da conversa claramente o perturbava. Sem perguntar, Jaeger reabasteceu a taça.

— Se os caçadores clandestinos têm armamentos pesados assim, você deve ser um alvo em potencial, não é? — sondou ele.

Konig abriu um sorriso sinistro.

— Eu considero isto um elogio. Voo bem baixo e bem rápido. Pouco acima das copas das árvores. Na hora em que preparam suas armas depois de me ver, já estou longe. Uma vez ou outra conseguiram fazer alguns buracos de bala na minha aeronave. — Ele deu de ombros. — É um preço pequeno.

— Você então sobrevoa, localiza os caçadores clandestinos e depois faz o quê? — questionou Jaeger.

— Se identificamos sinais de atividade, passamos um rádio às equipes de solo, que usam nossos veículos para tentar interceptar as gangues. O problema são os tempos de resposta, o pessoal, o nível de treinamento e as dimensões do território, sem falar na discrepância de armamentos. Em suma, quando enfim chegamos perto do local, as presas e os chifres, além dos caçadores, já desapareceram há muito tempo.

— Você deve ficar com medo — sondou Narov. — Por você e pelos animais. Com medo, mas ao mesmo tempo também com muita raiva.

Havia uma preocupação genuína em sua voz, além de certa admiração ardendo em seus olhos. Jaeger disse a si mesmo que não devia ficar surpreso. Narov e aquele guerreiro da natureza alemão tinham uma ligação óbvia: seu amor pelos animais. Aquilo os aproximava, e era uma proximidade da qual Jaeger se sentia estranhamente excluído.

— Às vezes, sim — respondeu Konig. — Mas fico mais furioso do que com medo. Esta fúria, direcionada ao tamanho da carnificina, me faz seguir em frente.

— No seu lugar, eu ficaria irada — disse Narov, lançando um olhar bem direto em sua direção. — Falk, eu gostaria de ver isso em primeira mão. Podemos voar com você amanhã? Fazer parte de uma patrulha?

Konig levou um bom segundo ou dois para responder.

— Bem, eu acho que não. Nunca levei convidados num voo. Sabe, eu voo muito baixo e rápido; é como uma montanha-russa, só que pior. Não acho que vocês vão gostar. E, além disso, há sempre o risco dos disparos.

— Mesmo assim, não voaria com a gente? — persistiu Narov.

— Não é mesmo uma boa ideia. Não posso levar qualquer um... E por causa do seguro, simplesmente não...

— Não somos qualquer um — interrompeu Narov —, como você deve ter percebido naquela caverna. Além disso, acho que podemos ajudar. Acredito de verdade que podemos ajudá-lo a colocar um fim na carnificina. Viole as regras, Falk. Só desta vez. Pelo bem dos seus animais.

— Andrea tem razão — acrescentou Jaeger. — Podíamos realmente ajudá-lo a lidar com essa ameaça.

— Ajudar como? — perguntou Konig. Estava claramente intrigado. — Como poderiam me ajudar a combater essa carnificina?

Jaeger concentrou seu olhar em Narov. Uma espécie de plano estava se formando em sua mente — um plano que ele achava que poderia funcionar.

Capítulo 46

Jaeger olhou para o alemão grandalhão. Estava em ótima forma; muito provavelmente teria dado um ótimo soldado de elite se sua vida tivesse seguido por outro caminho. Certamente demonstrara pouco medo no primeiro encontro com eles.

— Falk, vamos contar um segredo para você. Nós dois somos ex-militares. Dos serviços especiais. Alguns meses atrás, deixamos as forças armadas e nos casamos, e acho que a gente estava procurando algo: uma causa com a qual pudéssemos nos envolver que seja maior do que nós. Acho que talvez a tenhamos encontrado. Hoje, aqui com você em Katavi. Se pudermos ajudar a dar um fim à caça ilegal, isso significaria mais para nós do que um mês inteiro de safáris.

Konig desviou o olhar de Narov para Jaeger. Parecia ainda não ter certeza de que podia confiar neles.

— O que você tem a perder? — insistiu Narov. — Prometo a você que podemos ajudar. Simplesmente nos coloque no ar para que possamos ver como é o território. — Ela olhou para Jaeger. — Acredite em mim, meu marido e eu já lidamos com gente bem pior que caçadores ilegais.

Isso praticamente pôs um ponto final ao debate. Konig desenvolvera uma queda pela encantadora Narov; isso estava claro. Sem dúvida estivera tentado a driblar as regras e demonstrar sua habilidade no ar. Mas a chance de aprofundar sua missão, de salvar seus animais — aquele fora o verdadeiro gancho.

Ele se levantou para ir embora.

— Tudo bem, mas vocês devem vir de maneira independente. Não como hóspedes da pousada. Entendido?

— Mas é claro.

Apertou a mão dos dois.

— É uma coisa bem fora dos padrões, então mantenham sigilo. A gente se encontra às sete da manhã em ponto, na pista. Tomaremos café da manhã depois da decolagem... Isso é, se vocês ainda tiverem estômago para ele.

Foi então que Jaeger disparou uma pergunta final, como se fosse um pensamento de última hora.

— Falk, estou curioso: você já colocou os pés dentro daquela aeronave na caverna? Já viu o que tem lá dentro?

Apanhado com a guarda baixa, Konig não conseguiu disfarçar a evasiva em sua resposta.

— O avião de combate? Se já o vi por dentro? E por que deveria? Não tenho lá muito interesse, para ser sincero.

Dito isso, desejou uma boa noite aos dois e saiu.

— Está mentindo — disse Jaeger a Narov, assim que Konig se distanciou demais para ouvi-los. — Sobre nunca ter entrado no avião.

— Está mesmo — confirmou Narov. — Quando alguém diz "para ser sincero", pode ter certeza de que está mentindo.

Jaeger sorriu. Típico de Narov.

— A pergunta é: por quê? Em todas as outras frentes ele parece dizer a verdade. Então por que mentir quanto a isto?

— Acho que tem medo. Medo de Kammler. E se nossa experiência contar para alguma coisa, ele tem todas as razões para isso.

— Então vamos nos juntar à patrulha de caça — refletiu Jaeger. — Como isso pode nos ajudar a voltar para as profundezas da montanha? A entrar naquele avião?

— Se não podemos entrar lá, o melhor a fazer é falar com alguém que tenha entrado, e essa pessoa é Konig. Konig sabe de tudo que se passa aqui. Sabe que há coisas obscuras por trás da fachada lustrosa. Conhece todos os segredos. Mas tem medo de falar. Temos de fisgá-lo aos poucos.

— Pelo coração e pela mente? — perguntou Jaeger.

— Primeiro o coração, depois a mente. Precisamos levá-lo a um lugar onde se sinta seguro o bastante para falar. Na verdade, onde se sinta *obrigado* a falar. E, ajudando-o a salvar seus animais, podemos conseguir isso.

Juntos, os dois voltaram ao bangalô, passando por debaixo de uma mangueira gigante. Uma tropa de macacos guinchou para eles do alto dos galhos antes de arremessar alguns caroços de manga chupados.

Sujeitinhos atrevidos, pensou Jaeger.

Ao chegar ao local, ele e Narov haviam recebido um panfleto com algumas regras a serem respeitadas na presença de macacos. Caso confrontado por um, o contato visual deveria ser evitado. Eles veriam a atitude como um desafio, o que os deixaria com raiva. O certo seria se afastar em silêncio. E caso um macaco pegasse alguma comida ou bugiganga, o hóspede deveria ceder voluntariamente e relatar o roubo a um dos guardas.

Jaeger não concordava exatamente com o conselho. Em sua experiência, capitulação levava invariavelmente a agressões maiores. Chegaram ao bangalô e fizeram deslizar a pesada tela de madeira que servia de persiana para as enormes portas de vidro. Jaeger ficou imediatamente alerta. Poderia jurar que deixara a tela aberta.

Assim que entraram, ficou claro que alguém estivera no quarto. O mosquiteiro em torno da enorme cama fora puxado até embaixo. O ar estava frio; alguém ligara o ar-condicionado. E havia um bocado de pétalas de rosa espalhadas pelos travesseiros impecavelmente brancos.

Foi então que Jaeger se lembrou. Aquilo fazia parte do serviço de quarto. Enquanto jantavam, uma das camareiras havia entrado para dar aquele toque de lua-de-mel. Fora assim na primeira noite também.

Ele desligou o ar-condicionado. Nenhum dos dois gostava de dormir com o aparelho ligado.

— Pode ficar com a cama — gritou Narov para ele, seguindo para o banheiro. — Eu durmo no sofá.

Na noite anterior, Jaeger dormira no sofá. Sabia que era melhor não discutir. Ficou só de cueca e colocou um roupão. Assim que Narov terminou, Jaeger foi escovar os dentes.

Quando voltou para o quarto, encontrou Narov na cama, coberta pelo lençol fino. Dava para ver claramente os contornos de seu corpo sob a roupa de cama. Ela estava de olhos fechados, e ele presumiu que o álcool a tivesse feito dormir imediatamente.

— Achei que tivesse dito que *você* ficaria no sofá — resmungou Jaeger, preparando-se para se acomodar nele… de novo.

Capítulo 47

O único sinal que indicava a Jaeger que Narov estava de ressaca eram os óculos de sol. Àquela hora da manhã, o sol ainda estava para nascer sobre as planícies africanas. Ou talvez ela os estivesse usando para proteger os olhos da poeira que o helicóptero de aspecto antigo levantava.

Konig decidira pegar o helicóptero de fabricação russa MI-17 HIP da Reserva de Katavi em vez do avião bimotor Otter. Fizera isso por ter medo que seus passageiros ficassem enjoados; o helicóptero representava uma plataforma aérea mais estável. Além disso, tinha uma pequena surpresa guardada para eles — uma que só poderia ser feita de helicóptero.

Qualquer que fosse a surpresa, devia envolver certo grau de risco, pois ele havia devolvido a Jaeger e a Narov suas pistolas SIG Sauer P228.

— Estamos na África — explicou Konig quando entregou as armas. — Tudo pode acontecer. Mas estou driblando as regras, então tentem manter suas armas escondidas. E vou precisar delas de volta ao fim dos procedimentos de hoje.

O HIP era uma besta bulbosa, feia e cinzenta, mas Jaeger não estava muito preocupado. Já voara em inúmeras missões naquele tipo de aeronave e conhecia seu design simples e robusto, tipicamente russo.

O revestimento à prova de balas era confiável, e ele certamente merecia o apelido que lhe fora dado pelas forças da OTAN: "o ônibus dos ares". Embora em teoria as forças militares da Grã-Bretanha e dos Estados Unidos não utilizassem equipamentos da era soviética, na prática obviamente as usavam. Um HIP era ideal para voar em operações discretas, do tipo cuja existência se poderia negar mais tarde — daí a total familiaridade de Jaeger com a máquina.

Konig colocou as cinco pás do rotor do helicóptero para girar, formando um borrão. Era fundamental ganhar os céus o mais rápido possível. O HIP atingiria seu potencial máximo com o frescor do início da manhã. À medida que o calor aumentasse durante o dia, o ar se tornaria mais rarefeito, dificultando o voo.

Da cabine, Konig sinalizou com o polegar. Estavam prontos para partir. As rajadas quentes da fumaça da gasolina de aviação em combustão cobriram Jaeger quando ele e Narov se apressaram rumo à porta lateral aberta e pularam a bordo.

O cheiro forte dos gases do escapamento era intoxicante, carregado de lembranças de inúmeras missões anteriores. Jaeger sorriu para si mesmo. A poeira levantada pelas pás do rotor tinha aquele cheiro familiar africano: terra quente, castigada pelo sol; uma antiguidade além de qualquer escala; uma história que remetia a um longínquo passado pré-histórico.

A África era o cadinho da evolução, o berço no qual a humanidade evoluíra a partir de um predecessor primata original. À medida que o HIP rasgava os céus, Jaeger podia ver o terreno inspirador e atemporal passando por ele de todos os lados.

A bombordo, os contrafortes arqueados das montanhas Mbizi se erguiam como um bolo em camadas inclinado, num tom cinzento de sujeira sob a luz pré-alvorada. A uma boa distância a noroeste estavam as abas gêmeas do Pico dos Anjos em Chamas, onde o ponto levemente mais alto a leste marcava o local em que Jaeger e Narov haviam feito sua escalada e posterior descida.

E, em algum lugar longe da vista, bem nas profundezas daquela montanha, se escondia a forma imensa do hidroavião BV222. Do alto, Jaeger pôde entender como permanecera oculto na selva fechada e sem trilhas das montanhas Mbizi por sete longas décadas.

Virou para estibordo. Trechos de selvas típicas de montanha se estendiam a leste, desparecendo pouco a pouco até virarem um panorama enevoado e marrom, similar a uma savana e pontilhado de moitas de acácias de copas chatas. Cursos d'água secos se reviravam em curvas feito serpentes, estendendo-se até chegarem ao horizonte distante.

Konig baixou o nariz do helicóptero, e o veículo seguiu em frente com uma rapidez notável para uma máquina daquelas, de nariz achatado e corpo bojudo como o de um porco. Em poucos instantes, estavam livres da vastidão aberta da pista, voando velozmente sobre matagais densos e praticamente roçando as copas pelas quais passavam. A porta foi aberta, oferecendo a Jaeger e a Narov a melhor vista que poderiam desejar.

Antes da decolagem, Konig explicara o objetivo do dia: percorrer uma série de roteiros sobre a planície de inundação sazonal do Lago Rukwa, onde os grandes animais de caça se juntavam em torno dos poucos charcos maiores. Konig avisara que teria de manter a aeronave mais rasteira que a barriga de uma cobra, e que os três deveriam se preparar para uma ação evasiva caso se vissem sob ataque.

Jaeger levou a mão às costas para tatear o volume de sua P228. Ele a tirou da cintura, usando o polegar da mão direita para pressionar o mecanismo que liberava o pente. Era canhoto, mas ensinara a si mesmo a disparar com a direita, visto que muitas armas eram projetadas para atiradores destros.

Tirou o pente quase vazio — o mesmo com o qual enfrentara a matilha de hienas — e o enfiou no bolso lateral de suas calças de combate. Aquele compartimento grande e profundo era perfeito para armazenar munição usada. Jaeger colocou a mão dentro do bolso do casaco de lã e sacou um pente fresco, encaixando-o na arma. Era algo que fizera mil vezes antes, tanto em treinamentos quanto em operações, e agora o fazia sem precisar pensar.

Feito isso, conectou-se ao sistema de intercomunicação do helicóptero, que funcionava por meio de fones de ouvido que o ligavam diretamente à cabine. Podia ouvir Konig e seu copiloto, um sujeito da região chamado Urio, destacando os pontos de referência e os detalhes do voo.

— Curva súbita na estrada de terra — reportou Konig. — A bombordo da aeronave, quatrocentos metros.

Copiloto:

— Entendido. A cinquenta quilômetros de Rukwa.

Pausa. E então Konig mais uma vez.

— Velocidade de voo: 95 nós. Direção da viagem: 085 graus.

Copiloto:

— Entendido. Quinze minutos para ligar as câmeras.

Na velocidade em que estavam, a mais de 160 quilômetros por hora, chegariam à várzea de Rukwa em pouco tempo, momento em que acionariam as câmeras de filmagem.

Copiloto:

— Hora prevista de chegada charco Zulu Alfa Mike Bravo Eco Zulu Índia quinze minutos. Repetindo, charco Zambezi em quinze minutos. Procure a colina cabeça-de-cão, depois siga cem metros a leste...

Konig:

— Entendido.

Pela porta aberta, Jaeger podia ver uma ou outra acácia passando rapidamente. Sentia-se perto o bastante para quase conseguir esticar a mão e tocar a copa das árvores enquanto Konig costurava por entre elas, abraçando os contornos.

O alemão pilotava bem. Se fizesse o HIP descer mais um pouquinho, seus rotores fariam uma limpa nos galhos.

Prosseguiram a toda, o barulho impossibilitando qualquer tentativa de conversa. A algazarra que as turbinas velhas e o rotor do HIP faziam era ensurdecedora. Havia outras três figuras viajando na parte de trás junto a Jaeger e Narov. Dois eram guardas de caça, armados com fuzis AK-47; o terceiro era o chefe de carga da aeronave, responsável por todos os carregamentos ou passageiros.

O chefe de carga continuava a se mover de uma porta para outra, olhando para cima. Jaeger sabia o que ele estava fazendo: verificava se havia qualquer sinal de fumaça ou óleo saindo das turbinas, além de se os rotores não estavam prestes a se soltar ou estilhaçar. Jaeger se acomodou para aproveitar a viagem. Já voara em incontáveis HIPs.

Podiam parecer aos olhos e aos ouvidos como um saco de bosta, mas Jaeger nunca vira um deles cair.

Capítulo 48

Jaeger pegou um "saco-de-rango", como chamavam os militares — um saco de papel pardo cheio de comida. Havia uma pilha deles numa caixa térmica presa ao chão do HIP.

Em seu tempo servindo nas forças armadas britânicas, o melhor que se podia esperar de um saco-de-rango era um sanduíche ressecado de presunto e queijo, uma lata quente de refrigerante de cola Panda, um saquinho de quitutes de camarão e um Kit Kat. O conteúdo nunca parecia diferir, cortesia dos fornecedores da Royal Air Force.

Jaeger espiou o conteúdo desse: ovos cozidos embrulhados em papel-alumínio, ainda quentes ao toque. Panquecas frescas, fritadas ainda naquela manhã e cobertas com xarope de bordo. Salsichas e bacon grelhados entre fatias de torrada com manteiga. Dois croissants crocantes, mais um kit gelado com fatias de frutas frescas: abacaxi, melancia e manga.

Além disso, havia uma garrafa térmica com café fresco, outra com água quente para fazer chá, mais refrigerantes gelados. Devia ter adivinhado, levando em conta o cuidado com o qual os fornecedores da Pousada Katavi cuidavam de seus hóspedes e seu pessoal.

Empanturrou-se. Ao seu lado — com ressaca ou não —, Narov também se fartava.

O café da manhã estava comido e digerido quando eles encontraram os primeiros sinais de conflito. Aproximava-se o meio da manhã, e Konig já havia sobrevoado uma série de roteiros possíveis, sem nada encontrar.

Subitamente o alemão foi forçado a jogar o HIP numa série de manobras bruscas, o ruído das turbinas em fúria rebatendo no terreno com um eco ensurdecedor conforme o helicóptero baixava ainda mais e quase beijava o chão. O chefe de carga espiou pela porta e apontou um polegar para a traseira.

— Caçadores ilegais! — gritou.

Jaeger enfiou a cabeça na violenta corrente de ar, ainda a tempo de ver algumas figuras que pareciam palitos sendo engolidas pela poeira espessa. Vislumbrou o reluzir de uma arma erguida, mas, mesmo que o atirador pudesse dar alguns disparos, já seria tarde demais para atingir o alvo.

Essa era a razão para o voo em altitude ultrabaixa: quando os bandidos notassem o helicóptero, ele já teria passado ao largo.

— Câmeras rodando? — inquiriu Konig pelo intercomunicador.

— Rodando — confirmou o copiloto.

— Para informação de nossos passageiros — anunciou o alemão —, tratava-se de um bando de caçadores ilegais. Talvez cerca de doze homens. Armados com AK-47s e o que pareciam ser RPGs: granadas propelidas por foguete. Mais do que o suficiente para nos fazerem explodir no ar. Sim, espero que ainda tenham o café da manhã em seus estômagos!

Jaeger ficou surpreso com o nível do equipamento dos invasores. Fuzis AK-47 podiam causar sérios danos ao helicóptero. Já um disparo direto de um RPG os faria explodir em pleno voo.

— Estamos mapeando sua linha de marcha e parece que estão voltando de uma... matança. — Mesmo pelo intercomunicador, a tensão na voz de Konig era palpável. — Parecia que estavam carregando presas. Vocês podem ver nosso problema. Estamos em inferioridade numérica e de armas e, quando eles estão armados até os dentes assim, temos pouca chance de prendê-los ou de reaver o marfim. Sobrevoaremos a área mais provável, um charco, a qualquer segundo agora. Por isso, se segurem.

Momentos depois, o helicóptero desacelerou abruptamente quando Konig o lançou numa virada brusca, contornando o que devia ser o charco. Jaeger espiou pela escotilha de estibordo. Viu que estava olhando quase diretamente para o chão. A vários metros do reluzir lamacento da água, percebeu duas formas cinzentas indefinidas.

Os elefantes já não possuíam sua pose ou graça natural. Comparados aos animais magistrais que ele e Narov tinham encontrado nas profundezas da caverna na montanha dos Anjos em Chamas, estes haviam se transformado em montes imóveis de carne sem vida.

— Como podem ver, eles capturaram e amarraram um bebê elefante — anunciou Konig, sua voz tensa de emoção. — Usaram-no para atrair os pais. Tanto o pai quanto a mãe foram mortos a tiros e esquartejados. As presas se foram.

"Conheço muitos animais daqui pelo nome — continuou ele. — O grande macho é Kubwa-Kubwa; suaíli para "Grande Grande". A maioria dos elefantes não passa da idade dos setenta anos. Kubwa-Kubwa tinha 81. Era o ancião de sua manada e um dos mais velhos na reserva.

"O bebê está vivo, mas vai ficar muito traumatizado. Se conseguirmos chegar até ele e acalmá-lo, poderá viver. Se tivermos sorte, as outras matriarcas devem colocá-lo sob sua proteção."

Konig soava notavelmente calmo. Mas, como Jaeger sabia, lidar com tanta pressão e tanto trauma todo dia tinha seu preço.

— Ok, agora a surpresa de vocês. — Konig anunciou num tom entristecido. — Disseram que queriam ver, então vou levá-los ao solo. Uns poucos minutos no terreno para testemunharem o horror de perto. Os guardas vão escoltá-los.

Quase instantaneamente Jaeger sentiu o helicóptero começar a perder a pouca altitude que tinha. Ao baixar, com a traseira descendo numa clareira estreita, o chefe de carga pendurou-se para fora da porta, verificando se as pás do rotor e a cauda estavam afastadas das acácias.

Houve um sacolejo quando as rodas fizeram contato com a terra quente africana, e o chefe de carga fez sinal positivo com o polegar.

— Tudo certo! — gritou. — De-sem-bar-car!

Jaeger e Narov pularam pela porta. Com os corpos dobrados e as cabeças abaixadas, afastaram-se para um lado até ficarem longe das pás do rotor, que provocavam uma tempestade de poeira e vegetação arrancada. Apoiaram-se num joelho, pistola na mão, para o caso de ainda haver invasores na área. Os dois guardas da reserva correram e se juntaram a eles. Um ergueu o polegar para a cabine do helicóptero, Konig sinalizou de volta, e um instante depois o HIP ascendeu verticalmente e sumiu.

Os segundos foram passando.

O ritmo vibrante do rotor desvaneceu.

Pouco depois, não se ouvia mais o veículo.

Apressadamente, os guardas explicaram que Konig estava voltando a Katavi para buscar um arreio. Se pudessem acertar o bebê elefante com um dardo e colocá-lo para dormir, podiam prendê-lo sob o HIP e carregá-lo de volta à reserva. Lá eles cuidariam do animal o tempo que fosse preciso para fazê-lo superar o trauma e o devolveriam à manada.

Jaeger entendia a lógica daquilo, mas não caía de amores pela situação em que se encontravam: cercados por carcaças de elefantes recém-esquartejados, armados com somente uma pistola cada um. Os guardas da reserva pareciam calmos, mas ele não estava certo de quanta habilidade eles demonstrariam caso as coisas desandassem.

Jaeger ficou de pé e encarou Narov.

Ao caminharem para o cenário de carnificina indescritível, pôde ver a raiva ardendo nos olhos dela.

Capítulo 49

Com o máximo de cuidado possível, eles se aproximaram da forma trêmula e traumatizada do bebê elefante. Estava agora deitado de lado, aparentemente exausto demais até para ficar em pé. O solo revelava sinais de suas provações recentes: a corda que o prendia à árvore fizera um corte profundo em sua pata enquanto ele lutava para se libertar.

Narov se ajoelhou sobre o pobre coitado. Abaixando a cabeça, ela sussurrou palavras doces de apoio em seu ouvido. Os pequenos olhos, do tamanho dos de um ser humano, se reviravam de medo, mas depois de um tempo a voz de Narov pareceu acalmá-lo. Ela ficou ao lado do animal pelo que pareceu ser uma eternidade.

Por fim se virou. Havia lágrimas em seus olhos.

— Vamos atrás deles. Dos que fizeram isso.

Jaeger balançou a cabeça negativamente.

— Pense bem... Nós dois armados só com pistolas. Isso não é coragem: é estupidez.

Narov se levantou, voltando-se para Jaeger com um olhar atormentado.

— Então vou sozinha.

— Mas e quanto a... — Jaeger gesticulou para o bebê elefante. — Ele precisa de proteção. Precisa ser vigiado.

Narov apontou um dedo na direção dos guardas.

— E eles ali? Estão mais armados que nós. — Ela olhou para o oeste, na direção em que os caçadores haviam seguido. — A não ser que alguém vá atrás deles, isso vai continuar até que o último animal seja morto. — Sua expressão carregava uma fúria gélida e obstinada. — Temos de acertá-los com tudo, sem piedade, e com o mesmo tipo de ferocidade que eles usaram aqui.

— Irina, eu concordo. Mas vamos ao menos pensar na melhor maneira de fazer isso. Eles tinham AKs sobressalentes no HIP. Vamos no mínimo nos armar direito. Além disso, o helicóptero está cheio de provisões: água, comida. Sem isso, estamos acabados antes mesmo de começarmos.

Narov o encarou. Não disse nada, mas ele sabia que ela estava titubeando.

Jaeger checou seu relógio.

— É uma hora. Podemos partir por volta de uma e meia. Os caçadores terão uma vantagem de duas horas em relação a nós. Se formos rápidos, podemos chegar lá; podemos capturá-los.

Ela teve de aceitar que, neste caso, a voz da razão pertencia a Jaeger.

Ele, por sua vez, decidiu verificar os cadáveres. Não sabia bem o que esperava encontrar, mas foi até lá mesmo assim. Tentou agir de forma fria: inspecionar a cena do crime como um soldado. Mesmo assim, viu-se tomado pela emoção.

Aquela não foi uma matança precisa e profissional. Jaeger concluiu que os elefantes deviam ter atacado para proteger o filhote, e os caçadores provavelmente entraram em pânico. Dispararam indiscriminadamente contra os animais antes indomáveis, usando seus fuzis e metralhadoras para abatê-los.

Uma coisa era certa: os elefantes não tiveram uma morte rápida e indolor. Deviam ter sentido o perigo; possivelmente até sabido que estavam sendo atraídos para a morte. Mas seguiram em frente mesmo assim, para proteger a família, atacando em defesa da própria prole.

Com Luke desaparecido por três longos anos, Jaeger não pôde deixar de se identificar. Lutando contra emoções inesperadas, piscou para conter as lágrimas.

Jaeger se virou para ir embora, mas algo o fez parar. Achou que tivesse visto algum movimento. Verificou mais uma vez, temendo o que pudesse significar. Como desconfiara, um dos animais — inacreditavelmente — ainda estava respirando.

Essa percepção foi como um soco no estômago. Os caçadores tinham abatido o elefante, serrado suas presas e o deixado numa poça de seu próprio sangue. Crivado de balas, ele morria uma morte lenta e agonizante sob o sol escaldante da África.

Jaeger sentiu a raiva arder dentro de si. O animal que antes era imponente agora estava bem longe de qualquer esperança de salvação.

Embora nauseado, sabia o que tinha de fazer.

Jaeger se virou de lado e partiu na direção de um dos guardas, de quem tomou a AK-47 emprestada. Então, com as mãos tremendo de ira e emoção, apontou para a cabeça do magnífico animal. Por um breve instante, achou ter visto o elefante abrir os olhos.

Com lágrimas ofuscando-lhe a visão, Jaeger disparou, e o animal ferido deu seu último suspiro.

Em transe, Jaeger voltou à companhia de Narov. Ela ainda reconfortava o bebê elefante, embora Jaeger pudesse ver em seu olhar sofrido que ela sabia o que ele fora obrigado a fazer. Para os dois, aquilo agora era pessoal.

Agachou-se ao lado dela.

— Você está certa. Temos de ir atrás deles. Assim que pegarmos algumas provisões no HIP, vamos seguir naquela direção.

Minutos depois, o barulho das pás do rotor cortou o ar quente. Konig chegou antes do tempo estimado. Pousou o HIP na clareira, com o rotor levantando uma nuvem sufocante de poeira e detritos. As rodas bulbosas tocaram a terra, e Konig começou a diminuir a potência das turbinas. Jaeger estava prestes a correr até a aeronave para ajudar a descarregá-la quando seu coração acelerou.

Notou um lampejo de movimento lá longe no arbusto; o reflexo revelador da luz do sol batendo em metal. Viu uma figura se erguer do matagal, apoiando um lança-foguete no ombro. Estava a uns trezentos metros de distância, de forma que não havia muito o que Jaeger pudesse fazer com uma pistola.

— RPG! RPG! — gritou ele.

No instante seguinte, ouviu o barulho inconfundível do disparo do projétil perfurante. Em geral, RPGs são notoriamente imprecisas, a não ser quando disparadas a curta distância. Esta irrompeu do mato, zunindo na direção do HIP como um pino de boliche caído de lado, traçando um bafo de dragão ardente em seu rastro.

Por um segundo, Jaeger achou que a granada fosse errar o alvo, mas no último instante ela atravessou a traseira do helicóptero, um pouco antes do rotor da cauda. Seguiu-se o clarão ofuscante de uma explosão, o impacto fazendo o HIP girar a noventa graus.

Jaeger não hesitou. Colocou-se de pé e avançou correndo, gritando para que Narov e os guardas de caça formassem um cordão defensivo, colocando aço entre eles e os agressores. Já conseguia ouvir os estouros violentos dos disparos, e não duvidava que os caçadores estivessem se aproximando para matar.

Mesmo com chamas irrompendo da cauda destroçada do HIP, Jaeger pulou para dentro da cabine partida e retorcida. Uma fumaça densa e acre subia ao seu redor enquanto ele procurava por sobreviventes. Konig viajara com mais quatro guardas e Jaeger pôde ver imediatamente que três deles haviam sido atingidos por estilhaços e estavam mortos. Ele agarrou o quarto, que estava ferido, mas vivo, levantou sua forma ensanguentada e o carregou para fora da aeronave atacada, largando-o no matagal antes de voltar para procurar por Konig e seu copiloto.

O fogo agora se espalhava pelo helicóptero, e as chamas famintas se assomavam sobre tudo. Jaeger precisava se mover com velocidade, ou Konig e Urio seriam queimados vivos. Se tentasse enfrentar aquelas chamas desprotegido, porém, jamais sobreviveria.

Ele tirou a mochila, tateou dentro dela e sacou uma grande lata, onde se lia FOGOFRIO em seu exterior preto fosco. Apontando o bocal para si, borrifou-se da cabeça aos pés antes de correr de volta para o HIP, com a lata na mão. Fogofrio era um agente milagroso. Vira soldados besuntarem as mãos com a substância e em seguida passarem a chama de um maçarico sobre a pele sem sentir nada.

Respirando fundo, Jaeger mergulhou em meio à fumaça rumo ao coração das chamas. Por incrível que pareça, não sentiu qualquer sensação de queimadura, nem sequer calor. Abriu a lata e ativou o spray, fazendo a espuma cortar os vapores tóxicos e extinguir as chamas em questão de segundos.

Após abrir caminho até a cabine do piloto, ele desafivelou a figura inconsciente de Konig e o carregou para fora do HIP. Konig parecia ter batido a cabeça, mas, fora isso, estava relativamente ileso. Jaeger agora se via encharcado de suor e sufocava com a fumaça, mas voltou uma vez mais e abriu com força a outra porta da cabine do HIP.

Com um último surto de energia, agarrou o copiloto e começou a arrastá-lo para um lugar seguro.

Capítulo 50

Jaeger e Narov vinham avançando rapidamente havia três horas. Mantendo-se sob a cobertura de um uádi — um leito seco de rio —, haviam conseguido ultrapassar o bando de caçadores ilegais, sem qualquer indício de terem sido avistados.

Seguiram em frente até um bosque denso de acácias, a partir do qual poderiam enxergar os caçadores quando passassem. Precisavam avaliar a quantidade de caçadores, seus armamentos, pontos fortes e fracos, de modo a determinar a melhor maneira de atacá-los.

Ainda no helicóptero, os caçadores foram espantados pelo peso do fogo defensivo, e os feridos foram estabilizados. Haviam chamado um helicóptero para evacuação médica, o qual a Pousada Katavi estava providenciando. Planejavam carregar o bebê elefante ao mesmo tempo em que recolhessem os feridos.

Mas Jaeger e Narov partiram muito antes que tudo isso pudesse acontecer, seguindo com afinco a trilha dos caçadores.

Sob a cobertura do bosque de acácias, viram o bando se aproximar. Havia dez atiradores. O operador do RPG, que acertara o HIP, mais seu carregador, vinham atrás, aumentando o total para doze. Aos olhos treinados de Jaeger, pareciam muito bem paramentados. Longas bandoleiras de munição pendiam de seus torsos, e os bolsos estavam estufados de pentes, além de uma coleção de granadas para os lançadores.

Doze caçadores, com um verdadeiro arsenal. Aquele não era bem o tipo de disparidade nas chances de vitória que o agradava.

Enquanto observavam o bando passar, viram o marfim — quatro enormes presas ensanguentadas — ser passado entre eles. Os homens se revezavam, arrastando-se com uma presa nos ombros por um tempo antes de passá-la ao próximo.

Jaeger não duvidava da energia necessária para fazer aquilo. Ele e Narov tinham avançado com pouco peso, mas ainda assim ficaram empapados de suor. Sua camisa fina de algodão estava grudada às costas. Haviam pegado algumas garrafas d'água no HIP, que já estavam acabando. E estes caras, os caçadores, carregavam um peso muito maior.

Jaeger estimou que cada presa tinha uns bons quarenta quilos, portanto, tão pesadas quanto um adulto pequeno. Imaginou que logo diminuiriam o ritmo e montariam acampamento. Teriam de fazê-lo. Faltava pouco para a noite cair, e eles precisavam beber, comer e descansar.

E isso significava que o plano que se formava em sua mente podia muito bem ser colocado em prática.

Jaeger voltou à cobertura do uádi, sinalizando para que Narov fizesse o mesmo.

— Já viu o bastante? — sussurrou.

— O bastante para querer matar todos eles — resmungou ela.

— O mesmo que estou sentindo. O problema é que atacá-los numa batalha aberta seria suicídio.

— Você tem uma ideia melhor? — perguntou Narov, com a voz rouca.

— Talvez. — Jaeger vasculhou a mochila e sacou seu telefone por satélite Thuraya. — De acordo com o que Konig nos disse, o marfim do elefante é sólido, como um enorme dente. Mas, como todos os dentes, na raiz há um cone oco: a cavidade da polpa, que é preenchida por tecido mole, células e veias.

— Estou ouvindo — rosnou Narov. Jaeger via que ela ainda queria partir para cima e atacá-los naquele exato momento.

— Cedo ou tarde, o bando terá de parar. Quando montarem o acampamento para passar a noite, agimos. Mas não vamos atacá-los. Não nesse momento. — Ele ergueu o Thuraya. — Vamos colocar isso aqui bem fundo dentro da cavidade da polpa. Faremos Falkenhagen rastrear o sinal. Isso nos levará à base deles. Nesse meio-tempo, pediremos os equipamentos adequados. E então podemos partir para cima e atacá-los na hora e no lugar que quisermos.

— E como vamos chegar perto o suficiente? — perguntou Narov. — Para plantar o telefone?

— Não sei. Mas vamos fazer o que fazemos de melhor. Observamos; estudamos. Vamos encontrar um modo.

Os olhos de Narov brilharam.

— E se alguém ligar para o telefone?

— Vamos colocá-lo para vibrar. Em modo silencioso.

— E se vibrar muito e acabar caindo?

Jaeger soltou um suspiro.

— Agora você está dificultando as coisas.

— Dificultar as coisas é o que me mantém viva. — Narov remexeu dentro de sua mochila e sacou um pequeno dispositivo, não maior que uma moeda de uma libra esterlina. — Que tal isso? Um rastreador GPS. Um Retrievor movido a energia solar. Com precisão de até um metro e meio. Achei que precisaríamos de um desses para ficar de olho no pessoal de Kammler.

Jaeger estendeu a mão para pegá-lo. Enfiar aquilo bem no fundo da cavidade da polpa da presa certamente era possível, caso conseguissem chegar perto o bastante.

Narov se negou a passar o aparelho a Jaeger.

— Uma condição: serei eu a plantá-lo.

Jaeger a examinou por um segundo. Era pequena, ágil e esperta, disso sabia bem, e não tinha dúvida de que ela poderia se mover de maneira mais silenciosa que ele.

Jaeger sorriu.

— Vamos nessa.

Seguiram em frente por outras três extenuantes horas. Finalmente o bando decidiu parar. O enorme sol rubro africano mergulhava rapidamente na direção do horizonte. Jaeger e Narov se aproximaram, rastejando por uma ravina estreita que terminava num pedaço de lama escura e fedorenta, demarcando as margens de um charco.

Os caçadores estavam acampados na outra extremidade, o que fazia total sentido. Após a longa caminhada do dia, precisavam de água. O charco, porém, parecia um lamaçal podre. O calor se dissipara levemente, mas continuava opressivo, e todas as coisas que rastejavam, zumbiam ou picavam pareciam ser atraídas pelo lugar. Moscas grandes como camundongos, ratos grandes como gatos e mosquitos que atacavam furiosamente — o lugar estava infestado.

Mas o que mais incomodava Jaeger era a desidratação. Haviam acabado com o resto da água já fazia uma hora e ele tinha pouco ou nenhum fluido em seu corpo para transpirar. Sentia os primeiros sinais de uma dor de cabeça lancinante. Mesmo deitado totalmente imóvel, vigiando os caçadores, a sede era insuportável.

Os dois precisavam se reidratar, e logo.

A escuridão caiu sobre a paisagem. Um vento leve começou a soprar, levando embora o que ainda havia de suor na pele de Jaeger. Ele continuou deitado na terra, imóvel feito pedra e encarando fixamente a noite com Narov ao seu lado.

Lá no alto, o brilho sutil das estrelas tremulava através do dossel de acácias, e apenas uma insinuação da lua era visível. Um vaga-lume deslizava de um lado para o outro em meio à escuridão, sua luz fluorescente azul-esverdeada flutuando magicamente sobre a água.

A ausência de luz solar era bem-vinda. Numa missão como aquela, a escuridão era a maior amiga que se poderia ter.

E, quanto mais olhava, mais Jaeger percebia que a água, tão repulsiva quanto fosse, oferecia a rota ideal para invadirem o acampamento.

Capítulo 51

Nem Jaeger nem Narov tinham ideia da profundidade da água, mas ela os levaria bem ao coração do acampamento inimigo. Naquele lado do charco, a luminosidade da fogueira onde os caçadores ilegais preparavam a comida reluzia sobre sua superfície estagnada.

— Pronta para o trabalho? — sussurrou Jaeger, cutucando suavemente a bota de Narov com a dele.

Ela assentiu com a cabeça.

— Vamos em frente.

Passava da meia-noite, e o acampamento estava silencioso havia já umas três horas. No tempo que tinham passado observando o lugar, não tinham visto sinal de jacarés.

Chegava a hora.

Jaeger se virou e entrou na água, tateando com as botas em busca de algo sólido. Firmaram-se com os pés sobre os detritos espessos e lodosos que formavam o fundo do charco. A água chegava à sua cintura, mas pelo menos a margem o ocultava.

A cada lado, invisíveis, criaturas incógnitas deslizavam e chafurdavam. Como imaginado, não havia o menor sinal de movimento, corrente ou fluxo da água. Era estagnada, fétida e nauseante. Fedia a fezes, doença e morte.

Em resumo, era perfeita, porque os caçadores ilegais jamais pensariam em esperar um ataque vindo dali.

Durante seu serviço no SAS, Jaeger aprendera a gostar do que a maioria dos normais temia: habitar na noite, acolher a escuridão. Era o manto que o ocultava e a seus companheiros de guerra dos olhos hostis, como esperava que acontecesse naquele momento. Fora treinado para buscar os tipos de ambientes dos quais os seres humanos comuns tendiam a se afastar, como o deserto calcinado pelo sol, selvas remotas e hostis e pantanais fétidos. Nenhuma outra pessoa sã estaria lá, o que significava que um pequeno grupo de operadores de elite podia infiltrar-se e passar despercebido.

Nenhum caçador ilegal se juntaria a Jaeger e Narov naquele charco asqueroso e fedorento, o que o tornava, apesar das inúmeras adversidades, perfeito.

Jaeger ficou de joelhos, apenas os olhos e o nariz para fora d'água, sua mão agarrando a pistola. Assim, poderia manter-se escondido ao máximo enquanto rastejava silenciosamente para a frente. Certificou-se de que a P228 estivesse fora d'água. Embora a maioria das pistolas ainda funcionassem molhadas, era sempre melhor mantê-las secas, nem que fosse para evitar que a água suja prejudicasse a arma.

Olhou para Narov.

— Feliz?

Ela respondeu um sim com a cabeça, seus olhos cintilando perigosamente ao luar. As pontas dos dedos da mão esquerda de Jaeger agarravam a gosma lamacenta e escorregadia conforme seus pés o impeliam adiante. Debatia-se com uma massa de vegetação pútrida, sua mão afundando até o pulso a cada movimento.

Rezou para que não houvesse cobras ali e logo afastou o pensamento da cabeça.

Continuou seguindo em frente por três minutos, contando cada braçada de avanço e traduzindo isso num cálculo aproximado da distância percorrida. Ele e Narov estavam se movendo às cegas e precisavam ter uma ideia da localização do acampamento dos caçadores ilegais. Quando estimaram que tinham transposto cerca de 75 metros, ele fez um sinal de parada.

Aproximou-se da margem esquerda e ergueu a cabeça, espiando cautelosamente. Sentiu Narov bem do seu lado, a cabeça praticamente no ombro dele. Emergiram do charco, mãos coladas às pistolas. Cada um cobriu uma metade do terreno à sua frente enquanto sussurravam detalhes entre si, construindo um retrato do acampamento inimigo tão rapidamente quanto possível.

— Fogueira — Jaeger cochichou. — Dois caras sentados do lado. Sentinela.

— Direção da sentinela?

— Sudeste. Afastado do charco.

— Luzes?

— Não vejo nenhuma.

— Armas?

— AKs. Também vejo caras à esquerda e à direita da fogueira, dormindo. Conto... oito.

— Então são dez. Dois que não dá para ver.

Narov passou os olhos de um lado a outro, analisando a parte dela do terreno.

— Vejo as presas. Uma sentinela, de pé, tomando conta delas.

— Arma?

— Fuzil de assalto pendurado no ombro.

— Isso deixa um que não foi contado. Um desaparecido.

Ambos tinham noção de que o tempo estava passando, mas fazia sentido encontrar aquele caçador ilegal que faltava. Ficaram vigilantes por alguns minutos, mas ainda assim não conseguiram localizar o décimo homem.

— Algum sinal de medidas de segurança extras? Fios esticados no chão? Minas terrestres? Sensores?

Narov sacudiu a cabeça.

— Nada visível. Vamos seguir por trinta. Aí estaremos bem ao lado das presas.

Jaeger deslizou de novo para a lama e seguiu em frente. Ao fazê-lo, pôde ouvir os sons de criaturas misteriosas debatendo-se na escuridão. Seus olhos estavam no nível da água, e era possível sentir movimentos ameaçadores de todos os lados. Pior ainda: podia sentir coisas deslizando sobre seu corpo.

Debaixo da camisa, ao redor do pescoço e até no interior das coxas, podia detectar uma sensação levemente pinicante, como uma sanguessuga enfiando as presas na sua pele e sugando avidamente, enchendo a barriga de sangue.

Era nojento e repugnante. Mas não havia nada que pudesse fazer a respeito naquele momento.

Por algum motivo, provavelmente devido ao eletrizante surto de adrenalina, Jaeger também estava morrendo de vontade de urinar. Tinha de resistir ao ímpeto, contudo. A regra de ouro em terrenos aquosos como aquele era: nunca faça xixi. Se o fizer, arrisca abrir sua uretra e permitir que um pantanal de germes, bactérias e parasitas subam pelo fluxo urinário.

Havia até um peixe minúsculo, o candiru, ou "peixe-vampiro", que gostava de se inserir no canal urinário e abrir a parte posterior do corpo, suas nadadeiras tomando a forma de um guarda-chuva, de modo que era impossível removê-lo. Jaeger tinha arrepios só de pensar. De jeito nenhum iria fazer xixi ali. Seguraria até que a missão terminasse.

Finalmente eles pararam e fizeram uma segunda avaliação do terreno. À sua esquerda imediata, as quatro presas gigantescas reluziam misteriosamente ao luar, a talvez trinta metros de distância. A sentinela solitária estava de costas para elas, olhando para a mata, de onde se podia esperar qualquer ameaça óbvia.

Narov segurou o dispositivo de rastreamento.

— Vou nessa — sussurrou.

Por um momento Jaeger se sentiu tentado a discutir. Mas não era hora para aquilo. E era bem possível que ela fosse se sair melhor que ele naquele tipo de tarefa.

— Estou atrás de você, dando cobertura.

Narov hesitou por um instante antes de pegar um monte de lama da margem e passar por todo seu rosto e cabelo.

Virou-se para Jaeger.

— Que tal?

— Deslumbrante.

Com isso, ela deslizou margem acima como uma serpente fantasmagórica e sumiu.

Capítulo 52

Jaeger contou os segundos. Estimou que sete minutos haviam se passado, e até então nenhum sinal de Narov. Esperava que ela reaparecesse a qualquer momento. Mantinha os olhos grudados nas sentinelas ao lado da fogueira, mas não havia sinal algum de qualquer problema.

Mesmo assim, a tensão era insuportável.

De repente, ele detectou um borbulho estranho e abafado vindo da direção da pilha de marfim. Seus olhos giraram momentaneamente para checar o que era. O vigia solitário desaparecera de vista.

Ele percebeu as sentinelas junto à fogueira se retesarem. Seu coração batia feito uma metralhadora enquanto ele as mantinha sob a mira de sua SIG.

— Hussein? — gritou um deles. — Hussein!

Claramente também haviam ouvido o barulho. Não houve resposta do vigia solitário, e Jaeger podia muito bem imaginar por quê.

Uma das figuras junto à fogueira se levantou. Suas palavras, em suaíli, flutuaram até Jaeger.

— Vou dar uma olhada. Deve ter ido dar uma mijada. — O homem se embrenhou na mata, movendo-se na direção da pilha de marfim; na direção de Narov.

Jaeger estava prestes a levantar do ressalto e correr em seu auxílio, quando avistou algo. Uma figura rastejava em meio ao matagal na direção dele. Era mesmo Narov, mas havia alguma coisa estranha no modo como se movia.

Quando ela se aproximou, Jaeger viu o que era: Narov arrastava uma das presas às costas. Com aquilo fazendo peso, ela jamais con·

seguiria chegar a tempo. Jaeger deixou o esconderijo, saiu correndo agachado, agarrou a pesada presa e voltou cambaleando para o ponto de onde havia partido.

Ele se abaixou na água, deslizando a presa ao seu lado. Narov se juntou a ele. Jaeger mal podia acreditar que ninguém os tinha visto.

Sem trocar uma só palavra, os dois começaram a se afastar rapidamente. Nenhuma palavra precisava ser dita. Caso Narov não tivesse cumprido sua missão, ela o teria avisado. Mas por que diabos trouxera consigo uma das presas?

De repente, disparos irromperam pela noite. ZUM! ZUM! ZUM!

Jaeger e Narov congelaram. Três tiros de AK, disparados contra eles da direção da pilha de marfim. Sem dúvida o trabalho de Narov fora descoberto.

— Disparos de alerta — disse Jaeger. — Estão soando o alarme.

Seguiu-se uma série de urros irados à medida que as figuras despertavam por todo o acampamento. Jaeger e Narov afundaram ainda mais na água, apertando bem o rosto na lama. Tudo o que podiam fazer era ficar completamente imóveis e tentar descobrir o que estava acontecendo só de ouvido.

Vozes berravam e botas martelavam o terreno. Escutaram as armas sendo preparadas. Os caçadores gritavam e bradavam de maneira confusa. Jaeger sentiu uma figura aparecer à margem a apenas alguns metros de onde estavam escondidos.

Por um momento o atirador esquadrinhou o charco, e Jaeger sentiu seu olhar passar por eles. Ele se preparou para ouvir um grito de alerta; disparos; a picada de balas atravessando carne e osso.

Então uma voz — uma voz cheia de autoridade — berrou:

— Não tem ninguém nesse poço de merda, seu idiota! Comece a procurar, lá fora!

A figura se virou e correu na direção do mato aberto. Jaeger sentiu o foco da busca esmaecer à medida que os caçadores se espalhavam para fazer um pente-fino nos arredores. Afundar naquele pedaço de água fétida e cheia de doenças os havia salvado.

Afastaram-se dali, rastejando devagar, até finalmente chegarem ao ponto de onde haviam partido. Depois de confirmarem que não havia caçadores nos arredores, arrastaram-se até a terra seca, recolhendo as mochilas do local onde as haviam escondido.

Por um breve momento, Narov fez uma pausa. Tirou sua faca e começou a lavar a lâmina na água.

— Um deles teve que morrer. Peguei aquilo — ela apontou para a presa — como disfarce. Para fazer com que parecesse um roubo.

Jaeger assentiu.

— Bem pensado.

Podiam ouvir um grito aqui e outro lá, além de uma explosão ocasional de disparos ecoando pela escuridão. A busca parecia ter se direcionado a sudeste, para longe do charco. Os caçadores estavam claramente assustados, perseguindo fantasmas e sombras.

Jaeger e Narov deixaram a presa solitária escondida na parte rasa e partiram matagal adentro. Tinham uma longa caminhada pela frente, e a desidratação agora começava realmente a pesar. Mas havia uma prioridade ainda mais urgente que a água.

Quando estimou que já haviam ido longe o bastante para não serem mais encontrados, Jaeger ordenou uma parada.

— Preciso mijar. E também temos de ver se não há sanguessugas pelo corpo.

Narov concordou com a cabeça.

Aquele não era lugar para cerimônias. Jaeger deu as costas para ela e abaixou as calças. Como previra, sua virilha estava coberta por uma massa escura de corpos se retorcendo.

Ele sempre detestara as malditas sanguessugas. Gostava delas ainda menos que de morcegos, sendo, portanto, as primeiras em sua lista negra. Depois de uma hora se banqueteando com seu sangue, cada um dos corpos gordos e negros estava inchado, medindo muito mais que seu comprimento natural. Ele pegou uma a uma e as jogou fora, cada uma delas deixado uma corrente de sangue escorrendo por sua perna.

Depois da virilha, Jaeger tirou a camisa e repetiu o procedimento no pescoço e no torso. As sanguessugas injetavam um anticoagulante que fazia o sangue escorrer por um tempo. Quando finalmente terminou, seu corpo estava todo ensanguentado.

Narov deu as costas para ele e também tirou as calças.

— Precisa de uma mãozinha? — brincou Jaeger.

Ela bufou.

— Vá sonhando. Estou cercada por sanguessugas, incluindo você.

Ele deu de ombros.

— Tudo bem. Pode continuar sangrando.

Terminada a extração das sanguessugas, os dois dedicaram um momento para limpar suas armas. Aquilo era fundamental, pois a lama e a umidade teriam entrado na parte mecânica. Feito isso, partiram na direção leste, movendo-se a um ritmo acelerado.

Não tinham mais água nem alimentos, mas os encontrariam em abundância nos destroços do helicóptero.

Isto é, se conseguissem chegar até ele.

Capítulo 53

Jaeger e Narov alternaram entre si o cantil de bolso, um bônus entre as descobertas nos destroços do HIP. Embora Narov raramente bebesse, ambos estavam exaustos e precisavam do uísque para levantar o moral.

Tinham chegado já perto de meia-noite, encontrando o local completamente deserto. Nem mesmo o bebê elefante estava lá, o que era uma boa notícia. Esperavam que tivessem conseguido salvar ao menos um animal. Tiraram toda água, refrigerantes e alimentos do HIP, saciando tanto a sede quanto a fome.

Feito isso, Jaeger fez algumas ligações com seu Thuraya. A primeira foi para Katavi, e ele ficou exultante em falar com Konig. O chefe dos ambientalistas era duro na queda, disso não restava dúvida. Recobrara a consciência e estava de volta à ativa.

Jaeger explicou o que ele e Narov planejavam fazer. Pediu que alguém voasse até lá para buscá-los, e Konig prometeu alçar voo à primeira luz da manhã. Jaeger também o alertara para a entrega de uma carga no próximo voo que aterrissasse, e pediu para que não abrisse os caixotes quando chegassem.

A segunda ligação foi para Raff, em Falkenhagen, dando-lhe uma lista de compras de equipamentos e armas. Raff prometeu enviar tudo para Katavi dentro de 24 horas, cortesia de uma mala diplomática britânica. Por fim, Jaeger informou Raff sobre o dispositivo de rastreamento no qual teriam de ficar de olho. Jaeger e Narov precisavam ser informados no momento em que ele parasse de se mover, pois isso significaria que os caçadores ilegais haviam chegado à base de operações.

Encerradas as ligações, os dois se sentaram apoiados numa acácia e abriram o cantil. Por uma boa hora ficaram ali sentados, dividindo a bebida e fazendo planos. Já passava muito da meia-noite quando Jaeger percebeu que o cantil estava quase vazio.

Ele o sacudiu e o que restava do uísque balançou ali dentro.

— Últimos goles, minha camarada russa? Me diga, sobre o que vamos falar agora?

— Por que a necessidade de falar? Ouça o mato. É como uma sinfonia. E há também a magia do céu.

Ela se refestelou e Jaeger fez o mesmo. O *prip-prip-prip* rítmico dos insetos noturnos marcava um ritmo hipnótico, e a vastidão impressionante dos céus lá no alto se alargava e os cobria como um manto de seda.

— Ainda assim, essa é uma rara oportunidade — arriscou-se a dizer. — Só nós dois, sem mais ninguém ao redor por quilômetros.

— E sobre o que você quer falar? — murmurou Narov.

— Sabe de uma coisa? Acho que deveríamos falar de você. — Jaeger tinha milhares de perguntas para fazer a Narov, e aquele parecia um bom momento para isso.

Narov deu de ombros.

— Não é um assunto tão interessante. O que há para se dizer?

— Pode começar me contando como conheceu meu avô. Quero dizer, se ele era como um avô para você, o que isso faz de nós: irmãos separados no nascimento ou algo assim?

Narov gargalhou.

— Pouco provável. É uma longa história. Vou tentar ser breve. — O rosto dela ficou sério. — No verão de 1944, Sonia Olschanévski, uma jovem russa, foi presa na França. Ela vinha lutando com os guerrilheiros da resistência e servindo como elo por rádio com Londres para eles.

"Os alemães a levaram a um campo de concentração, um que você já conhece: Natzweiler. Esse era o campo para os prisioneiros *Nacht und Nebel*, os que Hitler afirmava que tinham de desaparecer com a noite e a névoa. Se os alemães tivessem descoberto que Sonia Olschanévski era uma agente da SOE, sigla para Executiva de Operações Especiais, eles a teriam torturado e executado, como faziam com todos os agentes capturados. Felizmente, isso não aconteceu.

"Colocaram-na para trabalhar no campo de concentração. Trabalho escravo. Um oficial do alto escalão da SS estava de visita. Sonia era uma bela mulher. Ele a escolheu para compartilhar sua cama. — Narov fez uma pausa. — Com o tempo, ela encontrou um modo de escapar. Conseguiu arrancar algumas tábuas de um chiqueiro e construiu uma escada de fuga.

"Usando esta escada, ela e outros dois fugitivos escalaram a cerca elétrica. Sonia conseguiu chegar às linhas americanas. Lá, conheceu uma dupla de oficiais britânicos incorporados às forças americanas, também agentes da SOE. Ela contou a eles sobre Natzweiler e, quando as Forças Aliadas conseguiram invadir, levou-os ao campo.

"Natzweiler foi o primeiro campo de concentração encontrado pelos Aliados. Ninguém jamais imaginara que tais horrores pudessem existir. O efeito de libertá-lo foi incalculável para aqueles dois oficiais britânicos. — O rosto de Narov ganhou tons sombrios. — Mas, àquela altura, Sonia estava grávida de quatro meses. Carregava no ventre o filho do oficial da SS que a estuprara."

Narov fez uma pausa. Seus olhos esquadrinhavam o céu lá no alto.

— Sonia era minha avó. Seu avô, o vovô Ted, era um daqueles dois oficiais. Ele ficou tão afetado com o que testemunhara, além de com a coragem de Sonia, que se ofereceu para ser padrinho da criança que ainda nem tinha nascido. Aquela criança era minha mãe. E foi assim que conheci seu avô.

"Sou a neta de um estupro nazista — anunciou Narov, em voz baixa. — Então você pode entender por que isso é pessoal para mim. Seu avô viu algo em mim desde pequena. Ele me refinou, me treinou, para que eu pudesse tomar seu lugar. — Virou-se para Jaeger. — Treinou-me para ser a principal agente dos Caçadores Secretos.

Permaneceram ambos sentados em silêncio pelo que pareceu uma eternidade. Até que ponto Narov teria conhecido o vovô Ted? Será que o teria visitado na casa da família Jaeger? Teria treinado com ele? E por que isto teria sido mantido em segredo, à parte do resto da família, dele inclusive?

Jaeger era muito chegado ao avô. Ele o admirava, e seu exemplo o inspirara a entrar nas forças armadas. Sentia-se magoado, de certa forma, por nunca ter sabido de absolutamente nada.

Enfim o frio acabou levando a melhor sobre eles. Narov se aproximou de Jaeger.

— É só por questão de pura sobrevivência — murmurou.

Jaeger concordou com a cabeça.

— Somos adultos. Qual é o pior que pode acontecer?

Ele estava quase sendo vencido pelo sono quando sentiu a cabeça dela cair em seu ombro, e os braços dela se enrolarem em seu torso conforme ela se aconchegava, bem colada a ele.

— Ainda estou com frio — murmurou Narov, sonolenta.

Ele conseguia sentir o uísque no hálito dela. Mas também havia o cheiro quente, suado e picante do seu corpo, tão próximo ao dele, e Jaeger sentiu a cabeça girar.

— Estamos na África. Não faz esse frio todo — balbuciou, passando um braço em volta do corpo dela. — Está melhor agora?

— Um pouco. — Narov se agarrou a ele. — Mas, lembre-se: sou feita de gelo.

Jaeger abafou uma risada. Era grande a tentação de ir em frente; de seguir o fluxo tranquilo, íntimo e intoxicante.

Uma parte dele se sentia tensa e agitada: tinha Ruth e Luke para resgatar. Mas outra parte, a parte levemente embriagada, lembrou-se por um momento de como era receber a carícia de uma mulher. E, bem lá no fundo, havia a vontade de retribuir.

Afinal, aquela a quem abraçava agora não era qualquer mulher. Narov tinha uma beleza notável. E, sob a luz da lua, estava completamente deslumbrante.

— Sabe, Sr. Bert Groves, quando você encena algo por muito tempo, às vezes começa a acreditar que é real — murmurou ela. — Especialmente depois de passar tanto tempo vivendo perto do que você tanto quer, mas sabe que não pode ter.

— Não podemos fazer isso — Jaeger se forçou a dizer. — Ruth e Luke estão por aí em algum lugar debaixo daquela montanha. Estão vivos, tenho certeza. Não deve faltar muito tempo agora.

Narov resfolegou.

— Então é melhor morrer de frio? *Schwachkopf*.

Mas, apesar do xingamento que era sua marca registrada, ela não se afastou, e ele tampouco o fez.

Capítulo 54

As últimas 24 horas haviam sido um furacão absoluto. O kit que tinham encomendado de Raff chegara como requisitado e agora estava enfiado no fundo das mochilas que carregavam.

A única coisa que haviam se esquecido de pedir foram duas balaclavas pretas para esconder o rosto. Tiveram de improvisar. Por causa da história da lua-de-mel, Narov levara consigo algumas meias-calças pretas. Colocadas sobre a cabeça, com furos nos lugares dos olhos, serviriam bem para seus propósitos.

Assim que Raff avisou a eles que o rastreador parara de se mover, Jaeger e Narov souberam que tinham seu alvo. De bônus, a construção para onde as presas haviam sido levadas era conhecida por Konig. Era ali que o negociante libanês supostamente mantinha sua base, completa com um contingente de guarda-costas selecionados a dedo.

Konig explicara como o negociante era o primeiro elo numa corrente global de tráfico. Os caçadores ilegais vendiam-lhe as presas e, quando o negócio era fechado, os produtos eram traficados para outros lugares, numa viagem que invariavelmente terminava na Ásia, o maior mercado para aquele tipo de mercadoria ilegal.

Jaeger e Narov tinham saído de Katavi usando seu próprio transporte, um Land Rover Defender branco que haviam alugado no país sob nomes falsos. Tinha o nome da locadora — Safáris África Selvagem — estampado nas portas, ao contrário dos Toyotas da Pousada Katavi, que carregavam a logomarca distinta da reserva.

Precisavam de alguém de confiança para permanecer no veículo enquanto seguiam a pé. Só havia uma pessoa que fazia sentido empregar para isso: Konig. Uma vez por dentro do plano e assegurado de que a ação prestes a acontecer não teria como ser ligada à pousada, ele mergulhou de cabeça na tarefa.

Quando a noite caiu, eles o deixaram com o Land Rover bem escondido num uádi e se misturaram à luminosidade fraca e fantasmagórica, navegando por GPS e bússola pela savana seca e pelo matagal. Estavam equipados com rádios SELEX, além de fones. Com alcance de quase cinco quilômetros, os rádios SELEX lhes permitiriam manter contato com Konig e entre si.

Não tiveram oportunidade de testar as armas principais que levavam consigo, mas as miras foram calibradas para 250 metros, o que já era bom o bastante para aquela noite.

Jaeger e Narov pararam a trezentos metros do prédio apontado pelo rastreador. Passaram vinte minutos deitados de bruços sobre um monte mais elevado, observando em silêncio o lugar. Sob a barriga de Jaeger, o solo ainda retinha o calor do dia.

O sol já se pusera havia um tempo, mas as janelas do prédio diante deles estavam iluminadas feito uma árvore de Natal. Que bela segurança. Os caçadores ilegais e traficantes claramente não acreditavam que houvesse qualquer tipo de perigo real e imediato ou qualquer ameaça por ali; julgavam-se acima da lei. Esta noite descobririam que não era bem assim.

Naquela missão, Jaeger e Narov trabalhavam em total clandestinidade; tinham sua própria lei.

Jaeger esquadrinhou o prédio, contando seis guardas visíveis armados com fuzis. Estavam nos arredores da porta da frente, amontoados em volta de uma mesa de carteado, com suas armas apoiadas na parede ou jogadas casualmente nas costas, presas pelas bandoleiras.

Seus rostos eram iluminados pelo brilho quente de um lampião. *Luz mais do que suficiente para matar.*

Num dos cantos do telhado plano do prédio, Jaeger avistou o que pensava ser uma metralhadora de assalto, coberta com lençóis para escondê-la de observadores curiosos. Se tudo corresse conforme o plano, o inimigo já estaria frio e duro antes de conseguir chegar perto daquela arma.

Pegou seus binóculos térmicos e fez uma rápida inspeção no prédio, anotando mentalmente onde havia pessoas. Apareciam como manchas de um amarelo forte, o calor emitido por seus corpos fazendo cada uma parecer uma criatura em chamas no visor escuro.

Uma música lhe chegava aos ouvidos.

Havia um rádio enorme sobre a lateral da mesa de carteado, tocando uma espécie de pop árabe distorcido e lamuriento que o fez lembrar que a maioria ali seria formada pelos homens do negociante libanês.

— Contei doze — sussurrou Jaeger ao microfone. Estava em função de microfone aberto, de forma que não era preciso se contorcer para apertar um botão qualquer.

— Doze humanos — confirmou Narov. — E mais seis cabras, algumas galinhas e dois cães.

Bem notado. Precisaria ter cuidado: aqueles animais podiam ser domesticados, mas ainda assim sentiriam uma presença humana diferente e poderiam soar o alarme.

— Consegue dar conta dos seis na frente? — perguntou ele.

— Consigo.

— Certo. Assim que eu estiver na posição, acerte-os ao meu sinal. Me chame no rádio quando estiver pronta para me seguir lá para dentro.

— Entendido.

Jaeger remexeu em sua mochila e retirou uma pasta preta e fina. Ele a abriu, revelando as partes constituintes de um fuzil de precisão compacto VSS Vontorez "Thread Cutter". Narov já começara a montar sua própria arma, idêntica à dele.

Haviam escolhido o VSS, de fabricação russa, por sua extrema leveza, permitindo que se movessem com rapidez e em silêncio. Seu alcance preciso era de quinhentos metros, portanto, menos que o de muitos fuzis de precisão, mas seu peso era de apenas 2,6 quilos. E ele também disparava com um pente de vinte balas, enquanto a maioria dos fuzis do tipo funcionava por ação de ferrolho, onde cada projétil tinha de ser carregado separadamente.

Com o Thread Cutter, era possível acertar repetidos alvos numa rápida sucessão.

Tão importante quanto isso era saber que o fuzil fora projetado especificamente para uso com silenciador; não podia ser disparado sem ele. Como a P228, disparava projéteis subsônicos de 9 mm. Não fazia sentido usar um fuzil de precisão silenciado se cada disparo fizesse um ruído ensurdecedor quando o projétil rompesse a barreira do som.

As pontas dos cartuchos eram de tungstênio, o que permitia que perfurassem blindagens leves ou até paredes. Devido à baixa velocidade de saída, perdiam energia mais lentamente, daí o notável alcance e potência da arma para seu peso e tamanho.

Jaeger se separou de Narov e contornou o local a leste, agachado, movendo-se rapidamente. Certificou-se de estar contra o vento em relação ao prédio, de modo que os animais não detectassem seu cheiro e se assustassem. Manteve uma boa distância de qualquer possível luz de segurança, que seria ativada por movimento, e continuou progredindo abaixado e sob cobertura.

Jaeger parou a 55 metros do prédio. Estudou o alvo com o visor térmico, fazendo uma anotação mental de onde aqueles que estavam lá dentro se encontravam agora. Feito isso, colocou-se de bruços no chão de terra, com a coronha tubular do VSS acomodada sobre a depressão em seu ombro e o cano grosso e silenciado apoiado no cotovelo.

Não eram muitas as armas que conseguiam competir com o VSS quando o assunto era matar discretamente à noite. No entanto, a qualidade de um fuzil estava sempre ligada à de seu atirador. Havia poucos melhores que Jaeger, especialmente quando estava numa missão secreta e caçando no escuro.

E naquela noite ele teria trabalho.

Capítulo 55

Uma brisa leve, vinda do oeste, soprava das montanhas Mbizi.

O visor da arma permitia a Jaeger compensar o peso da bala e a velocidade do vento. Calculou que a brisa estivesse em torno dos cinco nós e ajustou a mira para acertar uma marca à esquerda do alvo.

No alto da cumeeira, Narov teria feito sua mira duas marcas à esquerda e um toque mais alto para levar em conta o fato de que a arma estava sendo usada no limite do seu alcance.

Jaeger prendeu a respiração e buscou o foco de calma absoluta necessário a um franco-atirador. Não tinha ilusões quanto aos desafios à sua frente. Ele e Narov teriam de atingir múltiplos alvos em rápida sucessão. Um homem ferido poderia estragar o elemento surpresa.

Além do mais, havia um homem — o chefão libanês — que Jaeger queria capturar vivo.

O VSS não gerava um lampejo visível na ponta do cano, de forma que os tiros sairiam cortando a escuridão e dando pouca chance ao inimigo de revidar. Mas bastava um grito de alarme para que a investida fosse arruinada.

— Ok, estou observando o prédio — sussurrou Jaeger. — Conto sete sentados do lado de fora agora; seis do lado de dentro. O que soma treze. Treze alvos.

— Entendido. Eu fico com os sete.

A resposta de Narov tinha o tom calmo e frio como gelo de uma profissional perfeita. Se havia um atirador no mundo que Jaeger levava em mais alta conta do que a si mesmo era provavelmente Narov. Na Amazônia, a arma que ela escolhera fora um fuzil de precisão, e a russa deixara Jaeger em pouca dúvida quanto ao porquê.

— Alvos de fora sentados em torno de uma mesa, cabeça e ombros em grande parte visíveis — sussurrou Jaeger. — Vai precisar mirar na cabeça. Tudo bem por você?

— Morto é sempre morto.

— Se não notou, os de fora estão fumando — acrescentou Jaeger.

As pontas dos cigarros se iluminavam como alfinetes flamejantes toda vez que um deles tragava. Jogava seus rostos na luz, tornando-os alvos mais fáceis.

— Alguém devia alertá-los: fumar mata — murmurou Narov.

Jaeger passou os últimos poucos segundos ensaiando os gestos que faria para atingir os que estavam dentro do prédio. Daquele ponto, ele calculou que três dos seis podiam ser acertados por tiros através das paredes.

Estudou aquelas três figuras: presumiu que estivessem vendo TV. Podia divisar seus contornos descansando sobre uma espécie de sofá, dispostos diante do retângulo luminoso do que devia ser uma TV de tela plana.

Ficou imaginando o que podia estar passando: um jogo de futebol, um filme de guerra?

Fosse o que fosse, para eles o show estava prestes a terminar.

Decidiu-se por tiros na cabeça. Tiros no corpo eram mais fáceis — havia um alvo maior para mirar —, mas potencialmente não tão letais. Jaeger tinha os princípios do franco-atirador gravados no seu cérebro. A coisa crucial era que cada tiro tinha de ser desferido e repetido sem nenhuma mudança da mira.

Ele costumava dizer a mesma coisa a Luke de brincadeira quando se tratava de fazer xixi na privada.

Jaeger inspirou profundamente e exalou o ar em uma expiração longa e cadenciada.

— Vamos nessa.

Houve um ligeiro *fuzzt!* Sem parar, ele moveu a arma uma fração para a direita, atirou de novo e desferiu um terceiro tiro.

A ação toda não durou nem dois segundos.

Viu cada uma das figuras contrair-se e balançar ao ser atingida, em seguida desabando numa pilha disforme. Por um segundo ou dois, não tirou o olho do visor da arma. Ficou apenas observando silenciosamente, como um gato avaliando sua presa.

Houve um quase inaudível *tzzs* quando a última bala furou a parede. As faíscas dos cartuchos com ponta de tungstênio tinham acendido uma chama branca ardente no centro da mira de Jaeger. Calculou que houvesse algum metal — talvez encanamento ou cabo elétrico — correndo pelas paredes.

Os segundos passaram sem nenhum movimento daqueles que havia atingido ou sinal de que os tiros tivessem sido ouvidos. A música árabe jorrando da caixa de som provavelmente abafara qualquer ruído.

A voz de Narov rompeu o silêncio.

— Sete abatidos. Descendo da cumeeira até a frente do edifício.

— Entendido. Andando agora.

Num movimento suave, Jaeger se pôs de pé, sua arma no ombro, e começou a correr pelo terreno escuro. Fizera isso incontáveis vezes antes, deslocando-se rápida e silenciosamente numa missão de busca e destruição. De muitas formas, era ali onde se sentia mais à vontade.

Sozinho.

No escuro.

Caçando sua presa.

Ele contornou a frente do edifício e saltou por cima do trabalho de Narov, chutando para o lado uma cadeira que barrava seu acesso à entrada. A caixa de som ainda ribombava, mas nenhum dos sete guardas estava em condições de ouvir qualquer coisa.

Enquanto Jaeger se apressava em direção ao interior, a porta girou para dentro e uma figura foi emoldurada na luz que invadia o lado de fora. Alguém havia aparentemente ouvido algo suspeito e viera investigar. Era um sujeito moreno, forte e atarracado. Segurava uma AK-47 à sua frente, mas de um modo um tanto relaxado.

Jaeger atirou, ainda correndo. *Fuzzt! Fuzzt! Fuzzt!* Três disparos de 9 mm deixaram o cano do Thread Cutter em rápida sucessão, atingindo a figura no peito.

Ele pulou sobre a forma caída, sussurrando as novas para Narov.

— Estou dentro!

Duas vozes faziam contagens simultâneas na mente de Jaeger. Uma chegara a seis: ele tinha seis balas a menos em um pente de vinte. Era crucial manter uma contagem; caso contrário, o pente se esgotaria e ele ouviria o fatal "clique do morto" — quando você puxava o gatilho e nada acontecia.

A outra fazia a contagem dos corpos: *onze abatidos.*

Pisou no corredor mal-iluminado. Paredes brancas amareladas, manchadas aqui e ali por sujeira e marcas indistintas de desgaste. Na sua imaginação, Jaeger podia ver pesadas presas de elefantes sendo arrastadas por esse corredor, sangue coagulado raspando nas paredes. Centenas e centenas delas, como uma esteira transportadora de morte e assassinato.

Os fantasmas de inúmeras chacinas sangrentas pareciam assombrar as próprias sombras daquele lugar.

Jaeger diminuiu o passo, deslocando-se na ponta dos pés com a leveza de um bailarino, mas sem nenhuma de suas intenções benignas. Por uma porta entreaberta à sua direita, ouviu o bater da porta de uma geladeira. O tinir de garrafas.

Uma voz chamou no que devia ser árabe libanês. A única palavra que Jaeger reconheceu foi o nome: Georges.

Konig informara a ele o nome do traficante de marfim libanês. Era Georges Hanna. Jaeger presumiu que um dos homens tivesse ido pegar uma garrafa de cerveja gelada para o chefão.

Uma figura atravessou a porta com garrafas de cerveja nas mãos. Ele mal teve tempo de registrar a presença de Jaeger ou mostrar surpresa e terror em seus olhos antes que a VSS disparasse de novo.

Dois tiros o acertaram no ombro esquerdo, pouco acima do coração, fazendo-o girar e tombar contra a parede. As garrafas caíram e quebraram com um ruído que ecoou pelo corredor.

Uma voz gritou de um quarto no andar de cima. As palavras soavam como zombaria. Foram seguidas por uma risada. Ainda não havia nenhum sinal de qualquer alarme evidente. O sujeito devia ter pensado que o cara estava bêbado e deixara as garrafas cair.

Uma mancha vermelha escorreu pela parede, traçando a trajetória do morto até o chão. Ele caíra lentamente, dobrando-se sobre si mesmo com um ruído oco e úmido.

Doze, a voz na cabeça de Jaeger registrou. Por seus cálculos, agora só restaria um — o chefão libanês. Konig mostrara a eles uma foto do sujeito, e ela estava gravada na cabeça de Jaeger.

— Seguindo para tomar Beirute — sussurrou.

Mantinham a linguagem do ataque simples e direta. Sua única palavra-código era para o seu alvo, e tinham escolhido o nome da capital libanesa.

— Trinta segundos — respondeu Narov, respirando com dificuldade ao correr para a entrada.

Por um instante, Jaeger se sentiu tentado a esperar por ela. Dois cérebros, ou dois canos de arma, eram sempre melhores que um. Mas cada segundo era precioso agora. Seu objetivo era exterminar esta gangue e acabar com sua operação.

O objetivo-chave agora era cortar a cabeça da serpente.

Capítulo 56

Jaeger parou por um segundo, tirando o pente parcialmente usado do fuzil e colocando outro novo em seu lugar — só para garantir.

À medida que avançava, ouvia o som abafado de uma televisão a todo volume vindo de sua frente e à direita. Conseguiu captar uma ou outra palavra de comentário em inglês. Futebol. Um jogo da Premier League. Tinha de ser. Naquele quarto estariam os três em quem ele atirou através da parede. Fez uma anotação mental para dizer a Narov que verificasse se estavam todos mortos.

Ele se esgueirou em direção à porta entreaberta à sua frente, parando a um passo dela. Vozes baixas vinham lá de dentro. Uma conversa. Soava como uma negociação, em inglês. Havia mais gente ali que apenas o chefão libanês, sem dúvida. Ele levantou a perna direita e escancarou a porta com um chute.

Na intensidade do combate, repleta de adrenalina e agitação, o tempo pareceu se arrastar a um ritmo pré-histórico, no qual um segundo podia durar toda uma vida.

Os olhos de Jaeger varreram o quarto, registrando os aspectos principais num microssegundo.

Quatro figuras, duas sentadas diante de uma mesa.

Um, na extremidade direita, era o negociante libanês. De seu pulso pendia um Rolex de ouro. Sua barriga inchada esbanjava uma vida de excessos. Usava um uniforme cáqui de safári, de grife, ainda que Jaeger duvidasse que ele já tivesse visto alguma ação ao vivo.

À sua frente havia um sujeito negro com uma camisa social de aparência barata, calças cinza e sapatos sociais pretos. Jaeger concluiu que ele devia ser o cérebro por trás da operação de caça ilegal.

Mas, parados de pé em frente à janela e encarando Jaeger estavam as principais ameaças: dois indivíduos fortemente armados e mal-encarados. Caçadores calejados — matadores de elefantes e rinocerontes —, com certeza.

Um tinha um cinto de munição de metralhadora pendurado sobre o torso, *à la* Rambo. Nas mãos, embalava a distinta forma de uma PKM — a equivalente russa à metralhadora de uso geral britânica. Perfeita para caçar elefantes nas vastas planícies, mas não uma grande escolha para combate a curta distância.

O outro segurava uma RPG-7, o típico lança-foguete russo. Ótimo para explodir veículos ou abater um helicóptero no ar. Não muito boa para deter Will Jaeger no confinamento de um cômodo apertado.

Parte do motivo para a falta de espaço ali era o marfim empilhado num canto. Dúzias de presas enormes, cada uma terminando numa roseta denteada e ensanguentada no ponto onde os caçadores as tinham serrado dos animais chacinados.

Fuzzt! Fuzzt!

Jaeger deu um jeito nos caçadores armados com tiros na cabeça, bem no meio dos olhos. Enquanto caíam, ele ainda os cravejou com mais seis balas, três em cada torso — disparos feitos tanto por raiva quanto pela necessidade de garantir que estivessem mortos.

Ele avistou um lampejo de movimento quando o libanês enorme tentou pegar uma arma. *Fuzzt!*

Um grito ecoou pelo quarto quando Jaeger meteu uma bala na mão com que o homem gordo segurava a arma, abrindo um buraco irregular em sua palma. Jaeger deu então um giro e colocou o africano em sua mira, atirando também em sua mão, quase à queima-roupa.

A mão estivera correndo pela mesa, tentando recolher e esconder uma pilha de notas de dólares americanos, que agora se encharcava com seu sangue.

— Peguei Beirute. Repetindo: peguei Beirute — reportou Jaeger a Narov. — Todos os inimigos abatidos, mas cheque o segundo quarto à direita, com a TV. Três inimigos; verifique se estão mortos.

— Entendido. Entrando no corredor agora.

— Depois que terminar, vigie a entrada do prédio. Caso tenhamos deixado passar algum ou eles tenham chamado reforços.

Jaeger olhou sobre o cano da arma para dois rostos com os olhos arregalados de choque e medo. Mantendo o dedo do gatilho de prontidão e segurando a Thread Cutter com uma só mão, levou a outra às costas e pegou a pistola, trazendo-a para a frente. Deixou a Thread Cutter cair diante de si, suspensa pela alça, e mirou com a P228. Precisava de uma mão livre para o que estava por vir.

Tateou o bolso e sacou um minúsculo dispositivo retangular preto. Era uma SpyChest Pro, uma minicâmera, ultracompacta e à prova de erro humano. Ele a colocou na mesa, fazendo cena para ligá-la. Como a maioria dos empresários libaneses, o negociante certamente deveria falar um inglês razoável.

Jaeger sorriu, mas sua expressão permaneceu indecifrável por trás da máscara de meia-calça.

— Hora do show, cavalheiros. Se responderem a todas as minhas perguntas, pode ser que vivam. E mantenham as mãos sobre a mesa, onde eu possa vê-las sangrar.

O libanês gordo balançou a cabeça, incrédulo. Seus olhos estavam tomados de dor, além da expressão vidrada de angústia. Mas ainda assim Jaeger podia ver que seu ar de resistência — a crença arrogante em sua posição de intocável — não fora completamente subjugado.

— O que é isso, em nome de Deus? — arfou ele, entre dentes que rangiam de dor. O sotaque era forte, e o inglês, macarrônico, mas ainda assim compreensível. — Quem diabos é você?

— Quem sou eu? — vociferou Jaeger. — Eu sou o seu pior pesadelo. Eu sou o seu juiz, seu júri e provavelmente também o seu carrasco. Entenda, Sr. Georges Hanna: eu decido se você vive ou morre.

Em parte, aquilo era uma encenação de Jaeger, feita com a intenção de instalar o medo absoluto nos adversários. Ainda assim, ao mesmo tempo ele se via consumido por uma fúria ardente pelo que aquelas pessoas tinham feito; pela carnificina que haviam promovido.

— Você sabe o meu nome? — Os olhos do negociante libanês se arregalaram. — Mas está louco? Meus homens. Meus guardas. Acha que vão deixá-lo sair deste lugar vivo?

— Cadáveres não oferecem muita resistência. Então comece a falar, a não ser que queira se juntar a eles.

O rosto do negociante se contorceu num rosnado.

— Quer saber de uma coisa? Vá para o inferno.

Jaeger não gostava exatamente do que estava para fazer, mas precisava forçar o canalha a falar, rápido. Tinha de quebrar seu espírito de resistência, e só havia um modo de fazer isso.

Ele moveu o cano da P228 um pouco para baixo e para a direita e atirou na rótula do negociante. Sangue e ossos espatifados se espalharam pela roupa de safári quando ele desabou da cadeira.

Jaeger deu a volta em passos largos, abaixou e deu uma pancada com o cabo da P228 no nariz do homenzarrão. Ouviu-se um estalo agudo de osso quebrado, e uma corrente de sangue jorrou na parte da frente da camisa branca.

Jaeger o colocou de pé pelos cabelos e o jogou de volta na cadeira. Em seguida, pegou sua faca Gerber e a afundou com a ponta virada para baixo na mão boa do homem, pregando-a à mesa.

Ele se virou para o chefe local dos caçadores, com os olhos ardendo de raiva por trás do véu distorcido da máscara.

— Está vendo? — resmungou. — Se fizer besteira, vai receber o mesmo tratamento.

O caçador estava paralisado de terror. Jaeger pôde ver onde ele havia se mijado. Achou que agora colocara aqueles dois bem onde queria.

Ele levantou a arma até que a boca escura do cano estivesse apontada para a testa do negociante.

— Se quer viver, comece a falar.

Jaeger disparou uma série de perguntas, investigando cada vez mais a fundo os detalhes dos negócios relacionados ao tráfico de marfim. As respostas foram vomitadas: rotas para fora do país; destinos e compradores internacionais; nomes dos oficiais corruptos que facilitavam o contrabando em todos os níveis: aeroportos, alfândega, a polícia e até um punhado de ministros no governo. E depois, finalmente, os importantes detalhes sobre contas bancárias.

Depois de tirar do libanês tudo o que podia, Jaeger esticou o braço, desligou a câmera SpyChest e a guardou no bolso.

Em seguida, virou-se e atirou duas vezes entre os olhos do Sr. Georges Hanna.

O libanês enorme tombou de lado, mas sua mão ainda estava pregada à mesa. Seu peso a puxou, fazendo com que virasse, e o corpo terminou tombado sob a mesa, sobre a pilha de marfim saqueado.

Jaeger se virou. O líder dos caçadores da região estava sofrendo um colapso adrenal completo. Toda energia fora sugada do seu sistema, e sua mente exercia pouco controle sobre o corpo. O medo fizera seu cérebro travar completamente.

Jaeger se curvou até seu rosto ficar à distância de um cuspe.

— Você viu o que aconteceu com seu amigo aqui. Como falei antes, sou seu pior pesadelo. E sabe o que vou fazer com você? Vou deixá-lo viver. Um privilégio que você jamais concedeu a um rinoceronte ou elefante.

Ele deu uma pancada forte com o cabo da pistola no rosto do homem, depois outra. Como especialista em Krav Maga — um sistema de técnicas de autodefesa desenvolvido pelos militares israelenses —, Jaeger sabia o quanto um golpe desferido com as mãos podia acabar machucando você quase na mesma intensidade que ao seu oponente.

Imagine dentes encravados nos nós dos dedos, ou dedos dos pés quebrados por causa de um chute numa parte dura e inflexível do seu adversário, como o crânio. Era sempre melhor usar uma arma, algo que protegesse seu corpo da pancada. Por este motivo, utilizara o cabo da pistola.

— Ouça com atenção — anunciou Jaeger, sua voz assumindo um tom sinistro e calmo. — Vou deixar você viver para que leve um aviso aos seus coleguinhas. Conte a eles sobre mim. — Apontou o polegar na direção do cadáver do libanês. — Isso é o que vai acontecer a vocês, a *todos vocês*, se mais um elefante morrer.

Jaeger mandou o homem ficar de pé e o conduziu pelo corredor, até onde Narov montava guarda na entrada. Empurrou a figura infeliz para ela.

— Esse é o cara que orquestrou a matança de muitas centenas das criaturas mais belas de Deus.

Narov virou os olhos frios para ele.

— É o assassino de elefante? Esse homem?

Jaeger assentiu com a cabeça.

— Ele mesmo. E vamos levá-lo conosco, pelo menos por parte do caminho.

Narov sacou sua faca.

— Se respirar uma só vez fora da hora, ou me der qualquer motivo, boto suas entranhas para fora.

Jaeger voltou para dentro e foi até a cozinha do edifício. Havia um queimador de fogão abastecido por um botijão de gás. Ele se abaixou e ligou o gás, que chiou. Em seguida saiu, pegou o lampião aceso e o colocou no meio do corredor do prédio.

Enquanto corria rumo à escuridão, um pensamento lhe ocorreu. Tinha plena consciência de que suas ações recentes saíam bastante da regra estrita da lei. Ele se perguntou por que aquilo não o incomodava. Mas, depois de testemunhar a chacina de elefantes, os limites entre certo e errado pareciam ter se confundido irrevogavelmente.

Ele tentou decidir se aquilo seria algo bom ou se seria um reflexo de como sua bússola moral estava saindo do eixo. A moralidade se tornara um borrão em diversos aspectos. Ou talvez estivesse tudo límpido como água. De certa forma, nunca enxergara com tamanha clareza. Se ouvisse seu coração, enterrado bem fundo sob a dor que virara sua fiel companheira, tinha poucas dúvidas de que aquilo que fizera era a coisa certa.

Se você unisse forças com o diabo e mirasse nos indefesos, como tinham feito os bandos de caçadores ilegais, teria então de esperar por retaliação.

Capítulo 57

Jaeger esticou o braço e desligou a câmera SpyChest. Ele, Narov e Konig estavam sentados na privacidade do bangalô de Konig. Haviam acabado de assistir à confissão de Georges Hanna, do maldito início ao maldito fim.

— Aí está — comentou Jaeger, passando a câmera a Konig. — É tudo seu. O que vai fazer com isso é escolha sua. Mas, seja como for, agora há um cartel de caça ilegal africano a menos no mundo.

Konig balançou a cabeça, admirado.

— Vocês não estavam brincando; pegaram a rede inteira. Isso é uma grande reviravolta em termos de conservação. E também vai ajudar as comunidades locais envolvidas com a vida animal aqui a prosperar.

Jaeger sorriu.

— Você abriu a porta; nós apenas colocamos óleo nas dobradiças.

— Falk, você teve um papel fundamental — acrescentou Narov. — E o desempenhou com perfeição.

De certa forma, Konig *tivera* de fato um papel fundamental. Ele dera cobertura a Jaeger e Narov, vigiando o veículo de fuga. E, enquanto se afastavam do local, a casa tomada pelo gás explodiu numa bola de fogo, incinerando qualquer evidência no processo.

Konig pegou a SpyChest, agradecido.

— Isso aqui vai mudar tudo. — Ele os olhou por um segundo. — Mas me sinto na obrigação de retribuir de alguma forma. Essa... não é a guerra de vocês. A batalha de vocês.

O momento era aquele.

— Sabe, tem uma coisa — Jaeger começou. — O BV222. O avião de combate sob a montanha. Gostaríamos de ver como é por dentro.

O rosto de Konig se contraiu. Ele balançou a cabeça.

— Ah, isso... isso não vai ser possível. — Fez uma pausa. — Sabem, acabei de receber uma ligação do chefe. *Herr* Kammler. De vez em quando ele faz uma checagem. Tive de relatar a ele a... transgressão de vocês. Passeando pelos domínios sob a montanha dele. Não posso dizer que tenha ficado lá muito feliz.

— Ele perguntou se você nos prendeu? — questionou Jaeger.

— Sim. Eu disse a ele que era impossível. Como poderia prender dois estrangeiros por algo que não se enquadra como crime? Especialmente quando são hóspedes da pousada. Seria completamente ridículo.

— Como ele reagiu?

Konig deu de ombros.

— Como sempre. Ficou bem nervoso. Gritou e esbravejou por um tempo.

— E então?

— Então eu falei para ele que vocês tinham um plano para dar um jeito no bando de caçadores clandestinos; que também eram amantes da vida animal. Ambientalistas de verdade. Nesse ponto, ele pareceu relaxar um pouco. Mas reforçou: a entrada no BV222 era proibida a todos, a não ser a ele e a... um ou dois outros.

Jaeger lançou um olhar inquisitivo a Konig.

— Que outros, Falk? Quem são eles?

Konig evitou seus olhos.

— Ah... só umas pessoas. Não importa.

— *Você* tem acesso àquele avião, não é mesmo, Falk? — questionou Narov. — Claro que tem.

Konig deu de ombros.

— Tudo bem; sim, eu tenho. Ou pelo menos costumava ter. Antigamente.

— Então teria como organizar uma visita rápida para nós? — pressionou ela. — *Quid pro quo* e coisa e tal.

Como resposta, Falk esticou o braço e pegou algo em sua mesa. Uma velha caixa de sapatos. Ele hesitou por um segundo antes de entregá-la a Narov.

— Aqui. Pegue. São fitas de vídeo. Filmadas dentro do BV222. Tem algumas dezenas aí. Imagino que não tenha um centímetro daquela aeronave que não tenha sido registrado pela filmagem. — Konig ergueu um ombro. — Vocês me deram um filme valioso. Isso é o melhor que posso oferecer em retribuição. — Ele fez uma pausa, depois se voltou para Narov com um olhar perturbado. — Mas, por favor... uma coisa. Não assistam antes de voltar para casa.

Narov o encarou. Jaeger podia ver que havia uma real compaixão em seus olhos.

— Tudo bem, Falk. Mas por quê?

— Estes vídeos são... pessoais, de certa forma, além de parte do hidroavião. — Ele deu de ombros. — Não assistam antes de ir embora. É só o que peço.

Jaeger e Narov concordaram com a cabeça. Jaeger não duvidava da honestidade de Konig, mas estava louco para ver o que continham aqueles vídeos. Parariam em algum lugar durante a viagem de carro para dar uma olhada em um ou dois deles.

De qualquer forma, sabiam agora o que havia embaixo da montanha. Podiam sempre voltar, saltando de paraquedas e entrando à força caso fosse necessário, abrindo seu caminho até aquele avião com suas armas e reflexos.

Mas antes, uma noite de sono. Jaeger ansiava por um descanso. À medida que seu corpo se acalmava, tendo extravasado o surto de adrenalina — da agitação do ataque —, sentia ondas de exaustão profunda tomarem conta de si.

Naquela noite, sem dúvida alguma, dormiria como um morto.

Capítulo 58

Foi Narov quem acordou primeiro. Num instante, já tinha pegado a P228 de baixo das almofadas. Podia ouvir pancadas desesperadas na porta.

Eram três e meia da manhã — não o melhor horário para ser acordada de um sono tão pesado e profundo. Ela atravessou o quarto e deu um puxão na porta, posicionando a arma direto na cara de... Falk Konig.

Narov foi fazer um café enquanto Konig, visivelmente aflito, explicava por que estava ali. Aparentemente, após o relato da invasão de Jaeger e Narov à caverna, Kammler pedira para ver alguns dos vídeos das câmeras de segurança. Konig não vira nada de mais naquilo e enviara por e-mail alguns trechos de filmagem. Agora, acabara de receber uma ligação.

— O velho parecia bastante agitado; nervoso. Quer que vocês sejam detidos por no mínimo 24 horas. Disse que, depois do que conseguiram fazer com os caçadores, vocês são o tipo de pessoas que serviriam a ele. Disse que queria recrutá-los. E me falou para usar todos os meios necessários para garantir que vocês não vão embora. Inclusive sabotar o veículo.

Jaeger não duvidava que Kammler tivesse, de alguma forma, o reconhecido. O disfarce louro aparentemente não era tão infalível quanto seus criadores em Falkenhagen o tinham projetado para ser.

— Simplesmente não sei o que fazer. Tinha de contar para vocês. — Konig se curvou sobre os joelhos, como se sentisse uma dor extrema. Jaeger concluiu que a tensão e os nervos deviam estar revirando-lhe as entranhas. Konig levantou a cabeça de leve e olhou fixamente para os dois. — Não acredito que ele queira vocês aqui por um motivo bom. Acredito que esteja mentindo. Havia algo na voz dele... Algo... quase predatório.

— Então, Falk, o que você sugere? — perguntou Narov.

— Vocês precisam ir embora. O Sr. Kammler é famoso por... enxergar longe. Saiam daqui. Mas peguem um dos Toyotas da pousada. Vou mandar dois dos meus homens em outra direção no Land Rover de vocês. Assim, teremos um chamariz.

— E esses caras vão fazer papel de isca? — questionou Jaeger. — Isca numa armadilha.

Falk deu de ombros.

— Talvez. Mas, vejam bem, nem todos os nossos funcionários aqui são o que parecem. Quase todos nós já recebemos ofertas de suborno por parte dos bandos de caçadores e nem todos se mantiveram firmes. Algumas tentações são fortes demais. Os homens que vou mandar venderam muitos de nossos segredos. Têm muito sangue inocente nas mãos. Então, caso algo aconteça, será como...

— Uma retaliação divina? — sugeriu Narov, terminando a frase por ele.

Konig abriu um sorriso discreto.

— Algo do gênero, sim.

— Tem bastante coisa que não está nos contando, não é, Falk? — sondou Narov. — Este Kammler, o avião de combate sob a montanha, o medo que você tem dele... — Ela fez uma pausa. — Sabe, é sempre mais fácil compartilhar um fardo. E talvez a gente possa ajudar.

— Certas coisas não podem ser mudadas... nem melhoradas.

— Pode ser. Mas por que não começar com os seus medos? — insistiu Narov.

Konig olhou ao redor, nervoso.

— Tudo bem. Mas não aqui. Vou esperar junto ao carro de vocês. — Ele se levantou para ir embora. — E não peçam ajuda quando saírem. Ninguém para carregar as malas. Não sei em quem podemos confiar. A história que vou contar é que vocês escaparam em segredo durante a noite. Por favor, façam com que seja convincente.

Quinze minutos depois, Jaeger e Narov haviam arrumado as malas. Além de viajarem com pouca bagagem, já haviam entregue a Falk todo o equipamento e as armas que usaram para executar a operação da noite. Em breve, ele levaria tudo para o Lago Tanganica, onde despejaria as coisas para que ninguém jamais as encontrasse.

Dirigiram-se ao estacionamento da pousada. Konig os esperava, uma figura ao seu lado. Era Urio, o copiloto.

— Vocês conhecem Urio — Konig anunciou. — Confio nele totalmente. Ele os levará para o sul, na direção de Makongolosi; ninguém vai embora por ali. Assim que os botar num voo, voltará com o veículo.

Urio os ajudou a colocar as bagagens no porta-malas do Toyota e em seguida segurou o braço de Jaeger.

— Estou em dívida. Vocês salvaram minha vida. Vou tirá-los daqui. Nada acontecerá enquanto eu estiver atrás do volante.

Depois que Jaeger o agradeceu, Konig os conduziu até as sombras, falando durante o trajeto. Sua voz era pouco mais que um sussurro. Tinham de se inclinar para ouvi-lo.

— Tem uma parte do negócio sobre a qual vocês não sabem nada: Primatas da Reserva Katavi Limitada. PRK, para facilitar. A PRK é um empreendimento de exportação de macacos, a menina dos olhos do Sr. Kammler. Como viram, os macacos infestam a pousada feito pragas, e é quase uma benção quando alguns são capturados.

— E? — Narov instigou.

— Em primeiro lugar, o nível de sigilo em torno das atividades da PRK não tem precedentes. As capturas ocorrem aqui, mas as exportações partem de outro lugar, que nunca vi. Não sei nem mesmo o nome. Os funcionários da região voam para lá de olhos vendados. Tudo o que veem é uma pista de terra, onde descarregam os caixotes com animais. Sempre quis saber: por que todo este sigilo?

— E você nunca perguntou? — sondou Jaeger.

— Perguntei. Kammler diz apenas que o comércio é altamente competitivo e não quer que seus rivais saibam onde ele mantém os animais imediatamente antes do transporte. Alega que, caso soubessem, poderiam contaminar os bichos com algum tipo de doença. E exportar um lote de primatas doentes não seria bom para os negócios.

— Para onde vão as exportações? — perguntou Jaeger.

— Para a os Estados Unidos. Europa. Ásia. América do Sul... Todas as principais cidades. Qualquer lugar com laboratórios médicos envolvidos em testar drogas em primatas.

Konig ficou em silêncio por um segundo. Mesmo sob a luz tênue, Jaeger conseguia ver o quanto ele parecia nervoso.

— Por anos, escolhi acreditar nele: acreditar que se tratava de um negócio legítimo. Mas isso foi até o caso do... menino. Os macacos são transportados para a exportadora num voo fretado. Um avião Buffalo. Já ouviram falar?

Jaeger assentiu.

— Serve para transportar cargas de e para lugares difíceis. As forças armadas americanas o utilizam. É capaz de carregar cerca de nove toneladas.

— Exatamente. Ou então, em se tratando de primatas, uns cem macacos encaixotados. O Buffalo leva os primatas daqui até a exportadora. O voo sai lotado e volta vazio. Mas seis meses atrás ele voltou com algo inesperado. Um clandestino humano.

As palavras de Konig fluíam mais rápido, quase como se estivesse desesperado para se livrar daquele fardo agora que começara a falar.

— O clandestino era uma criança. Um menino queniano de cerca de 12 anos. Uma criança das favelas de Nairóbi. Conhecem essas favelas?

— Um pouco — disse Jaeger. — São grandes. Milhões de pessoas, ouvi dizer.

— Um milhão, pelo menos. — Konig fez uma pausa. — Eu não estava aqui na época. Saí de licença. O garoto se esgueirou até a aeronave e se escondeu. Quando minha equipe o achou, estava mais morto do que vivo. Mas você é criado para ser forte naquelas favelas. Se consegue viver até os 12 anos, é um verdadeiro sobrevivente.

"Ele não sabia a idade exata que tinha. Naquele tipo de favela, as crianças normalmente não sabem. Raramente têm motivo para comemorar um aniversário. — Konig estremeceu, quase enjoado pelo que estava para dizer. — O garoto contou à minha equipe uma história inacreditável. Falou que era parte de um grupo de órfãos que fora sequestrado. Nada de tão incomum até ali. Uma criança de favela sendo vendida daquele jeito é algo que acontece toda hora.

"Mas a história desse menino... era irreal. — Konig passou a mão pelos cabelos louros. — Ele afirmou que as crianças foram sequestradas e levadas de avião até um local misterioso. Dezenas delas. No início, as coisas não foram tão ruins. Receberam comida e cuidados. Mas então veio um dia em que lhes deram algum tipo de injeção.

"Foram colocados numa enorme sala isolada. As pessoas que entravam usavam sempre o que o menino descreveu como trajes de astronauta. Eram alimentadas por meio de buracos na parede. Metade das crianças tomou injeções, a outra não. Então, a metade que não tomou injeção começou a ficar doente.

"No início, começaram a espirrar e seus narizes escorriam — Konig ameaçou vomitar. — Mas seus olhos se tornaram vidrados e vermelhos, até que começaram a ficar com o aspecto de um zumbi; de um morto-vivo.

"Mas sabem a pior parte? — Konig estremeceu outra vez. — Estas crianças... morreram chorando sangue."

Capítulo 59

O grande ambientalista alemão pescou algo do bolso e o empurrou para Narov.

— É um cartão de memória. Com fotos do garoto. No tempo que passou com a gente, minha equipe tirou fotos. — Desviou o olhar de Narov para Jaeger. — Não tenho poder para fazer coisa alguma. Isso é muito maior que eu.

— Prossiga. Continue falando — Narov o encorajou.

— Não tem muito mais o que dizer. Todas as crianças que não receberam injeção morreram. As que receberam, as sobreviventes, foram levadas para fora, para a floresta que cercava o local. Um buraco enorme tinha sido cavado. As crianças foram mortas a tiros e empurradas para dentro dele. O garoto não foi atingido, mas caiu entre os corpos.

A voz de Konig baixou para um sussurro.

— Imaginem só: ele foi enterrado vivo. De alguma forma, conseguiu escavar a terra e sair. Era noite. Ele encontrou a pista e subiu a bordo do Buffalo. O avião o trouxe aqui... e o resto vocês já sabem.

Narov colocou a mão no braço de Konig.

— Falk, deve haver mais alguma coisa. *Pense*. É muito importante. Qualquer detalhe, o que você conseguir lembrar.

— Talvez haja mais uma coisa. O garoto disse que, na viagem, o avião sobrevoou o mar. Por isso, acreditava que tudo havia se passado numa espécie de ilha. Foi por isso que soube que tinha de embarcar na aeronave para ter alguma chance de sair de lá.

— Uma ilha onde? — sondou Jaeger. — Pense, Falk. Qualquer detalhe; qualquer coisa.

— O garoto disse que o voo de Nairóbi levou cerca de duas horas.

— Um Buffalo viaja em velocidade de cruzeiro a 480 quilômetros por hora — observou Jaeger. — Isso quer dizer que o lugar tem de estar num raio de 960 quilômetros de Nairóbi... Ou seja, em algum ponto do Oceano Índico. — Ele fez uma pausa. — Você tem um nome? O nome do menino?

— Simon Chucks Bello. Simon é seu nome inglês, Chucks, o africano. É suaíli. Significa "os grandes atos de Deus".

— Certo. E o que aconteceu ao garoto? Onde ele está agora?

Konig deu de ombros.

— Voltou para a favela. Disse que era o único lugar onde se sentia seguro. Era onde tinha uma família. Com isso, se referia à sua comunidade.

— Tudo bem, mas quantos Simon Chucks Bellos existem na favela de Nairóbi? — refletiu Jaeger. Era uma pergunta tanto para si mesmo quanto para Konig. — Um garoto de 12 anos com esse nome... Será que conseguiríamos encontrá-lo?

Falk deu de ombros.

— Provavelmente há centenas. E as pessoas das favelas cuidam dos seus. Foi a polícia queniana que capturou aqueles meninos. Vendeu-os por alguns milhares de dólares. A regra da favela é: não confie em ninguém, muito menos nas autoridades.

Jaeger olhou para Narov e de volta para Konig.

— Então... antes de nós dois entrarmos numa de Cinderela, existe algo mais que precisemos saber?

Konig balançou a cabeça, melancólico.

— Não. Acho que isso é tudo. É o suficiente, não?

Os três seguiram de volta em direção ao veículo. Quando chegaram, Narov deu um passo à frente e abraçou o grande alemão com força. Ocorreu a Jaeger que raramente a vira oferecer qualquer tipo de proximidade física a alguém. Um abraço espontâneo.

Aquilo era algo inédito.

— Obrigada, Falk. Por tudo — disse ela. — E especialmente pelo que faz aqui. Aos meus olhos, você é... um herói.

Por um instante as cabeças dos dois se chocaram, quando ela lhe deu um desajeitado beijo de despedida.

Jaeger entrou no Toyota. Urio estava ao volante com o motor ligado. Pouco depois, Narov se juntou a eles.

Estavam prestes a partir quando ela ergueu a mão para que parassem. Olhava para Konig pela janela aberta.

— Está preocupado, não está, Falk? Tem mais? Algo mais?

Konig hesitou. Estava visivelmente dividido. Até que algo dentro dele pareceu se romper.

— Tem uma coisa... estranha. Que vem me perturbando. Nesse último ano. Kammler me falou que parou de se preocupar com a vida animal. Disse: "Falk, mantenha mil elefantes vivos. Mil bastam."

Ele fez uma pausa. Narov e Jaeger deixaram o silêncio pesar no ar. *Dê tempo a ele.* O motor a diesel do Toyota fazia um ruído constante, queimando combustível enquanto o ambientalista reunia forças para continuar.

— Quando vem aqui, ele gosta de beber. Acho que se sente seguro e protegido no isolamento deste lugar. Está perto de seu avião de combate em seu santuário. — Konig deu de ombros. — Da última vez que esteve aqui, ele disse: "Não há mais com o que se preocupar, Falk, meu garoto. Tenho a solução definitiva para todos os nossos problemas nas mãos. O fim... e um novo começo." — Konig continuou, um pouco na defensiva. — Sabe, em muitos aspectos o Sr. Kammler é um homem bom. Seu amor pela vida selvagem é, ou pelo menos era, verdadeiro. Ele fala de suas preocupações com a Terra. De extinção. Fala sobre a crise da superpopulação. Diz que somos como uma praga. Que o crescimento da humanidade precisa ser reduzido. E, de certa forma, é claro, ele tem razão.

"Mas ele também me deixa com raiva. Fala das pessoas daqui, dos africanos, da minha equipe, dos *meus amigos*, como se fossem todos selvagens. Lamenta o fato de os negros terem herdado o paraíso e depois terem decidido trucidar todos os animais. Mas sabe quem compra o marfim? O chifre de rinoceronte? Sabe quem faz a matança continuar? São os *estrangeiros*. Tudo é contrabandeado para o exterior.

Konig franziu a testa.

— Sabe, ele se refere às pessoas daqui como *Untermenschen*. Até ouvi-la de sua boca, não achava que alguém ainda usasse esta palavra. Achei que tivesse morrido com o Reich. Mas, quando ele fica bêbado, é isso que fala. Vocês conhecem o significado da palavra, não?

— *Untermenschen*. Sub-humanos. — Jaeger confirmou.

— Exatamente. Eu o admiro por manter este lugar. Aqui, na África. Onde as coisas podem ser tão difíceis. Eu o admiro pelo que diz sobre a conservação; que estamos arruinando a Terra com ignorância cega e ganância. Mas também o odeio por suas ideias terríveis, ideias *nazistas*.

— Você precisa dar o fora daqui — comentou Jaeger em voz baixa. — Precisa encontrar um lugar onde possa fazer o que você faz, mas trabalhando com pessoas boas. Este lugar e *Kammler* vão consumir você. Vão mastigá-lo e cuspi-lo.

Konig assentiu.

— Você provavelmente está certo. Mas adoro estar aqui. Existe algum lugar como esse no mundo?

— Não existe — confirmou Jaeger. — Mas ainda assim você precisa ir embora.

— Falk, há um mal aqui neste paraíso — acrescentou Narov. — E este mal emana de Kammler.

Konig deu de ombros.

— Talvez. Mas foi aqui que investi minha vida e meu coração.

Narov o encarou por um longo segundo.

— Falk, por que Kammler sente que pode confiar a você tantas coisas?

Konig deu de ombros.

— Assim como ele, sou alemão e amo a natureza. Administro este lugar, o santuário dele. Enfrento as batalhas... enfrento as batalhas dele. — Sua voz titubeou. Ficou claro que naquele momento ele alcançara o âmago absoluto da questão. — Mas, acima de tudo... acima de tudo, porque somos uma família. Sou sangue do seu sangue.

O alemão alto e magro ergueu a cabeça para o alto. Com os olhos vazios. Atormentado.

— Hank Kammler... é meu pai.

Capítulo 60

Bem acima das planícies africanas, o drone MQ9 Reaper da General Dynamics, sucessor do Predator, preparava-se para sua colheita mortal. Da ponta bulbosa do veículo aéreo não tripulado, um raio invisível apontava para a terra — o drone começava a "pintar" o alvo com a ponta quente do seu laser.

Uns oito quilômetros abaixo, a forma característica de um Land Rover branco, com o brasão Safáris África Selvagem estampado nas portas, seguia o seu caminho, com as pessoas no seu interior totalmente alheias à ameaça.

Acordados nas primeiras horas da manhã, foram lançados numa missão urgente. Deviam dirigir até o aeroporto mais próximo, em Kigoma, cerca de trezentos quilômetros ao norte de Katavi, para apanhar peças de reposição para o helicóptero HIP.

Ou pelo menos fora o que Konig lhes dissera.

Não fazia muito tempo que o sol tinha se levantado, e eles estavam a mais ou menos uma hora do aeroporto. Estavam determinados a dar cabo da missão o mais rápido possível, pois pretendiam fazer uma parada não planejada na volta. Tinham informações valiosas a passar para a gangue de caçadores ilegais da região — informações que lhes renderiam um bom dinheiro.

Quando o feixe de laser do Reaper travou a mira no Land Rover, as travas que seguravam a unidade de bomba guiada por laser GBU-12 Paveway se abriram. O esguio projétil cinza-metálico se desprendeu da asa do drone e mergulhou em direção à terra, seu sistema de orientação guiado pelo feixe quente do laser que refletia do capô do Land Rover.

Os estabilizadores na seção traseira se desdobraram para melhor executar sua função de guiagem *bang-bang*, do tipo que se distende ou se retrai completamente a cada necessidade de correção do curso. Ajustando-se de forma minuciosa a cada movimento feito pelo veículo, eles conduziram a bomba inteligente numa rota serpenteante, corrigindo constantemente a trajetória.

Segundo a Raytheon, a fabricante da bomba, a margem provável de erro circular da Paveway era de 109 centímetros. Em outras palavras, em média o projétil atingia o alvo num raio de cerca de um metro da ponta quente do laser. Como o Land Rover que avançava pela savana africana tinha um metro e meio de largura por quatro de comprimento, havia ampla margem para erro.

Poucos segundos depois de lançada, a Paveway atravessou a nuvem de poeira levantada pelo veículo.

Por acaso, esta bomba não era tão inteligente quanto a maioria das munições da mesma família. Ela se enterrou na terra africana a noventa centímetros do Land Rover e ao lado do seu para-lama dianteiro.

Isso não afetou de maneira significativa o resultado da missão letal.

A Paveway detonou numa explosão violenta, a onda destruidora arremessando uma tempestade de estilhaços sobre o Land Rover e fazendo-o rolar repetidamente, como se uma mão gigantesca o houvesse agarrado e o estivesse esmurrando até que deixasse de existir.

O veículo capotou várias vezes antes de repousar sobre um dos lados. Chamas furiosas já lambiam os destroços retorcidos, engolfando aqueles que tiveram a infelicidade de fazer aquela viagem.

A mais de 12 mil quilômetros de distância, no seu escritório em Washington, D.C., Hank Kammler estava debruçado sobre uma tela de computador, observando uma imagem ao vivo do ataque do Reaper.

— Adeus, Sr. William Jaeger — sussurrou. — Já vai tarde!

Digitou algumas coisas no teclado, acionando seu sistema de e--mail codificado. Mandou uma rápida mensagem, com o vídeo do ataque do Hellfire como um anexo em baixa resolução, depois clicou para abrir o IntelCom, uma versão do Skype segura e criptografada pelo exército americano. Basicamente, por meio do IntelCom, Kammler podia enviar mensagens impossíveis de serem rastreadas para quem quisesse, em qualquer lugar do mundo.

Ouviu o conhecido sinal de chamada da IntelCom antes que uma voz respondesse.

— Steve Jones.

— O ataque do Reaper foi executado — Kammler anunciou. — Mandei-lhe um videoclipe por e-mail, com as coordenadas GPS embutidas na gravação. Pegue um veículo da Pousada Katavi e vá verificar. Encontre os restos mortais que houver e verifique se são os corpos certos.

Steve Jones fez uma carranca.

— Pensei que tivesse dito que queria torturá-lo pelo maior tempo possível. Isso rouba de você... de *nós*... a oportunidade de se vingar.

A expressão de Kammler endureceu.

— É verdade. Mas ele estava chegando perto. Jaeger e sua companheira bonitinha já tinham encontrado Katavi. Isso era perto demais. Por isso, eu repito: preciso saber se os restos mortais deles estão dentro dos destroços daquele veículo. Se de algum modo tiverem escapado, vá atrás e acabe com a raça deles.

— Deixa comigo — assegurou Jones.

Kammler encerrou a chamada e se recostou na cadeira. Por um lado, era uma pena abrir mão da tortura a William Jaeger, mas às vezes até ele se cansava do jogo. E era apropriado, de certo modo, que Jaeger tivesse morrido em Katavi — seu local favorito em todo o mundo.

E, muito em breve, seu santuário.

* * *

Steve Jones olhou para o celular, uma careta franzindo suas feições brutas e enormes. O aeroplano Otter zumbia pela savana africana, cercado por bolsões de ar quente e agitado.

Jones praguejou.

— Jaeger morto... Qual é o sentido de eu estar aqui? Enviado para recolher alguns pedaços de corpo carbonizado...

Percebeu que alguém o observava. O piloto — um chucrute com cara de hippie chamado Falk Konig — o fitava atentamente. Claramente ouvira a chamada do celular.

As veias no pescoço de Jones começaram a pulsar e, debaixo da camisa, seus músculos se retesaram agressivamente.

— O que foi? — rosnou. — Está olhando o quê? Só faça o seu trabalho e pilote a porra do avião.

Capítulo 61

Jaeger sacudiu a cabeça, assombrado. Ainda não conseguia acreditar.

— Dava para imaginar uma coisa dessas?

Narov se recostou no assento e fechou os olhos.

— Imaginar o quê? Tivemos uma série de surpresas nos últimos dias. E estou cansada. Temos um longo voo pela frente e eu gostaria de dormir.

— Falk. Filho de Kammler?

Narov suspirou.

— Devíamos ter suspeitado. Certamente não prestamos atenção direito nas instruções passadas em Falkenhagen. Quando o general da SS Hans Kammler foi recrutado pelos americanos, foi forçado a mudar o nome para, entre outros, Horace Konig. O filho retomou o sobrenome Kammler para reivindicar a gloriosa herança da família. O neto do general Kammler claramente não a considerava tão gloriosa assim e decidiu reverter para Konig; Falk Konig.

Ela lançou um olhar seco a Jaeger.

— Assim que ele se apresentou, devíamos ter desconfiado. Vamos, durma. Talvez isso aguce um pouco suas ideias.

Jaeger fez uma careta. De volta à velha Irina Narov. De certa forma, ele lamentava. Havia se afeiçoado à versão de Katavi.

Tinham fretado um voo num monomotor, fazendo a rota do minúsculo aeroporto provincial de Makongolosi direto para Nairóbi. Ao aterrissar, planejavam partir em busca de Simon Chucks Bello, o que significaria penetrar no mundo caótico e sem lei das favelas de Nairóbi.

Narov se mexeu e se revirou debaixo da coberta cedida pelo avião. O pequeno monomotor era sacudido pela turbulência, de forma que não era fácil pegar no sono. Ela acendeu sua lâmpada de leitura e apertou o botão de serviço. A comissária de bordo apareceu. Como estavam em um voo fretado particular, eram os únicos passageiros.

— Tem café?

A comissária sorriu.

— Claro. Como gostaria?

— Quente. Puro. Forte. Sem açúcar. — Narov olhou para Jaeger, que estava tentando dormir. — Traga duas xícaras.

— Certo, senhora. Agora mesmo.

Narov cutucou Jaeger.

— Você, eu acho, não está dormindo.

Jaeger resmungou.

— Agora, não. Achei que você tinha dito que queria dormir.

Narov franziu a testa.

— Estou com muita coisa na cabeça. Pedi...

— Café — Jaeger completou a frase para ela. — Eu ouvi.

Ela o cutucou com mais força.

— Então acorde.

Jaeger desistiu de tentar descansar.

— Ok, ok.

— Me diga: Kammler, o que ele está tramando? Vamos juntar as peças do quebra-cabeças e ver o que achamos.

Jaeger tentou espantar o sono.

— Bem, primeiro vamos encontrar o garoto e verificar a história dele. Segundo, voltamos a Falkenhagen e nos valemos de seus recursos e perícia. Tudo e todo mundo de que precisamos para nos levar adiante está lá.

O café chegou. Ficaram sentados, calados, saboreando a bebida.

Foi Narov quem rompeu o silêncio.

— E como exatamente vamos encontrar o menino?

— Você viu a mensagem de Dale. Ele conhece um pessoal nas favelas. Vai se encontrar com a gente lá e juntos vamos achar o garoto. — Jaeger hesitou. — Isto é, se ainda estiver vivo e disposto a falar e se realmente existir para começo de conversa. Um monte de "se".

— E qual é a ligação de Dale com as favelas?

— Alguns anos atrás ele trabalhou como voluntário ensinando crianças da favela a operar câmeras. Juntou-se a um cara chamado Julius Mburu, que cresceu por lá. Era um aprendiz de gângster, mas mudou de vida. Hoje em dia toca a Fundação Mburu, ensinando técnicas de vídeo e fotografia a órfãos. Dale o pôs para procurar o garoto através de suas conexões no gueto.

— E ele está confiante de que vamos chegar ao menino?

— Esperançoso. Não confiante.

— Já é um começo. — Narov fez uma pausa. — O que você achou dos vídeos de Falk?

— Os filmes caseiros? — Jaeger sacudiu a cabeça. — Que o pai dele é um degenerado doente. Imagine fazer a festa de 10 anos do filho num BV222 enterrado debaixo de uma montanha. Um bando de velhos ensinando Falk e seus amigos a fazer saudações hitleristas. As crianças fantasiadas com lederhosen. Todas aquelas bandeiras nazistas penduradas nas paredes. Não surpreende que Falk tenha se voltado contra eles.

— O BV222 é o santuário de Kammler — disse Narov, em voz baixa. — Seu santuário do Reich dos Mil Anos. Aquele que nunca aconteceu e que ele espera fazer acontecer.

— Sem dúvida é o que parece.

— E quanto a encontrar a ilha de Kammler? Se o garoto é real, como descobrimos a localização dela?

Jaeger tomou um gole de café.

— Vai ser dureza. Num raio de quase mil quilômetros de Nairóbi, existem centenas de possibilidades. Talvez milhares. Mas meu camarada Jules Holland está cuidando disso. Vão levá-lo a Falkenhagen e ele vai começar a buscar. Acredite em mim, se existe alguém que pode achar aquela ilha, esse alguém é o Caça-Ratos.

— E se a história do garoto for verdadeira? — pressionou Narov. — Em que pé ficamos?

Jaeger olhou ao longe, para o futuro. Por mais que tentasse minimizar a coisa, não conseguia afastar a preocupação e a tensão da voz.

— Se o garoto estiver certo, Kammler tem o *Gottvirus* refinado e testado. Todas as crianças que não foram inoculadas morreram. Isto significa que voltou a quase cem por cento de letalidade. Ele *é* o vírus Deus de novo. E como todas as crianças inoculadas sobreviveram, parece que ele aperfeiçoou o antídoto. Tudo o que ele precisa agora é de um sistema de distribuição.

— Se é que ele pretende usá-lo.

— Considerando tudo o que Falk nos disse, é provável que use.

— E quão perto você acha que ele está disso?

— Falk disse que o menino escapou há seis meses. Então Kammler teve todo esse tempo para trabalhar no sistema de distribuição. Precisaria certificar-se de que o vírus seja transmitido pelo ar, de modo a se espalhar tão ampla e rapidamente quanto possível. Se conseguiu fazer isso, seu plano está perto de se concretizar.

A expressão de Narov se fechou.

— É melhor acharmos aquela ilha. E para ontem.

Capítulo 62

Tinham pedido uma refeição de bordo, que se mostrou surpreendentemente boa. Pré-pronta, congelada e aquecida no micro-ondas, mas mesmo assim altamente comestível. Narov pedira a seleção de frutos do mar com salmão selvagem defumado, camarões e vieiras, servida com molho de abacate.

Curioso, Jaeger a observou organizar a comida em seu prato, arrumando-a com perfeita precisão. Não era a primeira vez que a vira executar esta segregação. Ela não parecia capaz de começar a comer antes que cada tipo de comida tivesse sido colocado num lugar onde não pudesse tocar — contaminar? — as outras.

Acenou com a cabeça para o prato dela.

— Parece bom. Mas por que colocar o salmão em quarentena do molho? Tem medo de que briguem?

— Comidas de cores diferentes nunca deveriam se tocar — Narov respondeu. — O pior é vermelho sobre verde. Como salmão selvagem sobre este abacate.

— Certo... mas por quê?

Narov olhou para ele. A missão compartilhada — a pura intensidade emocional dos últimos dias — parecia ter aparado suas arestas um pouco.

— Os especialistas dizem que sou autista. De alto desempenho, mas ainda assim autista. Algumas pessoas chamam isso de Asperger. Estou "no espectro", dizem, mas meu cérebro funciona de forma diferente. Por isso, comidas vermelhas e verdes não podem se tocar.

Olhou para o prato de Jaeger.

— Mas eu não ligo muito para rótulos, e, francamente, o jeito como você remexe a comida como uma misturadora de concreto me deixa enjoada. Cordeiro malpassado espetado no garfo com vagem... *Como você consegue fazer isso*?

Jaeger riu. Adorava o jeito como ela virava o jogo.

— Luke tinha um amigo... seu melhor amigo, Daniel... que era autista. O filho do Caça-Ratos, na verdade. Um ótimo garoto. — Fez uma pausa carregada de culpa. — Eu disse "tinha um amigo". Na verdade quis dizer "tem". No presente e ainda muito conosco.

Narov deu de ombros.

— Usar o tempo verbal errado não afeta o destino do seu filho Não vai determinar se ele vive ou morre.

Se Jaeger não estivesse tão acostumado com Narov àquela altura, podia ter-lhe dado um belo soco. O comentário era típico: sem nenhuma empatia; grosseiro.

— Obrigado pela compreensão — devolveu ele —, e pela solidariedade.

Narov deu de ombros.

— Sabe, isso é o que não entendo. Achei que estava lhe dizendo algo de que precisava saber. É lógico, e pensei que ajudaria. Mas do seu ponto de vista... o quê? Fui simplesmente rude?

— Algo do tipo, sim.

— Muitas pessoas autistas são ótimas em uma coisa. Excepcionalmente dotadas. Chamam isso de savantismo. Síndrome do sábio. Frequentemente são boas em matemática, ou física, ou realizam feitos prodigiosos de memória, talvez demonstrem criatividade artística. Mas geralmente não somos bons em muitas outras coisas. Interpretar como as outras pessoas, a chamada gente normal, tendem a pensar não é o nosso forte.

— Então qual é o seu talento? Tato e diplomacia?

Narov sorriu.

— Só que não. Sei que sou uma pessoa difícil. Entendo isso. É por esse motivo que pareço tão defensiva. Mas, lembre-se. Para mim, é *você* que é muito difícil. Por exemplo, não entendo por que se zangou com meu conselho em relação a seu filho. Para mim, era a coisa óbvia a dizer. Era lógico e eu estava tentando ajudar.

— Ok, entendi. Mas, ainda assim... qual é o seu talento?

— Eu sou excepcional numa coisa. Sou verdadeiramente obcecada por ela. É caçar. Nossa missão atual. De um modo mais básico, você poderia dizer *matar*. Mas não vejo desta maneira. Vejo como livrar a Terra de um mal inominável.

— Posso fazer outra pergunta? — disse Jaeger. — É um pouco... pessoal.

— Para mim toda esta conversa tem sido muito pessoal. Normalmente não falo às pessoas do meu... talento. Sabe, é assim que penso nele. Que sou dotada. Excepcionalmente dotada. Nunca encontrei outra pessoa, um caçador, dotado como eu. — Pausou e olhou para Jaeger. — Até conhecer você.

Ele ergueu o próprio café.

— Vou brindar a isso. É o que somos: uma fraternidade de caçadores.

— Irmandade — corrigiu Narov. — Então, qual é a pergunta?

— Por que fala de modo tão estranho? Quero dizer, sua voz tem um tom indefinido e neutro, robótico. Quase como se não houvesse sentimento.

— Já ouviu falar de ecolalia? Não? A maioria das pessoas não. Imagine ser uma criança que ouve as palavras faladas, mas que *só* ouve as palavras. Não ouve as ênfases, o ritmo, a poesia ou a emoção da linguagem, porque *não consegue*. Não entende nenhuma inflexão emocional porque seu cérebro não está sintonizado com isso. É assim que eu sou. Foi através da ecolalia, imitando sem entender, que aprendi a falar.

"Quando criança, ninguém me entendia. Meus pais costumavam me botar na frente da TV. Ouvi o falar do inglês britânico e também o do inglês americano, e minha mãe passava filmes russos para eu assistir. Eu não diferenciava os sotaques. Não entendia outra coisa a não ser imitar, ecoar, aqueles sons na tela. Por isso meu sotaque é uma mistura de muitos jeitos de falar, mas não é típico de nenhum deles.

Jaeger garfou outro pedaço suculento de cordeiro, resistindo à tentação de fazer o impensável e juntar algumas vagens.

— E quanto à Spetsnaz? Você disse que serviu com as forças especiais russas, não foi?

— Minha avó, Sonia Olschanévski, se mudou para a Grã-Bretanha depois da guerra. Foi lá que me criaram, mas nossa família nunca esqueceu que a Rússia era a pátria-mãe. Quando a União Soviética se desfez, minha mãe nos levou de volta. Fiz a maior parte dos estudos na Rússia e depois ingressei no exército. O que mais poderia fazer? Mas nunca me senti em casa, nem mesmo na Spetsnaz. Muitas regras idiotas, sem sentido. Só me sentia mesmo em casa num lugar: nas fileiras dos Caçadores Secretos.

— Vou brindar a isto — anunciou Jaeger. — Aos Caçadores Secretos; que nosso trabalho um dia se complete.

Não demorou para que a comida os embalasse e os dois caíssem no sono. Pouco depois, Jaeger acordou de repente e viu que Narov estava aninhada a ele. Tinha o braço enlaçado ao seu, a cabeça em seu ombro. Podia sentir o cheiro de seus cabelos. Podia sentir o toque suave da respiração dela na sua pele.

Percebeu que não queria afastá-la. Estava se acostumando a esta proximidade entre eles. Sentiu aquela pontada de culpa de novo.

Tinham ido a Katavi posando como um casal em lua-de-mel; estavam saindo de lá parecendo um.

Capítulo 63

O Boeing 747 antigo taxiou no terminal de carga do aeroporto de Heathrow em Londres. A única coisa diferente nele era o fato de não possuir a usual fileira de janelas nas laterais.

Isso porque cargas aéreas geralmente não são vivas; portanto, que necessidade teria de janelinhas?

Mas a carga daquele dia era uma exceção. Estava muito viva: tratava-se de um bando de animais muito zangados e estressados.

Haviam ficado enjaulados sem qualquer luz do dia durante todo o voo de nove horas e não estavam felizes. Gritos e uivos enraivecidos se faziam ouvir e ecoavam por todo o compartimento de carga do 747. Mãos pequenas, mas poderosas, sacudiam as grades das jaulas. Olhos grandes e inteligentes de primatas — pupilas castanhas rodeadas de amarelo — cintilavam aqui e ali, buscando um meio de fuga.

Não havia nenhum.

Jim Seaflower, o chefe de quarentena oficial do Terminal 4 de Heathrow, cuidava para que não houvesse. Deu ordens para que alocassem esta carga de primatas no grande e espaçoso centro de quarentena enfiado num canto da pista varrida pela chuva. A questão da quarentena de primatas era levada muito a sério naqueles dias, por motivos que Seaflower entendia bem.

Em 1989, uma carga de macacos da África havia desembarcado no aeroporto Dulles, em Washington D.C., após um voo semelhante. Ao chegar, as jaulas dos animais foram levadas de caminhão do aeroporto para um laboratório — uma "casa de macacos", como os profissionais do ramo a chamavam — em Reston, um dos subúrbios mais valorizados da cidade.

Na época, as leis de quarentena eram menos estritas. Os macacos começaram a morrer aos bandos. Trabalhadores do laboratório caíram doentes. Descobriu-se que toda a carga estava infectada com ebola.

No fim, os militares especialistas em defesa química e biológica dos Estados Unidos tiveram que intervir e "bombardear" o local todo, sacrificando todos os animais. Centenas de macacos doentes foram mortos. A casa de macacos de Reston foi decretada uma zona morta. Nada ali, nem mesmo o menor micro-organismo, teve permissão para sobreviver. Então o local foi lacrado e abandonado praticamente para sempre.

A única razão pela qual o vírus não tinha matado milhares, talvez milhões, de pessoas foi porque não era transmitido por via aérea. Se fosse mais parecido com a gripe, o "ebola de Reston", como ficou conhecido, teria exterminado a população humana.

Por sorte, a irrupção do ebola de Reston foi contida. O choque do ocorrido, porém, fez com que leis de quarentena mais rígidas e mais estritas fossem introduzidas, como as que Jim Seaflower tinha de garantir que fossem observadas naquele dia, no aeroporto de Heathrow.

Pessoalmente, ele considerava um período de quarentena de seis semanas um tanto exagerado, mas os riscos muito provavelmente justificavam as novas leis. E, de qualquer maneira, aquilo dava a ele e a sua equipe um emprego decente, estável e bem-remunerado, então por que se queixar?

Enquanto observava os engradados de animais sendo descarregados — cada um com as palavras "Primatas da Reserva de Katavi Limitada" —, deduziu que este era um lote bastante sadio. Geralmente, alguns animais morriam no caminho; resultado do estresse da jornada. Mas nenhum destes carinhas havia sucumbido.

Pareciam cheios de vida.

Não esperava nada menos dos Primatas da Reserva de Katavi. Havia acompanhado inúmeros carregamentos da PRK; sabia que a empresa era uma operação de excelência.

Debruçou-se para verificar o interior de uma das jaulas. Era sempre melhor ter uma ideia da saúde geral da carga para melhor administrar o processo de quarentena. Se houvesse primatas doentes, eles teriam de ser isolados para que os outros não adoecessem. O macaco-vervet de pelos prateados e cara preta recuou para o fundo da jaula. Primatas não costumam gostar de contato visual próximo com humanos. Encaram isso como um comportamento ameaçador.

Este carinha era um belo espécime, porém.

Seaflower se virou para outra jaula. Desta vez, quando espiou, o ocupante investiu contra as grades, batendo nelas raivosamente com seus punhos e exibindo os caninos. Seaflower sorriu. Já esse sujeitinho com certeza era cheio de marra.

Estava prestes a se virar quando o animal espirrou bem na cara dele.

Parou e o examinou visualmente, mas o espécime parecia perfeitamente saudável, excetuando o espirro. Provavelmente apenas uma reação ao ar frio e cheio de umidade de Londres, deduziu.

Quando enfim os setecentos primatas estavam devidamente transferidos para suas baias de quarentena, o dia de trabalho de Jim tinha chegado ao fim. Na verdade, havia ficado duas horas a mais para supervisionar a carga até o fim.

Deixou o aeroporto e dirigiu para casa, parando para tomar uma cerveja no pub local. Era a turma de costume, como sempre desfrutando um papo em meio a comes e bebes.

Sem suspeitar de nada.

Jim pagou uma rodada de bebidas. Limpou a espuma de cerveja da barba com as costas da mão e compartilhou alguns pacotes de salgadinhos crocantes e amendoim salgado com os companheiros.

Do pub, dirigiu até em casa, onde sua família o aguardava. Cumprimentou a mulher na porta com um abraço e um bafo de cerveja, chegando ainda a tempo de dar um beijo de boa-noite nas três crianças.

Em lares por toda a área de Londres, os funcionários de Jim em Heathrow faziam o mesmo.

No dia seguinte, as crianças foram à escola. As esposas e namoradas andaram para lá e para cá, fazendo compras, trabalhando, visitando amigos e parentes. Respirando. Por toda parte e sempre — respirando.

Os companheiros de pub de Jim foram aos seus locais de trabalho, pegando metrôs, três e ônibus para os quatro cantos da enorme e vibrante metrópole. Respirando. Por toda parte e sempre — respirando.

Por toda Londres, uma cidade de oito milhões e meio de almas, um mal se espalhava.

Capítulo 64

Steve Jones se movia surpreendentemente rápido para a fera imensa que era. Usando punhos e pés, desferiu uma metralhada de golpes rápidos, atacando seu adversário com uma força assustadora e dando-lhe pouco tempo para se recuperar ou reagir.

O suor escorria de seu torso seminu conforme ele gingava, abaixava e rodopiava, batendo uma vez após a outra, impiedosamente, apesar do calor escaldante. Cada golpe era mais violento que o anterior; cada um desferido com uma ferocidade capaz de esmigalhar ossos e retalhar órgãos internos.

E, a cada golpe de punho ou pé, Jones se imaginava arrebentando os membros de Jaeger — ou, melhor ainda, esmurrando seu rosto de garotinho mimado até virar uma polpa ensanguentada.

Escolhera uma área com sombra para treinar, mas ainda assim o torpor do meio-dia tornava aquela intensa atividade física duplamente exaustiva. O desafio o arrebatava. Forçar seu corpo até o limite — era isso que lhe dava uma sensação de identidade; de sua própria estatura. Sempre fora assim.

Poucos eram os homens que podiam infligir — ou receber — um castigo físico tão extremo e contínuo. E, como aprendera nas forças armadas — antes de Jaeger fazer com que fosse expulso para sempre —, *dureza no treino, moleza no combate.*

Finalmente ele fez uma pausa, segurando o pesado saco de pancadas RDX que pendurara numa árvore e fazendo com que parasse. Ficou abraçado a ele por um segundo, recuperando o fôlego, antes de dar meia-volta e partir para seu bangalô.

Chegando lá, tirou as botas e deitou seu corpanzil suado na cama. Não havia dúvidas: na Pousada Katavi eles sabiam o que era luxo.

Era uma pena o que tinha por companhia: Falk, o hippie, e seu bando de crioulos locais abraçadores de árvores. Flexionou os músculos doloridos. Com quem diabos beberia aquela noite?

Esticou a mão até a mesinha de cabeceira, pegou uma caixa de comprimidos e engoliu vários. Não havia parado de tomar os anabolizantes. Por que deveria? Eles lhe ofereciam uma vantagem. Nada podia pará-lo. Era invencível. Os militares estavam errados. Completamente errados. Se o SAS o tivesse ouvido, todos ali poderiam estar tomando anabolizantes agora. Com as drogas, podiam ter se transformado em super-heróis.

Exatamente como acontecera com ele. Pelo menos era o que acreditava.

Mergulhou nos travesseiros, apertou as teclas de seu laptop e acionou a IntelCom, digitando os dados de Hank Kammler.

Kammler respondeu rápido.

— Diga.

— Eu o encontrei — anunciou Jones. — Nunca imaginei que um Land Rover pudesse parecer tanto com uma lata de sardinha amassada. Totalmente queimada. Destruída.

— Excelente.

— Essas são as boas notícias. — Jones passou a imensa mão sobre seus cabelos curtos. — A ruim é que só havia dois corpos dentro do carro, ambos de nativos que acabaram fritados. Se Jaeger e sua mulher estavam naquele veículo, eles escaparam. E ninguém conseguiria escapar daquilo.

— Tem certeza?

— Tanto quanto ovos são ovos.

— Isso é um sim, certo? — estourou Kammler. Às vezes ele achava aquela fraseologia inglesa, sem contar seus modos grosseiros, algo insuportável.

— Afirmativo. É isso mesmo. Um sim.

Kammler teria achado aquele sarcasmo mal disfarçado algo irritante, não fosse pelo fato de que aquele homem era um dos melhores que existiam em termos de capangas. E naquele momento precisava dele.

— Você está no local da cena. O que acha que aconteceu?

— É simples. Jaeger e a mulher não entraram naquele veículo. Se o tivessem feito, seus restos mortais estariam espalhados pelos matos africanos. E não estão.

— Você verificou se falta algum veículo da pousada?

— Um Toyota sumiu. Konig disse que o encontraram estacionado em algum aeroporto de província. Um dos caras vai trazê-lo de volta amanhã.

— Então Jaeger roubou um veículo e escapou?

Parabéns, Einstein, fez Jones com a boca. Esperava que Kammler não tivesse ouvido. Tinha de agir com cuidado. Naquele momento, o velho era seu único empregador, e ele estava recebendo uma boa grana para estar ali. Não queria estragar tudo. Ainda.

Estava de olho num pedacinho do paraíso. Uma casa de praia na Hungria, um país onde ele achava que o povo tinha o bom senso de odiar estrangeiros — não-brancos — quase tanto quanto ele. Confiava que o trabalhinho de Kammler fosse lhe render o bastante para realizar este sonho.

Mas, o que era melhor, como Jaeger sobrevivera ao encontro com a morte, ainda havia uma chance de que Jones conseguisse matá-lo. E também sua mulher. Nada lhe agradaria mais que mexer com ela bem diante dos olhos de Jaeger.

— Tudo bem, então Jaeger está vivo — declarou Kammler. — Precisamos usar isso a nosso favor. Vamos intensificar a guerra psicológica. Vamos atingi-lo com algumas imagens de sua família. Vamos irritá-lo e atraí-lo. Depois de irritá-lo o bastante, acabaremos com ele.

— Parece bom — resmungou Jones. — Mas tem uma coisa: deixe essa última parte para mim.

— Você continua cumprindo todas as suas tarefas, Sr. Jones, e pode ser que eu faça exatamente isso. — Kammler fez uma pausa.

— Me diga, gostaria de fazer uma visita à família dele? Estão sendo mantidos numa ilha não muito longe de onde você está agora. Podemos levá-lo até lá num voo direto. Como acha que seu camarada Jaeger reagiria a uma bela fotografia sua com a mulher e o filho dele? "Um olá de um velho amigo". Alguma coisa do gênero.

Jones sorriu malignamente.

— Adorei. Vai acabar com ele.

— Só uma coisa. Eu administro um negócio de exportação de macacos naquela ilha. Tenho um laboratório de alta segurança por lá, que faz pesquisas com algumas doenças bem terríveis que acometem os primatas. A entrada em alguns lugares é estritamente proibida: os laboratórios que desenvolvem as curas para esses patógenos.

Jones deu de ombros.

— Não daria a mínima nem se você estivesse congelando partes dos corpos de bebês africanos. Só me leve até lá.

— A localização desta empreitada é segredo absoluto — acrescentou Kammler —, de forma a desencorajar meus pretensos rivais de negócios. Gostaria que você a mantivesse assim.

— Entendido — confirmou Jones. — Apenas me leve até onde está a família dele e vamos dar início ao espetáculo.

Capítulo 65

Ao longo dos anos, Nairóbi havia ganhado o apelido de "Nairroubo", não sem razão. Era um lugar frenético e sem lei; um lugar onde tudo podia acontecer.

Jaeger, Narov e Dale foram entrando no caos do centro, buzinando com o para-choque colado em outros pelas ruas apinhadas de carros e *matatus* velhos — miniônibus-táxis pintados em cores berrantes —, além de pessoas guiando carroças. De alguma forma, apesar do terrível aperto, a massa desordenada de humanos e máquinas continuava a funcionar.

No limite.

Jaeger passara um bom tempo naquela cidade, ponto de trânsito no caminho para as áreas de treinamento das forças armadas britânicas para guerra no deserto, em montanha e na selva. No entanto, jamais havia posto os pés nas favelas abarrotadas de Nairóbi... e por um bom motivo. Qualquer estrangeiro — ou *mzungu* — estúpido o bastante para se aventurar na cidade proibida tendia a desaparecer. Ali no gueto, uma pessoa de pele branca não tinha muita chance.

O asfalto deu lugar a uma estrada esburacada, pela qual o veículo seguiu levantando um rastro de poeira. O ambiente mudara completamente. Os quarteirões comerciais com prédios de concreto e vidro do centro da cidade tinham sumido de vista. Ali, seguiam viagem em meio a uma massa de casebres e barracos frágeis de madeira.

Figuras agachadas à beira da estrada poeirenta vendiam suas mercadorias: uma pilha de tomates vermelhos-sangue sob a intensa luz do sol; montes de cebolas roxas; montanhas de peixe seco, com suas escamas de brilho marrom-dourado; uma avalanche de sapatos velhos e empoeirados, surrados e desgastados até a sola, mas ainda assim à venda.

Uma visão se abriu diante de Jaeger: um vale vasto e raso, coberto por uma névoa sufocante de fogueiras para cozinhar e pilhas ardentes de restos. Choupanas de madeira e plástico se amontoavam umas sobre as outras, espalhadas numa confusão absoluta; becos estreitos se abriam em meio ao caos. De vez em quando, Jaeger avistava uma colcha de retalhos de cores brilhantes: roupas lavadas, deixadas para secar em meio à fumaça tóxica e fétida. Ficou fascinado na mesma hora, mas também um tanto perturbado.

Como as pessoas podiam *viver* ali?

Como sobreviviam em meio a tamanha privação?

O veículo deles ultrapassou um homem que corria na estrada empurrando um carrinho de mão, segurando-o pelas alças de madeira tornadas lisas pela passagem dos anos. Estava descalço, vestido somente com shorts e camiseta esfarrapados. Jaeger olhou de relance para seu rosto, que cintilava de suor. Quando seus olhares se cruzaram, Jaeger sentiu o abismo entre eles.

O carreteiro era um dentre as hordas fervilhantes de favelados que alimentavam a fome insaciável daquela cidade. Aquele não era o mundo de Jaeger, como ele bem sabia. Era um território completamente estranho, que ainda assim o atraía, de certa forma, como uma mariposa diante da chama de uma vela.

O terreno preferido de Jaeger era definitivamente a selva. Ficava entusiasmado com sua singularidade anciã, primordial e não domesticada. E aquele lugar era uma selva urbana por excelência. Se conseguisse sobreviver ali, em meio a gangues, drogas, barracos e antros de *changa'a* — uma bebida ilegal —, seria capaz de sobreviver em qualquer lugar.

Olhando fixamente para a vasta terra inculta e sentindo as vibrações cruas do lugar, Jaeger sentiu o claro desafio do gueto. Em qualquer ambiente novo e hostil, era necessário se instruir com os que sabiam como combater e sobreviver naquele meio, e ele teria de fazer o mesmo. Aquele era um lugar com regras implícitas, hierarquias dissimuladas. O gueto tinha suas próprias leis para proteger os seus, motivo pelo qual os forasteiros passavam ao largo.

No hotel, Dale lhes dera longas instruções. Os quenianos mais abastados nunca seriam vistos no gueto. Aquele era um lugar de vergonha, a ser mantido estritamente debaixo dos panos; um lugar de desesperança, brutalidade e aflição. Por isso Simon Chucks Bello e seus colegas órfãos podiam desaparecer sem deixar traços — vendidos por alguns poucos milhares de dólares.

O veículo parou num bar de beira de estrada.

— Chegamos — anunciou Dale. — É aqui.

Os populares os olhavam fixamente. Olhavam para o veículo, pois havia poucos Land Rover Discoveries novos naquela parte da cidade; na verdade, havia poucos veículos de maneira geral. Olhavam para Dale — aquele *mzungu* endinheirado que ousava entrar no território deles — e para os outros que desceram do carro.

Jaeger se sentia completamente deslocado ali, alheio, mais diferente, talvez, do que jamais tivesse se sentido antes. E, de um jeito estranho — preocupante até —, sentia-se vulnerável. Aquela era uma selva para a qual nunca recebera qualquer tipo de treinamento, e um terreno no qual camuflagem alguma seria possível.

À medida que ele, Narov e Dale avançavam rumo ao bar de beira de estrada — passando por cima de um canal transformado em esgoto a céu aberto feito de concreto rachado, caindo aos pedaços —, Jaeger sentia como se tivesse um alvo preso às costas.

Passou por uma mulher agachada num banco de madeira diante de uma choupana raquítica à beira da estrada. Tinha um forno a brasa aos pés e fritava peixinhos numa frigideira de óleo fervente. Olhava para a confusão viva à frente, à espera de um cliente.

Uma figura distinta aguardava na calçada: um homem atarracado, de peito largo e ombros imensos. Na opinião da Jaeger, dava para ver que era imensamente forte e calejado pela guerra; um guerreiro das ruas por natureza. O rosto era achatado e marcado por cicatrizes, mas, ainda assim, sua expressão era estranhamente serena — uma ilha de tranquilidade em meio ao caos.

Vestia uma camiseta com os dizeres: I FOUGHT THE LAW. Jaeger reconheceu o verso de seus anos de adolescência. Na época, fora um grande fã do Clash. Imediatamente, a letra lhe ocorreu: *Breaking rocks in the hot sun, I fought the law and the law won...*

Tinha poucas dúvidas sobre quem era aquele.

Tratava-se de Julius Mburu, o passaporte deles para a favela.

Capítulo 66

Os dedos de Jaeger dobraram em volta da garrafa fria, carregados de tensão e ansiedade. Seus olhos percorreram o bar repleto de móveis de plástico velhos e cercado por paredes sebentas, manchadas de fumaça. Uma sacada grosseira de concreto dava para a rua barulhenta e enfumaçada lá embaixo.

Figuras se acotovelavam em torno das mesas, olhando fixamente para a televisão com algo que se aproximava do êxtase. A voz do comentarista irrompia da minúscula tela colocada sobre o bar, onde prateleiras de garrafas se encontravam atrás de malhas grossas de metal. Passava um jogo da Premier League britânica. O futebol era muito popular na África — ainda mais nas favelas, onde era quase uma religião.

Mas a mente de Jaeger só pensava em Simon Chucks Bello.

— Então: eu o encontrei — anunciou Mburu, com a voz grave e rouca. — Não foi fácil. Esse garoto tinha ido fundo. Bem fundo — olhou para Dale. — E está com medo. Depois do que passou, não está muito inclinado a se abrir para *mzungus*.

Dale assentiu com a cabeça.

— É compreensível. Mas me diga uma coisa: você acredita nele?

— Eu acredito nele. — O olhar de Mburu desviou de Dale para Jaeger e Narov e de volta para Dale. — Apesar do que vocês possam pensar, as crianças daqui sabem a diferença entre certo e errado. Elas não mentem; não sobre esse tipo de merda, pelo menos. — Seus olhos piscaram em desafio. — Existe uma irmandade aqui no gueto. Completamente diferente das que encontrarão lá fora.

Mburu claramente tivera uma vida difícil. Jaeger sentira isso na mão calejada e dura que havia apertado a sua em sinal de boas--vindas. Dava para ver nas linhas em seu rosto e no tom amarelado de fumaça em torno de seus olhos escuros.

Jaeger gesticulou para o bar.

— E então? Podemos encontrá-lo?

Mburu fez um breve aceno com a cabeça.

— Ele está aqui. Mas tem uma condição. Vale a vontade do menino. Se ele não quiser jogar o jogo, se não aceitar ir com vocês, ele fica.

— Certo. Combinado.

Mburu se virou e gritou para as sombras.

— Alex! Frank! Tragam o garoto.

Três figuras emergiram: dois meninos mais velhos — adolescentes grandes e musculosos — conduzindo outro menor entre eles.

— Eu administro uma organização beneficente, a Fundação Mburu, que promove a educação e o desenvolvimento nas favelas — explicou Mburu. — Alex e Frank são dois dos meus garotos. E esse aqui — ele apontou para a figura menor — é um dos meninos mais espertos da Fundação Mburu. Simon Chucks Bello, como vocês já devem ter adivinhado.

Simon Chucks Bello era um carinha de visual peculiar. Seus cabelos empoeirados e duros se erguiam em todas as direções, como se tivesse sido eletrocutado. Usava uma camiseta vermelha com uma estampa da Torre Eiffel e a palavra PARIS embaixo. Por ser vários números maior que o apropriado, a camiseta pendia de seu corpo diminuto e ossudo.

Um espaço grande entre os dois dentes da frente lhe dava um ar ainda mais atrevido e malandro do que teria normalmente. Debaixo dos shorts esfarrapados, os joelhos eram cheios de arranhões e cicatrizes, e os pés descalços exibiam unhas rachadas e quebradas. Mas, de certa forma, tudo aquilo parecia somar a seu charme indefinível.

Embora, naquele momento, Simon Bello não estivesse exatamente sorrindo.

Jaeger tentou quebrar o gelo. Olhou para a TV.

— Gosta do Manchester United? Estão levando uma surra hoje.

O garoto olhou para ele.

— Você quer falar de futebol porque acha que o futebol é o caminho. Eu gosto do Man U. Você gosta do Man U. E aí de uma hora para outra somos amigos. Faz parecer que somos iguais. — Ele fez uma pausa. — Meu senhor, é melhor só dizer para que veio até aqui.

Jaeger ergueu as mãos, fingindo rendição. O garoto tinha mesmo atitude. Ele gostava disso.

— Ficamos sabendo de uma história. Para começar, só gostaríamos de saber se essa história é verdadeira.

Simon Bello revirou os olhos.

— Já contei essa história umas mil vezes. De novo?

Com a ajuda de Mburu, convenceram o menino a contar uma versão resumida. Batia exatamente com o que Falk Konig relatara, com uma exceção importante. O garoto falou bastante sobre "o chefe", como o chamava; o *mzungu* que dava as cartas na ilha, supervisionando todos os horrores que se desenrolaram por lá.

Pela descrição, Jaeger concluiu que tinha de ser Hank Kammler.

— Então Kammler esteve lá — murmurou Narov.

Jaeger concordou com a cabeça.

— É o que parece. Acho que não devemos nos espantar por Falk ter omitido esse detalhe. Não é exatamente o que as pessoas desejam num pai.

Jaeger explicou ao garoto o acordo que lhe estava propondo. Queriam tirá-lo da favela só pelo tempo necessário para garantir que estava seguro. Temiam que aqueles que o sequestraram pudessem voltar, especialmente se descobrissem que tinha sobrevivido.

A resposta do garoto foi pedir um refrigerante. Jaeger pediu bebidas para todos. Podia ver pelo modo como o garoto passava os dedos pela garrafa gelada de Fanta que aquele era um raro prazer.

— Quero a ajuda de vocês — anunciou Simon, depois de acabar com o conteúdo da garrafa.

— É para isso que estamos aqui — disse Jaeger. — Assim que sairmos deste lugar...

— Não, eu quero a ajuda de vocês agora — interrompeu o menino. Olhou para Jaeger. — Você me ajuda, eu te ajudo. Preciso da sua ajuda agora.

— O que você tem em mente?

— Eu tenho um irmão. Ele está doente. Preciso que você o ajude. Você é um *mzungu*. Tem dinheiro para isso. Como falei: você me ajuda, eu te ajudo.

Jaeger olhou para Mburu, inquisitivamente. Como resposta, o homenzarrão se levantou.

— Venha. Me sigam. Vou mostrar para vocês.

Levou-os para o outro lado da rua, até uma choupana à beira da estrada. Um menino pequeno, talvez de uns nove anos, estava sentado sozinho, comendo sem ânimo uma sopa de lentilha. Era magro feito um palito, e a mão que segurava a colher tremia muito. Usava uma camisa preta da Fundação Mburu que pendia larga de seu porte esquelético.

Pelo jeito como Simon Bello falava com o garoto e o reconfortava, Jaeger concluiu que aquele devia ser o irmão.

— Ele está com malária — observou. — Só pode ser. Eu reconheceria essa tremedeira de olhos fechados.

Mburu contou a história do garoto. Seu nome era Peter. Estava doente havia muitas semanas. Tentaram levá-lo ao médico, mas não podiam pagar a consulta. A mãe tinha morrido e o pai era viciado em *changa'a*, a bebida ilegal e letal que fermentavam nas favelas.

Em suma, Peter não tinha ninguém que cuidasse dele e Jaeger podia ver que o menino precisava desesperadamente de ajuda. Não fugiu à sua atenção o fato de o garoto ter mais ou menos a mesma idade de Luke quando desaparecera.

Olhou para Simon Bello.

— Tudo bem, vamos levá-lo ao médico. Onde fica a clínica mais próxima?

Pela primeira vez, o garoto abriu um sorriso.

— Vou mostrar para vocês.

Enquanto se preparavam para partir, Julius Mburu se despediu, dizendo:

— Vocês estão seguros com Alex e Frank. Mas venham se despedir antes de ir embora.

Jaeger agradeceu e depois ele, Narov e Dale seguiram Simon Bello, Peter e os meninos de Mburu pelo labirinto de becos estreitos e sinuosos. À medida que se embrenhavam na favela, o fedor de esgoto os atingiu junto ao barulho: almas humanas demais espremidas num espaço extremamente pequeno. Era algo muito claustrofóbico; deixava as sensações de Jaeger embaralhadas.

De vez em quando, o progresso deles era impedido por portões pesados de ferro corrugado e surrado, pregados a qualquer pedaço de madeira descartada que os moradores do gueto conseguiam encontrar. Estavam cobertos de pichações.

Simon Bello abriu e segurou um deles para que passassem. Jaeger perguntou para que serviam.

— Os portões? — O rosto de Simon se fechou. — Para deter os policiais quando fazem batidas. Como quando me pegaram.

Capítulo 67

Pelos padrões ocidentais, o Centro Médico Milagre era uma espelunca suja e precária. Mas, para as pessoas ali, claramente era o melhor da região. Na fila para se consultarem, Jaeger, Narov e Dale receberam olhares bem peculiares. Um grupo de crianças se formou, espiando e apontando para o trio.

Alex saiu para pegar algumas espigas de milho assadas. Quebrou-as em pedaços do tamanho de um punho, oferecendo o primeiro a Jaeger. Depois de devorarem os grãos suculentos, os meninos se revezaram usando as espigas para fazer malabarismo, rindo o tempo todo. Acabou que Simon Chucks Bello se mostrou o maior piadista de todos. Terminava seu número de malabarismo com uma dança tresloucada que fazia todo mundo cair na gargalhada. Estavam fazendo tanta bagunça, na verdade, que o médico teve de se inclinar para fora de sua janela e pedir silêncio.

Ninguém parecia estar exageradamente preocupado com Peter. Foi então que Jaeger se deu conta de que ficar doente daquele jeito — praticamente à beira da morte — era normal para aqueles rapazes. Acontecia o tempo todo. Então você não tinha dinheiro para a consulta médica? E quem ali tinha? E quais as chances de algum branquelo aparecer e levar você para o hospital? Praticamente zero.

Depois de alguns exames básicos, o médico explicou que provavelmente Peter tinha malária *e* febre tifoide. Teriam de mantê-lo internado por uma semana, só para garantir que se recuperaria. Jaeger sabia aonde o médico queria chegar. Sairia caro.

— Quanto? — perguntou.

— Novecentos e cinquenta xelins quenianos — respondeu o médico.

Jaeger fez uma rápida conta de cabeça. Dava menos que quinze dólares americanos. Passando uma nota de mil xelins ao médico, agradeceu-lhe por tudo que fizera.

Ao saírem, uma jovem enfermeira veio correndo atrás deles. Jaeger se perguntou o que havia de errado. Talvez tivessem decidido acrescentar alguns extras, tendo em vista como ele parecera tranquilo em relação aos custos.

Ela estendeu a mão. Nela, havia uma nota de cinquenta xelins. Fora até ali para lhe dar o troco.

Jaeger olhou para a nota, espantado. Mburu tinha razão. Aquele tipo de honestidade, em meio a tudo aquilo — era de uma humildade tremenda. Ele deu o dinheiro a Simon Bello.

— Pegue. Compre outro refrigerante para você e para os rapazes. — Jaeger bagunçou o cabelo do menino. — E então, estamos numa boa? Você concorda em passar um tempo com a gente? Ou precisamos pedir permissão para o seu pai?

Simon franziu a testa.

— Meu pai?

— Seu e de Peter.

Ele lançou um olhar para Jaeger.

— Dã. Peter não é meu irmão *irmão*. É meu irmão do gueto. Eu, eu não tenho ninguém. Sou órfão. Pensei que soubesse disso. Julius Mburu é o mais próximo que tenho de uma família.

Jaeger sorriu.

— Certo. Nessa você me pegou. — O garoto era esperto, além de ter atitude. — Mas você está numa boa em vir com a gente, agora que resolvemos a situação do seu irmão *do gueto*?

— Sim. Acho. Se Julius concorda.

Partiram de volta para o veículo, Jaeger mudando o passo para acompanhar Narov e Dale. Disse para os dois:

— O testemunho do garoto... No processo de pegar Kammler, ele é fundamental. Mas para onde podemos levá-lo? Em que lugar completamente afastado de tudo podemos escondê-lo?

Dale deu de ombros.

— Ele não tem passaporte, documentos... nem mesmo uma certidão de nascimento. Não sabe quantos anos tem nem quando nasceu. Por isso, acho que ele não vai fazer nenhuma viagem longa.

Jaeger lembrou de algo que Falk Konig dissera de passagem. Olhou para Narov.

— Você se lembra daquele lugar que Konig mencionou? Amani. Um retiro praiano isolado. Completamente privado. — Ele se virou para Dale. — O Amani Beach Resort, situado no Oceano Índico, ao sul de Nairóbi. Acha que consegue dar uma olhada? Se parecer apropriado, pode levá-lo para lá até resolvermos a questão dos documentos dele?

— Vai ser melhor que aqui, com certeza.

Viraram num beco, seguindo rumo à estrada de terra. Repentinamente, Jaeger ouviu o silvo de uma sirene. Sentiu as figuras que o flanqueavam se retesarem, os olhos se arregalando de medo. Segundos depois, o estalo agudo de um disparo de pistola ressoou. Um tiro, de perto, ecoando pelo beco sinuoso. Passos pesados trovejaram em todas as direções: alguns fugindo da confusão, mas outros — principalmente jovens — correndo direto para a sua fonte.

— Policiais — chiou Simon Bello.

Ele gesticulou para que Jaeger e os outros se juntassem a ele, partindo na frente e agachando-se num canto distante.

— Vocês duvidaram de tudo que falei para vocês; duvidaram que os policias podiam fazer o que fizeram comigo: vejam. — Ele apontou o dedo na direção da multidão que se aglomerava.

Jaeger avistou um policial queniano com a pistola na mão. Deitado à sua frente havia um adolescente. Ele tinha a perna ferida por um tiro e agora implorava pela própria vida.

Simon explicou o que estava acontecendo. Sua voz era um sussurro tenso e nervoso. Ele conhecia o rapaz deitado no chão. Tentara ganhar a vida como bandido do gueto, mas se mostrara frouxo demais para isso. Era um vagabundo, mas não um grande vilão. Já o policial era famoso. Os moradores do gueto o conheciam pelo apelido: Escalpo. Fora Escalpo quem liderara a batida policial na qual Simon e os outros órfãos haviam sido capturados.

À medida que os segundos passavam, a multidão começou a se agitar, mas todos temiam Escalpo. Ele brandia a pistola, gritando para o menino se mexer. O garoto se colocou de pé, mancando com a perna ensanguentada, o rosto uma máscara de dor e terror. Escalpo o empurrou até o beco mais próximo, na direção do topo do morro onde as viaturas esperavam, completas com mais homens armados.

Um espasmo de fúria selvagem percorreu a multidão. Escalpo podia sentir a ameaça que pulsava ao seu redor. Como os policias sabiam bem, a favela podia irromper num surto de violência caso levada ao limite.

Escalpo começou a bater com a pistola no garoto ferido, gritando para que andasse mais rápido. O povo do gueto fechou o cerco, e repentinamente Escalpo pareceu perder o controle. Levantou a pistola e atirou na perna boa do sujeito. Uivando de agonia, o garoto desabou no chão.

Parte da multidão correu para a frente, mas Escalpo brandiu a pistola no rosto deles.

O garoto ferido estava com as duas mãos para o alto, implorando por clemência. Jaeger ouvia seus apelos lamentáveis por piedade, mas Escalpo parecia perdido numa ensandecida sede de sangue, inebriado pelo poder da arma. Disparando mais uma vez, acertou o garoto no corpo. Depois se inclinou à frente e apontou o cano da pistola para a cabeça dele.

— Vai morrer — anunciou Simon Bello, por entre os dentes. — A qualquer momento ele vai morrer.

Por um instante o gueto pareceu prender a respiração, e então um tiro ressoou pela massa de corpos, ecoando pelos becos cheios de fúria.

A multidão perdeu o controle de vez. As figuras avançaram, uivando furiosas. Escalpo levantou a arma e começou a disparar para o alto, fazendo com que recuassem. Ao mesmo tempo, gritou em seu rádio em busca de reforço.

Mais policiais marcharam beco abaixo, rumo ao confronto. Jaeger podia sentir que o gueto estava prestes a explodir. A última coisa de que precisavam agora era se verem no meio de tudo aquilo. Às vezes, como descobrira, a discrição *era* uma grande fatia da coragem.

Precisavam salvar Simon Bello. Aquela era a prioridade.

Ele pegou o garoto e, gritando para que os outros o seguissem, se mandou.

Capítulo 68

O Audi grande e possante percorria a autoestrada a uma velocidade absurda. Raff os encontrou no aeroporto, claramente com pressa. Na verdade, todos estavam, e, como Raff era um exímio motorista, Jaeger não ficou particularmente preocupado.

— E aí, acharam o garoto? — perguntou Raff, sem tirar os olhos da estrada escura.

— Achamos.

— E é verdade?

— A história que nos contou, ninguém poderia ter inventado, muito menos um órfão de favela.

— E o que ficaram sabendo? O que foi que ele falou?

— O que Konig nos contou corresponde mais ou menos à história toda. O garoto acrescentou alguns pequenos detalhes. Nada significativo. Mas, me diga, estamos mais perto de encontrar a tal ilha? A ilha de Kammler?

Raff sorriu.

— Sim, acho que sim.

— Como assim? — pressionou Jaeger.

— Espere a reunião. Quando chegarmos a Falkenhagen. Basta esperar. Mas, e aí, como está o garoto agora? Em segurança?

— Dale está com ele no hotel. Quartos contíguos. O Serena. Lembra dele?

Raff assentiu com a cabeça. Ele e Jaeger ficaram hospedados no lugar uma ou duas vezes, durante passagens por Nairóbi com os militares britânicos. Para um hotel no centro da cidade, era uma rara ilha de paz e tranquilidade.

— Não podem ficar lá — observou Raff, declarando o óbvio. — Serão notados.

— Sim, foi o que imaginamos. Dale o está levando para um refúgio remoto. Praia de Amani, a várias horas ao sul de Nairóbi. Foi o melhor que encontramos por enquanto.

Vinte minutos depois, chegaram às instalações escuras e desertas do bunker de Falkenhagen. Estranhamente, considerando a provação horrenda a que fora submetido ali, Jaeger se sentia de certa forma contente por estar de volta.

Acordou Narov. Ela havia cochilado durante a viagem, encolhida no banco traseiro do Audi. Quase não tinham dormido nas últimas 24 horas. Após terem escapado com o garoto do caos perigoso da favela, não tiveram descanso em sua jornada tempestuosa até ali.

Raff olhou para o relógio.

— A reunião será à uma. Vocês têm vinte minutos. Vou levá-los aos quartos.

Uma vez em seu dormitório, Jaeger jogou um pouco de água no rosto. Não havia tempo para uma chuveirada. Tinha deixado seus poucos bens pessoais em Falkenhagen: passaporte, telefone e carteira. Como viajara a Katavi sob uma identidade falsa, tivera de garantir que estava cem por cento despido de Will Jaeger.

Mas Peter Miles tinha instalado um laptop, um MacBookAir, no quarto, e ele estava ansioso para checar seu e-mail. Via ProtonMail — um serviço ultrasseguro —, sabia que podia verificar suas mensagens com poucos riscos de Kammler e seu pessoal as interceptarem.

Antes de descobrirem o ProtonMail, todos os sistemas de comunicação anteriores haviam sido hackeados. Usavam uma conta de e-mail pela qual as mensagens nunca eram enviadas de fato; tudo o que faziam era entrar na conta usando uma senha compartilhada e liam os rascunhos.

Sem mensagens enviadas, devia ser seguro.

Não era.

O pessoal de Kammler a havia hackeado. Usaram aquela conta para torturar Jaeger: primeiro com fotos de Letícia Santos no cativeiro; depois, com fotos da família dele.

Jaeger hesitou. Não podia resistir ao impulso, à obscura tentação, de checá-la agora. Esperava que o pessoal de Kammler de algum modo pisasse na bola; que mandasse algo, alguma imagem, da qual pudesse extrair uma pista sobre seu paradeiro. Algo que lhe permitisse ir atrás deles — e de sua família.

Havia uma única mensagem na pasta de rascunho. Como sempre, estava em branco. Havia apenas um link para um arquivo no Dropbox, um sistema de armazenamento de dados online. Sem dúvida, parte da guerra psicológica de Kammler.

Jaeger respirou fundo. Uma escuridão baixou sobre ele como uma nuvem negra.

Com as mãos trêmulas, ele clicou no link, e uma imagem começou a ser baixada. Linha por linha, foi ocupando a tela.

A imagem mostrava uma mulher de cabelos morenos, muito magra, de joelhos ao lado da figura de um menino, ambos vestindo apenas as roupas de baixo. Ela tinha um braço protetor ao redor da criança.

O menino era o filho de Jaeger, Luke. Seus ombros estavam magros e caídos, como se o peso do mundo estivesse empilhado sobre eles, apesar da postura protetora da mãe. Segurava um retalho de lençol à sua frente, como uma bandeira.

Nele estava escrito: PAPAI — ME AJUDE.

A imagem desapareceu. Uma tela branca vazia a substituiu, com uma mensagem digitada em preto:

Venha encontrar sua família.
Wir sind die Zukunft.

Wir sind die Zukunft: nós somos o futuro. Era o cartão de visita de Kammler.

Jaeger cerrou os punhos, numa tentativa de controlar o tremor das mãos, e em seguida socou a parede repetidamente.

Duvidava que pudesse continuar assim. Não podia mais fazer isso.

Todo homem tinha seu limite.

Capítulo 69

No aeroporto Jomo Kenyatta no Quênia, um avião cargueiro Boeing 747 estava sendo carregado. Uma empilhadeira erguia um caixote após o outro, todos identificados com o logotipo da PRK, alojando-os em seguida no compartimento de carga.

Quando cheio, o voo seguiria a rota para a Costa Leste dos Estados Unidos e aterrissaria no aeroporto Dulles, em Washington D.C. Os Estados Unidos importavam anualmente cerca de 17 mil primatas para testes médicos, e, ao longo dos anos, a PRK havia abocanhado uma boa fatia daquele mercado.

Outro voo da PRK estava previsto para Pequim, um terceiro, para Sydney, um quarto, para o Rio de Janeiro... Dentro de 48 horas, todos estes voos teriam pousado, e o mal estaria completo.

E nessa empreitada Hank Kammler acabara de receber uma ajuda inesperada, mesmo sem saber.

Depois dos britânicos, Kammler odiava os russos quase com a mesma intensidade. Fora na frente oriental, atolada em campos nevados, que a poderosa *Wehrmacht* de Hitler, a máquina de guerra do *Führer*, finalmente tivera seu avanço interrompido. O Exército Vermelho russo havia desempenhado um papel fundamental na derrota subsequente dos alemães.

Por isso, Moscou era o segundo alvo-chave de Kammler, depois de Londres. Um cargueiro 747 havia recentemente aterrissado no aeroporto Vnukovo da capital russa. Naquele momento, Sergei Kalenko, o oficial de quarentena de Vnukovo, se ocupava supervisionando a transferência dos primatas enjaulados para as baias apropriadas.

Mas esta era a Rússia de Vladimir Putin, onde tudo era passível de negociação. Kalenko havia ordenado que umas poucas dúzias de jaulas — contendo 36 macacos-vervet — fossem colocadas de lado.

A Centrium, a maior companhia farmacêutica de testes na Rússia, ficara sem animais para uma experiência já programada de medicamentos. Cada dia de atraso custava à empresa cerca de 50 mil dólares. O dinheiro — a propina — mandava na Rússia e Kalenko não faria objeções caso algumas dezenas de espécimes na carga evadissem a quarentena. Calculava que o risco era insignificante. Afinal, a PRK nunca mandara um carregamento que não fosse saudável, e ele não esperava que o fizesse agora.

Rapidamente os caixotes foram embarcados na caçamba de um caminhão e cobertos com uma lona verde-escura. Feito isso, Kalenko embolsou um maço encorpado de dinheiro, e o veículo partiu a toda pela noite coberta pela geada de Moscou.

Ele viu as luzes vermelhas traseiras do caminhão desaparecerem antes de enfiar a mão no bolso volumoso do seu capote. Como muitos trabalhadores do aeroporto, Kalenko tomava de vez em quando um gole de vodca para espantar o frio entorpecente. Concedeu-se um grande trago extra agora para comemorar sua sorte inesperada.

A calefação na cabine do caminhão da Centrium estava com defeito. Durante o dia inteiro o homem ao volante também vinha lutando contra o frio glacial, recorrendo principalmente à garrafa. Durante seu trajeto para as imensas instalações da Centrium, entrou com o veículo no primeiro de uma série de subúrbios sinistros que ficavam na borda sudeste da cidade.

O caminhão encontrou uma mancha de gelo negro. As reações do motorista, retardadas pelo álcool, vieram uma fração de segundo tarde demais. Em um instante, o veículo derrapou para fora da rodovia e tombou numa encosta, fazendo a lona rasgar e lançar a carga ao chão.

Os primatas gritaram de medo e raiva. A porta da cabine havia se aberto num ângulo estranho devido ao impacto. A forma ensanguentada e atordoada do motorista cambaleou para fora, caindo na neve.

A porta da primeira jaula foi escancarada por uma mão aterrorizada. Dedos pequenos, mas fortes, experimentaram a estranha camada de frio brilhante — aquela brancura exótica. O animal confuso sentia liberdade — uma liberdade relativa —, mas será que podia realmente caminhar sobre aquela superfície congelada?

Acima, na estrada, veículos pararam. Rostos espiaram a encosta. Vendo o que tinha acontecido, alguns resolveram filmar com celulares, mas um ou dois chegaram a fazer um esforço para ajudar. Ao deslizarem pela encosta gelada, os macacos os ouviram chegar.

Era agora ou nunca.

O primeiro se libertou da jaula, espalhando uma nuvem de neve polvilhada em seu encalço enquanto corria para as sombras mais próximas. Outras jaulas se abriram em seguida, os animais seguindo o mesmo caminho do primeiro macaco.

Quando o motorista atordoado enfim conseguiu fazer uma contagem, havia doze primatas desaparecidos. Uma dúzia de macacos-vervet tinha escapado para as ruas cobertas de neve do subúrbio de Moscou, com frio, fome e medo. Não havia como o motorista disparar um alerta. Ele havia transgredido as estritas leis da quarentena. Ele, Kalenko e a Centrium entrariam numa enrascada se a polícia fosse alertada.

Os macacos teriam de se virar sozinhos.

O caminhão havia, por acaso, desalojado os primatas numa estrada que corria ao longo do rio Moscou. Bandeando-se numa tropa improvisada, eles se juntaram à margem do rio, aconchegando-se um ao outro para se aquecer.

Uma velha senhora andava apressada ao longo da margem do rio. Espiou os macacos e, achando que estava vendo coisas, começou a correr. Ao escorregar no caminho congelado e cair, o pão fresco guardado na sua sacola de compras se espalhou pela margem. Os macacos famintos caíram sobre o pão como um relâmpago. A mulher, atordoada e confusa, tentou afastá-los com suas mãos enluvadas.

Um vervet rosnou. A mulher ignorou a advertência. O bicho atacou com seus caninos, rasgando a luva e fazendo escorrer sangue pelas costas de sua mão. A mulher gritou. A saliva do macaco se misturou ao sangue vermelho que gotejava do ferimento.

Diante de um grito do autoproclamado líder da tropa, os macacos pegaram todo o pão que puderam e partiram para a noite agitada — correndo, escalando e caçando mais comida.

Poucos metros adiante ao longo do rio, uma aula chegava ao fim. Os garotos de Moscou treinavam Sambo, uma arte marcial da era soviética originalmente aperfeiçoada pela KGB, mas agora cada vez mais procurada na cultura popular.

Os macacos foram atraídos pelo barulho e pelo calor. Depois de um momento de hesitação, o líder conduziu a tropa por uma janela aberta. Um aquecedor soprava correntes de ar quente na sala, onde os garotos estavam ocupados com os combates finais da noite.

Um dos macacos espirrou. Gotas minúsculas foram lançadas na atmosfera e carregadas com as correntes quentes para dentro do salão. Lutadores suados e ofegantes inspiravam com intensidade, em busca de ar.

Por toda uma cidade com cerca de 11 milhões de almas que não desconfiavam de nada, o mal se espalhava.

Capítulo 70

Peter Miles se levantou para falar. Levando em conta a intensa pressão a que estavam todos submetidos, pareceu excepcionalmente calmo. Naquele momento, Jaeger não se sentia nada assim. O desafio era varrer da mente aquela imagem terrível da mulher e do filho — PAPAI NOS AJUDE — para que pudesse focar no que estava por vir.

Pelo menos desta vez ele tinha extraído algo potencialmente útil da imagem; algo que poderia ajudá-lo a rastrear sua família e seus captores.

— Boas-vindas a todos — começou Miles. — E especialmente a William Jaeger e Irina Narov, que estão de volta. Existem vários rostos novos na sala. Fiquem tranquilos: são todos integrantes confiáveis da nossa rede. Vou apresentá-los conforme a necessidade; sintam-se à vontade para fazer qualquer pergunta.

Passou alguns minutos resumindo as descobertas de Jaeger e Narov, tanto em Katavi quanto nas favelas de Nairóbi, antes de chegar ao âmago da questão.

— Falk Konig revelou que seu pai, Hank Kammler, administra um negócio sigiloso de exportação de primatas, os Primatas da Reserva de Katavi, a partir de uma ilha na costa da África Oriental. Os primatas são transportados por avião ao redor do mundo para propósitos de pesquisas médicas. O nível de sigilo que cerca as operações na ilha é sem precedentes. Portanto, quão provável é que este esquema de exportação de macacos seja na verdade um disfarce para o laboratório de guerra biológica de Kammler? Bastante, pelo que parece. Durante a guerra, Kurt Blome, o chefão do *Gottvirus*, instalou seu centro de testes de guerra biológica ao largo da costa báltica da Alemanha, na ilha de Riems. O motivo era poder testar um patógeno numa ilha com uma considerável probabilidade de que ele não escapasse. Em suma, uma ilha é uma perfeita incubadora isolada.

— Mas ainda não sabemos o que Kammler pretende fazer com o vírus — falou alguém.

Era Hiro Kamishi, como sempre a voz da razão.

— Não sabemos — confirmou Miles. — Mas com o *Gottvirus* nas mãos de Kammler, temos o arquiteto de uma conspiração para trazer de volta o Reich de Hitler em posse da arma mais temível do mundo. Só isso já é um cenário aterrorizante, não importando o uso que ele pretenda fazer dela.

— Temos uma ideia exata do que o *Gottvirus* é? — interrompeu Joe James. — De onde veio? Como impedir o seu uso?

Miles meneou a cabeça em negativa.

— Infelizmente não. Em toda nossa pesquisa, não há registro nenhum da sua existência. Segundo os registros, os dois oficiais da SS que o descobriram, os tenentes Herman Wirth e Otto Rahn, são dados como tendo sofrido uma "morte acidental". Teriam se perdido e morrido congelados na neve enquanto percorriam uma trilha nos Alpes Germânicos. No entanto, segundo o relato do próprio Blome, os dois homens foram os descobridores do *Gottvirus*, e essa descoberta os matou. Ou seja: os nazistas expurgaram o *Gottvirus* de todos os seus arquivos.

— Daí a pergunta de um milhão de dólares — arriscou Jaeger. — Onde fica a ilha de Kammler? Imagino que tenhamos alguma suspeita?

— Não é preciso muito espaço para este tipo de trabalho — replicou Miles, à guisa de explicação. — Trabalhando na hipótese de uma massa de terra do tamanho de Riems, existem aproximadamente mil candidatos ao largo da costa da África Oriental, o que torna um verdadeiro desafio encontrá-la. Isto é, até que...

Percorreu a plateia com o olhar até se fixar num determinado indivíduo.

— A esta altura, vou passar a palavra para Jules Holland. Ele próprio é a melhor apresentação de si mesmo.

Uma figura desgrenhada avançou. Acima do peso, com as roupas surradas e os cabelos grisalhos presos num esparso rabo de cavalo, parecia um tanto deslocado no antigo bunker de comando da União Soviética.

Virou o rosto para o público e sorriu com seus tocos de dentes.

— Jules Holland, mas, para todos que me conhecem, o Caça-Ratos. Rato, para encurtar. Hacker de computador, trabalhando para os mocinhos. Principalmente. Um hacker dos mais eficazes, devo dizer. E geralmente bastante caro. É por causa de Will Jaeger que estou aqui. — Fez uma pequena reverência. — E, devo dizer, muito feliz em ser útil.

O Rato olhou para Miles.

— Este senhor me contou o básico. Não muita coisa como ponto de partida: descubra uma ilha do tamanho de um selo de correio onde este nazista lunático pode ter instalado seu laboratório de guerra biológica. — Fez uma pausa. — Já tive indicações mais fáceis. Exigiu um pouco de pensamento fora da caixa. Seja ou não um laboratório de guerra biológica, a coisa certa que *sabemos* é que se trata de uma instalação de exportação de macacos. E foi por aí que decifrei a charada. Os macacos eram a chave.

Holland puxou para trás os cabelos frouxos e as mechas que estavam se soltando.

— Os macacos são capturados na Reserva de Katavi e arredores e posteriormente levados de avião para a ilha. Todo voo deixa um vestígio. Voos frequentes deixam vestígios frequentes. Então eu... bem, fiz uma visita não autorizada ao computador do Controle de Tráfego Aéreo da Tanzânia. Ele se revelou muito útil. Descobri três dúzias de voos da PRK nos últimos anos que seriam do nosso interesse, todos para o mesmo local. — Fez outra pausa. — Uns

150 quilômetros ao largo da costa da Tanzânia fica a Ilha da Máfia. Sim, Máfia, como aqueles bandidos da Sicília. A Ilha da Máfia é um sofisticado destino turístico. É parte de uma cadeia de ilhas; um arquipélago. Na remota extremidade sul desta cadeia fica a minúscula e isolada Ilha da Pequena Máfia.

"Até duas décadas atrás, a Pequena Máfia não era habitada. Os únicos visitantes eram os pescadores da região, que paravam lá para consertar seus barcos de madeira. É coberta por densa vegetação, de selva, obviamente, mas não tem uma fonte natural de água, de forma que ninguém podia ficar lá por muito tempo.

"Há vinte anos, foi adquirida por um comprador privado estrangeiro. Pouco depois, até os pescadores deixaram de frequentá-la. Os novos ocupantes da ilha não eram exatamente amistosos. Mais precisamente, uma população de macacos se juntou aos humanos e não se mostraram nada amigáveis. Muitos estavam extremamente doentes. Olhos vidrados. Um ar de zumbi assassino. E muitos, muitos sangramentos."

Holland lançou um olhar macabro para a plateia.

— Os moradores do lugar criaram um novo nome para o local; um nome que, receio, é bem adequado. Eles a chamam de Ilha da Peste.

Capítulo 71

— A Pequena Máfia, a Ilha da Peste, é o centro de exportação de primatas de Kammler — explicou Holland. — Os registros de tráfego aéreo bastam para provar isso. O que mais ela pode ser e o que vamos fazer a respeito... Bem, acho que isso cabe a vocês, os homens e as mulheres de ação nesta sala, decidir.

Seus olhos buscaram Jaeger.

— E antes que você pergunte, meu amigo: sim, deixei minha assinatura de sempre, "Hackeado pelo Rato". Por mais maduro que esperam que a gente fique com o passar dos anos, simplesmente não consigo resistir.

Jaeger sorriu. O mesmo Caça-Ratos de sempre. Um gênio dissidente cuja vida fora definida por rupturas anárquicas.

Holland caminhou de volta ao assento. Peter Miles ocupou o seu lugar.

— Jules faz a coisa soar fácil. Longe disso. Graças a vocês, tivemos uma indicação do local. Agora considerem o pior cenário possível. De certo modo, Kammler envia seu vírus desta ilha para o mundo inteiro. Ele e seus capangas estão vacinados. Assistem de camarote à catástrofe global que se aproxima em relativa segurança. Em algum local subterrâneo, sem dúvida; na verdade, provavelmente numa instalação semelhante a esta.

"Enquanto isso o *Gottvirus* começa a entrar em ação. O patógeno equivalente mais próximo que conhecemos é o ebola. A dose letal do ebola do Zaire é de quinhentas partículas infecciosas de vírus. Tal número poderia ser incubado a partir de uma única célula humana. Em outras palavras, uma pessoa infectada cujo sangue se transformou numa sopa viral pode contaminar *bilhões* de seres humanos.

"Uma quantidade minúscula de ebola, se espalhada pelo ar, pode exterminar uma localidade inteira. O ebola transmitido por via aérea seria como o plutônio. Na verdade, seria muito mais perigoso, porque, ao contrário do plutônio, está *vivo*. É capaz de replicar a si mesmo. Reproduz-se, multiplicando-se exponencialmente.

"Este é o pior cenário com o ebola, um vírus que pudemos estudar de perto pelas últimas três décadas. Já o que estamos enfrentando é um total desconhecido. Um assassino implacável de uma ferocidade inimaginável. Com um índice de fatalidade total. Nenhuma imunidade nos seres humanos."

Miles fez uma pausa. Não conseguia mais dissimular a preocupação nos olhos.

— Se o *Gottvirus* chegar à população humana, provocará uma devastação sem precedentes. O mundo como o conhecemos hoje deixará de existir. Se Kammler conseguir disseminá-lo, pode assistir sentado enquanto o vírus promove seu mal pela Terra e então emergir, vacinado, para um admirável mundo novo. Por isso me perdoem o melodrama, senhoras e senhores, mas, em nome da humanidade, Kammler e seu vírus precisam ser detidos.

Apontou na direção de um senhor pálido de cabelos grisalhos sentado entre a plateia.

— Muito bem. Vou passá-los para Daniel Brooks, diretor da CIA. E, à guisa de apresentação, gostaria apenas de mencionar que nossa principal cobertura acaba de ganhar em seriedade.

— Cavalheiros. Senhoras — começou Brooks asperamente. — Serei breve. Vocês fizeram um grande trabalho. Um trabalho incrível. Mas ainda não é o suficiente para incriminar o coronel Hank Kammler, vice-diretor da minha agência. Para isso precisamos de prova absoluta, e, no momento, a instalação naquela ilha poderia ser um centro de controle de doenças genuíno para uma empresa de exportação de macacos.

Brooks exibiu um olhar furioso.

— Por mais que odeie fazê-lo, tenho de agir com cautela. Kammler tem amigos poderosos, até mesmo no nível da presidência dos Estados Unidos. Não posso ir atrás dele sem provas absolutas. Deem-me essas provas e vocês terão todo apoio, todo recurso de que dispõe a comunidade militar e de inteligência americana. Enquanto isso, existem alguns recursos ocultos que podemos ceder a vocês; extraoficialmente, devo dizer.

Brooks voltou ao seu assento e Miles agradeceu.

— Uma palavra final. Quando Jaeger e Narov deixaram a Reserva Katavi, eles o fizeram num Toyota 4×4 da Pousada Katavi. Seu Land Rover também partiu, dirigido por dois funcionários da pousada. Várias horas depois, ele foi atingido por um drone Reaper. Hank Kammler ordenou a missão assassina, sem dúvida acreditando que Jaeger e Narov estivessem ao volante. Em suma, sabe que estamos atrás dele. A caçada está em andamento: vocês atrás dele e ele atrás de nós.

"Deixem-me lembrar a vocês uma coisa: se usarem quaisquer aparelhos de comunicação pessoal, ele os encontrará. Vocês têm os serviços dos melhores técnicos da CIA ao seu dispor. Se usarem e-mail sem segurança, estão fritos. Se voltarem aos seus endereços residenciais, ele os descobrirá. É matar ou morrer. Usem somente os sistemas de comunicação que garantimos: meios seguros e criptografados. Sempre."

Miles olhou para cada um deles sucessivamente.

— Que fique bem claro: se falarem por meios abertos, se mandarem e-mails pela rede aberta, vocês estão mortos.

Capítulo 72

Oito mil quilômetros do outro lado do Oceano Atlântico, o arquiteto do mal dava os toques finais numa importante mensagem. Os Lobisomens de Kammler — os verdadeiros filhos do Reich; aqueles cuja lealdade não se abalara por mais de sete décadas — estavam prestes a colher suas recompensas.

Gloriosas recompensas.

A hora já estava quase chegando.

O coronel Hank Kammler passou os olhos sobre o parágrafo final, retocando-o pela última vez.

Reúnam suas famílias. Dirijam-se aos seus locais de refúgio. Começou. Foi desencadeado. Em seis semanas, começará a fazer efeito. Vocês terão este tempo até que aqueles que não estão conosco comecem a colher a tempestade. Nós, que somos os eleitos — os preciosos poucos — estamos à beira de uma nova era. Uma nova aurora.

Será um novo milênio em que os filhos do Reich — os arianos — se apossarão da nossa herança legítima de uma vez por todas.

A partir daqui reconstruiremos, em nome do Führer.

Teremos destruído para criar de novo.

A glória do Reich será nossa.

Wir sind die Zukunft.

HK

Kammler releu; estava bom.

Seu dedo apertou o botão "enviar".

Recostou-se em sua cadeira de couro, os olhos se desviando para uma foto emoldurada na mesa. O homem de meia-idade com o terno risca-de-giz apresentava uma semelhança impressionante com Kammler: tinham ambos o mesmo nariz esguio e aquilino; a mesma arrogância nos olhos azuis gelados; o mesmo olhar que denotava uma cômoda presunção de que poder e privilégio eram seus como um direito inato, válidos até o fim de sua vida.

Não era difícil imaginá-los como pai e filho.

— Finalmente — sussurrou o homem sentado, quase como se falando para a foto. — *Wir sind die Zukunft.*

Seu olhar se demorou na foto por mais um momento, mas seus olhos fitavam o próprio interior — poças ameaçadoras de densa escuridão que sugavam tudo o que era bom. Toda vida, toda inocência, era arrastada para dentro deles e sufocada impiedosamente.

Londres, refletiu Kammler. Londres, a sede do governo britânico; o local das Salas de Guerra do falecido Winston Churchill, de onde o primeiro-ministro havia orquestrado a resistência ao glorioso Reich de Hitler quando todo desafio parecera fútil.

Os malditos britânicos haviam resistido o suficiente para atraírem os americanos para a guerra. Sem eles, naturalmente, o Terceiro Reich teria triunfado e dominado pelo tempo que o Führer planejara — por mil anos.

Londres. Era apropriado que as trevas começassem por ali.

Kammler digitou para acessar seu link IntelCom. Quando discou, uma voz respondeu.

— E então, como vão meus animais? — perguntou Kammler. — Katavi? Nossos elefantes estão prosperando, apesar da cobiça dos nativos?

— As populações de elefantes estão mais fortes a cada dia — respondeu a voz de Falk Konig. — Menos atrito; especialmente desde que nossos amigos Bert e Andrea...

— Esqueça esses dois! — cortou Kammler. — Então eles exterminaram o traficante libanês e a gangue dele. Seus motivos não eram inteiramente altruístas, eu lhe garanto.

— Vinha pensando nisso... — disse Falk, a voz vacilando. — Seja como for, fizeram uma boa coisa.

Kammler bufou.

— Nada comparado com o que eu pretendo fazer. Pretendo matar todos eles. Cada caçador ilegal, cada traficante, cada comprador. Todos eles.

— Então por que não contratar Bert e Andrea? — persistiu Konig. — São boas pessoas. Profissionais. E, especialmente no caso de Andrea, uma genuína amante da fauna. São ex-militares e precisam de trabalho. Se quer derrotar os caçadores ilegais, podia usá-los numa campanha.

— Não será necessário — rebateu Kammler. — Você gostou deles, não foi? — Tinha a voz repleta de sarcasmo agora. — Fez uns novos bons amigos?

— De certa maneira, sim — replicou Konig, desafiador. — Sim, eu fiz.

Kammler suavizou o tom de voz, mas, de algum jeito, isso só o deixou ainda mais sinistro.

— Tem algo que você não me contou, meu rapaz? Sei que nossas opiniões tendem a diferir, mas nosso interesse-chave permanece alinhado: meio ambiente. Proteção à vida selvagem. As manadas. É isso o que conta. Não existe nada que possa ameaçar Katavi, existe?

Kammler sentiu a hesitação do seu filho. Sabia que Falk tinha medo dele ou, mais exatamente, do tipo de gente — os capangas — que às vezes mandava para Katavi. O atual enviado, o medonho Jones de cabeça raspada, era um bom exemplo.

— Sabe, se está omitindo algo, não deveria fazer isso — insistiu Kammler. — A fauna selvagem é que sofrerá. Seus elefantes. Seus rinocerontes. Nossos queridos animais. Sabe disso, não?

— É que... eu mencionei o garoto para eles.

— Que garoto?

— O garoto da favela. Apareceu por aqui alguns meses atrás. Não foi nada... — De novo a voz de Konig vacilou até silenciar.

— Se não foi nada, não há razão para não compartilhar comigo, há? — disse Kammler, com um toque real de ameaça agora em sua voz.

— Foi apenas a história de um garoto que viajou de clandestino num dos voos... Não fazia muito sentido para ninguém.

— Um garoto da *favela*, você disse? — Kammler ficou em silêncio por um longo momento. — Precisamos ir até o fundo dessa história... Bem, estarei aí com você em breve. Dentro das próximas 48 horas. Pode me contar tudo quando eu chegar. Tenho algumas coisinhas a resolver por aqui antes. Enquanto isso, uma enfermeira vai chegar de avião. Ela precisa aplicar uma injeção em você. Um acompanhamento de reforço para uma doença da infância. Você era pequeno demais para lembrar direito, mas, confie em mim, vale a pena tomar como precaução.

— Pai, eu tenho 34 anos — protestou Konig. — Não preciso mais que fique cuidando de mim.

— A enfermeira já está a caminho — falou Kammler, com firmeza. — Vou pegar um voo pouco depois. De volta ao meu santuário. E, quando chegar, quero muito que você me conte sobre este menino, este menino da favela. Temos muito a botar em dia...

Kammler se despediu e encerrou a ligação.

Falk não era exatamente o filho que ele teria desejado, mas ao mesmo tempo não era de todo mau. Compartilhavam uma paixão-chave: conservação ambiental. E no admirável mundo novo de Kammler, a vida selvagem e o meio ambiente — a saúde do planeta — seriam mais uma vez predominantes. Os perigos que ameaçavam o mundo — aquecimento global, superpopulação, ameaça de extinção da fauna, destruição dos habitats naturais — seriam resolvidos em um instante.

Kammler havia usado simulações de computador para prever a contagem de mortes da pandemia que estava a caminho. A população mundial experimentaria um eclipse quase total. Seria reduzida a poucas centenas de milhares de almas.

A raça humana era uma verdadeira peste sobre a Terra.

Seria varrida pela mãe de todas as pestes.

Era um esquema perfeito.

Alguns povos isolados sem dúvida sobreviveriam. Aqueles nas ilhas remotas raramente visitadas. Tribos nas profundezas da selva. E, claro, era assim que devia ser. Afinal, o Quarto Reich precisaria de alguns nativos, *Untermenschen*, para servirem como seus escravos.

Com sorte, assim que a pandemia cumprisse o seu curso, Falk veria a luz. Em todo caso, ele era tudo o que Kammler tinha. Sua mulher morrera durante o parto, de forma que Falk foi seu primeiro e único filho.

Com o advento do Quarto Reich, Kammler estava decidido a fazer dele um herdeiro digno da causa.

Discou, em seguida, outro contato do IntelCom.

Uma voz respondeu:

— Jones.

— Você tem uma nova tarefa — anunciou Kammler. — Uma história sobre um garoto favelado que apareceu na Pousada Katavi. Tenho um interesse particular nisso. Existem dois de nossos funcionários que farão qualquer coisa por umas cervejas. Tente Andrew Asoko primeiro; se ele não souber de nada, fale com Frank Kikeye. Me informe sobre o que conseguir.

— Certo.

— Mais uma coisa. Uma enfermeira chega hoje de avião com uma injeção para Falk Konig, meu ambientalista-chefe. Certifique-se de que ele vá permitir que ela administre a injeção. Não me importa se tiver que coagi-lo à força, mas ele tem de tomar a injeção. Entendido?

— Certo. Uma injeção. E uma história sobre um garoto. — Fez uma pausa. — Mas, me diga, quando é que terei algo realmente prazeroso a fazer, como, por exemplo, acabar com Jaeger?

— As duas tarefas que você acaba de receber são de importância fundamental — resumiu Kammler. — Cuide delas primeiro.

E encerrou a ligação.

Não gostava de Jones. Mas era um exterminador eficiente, e isso era tudo o que importava. E quando estivesse pronto para cobrar seu primeiro e polpudo salário, já estaria bem morto, como o resto da humanidade... exceto os poucos escolhidos.

Mas a tal história sobre um menino da favela era preocupante. Poucos meses antes, Kammler recebera notícias de que uma sepultura na ilha fora violada. Tinham presumido que fosse obra de animais selvagens. Mas seria possível que alguém tivesse sobrevivido e escapado?

Seja como fosse, Jones seguramente chegaria à verdade. Kammler colocou as preocupações de lado e retomou o foco.

A ressurreição do Reich — estava quase ao alcance.

Capítulo 73

Como Jaeger bem sabia, se você quisesse levar uma pequena força de elite a um alvo distante de forma ultrarrápida e ultrassecreta, um avião a jato civil era o meio mais indicado.

Uma força podia ser transportada pelo ar através de nações e continentes num avião de passageiros particular comum, seguindo uma rota e altitude de voo aberta a aeronaves comerciais e fingindo ser um voo usual de uma daquelas linhas aéreas. Assim que chegassem sobre o alvo, os integrantes da equipe podiam se lançar da aeronave num salto de paraquedas de grande altitude, mantendo-se imunes à detecção por radar, enquanto o veículo continuava a caminho de seu destino como se nada fora do comum tivesse acontecido.

Aproveitando-se da oferta de apoio tácito feita pelo diretor da CIA, Daniel Brooks, Jaeger e sua equipe foram acrescentados de última hora à lista de passageiros do voo 675 da Lufthansa, no trajeto do aeroporto de Schonefeld, em Berlim, a Perth, na Austrália. Ao chegar ao seu destino, o DLH 675 teria seis passageiros a menos. Eles teriam saído do avião no meio da viagem, às 0400 horas, horário local, em algum lugar nos arredores do litoral oriental da África.

As portas de um avião como aquele não podem ser abertas durante o voo devido à forte diferença de pressão entre o interior e o exterior do aparelho. As saídas são "portas-tampão": são fechadas por dentro e mantidas fechadas em parte pela pressão mais elevada na cabine. Mesmo que alguém conseguisse destrancar uma porta durante o voo, o diferencial de pressão tornaria impossível puxá-la para dentro e abri-la.

Não é o caso das portas do compartimento de carga.

Como malas não são seres vivos e não precisam de ar para respirar, o compartimento de carga não é pressurizado. Jaeger e sua equipe saltariam no ar azul e rarefeito através dele.

Com a equipe espalhada em pares pela cabine, Jaeger e Narov tiveram sorte. Estavam viajando na classe executiva, os únicos assentos disponíveis à última hora, quando Brooks conseguira incluí-los no voo. Isso era indicativo da cooperação silenciosa das corporações de alto nível que o diretor da CIA tinha a seu dispor. Quando alguém de tamanha influência pedia algo, as pessoas tendiam a dar um jeito.

O piloto do DLH 675, um ex-integrante da força aérea alemã, abriria as portas do compartimento de carga ao chegar a coordenadas específicas. Ele iria ignorar todos os sistemas de alarme. Não era uma manobra perigosa, e as portas só ficariam abertas por uma questão de segundos.

Jaeger e sua equipe trocariam de roupa, vestindo o equipamento de paraquedismo e sobrevivência em grande altitude no reservado da tripulação, bem longe da vista dos outros passageiros. No compartimento de carga do Boeing 747-400, seis enormes mochilas haviam sido colocadas lado a lado, com um kit de paraquedismo de alta altitude e armamentos completando o pacote.

Depois do salto, as portas do compartimento de carga se fechariam e o DLH 675 prosseguiria como se nenhum desembarque imprevisto de passageiros houvesse ocorrido.

Os motivos para essa inserção rápida e ultrassecreta eram simples. Tempo era essencial, e, se a Ilha da Pequena Máfia fosse tudo o que se suspeitava que era, a vigilância e segurança de Kammler deviam ser de primeira linha. Ele certamente cooptara equipamentos da CIA — satélites, drones, aviões-espiões — para manter um regime de vigilância intensa 24 horas na ilha, isso sem mencionar quaisquer sistemas de segurança instalados em terra.

Qualquer investida teria de ser das proximidades da selva, onde a visibilidade nunca era superior a uma dezena de metros, na melhor das hipóteses. No compartimento de carga do 747 havia meia dúzia de MP7s Hechler & Koch, uma submetralhadora de cano ultracurto. Com um comprimento total de apenas 63 centímetros, era perfeita para batalhas a curta distância e combates na selva.

Cada arma era dotada de um silenciador para abafar seu estampido característico. Equipada com uma câmara de quarenta cartuchos, a MP7 tinha um grande poder de fogo, especialmente quando atirava com balas especiais perfurantes. O projétil DM11 Ultimate Round tinha um núcleo de liga de aço ideal para penetrar em qualquer prédio ou bunker que Kammler pudesse ter construído na ilha. A equipe de Jaeger contava com seis pessoas, e esperavam estar em inferioridade numérica. Até aí, nenhuma novidade, pensou ele.

Lewis Alonzo e Joe James tinham organizado os kits de salto e os paraquedas. Saltar de um avião a mais de 12 mil metros de altitude requeria equipamento bastante específico. Hiro Kamishi, quase um especialista em defesa contra riscos QBRN, havia escolhido as roupas de proteção de que precisariam.

Qualquer ataque mirando um lugar daqueles era uma perspectiva verdadeiramente aterrorizante. A selva era um dos ambientes mais hostis no qual operar, mas esta não era uma selva comum. Sem dúvida estaria cercada por inúmeros guardas de Kammler, sem mencionar os trabalhadores de seu laboratório.

Podia igualmente estar repleta de primatas doentes e infectados e, nesse caso, teria de ser tratada como uma imensa zona de risco biológico Nível 4. Um risco biológico de Nível 4 é o mais perigoso de todos, denotando contaminação com um patógeno de letalidade sem precedentes.

Tudo indicava que a Ilha da Pequena Máfia, a Ilha da Peste, estivesse imersa em tal ameaça. Jaeger e sua equipe não só teriam de lutar contra a selva e as forças de segurança de Kammler, como também enfrentar quaisquer doenças assassinas que pairassem pelo local.

Uma mordida de um macaco infectado com hidrofobia, um arranhão num galho afiado que rompesse luvas, máscara ou botas, um raspão de bala ou de estilhaço que rasgasse os trajes protetores, quaisquer destas eventualidades os deixaria vulneráveis à infecção por um patógeno para o qual não havia cura.

Para neutralizar tal ameaça, eles vestiriam "trajes espaciais" biológicos Nível 4, algo semelhante ao que os astronautas usam. Ar puro e filtrado seria bombeado continuamente, mantendo uma pressão positiva no interior da roupa o tempo todo.

Se a roupa fosse rompida, o ar expelido impediria a entrada do patógeno assassino, pelo menos por tempo suficiente para que a pessoa tampasse o rasgo com fita adesiva. Cada integrante da equipe teria sempre à disposição um rolo de fita isolante resistente, uma ferramenta vital para qualquer um que operasse em uma Zona de Nível 4.

Jaeger se recostou em seu luxuoso assento do avião e tentou tirar tais pensamentos da cabeça. Precisava relaxar, entrar em foco e recarregar as baterias.

Estava pegando no sono quando a voz de Narov o arrancou do torpor e deixou bem acordado.

— Espero que os encontre — observou em voz baixa. — Os dois. Vivos.

— Obrigado — murmurou Jaeger. — Mas esta missão... é maior que a minha família. — Ele olhou para Narov. — Diz respeito a todos nós.

— Eu sei disso. Mas para você, sua família... encontrá-los... O amor é a mais poderosa das emoções. — Ela olhou para Jaeger com intensidade nos olhos. — Eu devia saber.

Jaeger também tinha sentido esta crescente proximidade entre os dois. Era como se houvessem se tornado inseparáveis nas últimas semanas, como se um não pudesse atuar, não pudesse funcionar, sem o outro. Ele sabia muito bem que resgatar Ruth e Luke mudaria tudo aquilo.

Narov sorriu com melancolia.

— Enfim, já falei demais. Como de costume. — Ela deu de ombros. — É impossível, claro. Então vamos esquecer. Vamos nos esquecer de *nós* e partir para a guerra.

Capítulo 74

Um Boeing 747-400 viaja a aproximadamente 13.700 metros de altitude. Saltar de uma altura destas — cerca de 3 mil metros a mais que o Monte Everest — e sobreviver requer equipamentos de alta tecnologia, para não falar de treinamento.

Os profissionais na vanguarda tecnológica das forças especiais desenvolveram um paradigma completamente novo para este tipo de salto, denominado SSVPAA: Sistema de Suporte de Vida para Paraquedistas de Alta Altitude.

A quase 14 mil metros, a atmosfera é tão rarefeita que é necessário respirar de um cilindro de ar para que não se morra sufocado em poucos instantes. Mas, a não ser que a combinação certa de gases seja usada, o paraquedista pode sofrer de doença por descompressão, também conhecida como "mal dos mergulhadores", pois é o que pode acontecer quando estes sobem de águas profundas após um mergulho com escafandro.

Durante um salto em altitude normal, a cerca de 9 mil metros, a velocidade terminal — que é a velocidade máxima de queda livre — é de mais ou menos 320 quilômetros por hora. Mas, quanto mais rarefeito o ar, mais rápido se cai. Saltando de 13.700 metros, a velocidade terminal chegaria a cerca de 440 quilômetros por hora.

Caso Jaeger e sua equipe tentassem abrir seus paraquedas a essa velocidade, tanto poderiam sofrer ferimentos sérios como resultado do impacto quanto poderiam acarretar uma explosão do dossel. O paraquedas sairia de seu casulo, e tudo que provavelmente ouviriam seria uma série de estalos à medida que as células se fossem se rompendo, deixando uma colcha de retalhos de seda batendo inutilmente sobre suas cabeças.

Em suma, se abrissem seus paraquedas a qualquer ponto acima de dez mil metros, e a uma velocidade terminal, seria improvável que chegassem vivos ao solo. Por isso, o procedimento padrão com o SSVPAA era cair em queda livre por uns bons 6 mil metros, até que o ar mais denso desacelerasse a queda.

Jaeger insistira em ter olhos-no-céu sobre o alvo; uma aeronave que montaria guarda permanentemente sobre a Ilha da Peste. Por isso, Peter Miles entrara em contato com a Hybrid Air Vehicles, fabricante do Airlander 50 — a maior aeronave do mundo.

O Airlander, uma espécie de dirigível moderno, usava gás hélio — não hidrogênio — e, portanto, era completamente inerte. Diferentemente do *Hindenburg*, da Primeira Guerra Mundial, ele não explodiria numa bola de fogo tão cedo. Com cerca de 120 metros de comprimento e 60 de largura, fora projetado para manter vigilância persistente sobre áreas amplas — observar alvos específicos por longos períodos — e era equipado com um radar e *scanners* de raios infravermelhos de última geração.

Com uma velocidade de cruzeiro de 105 nós e um alcance de 2.320 milhas náuticas, seria capaz de realizar o voo até a costa da África Oriental. Para completar, a tripulação da aeronave e a equipe de Jaeger haviam trabalhado juntos na missão anterior na Amazônia.

Uma vez sobre a costa da África Oriental, o Airlander permaneceria em órbita contínua por toda a duração da missão. Não precisaria estar diretamente sobre a Ilha da Pequena Máfia para montar guarda; era capaz de executar suas tarefas a até setenta quilômetros de distância.

Também contava com uma grande história de fachada caso chamasse a atenção de Kammler. Sob as águas daquela parte do Oceano Índico, ficava uma das maiores reservas de gás do mundo. Os chineses — atuando como a Corporação Petrolífera Marítima Nacional da China — estavam inspecionando diversas concessões na área. Oficialmente, o Airlander estava ali a mando da CPMNC, executando uma sondagem aérea.

A aeronave havia chegado à Ilha da Pequena Máfia umas 36 horas antes. Desde então, enviara um monte de fotos de vigilância. A selva parecia se estender pela ilha de forma quase ininterrupta — a não ser por uma pista de pouso de terra, longa o suficiente para acomodar apenas um Buffalo ou outra aeronave similar.

Onde quer que Kammler tivesse construído as jaulas dos primatas, os laboratórios e os alojamentos da equipe, parecia ser um lugar muito bem-escondido — ou sob a copa densa das árvores ou no subterrâneo. Aquilo prometia deixar a missão da equipe ainda mais desafiadora — o que, por sua vez, tornava as capacidades extras do Airlander ainda mais bem-vindas.

O Airlander 50 enviado à África Oriental era na verdade um protótipo altamente confidencial da aeronave. À popa da cabine de voo situada sob o imenso casco bulboso ficava um compartimento de carga, normalmente reservado para qualquer tipo de carregamento pesado que o dirigível transportasse. Mas este Airlander era um pouco diferente. Era um porta-aviões aéreo e uma plataforma de armas, com uma capacidade de fogo considerável. Havia dois drones britânicos Taranis — um bombardeiro *stealth* com tecnologia de ponta — localizados no compartimento de carga, que também funcionava como uma bem-equipada área de pouso e decolagem.

Com uma envergadura de dez metros e apenas um pouco mais que isso de comprimento, os Taranis — assim nomeados em homenagem ao deus do trovão celta — tinham um terço do tamanho do drone americano Reaper. E, com uma velocidade de Mach 1 — cerca de 1.234 quilômetros por hora —, era duas vezes mais rápido. Dotados de dois compartimentos internos carregando mísseis, os Taranis tinham um enorme poder de ataque, além da tecnologia furtiva que tornava o drone praticamente invisível a qualquer inimigo.

A inspiração que levara à conversão do Airlander a esta função de porta-aviões veio de um dirigível pré-Segunda Guerra Mundial, o USS *Macon*, o primeiro — e até então único — porta-aviões aéreo. Usando tecnologia que no momento da missão de Jaeger já datava de muitas décadas, o *Macon* tinha uma série de trapézios pendurados sob seu casco em forma de charuto. Bimotores Sparrowhawk haviam sido capazes de voar sob o dirigível e se acoplar a estes trapézios, para que o dirigível os puxasse para dentro.

Inspirado pelo *Macon*, o Airlander 50 também carregava um Wildcat AW-159 — um helicóptero britânico rápido e altamente manobrável, capaz de transportar oito pessoas. A ideia por trás do Wildcat seria usá-lo para extrair Jaeger e sua equipe da Ilha da Pequena Máfia após o término da missão.

E àquela altura Jaeger desejava fervorosamente que estivessem em oito no total — com Ruth e Luke tendo se juntado a eles.

Jaeger tinha certeza de que sua mulher e seu filho vinham sendo mantidos na ilha. Na verdade, tinha provas disso, embora não as houvesse mencionado aos outros. Era algo que não estava pronto para compartilhar. Havia muita coisa em jogo, e não queria arriscar que alguém o impedisse de realizar sua missão primária.

A fotografia que Kammler lhe enviara por e-mail mostrava Ruth e Luke ajoelhados numa jaula. Numa das laterais desta jaula, havia um nome desbotado: Primatas da Reserva de Katavi.

Jaeger — o Caçador — estava chegando perto.

Capítulo 75

Saltar pela abertura escura do compartimento de carga semiaberto de um 747 era como pular por um caixão — mas não havia outro jeito.

Jaeger se lançou na escuridão agitada e vazia e foi atingido imediatamente pela corrente de ar deixada pelo rastro do 747, mais similar a um furacão. Sentiu a rajada violenta fazê-lo girar, enquanto acima dele as imensas turbinas rugiam e bufavam como um dragão.

Momentos depois, o pior já havia passado, e Jaeger mergulhava na direção da terra feito um míssil humano.

Podia identificar abaixo de si a silhueta espectral de Lewis Alonzo, o homem que saltara imediatamente antes, como um ponto mais escuro contrastando com o céu negro da noite. Jaeger estabilizou sua posição, depois acelerou num mergulho de cabeça numa tentativa de alcançar Alonzo.

Seu corpo formou um triângulo, com os braços bem juntos ao corpo e as pernas relaxadas às suas costas. Era como uma flecha gigantesca despencando rumo ao oceano. Permaneceu em tal posição até chegar a quinze metros de Alonzo, quando então abriu os membros em forma de estrela. A medida servia para desacelerá-lo e para estabilizar sua posição.

Feito isto, virou a cabeça na direção do rosnado da corrente de ar, vasculhando os céus em busca de Narov, número cinco da fila. Estava sessenta metros atrás, mas rapidamente diminuía a distância. Outra flecha humana mergulhava atrás dela; tratava-se do último homem, Hiro Kamishi.

Muito acima de Kamishi ele só conseguia identificar a forma espectral do voo 675 da Lufthansa avançando em meio à escuridão, suas luzes piscando de maneira reconfortante. Por um instante sua mente se voltou para os passageiros; dormindo; comendo; assistindo a filmes — sem saber da pequena participação que tiveram no drama que se desenrolava.

Um drama que poderia determinar o curso de suas vidas.

Saltando de uma altura de quase 14 mil metros, Jaeger e sua equipe ficariam apenas sessenta segundos em queda livre. Ele fez uma checagem visual rápida do altímetro. Precisava ficar de olho na altitude, ou poderiam todos passar da altura de acionamento dos paraquedas, com consequências potencialmente devastadoras.

Ao mesmo tempo, o plano de ataque era repassado em sua mente numa velocidade absurda. Haviam estabelecido o ponto do salto a cerca de dez quilômetros a leste do alvo, sobre o mar aberto. Desse jeito, poderiam se posicionar ainda usando os paraquedas sem que fossem detectados, mas seriam capazes de alcançar facilmente a Ilha da Peste em seu curto voo.

Raff era o primeiro da fila, e seu trabalho era determinar o ponto exato onde aterrissar. Escolheria uma área sem árvores ou outras obstruções, além de postos inimigos óbvios. Manter a fila junta era a prioridade máxima naquele momento. Seria praticamente impossível encontrar alguém caso esse alguém se perdesse durante a queda livre.

Bem abaixo, Jaeger viu o lampejo do primeiro paraquedas se abrir na escuridão. Ele abaixou a mão e segurou o "pilotinho" — uma peça em forma de um paraquedas em miniatura. Tinha de arrancá-lo do ponto onde estava amarrado à sua coxa e lançá-lo na corrente de ar, assim, por sua vez, abriria o paraquedas principal.

Mas sua mão enluvada não parecia conseguir encontrá-lo. Segundos depois, ele passou a toda velocidade por Alonzo, continuando a tatear, agora mais desesperadamente, em busca do pilotinho.

Mesmo assim parecia não conseguir encontrar a coisa.

Suas alças ou o equipamento deviam ter se movido, fazendo com que ficasse preso.

Àquele ponto, Jaeger já perdera uns bons trezentos metros. Cada segundo o deixava mais perto de um impacto devastador com o oceano, que, àquela velocidade, seria como cair em concreto sólido. A água pode parecer mole quando entramos numa banheira. Mas chocar-se contra ela a muitos metros por segundo se mostraria fatal.

A adrenalina agora fervilhava no corpo de Jaeger, como uma floresta embebida em gasolina.

— *É hora de puxar, Jaeger!* — gritou para si mesmo. — *É hora de puxar esta porcaria.*

Capítulo 76

O que quer que tivesse acontecido na saída de Jaeger ou durante sua queda, deixara o pilotinho inacessível. Isso Jaeger havia entendido. E seu tempo havia esgotado. Só lhe restava, portanto, uma coisa a fazer.

Ele esticou a mão e acionou o mecanismo de emergência que desprendia as alças de seus ombros, livrando-se do paraquedas principal. Este foi sugado pela escuridão lá no alto e desapareceu de vista.

Feito isso, ele segurou o aro de metal preso à alça do ombro direito e o puxou, acionando o paraquedas de emergência. Em alguns segundos ouviu um estalo, como a vela de uma embarcação se enchendo de vento, e uma vasta extensão de seda floresceu acima dele.

Jaeger ficou pendurado, imóvel e em silêncio, rezando em agradecimento. Ergueu a cabeça para checar o velame reserva. Tudo parecia em ordem.

Ganhara uns novecentos metros em relação aos outros, o que significava que teria de reduzir drasticamente a velocidade de sua descida. Segurou os batoques e deu-lhes um puxão decidido, forçando o ar por toda a extensão do paraquedas e fazendo pequenos ajustes para reduzir a velocidade.

Olhou para baixo, procurando Raff, o líder da fila. Abaixou seus óculos de visão noturna, acoplados ao capacete, e acionou o modo infravermelho, esquadrinhando a noite. Procurava pelo brilho tênue de um vaga-lume IV, uma unidade de luz infravermelha piscante.

Não havia sinal da luz em lugar algum. Jaeger devia ter passado de número quatro a número um na fila. Havia uma unidade IV similar na parte de trás de seu capacete, então sua esperança era de que os outros se baseassem nela.

Apertou o botão de luz em seu aparelho de GPS. Ele mostrava uma linha pontilhada que ia de sua posição atual ao exato ponto onde pretendiam aterrissar. Jaeger podia se permitir deixar o GPS aceso: àquela altitude — cerca de 6 mil metros — ninguém o veria do chão. Concluiu que estava viajando a aproximadamente trinta nós, flutuando a oeste junto ao vento prevalecente. Mais oito minutos e deveriam estar sobre a Ilha da Peste.

Debaixo do traje SSVPAA Goretex, Jaeger usava um traje completo para o frio, incluindo um par de luvas de seda sob suas grossas sobreluvas Goretex. Ainda assim, sentia cãibras nas mãos por causa do esforço realizado enquanto ajustava sua linha de voo para tentar ajudar os outros a alcançá-lo.

Em questão de minutos, cinco vaga-lumes IV apareceram no céu noturno acima dele: a fila estava completa. Deixou Raff ultrapassá-lo, assumindo a liderança outra vez. Assim seguiram, seis figuras no teto escuro do mundo.

Quando Jaeger estudara as fotos de vigilância tiradas pelo Airlander, parecia que só havia uma zona de aterrissagem viável: a pista de terra da ilha. Provavelmente o lugar seria muito bem guardado, mas era o único pedaço de terreno de tamanho significativo onde não havia árvores.

Jaeger não havia gostado daquilo. Nenhum deles havia. Aterrissar ali seria como pousar bem na garganta do inimigo. Mas a impressão era de que tinham de escolher entre a pista ou nada.

Kamishi explicara quais seriam seus passos seguintes, vitais após a aterrissagem. E não seriam moleza.

Precisariam encontrar um local onde pudessem trocar a veste de sobrevivência — o equipamento SSVPAA — por outra, o traje espacial Bio Nível 4. Tudo isso depois de terem potencialmente pousado bem no meio do vespeiro.

Os espessos trajes SSVPAA forneciam calor e oxigênio vitais, mas ofereceriam pouca proteção numa zona de risco de Nível 4. A equipe precisava de um ambiente seguro onde pudesse vestir seus trajes espaciais e respiradores com filtros de ar.

O kit incluía máscaras FM54 — as mesmas usadas no resgate de Letícia Santos — ligadas por um tubo à prova de choque em forma de "S" a uma série de filtros a bateria, formando um pacote reminiscente da era espacial às costas do usuário. Este filtro bombeava ar limpo nos volumosos trajes — Trellchem EVO 1BS verde-oliva, feitos de um tecido Nomex com revestimento de borracha Viton quimicamente resistente, oferecendo, portanto, cem por cento de proteção.

Enquanto estivessem se transformando de paraquedistas de alta altitude em operadores de Zona de Risco 4, os integrantes da equipe ficariam altamente vulneráveis, o que excluía a pista como potencial ponto de aterrissagem. Isso deixava apenas outra possibilidade: uma faixa estreita de areia branca e imaculada situada no lado ocidental da ilha.

Pelas fotos de vigilância, a "Praia de Copacabana", como a batizaram, parecia adequada. Com a maré baixa, haveria talvez cerca de quinze metros de areia entre o ponto onde a selva terminava e o cintilante mar azul começava. Correndo tudo bem, trocariam de roupa ali e então entrariam na selva para atacar as instalações de Kammler, em uma investida totalmente inesperada em meio à noite escura e vazia.

Este, pelo menos, era o plano.

Mas uma pessoa teria de permanecer na praia. Seu papel seria estabelecer uma "linha de descontaminação úmida", que consistia em uma barraca de descontaminação improvisada, completa com kits para a esfregação. Assim que a equipe reemergisse da selva, com a missão completa, precisariam lavar seus trajes com baldes de água salgada misturada a EnviroChem, um agente químico potente que matava vírus.

Com os trajes esterilizados, eles se despiriam e se esfregariam uma segunda vez, agora descontaminando a própria pele. Sairiam então da linha entre sujo e limpo e entrariam no universo não contaminado, deixando suas vestes contra riscos QBRN para trás.

De um lado desta linha ficaria uma Zona de Risco de Nível 4.

Esperavam que o outro lado — o da praia aberta e banhada pelas ondas — fosse seguro e livre de qualquer contaminação. Pelo menos era esta a teoria. E Kamishi — o especialista do grupo em QBRN — era o candidato óbvio para organizar esta linha de descontaminação.

Jaeger olhou para o oeste, na direção da Ilha da Peste, mas ainda não conseguia identificar nada. Seu paraquedas era fustigado por uma rajada de vento, e pingos de chuva caíam sobre sua pele exposta, cada um deles atingindo-o como uma minúscula lâmina afiada.

Num sinal de mau agouro, tudo o que conseguia ver era a escuridão fria e impenetrável.

Capítulo 77

Enquanto seguia a rota sendo traçada por Raff, a mente de Jaeger se encheu de imagens de Ruth e Luke. As próximas horas revelariam tudo. Para o melhor ou para o pior.

A pergunta que o vinha atormentando pelos últimos três anos estava prestes a ser respondida. Ou ele conseguiria realizar o aparentemente impossível e resgatar Ruth e Luke... ou descobriria a terrível verdade: que um deles, ou ambos, estavam mortos.

E, caso se deparasse com esta última possibilidade, saberia a quem recorrer.

As últimas missões juntos, as confissões de Narov — sua história familiar tenebrosa e traumática; sua ligação com o avô falecido de Jaeger; seu autismo; a amizade crescente entre os dois — o deixaram perigosamente próximo dela.

E, se voasse muito perto do sol de Narov, Jaeger tinha certeza de que se queimaria.

Jaeger e os outros paraquedistas ainda estavam no ar, completamente indetectáveis por qualquer sistema de defesa conhecido. Um radar reflete em objetos sólidos e angulares — como as asas de metal de um avião ou as pás do rotor de um helicóptero — mas simplesmente desvia de formas humanas e segue ininterruptamente. Mantinham o silêncio na maior parte da descida, de forma que havia pouco risco de serem ouvidos. Estavam todos vestidos de preto, suspensos por paraquedas negros e praticamente invisíveis do solo.

Aproximaram-se de uma massa alta de nuvens, que se amontoava na direção do mar. Já haviam atravessado uma camada de nuvens úmidas, mas nada tão espesso ou substancial quanto aquilo. A única opção era seguir em meio a ela.

Deslizaram para dentro da névoa cerrada e cinzenta, a nuvem se tornando ofuscantemente densa. Conforme atravessava a massa opaca, Jaeger sentia mais e mais pingos d'água gelados condensando em sua pele exposta e escorrendo pelo rosto. Quando emergiu do outro lado, estava congelando.

Alcançou Raff na mesma hora, mantendo-se em seu mesmo nível, só que à frente. Mas, quando se virou para olhar para trás, não viu sinal de Narov nem dos outros.

Diferentemente da queda livre, onde a comunicação é impossível devido ao barulho das correntes de ar, você pode falar por rádio com outra pessoa enquanto desce com o paraquedas. Jaeger apertou o botão e falou em sua embocadura.

— Narov... aqui é Jaeger. Onde você está?

Ele repetiu o chamado diversas vezes, mas ainda assim não houve resposta. Ele e Raff haviam perdido o restante da fila, que àquela altura provavelmente já estava fora do alcance do rádio.

A voz de Raff soou pelo ar.

— Vamos em frente. Chegando ao PI, nos reorganizamos no solo. — PI significava ponto de impacto, no caso, a "Praia de Copacabana".

Raff estava certo. Aquilo era tudo o que podiam fazer depois de perderem contato com o restante da fila, e muita comunicação por rádio poderia fazer com que fossem detectados.

Vários minutos depois, Jaeger percebeu que Raff acelerou ao começar a girar verticalmente para baixo, visando a ilha e a pequena faixa de areia. Chegou ao solo com uma pancada potente.

A trezentos metros de altura, Jaeger acionou as alavancas de metal que soltavam sua mochila. Ela despencou até ficar suspensa a cerca de seis metros abaixo dele.

Ouviu o pacote volumoso se chocar contra o solo.

Alargou o paraquedas para diminuir o ritmo da descida e, segundos depois, suas botas bateram na faixa de areia, que reluzia em um tom branco-azulado surreal sob o luar. Deu vários passos acelerados enquanto o pedaço de seda caía, enrolando-se num embrulho ao lado do mar.

Imediatamente soltou sua MP7 do ombro direito e colocou uma bala na agulha. Estava a algumas dezenas de metros de Raff e estava bem.

— Pronto — sussurrou ao rádio.

Os dois se dirigiram ao ponto de encontro. Momentos depois, Hiro Kamishi apareceu no céu noturno e aterrissou perto deles.

Mas não havia sinal algum do restante da equipe de Jaeger.

Capítulo 78

Hank Kammler pediu uma garrafa de Le Parvis de la Chapelle safra 1976. Nada muito caro, mas, ainda assim, um vinho tinto francês de qualidade. Resistiu ao impulso de abrir uma garrafa do melhor champanhe. Havia muito a celebrar, mas não gostava de começar a festa cedo demais.

Só por precaução.

Ligou o laptop e, conforme ele se inicializava, Kammler deixou seus olhos passearem pela vista abaixo. O charco estava numa agitação maravilhosa. As formas bojudas, arredondadas e oleaginosas dos hipopótamos chafurdavam contentes na lama. Uma manada de antílopes ruanos — ou seriam zibelinos? Kammler nunca sabia ao certo a diferença — experimentava a água turva com o nariz, receosa dos jacarés.

Tudo parecia bem nesse paraíso, o que animou ainda mais seu estado de espírito já positivo. Clicou e digitou no laptop, acessando a mesma conta com rascunhos de e-mail que Jaeger havia acessado poucos dias antes. Kammler mantinha uma vigilância regular. Podia saber quais mensagens Jaeger tinha aberto e quando.

Ele franziu a testa.

As imagens mais recentes criadas por ele e Steve Jones ainda não haviam sido abertas. Kammler clicou numa delas, saboreando sua cruel intenção, ao mesmo tempo perturbado por seu inimigo ainda não tê-la visto.

A imagem se abriu, revelando a forma característica de Jones, com a cabeça raspada, agachado atrás da mulher e do filho de Jaeger, seus imensos braços nus ao redor dos ombros deles, seu rosto irradiando um sorriso extremamente sinistro.

Palavras surgiram aos poucos debaixo da foto: *Um velho amigo manda um alô.*

Uma pena, disse Kammler a si mesmo, que Jaeger ainda não tenha curtido esta. Era uma obra-prima. Isso, por sua vez, o fez imaginar onde estariam Jaeger e sua equipe naquele momento exato.

Consultou o relógio. Esperava companhia. Como se obedecendo a uma deixa, a forma grande e rude de Steve Jones se sentou na cadeira em frente, bloqueando quase que completamente a vista de Kammler.

Era típico do homem. Tinha a sensibilidade e a sutileza de um dinossauro. Kammler olhou para o vinho. Só havia pedido uma taça.

— Boa noite. Imagino que gostaria de beber uma Tusker?

Tusker era uma marca de cerveja lager queniana popular entre os turistas e os expatriados.

Os olhos de Jones se estreitaram.

— Nunca bebo essa coisa. É africana, fraca como mijo. Prefiro uma Pilsner.

Kammler pediu a cerveja.

— Então, quais são as novas?

Jones se serviu da bebida.

— Seu cara, Falk Konig, acabou tomando a injeção. Relutou um pouco, mas não estava disposto a discutir.

— E? Algum progresso em relação ao garoto?

— Parece que um garoto chegou aqui, há seis meses, como clandestino num avião de carga. Veio com uma história muito maluca. Pareceu um monte de baboseiras para mim.

Os olhos de Kammler — reptilianos, frios e predatórios — fixaram-se em Jones.

— Pode parecer um monte de baboseiras para você, mas eu preciso ouvir a história. A história toda.

Jones relatou uma história semelhante à que Konig contara a Jaeger e Narov vários dias antes. Ao final, Kammler sabia de quase tudo, incluindo o nome do menino. E, claro, não duvidava de que a história fosse cem por cento exata.

Sentiu as garras frias da incerteza — de um temor de última hora — roendo-o por dentro. Se a mesma história tivesse chegado aos ouvidos de Jaeger, o que ele teria descoberto? O que teria deduzido? E aonde isso o teria levado?

Havia algo na história do menino que pudesse ter revelado o plano mais amplo de Kammler? Acreditava que não. Como seria possível? Os sete voos já haviam aterrissado nos destinos escolhidos. A carga fora desembarcada e, até onde Kammler sabia, os primatas estavam cumprindo quarentena naquele exato instante.

Isso significava que o gênio saíra da garrafa.

Ninguém poderia colocá-lo para dentro de novo.

Ninguém poderia salvar a população mundial do que, naquela hora, já estava se espalhando.

Invisível.

Não detectado.

Sequer suspeitado.

Dentro de poucas semanas começaria a erguer sua feia cabeça. No início os sintomas seriam parecidos com os da gripe. Nem causariam alarme. Mas então começariam os primeiros sangramentos.

Bem antes desta ocasião, a população mundial já estaria infectada. O vírus teria se espalhado para os quatro cantos do planeta e seria implacável.

E então a ficha caiu.

O pensamento foi tão intenso que fez Kammler engasgar com o vinho. Seus olhos se esbugalharam e sua pulsação acelerou conforme ele contemplava algo extremamente impensável. Agarrou um guardanapo e o passou distraidamente pelo queixo. Era algo com pouquíssima chance de vingar. Quase impossível. Mas, no entanto, ainda havia uma chance mínima.

— Está passando bem? — perguntou uma voz. Era Jones. — Parece que viu um fantasma.

Kammler fez um gesto com a mão para que ele parasse de falar.

— Espere — chiou. — Preciso de silêncio. Preciso pensar.

Seus dentes se cerraram e rangeram. Sua cabeça era um turbilhão de pensamentos em ebulição, imaginando a melhor forma de combater este perigo novo e imprevisto.

Finalmente voltou o olhar para Jones.

— Esqueça todas as ordens que lhe dei. Quero que se concentre numa tarefa só. Preciso que encontre aquele menino. Não me importa quanto vai custar, aonde você terá de ir, quais dos seus... companheiros terá de recrutar, *mas encontre o garoto*. Encontre o desgraçadinho e o cale para sempre.

— Entendido — confirmou Jones. Era muito diferente de partir atrás de Jaeger, mas pelo menos não deixava de ser uma caçada. Algo com o que se envolver. — Preciso de uma deixa. Um ponto de partida. Uma pista.

— Vai ter tudo de que precisar. Estes favelados usam celulares, telefonia móvel. Internet móvel. Botarei as melhores pessoas na escuta atrás dele. Para buscar. Hackear. Monitorar. Vão encontrá-lo. E quando encontrarem você vai lá e termina tudo com força extrema. Estamos entendidos?

Jones exibiu um sorriso cruel.

— Perfeitamente.

— Certo, vá se preparar. Terá de viajar, provavelmente para Nairóbi. Vai precisar de ajuda. Encontre pessoas. Ofereça a elas o que for preciso, mas cumpra a missão.

Jones partiu, segurando na mão o copo de cerveja pela metade. Kammler voltou para o laptop. Seus dedos dançaram sobre o teclado, fazendo uma chamada via IntelCom. O destinatário era um escritório cinzento banal num complexo de edifícios cinzentos bai xos, escondidos em meio a uma faixa de floresta cinzenta na remota Virginia rural, na costa leste dos Estados Unidos.

Aquele escritório contava com a tecnologia mais avançada do mundo em interceptação de sinais e rastreamento. Na parede ao lado da entrada havia uma pequena placa de latão. Dizia: CIA — Divisão de Análise de Ameaça Assimétrica (DAAA).

Uma voz respondeu:

— Harry Peterson.

— Sou eu — anunciou Kammler. — Estou enviando a você a ficha de um indivíduo específico. Sim, das minhas férias na África Oriental. Deve usar todos os meios possíveis, internet, e-mail, telefones celulares, reservas de viagens, detalhes de passaportes, *tudo*, para encontrá-lo. A última localização conhecida seria a favela de Mathare, na capital do Quênia, Nairóbi.

— Entendido, senhor.

— Isso tem prioridade máxima e absoluta, Peterson. Você e sua equipe devem largar tudo, absolutamente tudo, para se concentrar nesta tarefa. Estamos entendidos?

— Sim, senhor.

— Me informe assim que souber de alguma coisa. Não importa a hora do dia ou da noite, me procure imediatamente.

— Entendido, senhor.

Kammler encerrou a chamada. Sua pulsação começava a voltar ao normal. *Não vamos exagerar*, disse a si mesmo. Como qualquer ameaça, podia ser controlada. Eliminada.

O futuro ainda era cem por cento seu.

Capítulo 79

Houve um estalido no fone de ouvido de Jaeger. Uma mensagem chegando.

— Perdemos vocês na nuvem. — Era Narov. — Estamos em três, mas levamos um tempo para encontrar um ao outro. Descemos na pista de voo.

— Entendido — respondeu Jaeger. — Fiquem fora de vista. Nós iremos até vocês.

— Uma coisa. Não tem ninguém aqui.

— Diga de novo?

— Na pista de pouso. Está totalmente deserta.

— Ok, fiquem na encolha. Deixem seus vagalumes em estroboscópio.

— Acredite em mim, não tem vivalma aqui — repetiu Narov. — É como se todo o lugar... Está tudo deserto.

— Estamos a caminho.

Jaeger e Raff se prepararam para sair, deixando Kamishi na guarda da linha de descontaminação úmida.

Jaeger tirou do kit os componentes a serem usados em sua caminhada espacial, colocando-os nas areias da Ilha da Peste. O material grosso e quimicamente resistente do traje Trellchem reluzia sinistramente ao luar. Colocou na areia ainda as sobrebotas e luvas espessas de borracha. Numa pedra próxima, colocou seu rolo da importantíssima fita isolante.

Olhou para Raff.

— Primeiro eu.

Raff ficou de lado para assistir. Jaeger se enfiou dentro da roupa começando com os pés. Puxou-a até as axilas e então posicionou braços e ombros. Com a assistência de Raff, puxou o zíper interno e depois puxou o capuz bulboso, de forma que cobrisse completamente sua cabeça.

Apontou para a fita isolante e estendeu as mãos. Raff prendeu com a fita a ponta das mangas de sua veste às luvas de borracha, fazendo o mesmo com as botas ao redor dos tornozelos de Jaeger.

A fita adesiva seria sua primeira linha de defesa.

Jaeger apertou um controle, acionando o seu kit de respiração para o modo ativo de força a ar. Houve um leve chiado quando os motores elétricos começaram a injetar ar puro e filtrado, enchendo sua roupa até que a superfície de borracha ficasse rígida. A veste não só esquentava, como era difícil de controlar e fazia barulho quando ele tentava se mover.

Kamishi ajudou Raff a vestir seu traje; logo estavam prontos para adentrar a selva.

Por um momento, Raff hesitou. Olhou para Jaeger por trás de sua viseira. Dentro, o rosto estava coberto pela máscara FM54, assim como o dele. Dessa forma, tinham uma dupla linha de defesa.

Jaeger viu os lábios de Raff se mexerem. As palavras reverberavam no seu fone de ouvido, soando abafadas e distantes.

— Ela está certa. Narov. Não tem ninguém aqui. Posso sentir. Esta ilha... está deserta.

— Você não tem como saber — contrapôs Jaeger. Teve de erguer a voz para se fazer ouvir acima da pulsação do fluxo de ar.

— Não tem ninguém aqui — repetiu Raff. — Quando pousamos, você viu uma única luz? Um brilho? Um movimento? Qualquer coisa?

— Ainda temos que revistar o local. Primeiro a pista de voo. Depois os laboratórios de Kammler. Tintim por tintim.

— Sim, eu sei. Mas, confie em mim: não tem ninguém aqui.

Jaeger o fitou através da barreira dos seus visores.

— Se você estiver certo, o que significa isso? O que significa?

Raff sacudiu a cabeça.

— Não sei, mas coisa boa não é.

Jaeger sentiu o mesmo, mas havia algo mais corroendo sua mente, algo que o deixava fisicamente mal.

Se esta ilha estiver deserta, para onde Kammler levou Ruth e Luke?

Partiram, arrastando-se rumo ao paredão escuro da floresta como astronautas, mas sem o benefício da comparativa ausência de peso para facilitar sua marcha. Ao entrarem desajeitadamente na selva adiante, cada um tinha sua curta submetralhadora MP7 pendendo à frente do corpo.

Assim que se viram sob a cobertura das árvores, a escuridão caiu sobre eles. As copas filtravam toda a luz ambiente. Jaeger acionou a lanterna acoplada à sua MP7, um feixe de iluminação que atravessava o negrume à medida que avançavam.

Diante dele estava uma muralha quase impenetrável de vegetação sombria, a selva cheia de trepadeiras e de folhas de palmeira gigantescas na forma de leques e videiras grossas como a coxa de um homem. Graças a Deus só tinham de atravessar uma centena de metros para chegar à pista de voo.

Jaeger tinha dado alguns passos difíceis sob a cobertura escura das árvores quando sentiu um movimento ao seu redor. Uma forma estranha saiu da sombra das árvores e se jogou contra ele, saltando com uma destreza acrobática incrível, firme e flexível. Jaeger ergueu a mão direita engrossada pela luva, para bloquear o movimento, e socou com a esquerda, partindo para a garganta da criatura num típico golpe de Krav Maga.

No combate corpo a corpo, era necessário bater instantaneamente e com força, despejando golpes repetidos sobre as áreas mais vulneráveis do adversário — a principal sendo o pescoço. Mas, fosse o que fosse aquela fera, era ágil demais. Talvez, por outro lado, fossem os movimentos de Jaeger que estivessem sendo dificultados pela roupa. Sentiu como se estivesse afundando num grande atoleiro.

O agressor se esquivou dos primeiros golpes; um instante depois, Jaeger sentiu algo poderoso enlaçar seu pescoço como uma cobra. O que quer que fosse, começou a apertar.

A força da coisa, para o seu tamanho, era inacreditável. Jaeger sentiu a adrenalina irromper no seu corpo enquanto sua roupa franzia e dobrava, quatro membros fortes se fechando em sua cabeça. Lutou com as mãos para se desvencilhar, mas então — de maneira súbita e chocante — um rosto apareceu à sua frente, enfurecido e rosnando, seus olhos avermelhados. A criatura atacou com seus caninos, as longas presas amarelas arranhando sua viseira.

Por motivos desconhecidos, os primatas acham os humanos cobertos por roupas espaciais ainda mais aterrorizantes e provocadores do que em carne e osso. E, como Jaeger fora advertido na reunião em Falkenhagen, um primata — mesmo pequeno como aquele — poderia se revelar um adversário temível.

Principalmente quando tinha o cérebro fritado por uma infecção viral capaz de alterar suas faculdades mentais.

Jaeger se concentrou nos olhos da fera, um dos pontos mais vulneráveis do corpo. Seus dedos enluvados fizeram contato, e ele enfiou os polegares bem fundo — um golpe clássico do Krav Maga que não requeria nenhuma agilidade ou velocidade particular.

Seus dedos deslizaram e se enfiaram numa massa úmida e oleosa; pôde sentir isso até através das luvas. O animal começou a vazar líquido — sangue — dos globos oculares.

Forçou os dedos ainda mais fundo, arrancando um globo ocular ainda vivo. Finalmente o macaco desistiu, afastando-se dele num acesso de raiva agonizante, uivando com fúria. A última coisa que fez foi soltar a cauda, enrolada ao redor do pescoço de Jaeger e quase o estrangulando.

Deu um salto desesperado para buscar cobertura, ferido e doente além de qualquer salvação. Jaeger ergueu sua MP7 e atirou: um disparo bastou para derrubá-lo.

O macaco caiu morto no chão da floresta.

Debruçou-se para observá-lo, apontando a lanterna sobre a forma imóvel. Debaixo de seus pelos esparsos, a pele do primata estava coberta por manchas protuberantes vermelhas. E onde a bala rompera o torso, Jaeger podia ver um rio de sangue escorrendo.

Mas não era algo como sangue normal.

Era negro, pútrido e pegajoso.

Uma sopa viral mortífera.

O ar rugia nos ouvidos de Jaeger como um trem expresso lançando vapor por um túnel longo e escuro. Como deve ser conviver com um vírus daqueles?, perguntou-se ele.

Morrendo, mas sem nenhuma ideia sobre o que o estava matando.

Seu cérebro, um mingau frito de febre e raiva.

Seus órgãos, dissolvendo dentro de sua pele.

Jaeger tremeu. Este lugar era maligno.

— Você está bem, garoto? — perguntou Raff, via rádio.

Jaeger assentiu soturnamente e assinalou o caminho. Seguiram em frente.

Os macacos e os humanos nesta ilha amaldiçoada eram primos próximos, sua linhagem compartilhada estendendo-se por incontáveis milênios. Agora teriam de lutar até a morte. No entanto, uma força vital mais antiga — uma força primal — estava à espreita de ambos.

Era minúscula e invisível, mas muito mais poderosa do que todos eles.

Capítulo 80

Donal Brice espiou pelas barras da jaula mais próxima. Coçou a barba, ansioso. Um sujeito grande e pesado, Brice acabara de conseguir o emprego no recinto de quarentena do aeroporto Dulles de Washington e ainda não sabia bem ao certo como o maldito sistema funcionava.

Na condição de novato, amargava boa parte dos turnos da noite. Considerava aquilo justo e, na verdade, ficava feliz pelo trabalho. Não fora fácil encontrar aquele emprego. Extremamente inseguro, Brice tinha uma tendência a acobertar suas incertezas com ataques de riso espalhafatosos e ensurdecedores.

Isso não era visto com muito bons olhos em entrevistas de emprego — principalmente porque ele costumava rir das coisas erradas. Ou seja, estava feliz por ter um emprego no alojamento dos macacos, além de estar determinado a se sair bem.

Chegou à conclusão, entretanto, de que aquilo que via à sua frente naquele exato instante não era um bom sinal. Um dos macacos parecia bem doente. Mal.

O fim do seu turno estava próximo, e ele entrara no alojamento dos macacos para dar a ração matutina. Era sua última tarefa antes de bater o ponto e ir para casa.

Os animais recém-chegados estavam fazendo uma tremenda algazarra, batendo na grade de arame, pulando dentro das jaulas e gritando: *Estamos com fome.*

Mas não aquele camaradinha.

Brice se acocorou e examinou o macaco-vervet de perto. Ele estava agachado nos fundos da jaula, com os braços em torno de si e uma expressão vidrada no rosto normalmente gracioso. O nariz do pobre coitado estava escorrendo. Não havia dúvidas de que aquele carinha não estava bem.

Brice quebrou a cabeça para se lembrar do procedimento a ser adotado em caso de animais doentes. O indivíduo deveria ser removido das instalações principais e colocado em isolamento para impedir o contágio dos demais.

Brice era um amante incorrigível dos animais. Ainda morava com os pais, e, em casa, tinham todos os tipos de bichos. Sentia-se estranhamente ambivalente quanto à natureza de seu trabalho ali. Gostava de estar perto dos macacos, disso tinha certeza, mas não apreciava tanto assim o fato de que eles estavam ali para testes médicos.

Desceu até o armazém e pegou o kit utilizado para a remoção de um animal doente. Consistia em uma longa vara com uma seringa presa a uma das pontas. Ele carregou a seringa, voltou à jaula, colocou a vara para dentro e, com a maior delicadeza possível, perfurou o macaco com a agulha.

O bicho estava tão doente que nem reagiu. Brice empurrou o êmbolo na sua ponta da vara, e a dose de medicamento foi injetada no animal. Passado um minuto ou dois, Brice pôde destrancar a jaula — com o nome da exportadora, Reserva de Primatas de Katavi, estampado — e colocou as mãos para dentro para pegar o animal inconsciente.

Ele o levou à unidade de isolamento. Colocara um par de luvas cirúrgicas para remover o primata, mas não usava qualquer outro tipo de proteção extra, principalmente os trajes e máscaras empilhados num canto do armazém. Até o momento, nenhum tipo de doença fora relatado na área dos macacos, então não havia motivos para isso.

Ele colocou o animal inconsciente numa jaula de isolamento e estava prestes a fechar a porta quando se lembrou de algo que um dos colegas mais simpáticos lhe dissera. Se um animal estivesse doente, geralmente você podia sentir pelo hálito.

Pensou bem se deveria tentar. Talvez pudesse ganhar alguns pontos com o chefe. Lembrando como o colega o ensinara a fazer, inclinou-se para dentro da jaula e usou a mão para abanar o hálito do macaco para perto de suas narinas, inalando profundamente algumas vezes. Mas não havia nada de diferente que pudesse detectar, a não ser pelo cheiro tênue de urina rançosa e comida na jaula.

Brice deu de ombros, fechou e trancou a porta; então, olhou para o relógio. Estava alguns minutos atrasado para a troca de turno. E, para falar a verdade, estava com pressa. Era sábado, o grande dia da convenção de quadrinhos FantastiCon no centro da cidade. Gastara uma bela grana comprando ingressos para o "Fim de Semana Nerd" e para ter acesso ao evento VIP quádruplo dos Power Rangers.

Tinha de correr.

Uma hora depois, chegou ao Centro de Convenções Walter E. Washington, tendo dado uma passada rápida em casa para trocar a roupa do trabalho e pegar sua fantasia. Seus pais se opuseram, dizendo que ele devia estar cansado após o turno da noite no serviço, mas ele prometeu que descansaria bem aquela noite.

Estacionou e entrou no prédio, onde o rugido dos imensos aparelhos de ar-condicionado acrescentava um zumbido estrutural reconfortante à falação e às risadas que preenchiam o interior do cavernoso centro de convenções. O lugar já estava agitado.

Pegou um atalho para a praça de alimentação. Estava faminto. Depois de comer e beber, seguiu para uma cabine e emergiu alguns minutos mais tarde como um... *super-herói*.

As crianças se aglomeraram em torno do Hulk. Chegavam cada vez mais perto, querendo tirar fotos com seu poderoso ídolo dos quadrinhos, especialmente porque o Hulk parecia muito mais sorridente e divertido em carne e osso do que nos filmes.

Donal Brice, também conhecido como Hulk, passaria o fim de semana fazendo o que mais gostava: soltando suas gargalhadas explosivas e heroicas num lugar onde todos pareciam apreciá-las e ninguém o olhava torto por isso. Passaria o dia rindo e respirando, e respirando e rindo, enquanto o enorme sistema de ar-condicionado reciclava suas exalações...

E as misturava à respiração de dez mil outras almas humanas que de nada suspeitavam.

Capítulo 81

— Talvez tenhamos encontrado algo — anunciou Harry Peterson, diretor da Divisão de Análises de Ameaças Assimétricas da CIA, ou DAAA, pelo IntelCom.

— Me diga — ordenou Kammler.

Sua voz continha um eco incomum. Estava sentado numa sala escavada numa das muitas cavernas situadas perto do BV222, seu adorado avião. O ambiente era pouco adornado e pragmático, mas se mostrava notavelmente bem-equipado para um local posicionado dentro de imensas paredes de rocha nas profundezas da montanha dos Anjos em Chamas.

Tratava-se tanto de uma fortaleza inexpugnável quanto de um centro nervoso tecnologicamente sofisticado. O lugar perfeito no qual se observar o que estava por vir.

— Então, esse cara chamado Chucks Bello enviou um e-mail — explicou Peterson. — A DAAA o rastreou usando palavras-chave baseadas em combinações de nomes. Existe mais de um Chucks Bello ativo na internet, mas este chamou nossa atenção. Há vários distritos nas favelas de Nairóbi. Um deles, Mathare, se iluminou com comunicações desse Chucks Bello.

— E isso significa...? — perguntou Kammler, já sem paciência.

— Temos 99% de certeza de que esse é o nosso cara. Chucks Bello enviou um e-mail para um tal Julius Mburu, que administra uma coisa chamada Fundação Mburu. É uma espécie de organização beneficente de ação social que trabalha na favela de Mathare. Com crianças. Várias delas são órfãs. Vou encaminhar o e-mail para você. Temos certeza de que esse é o nosso cara.

— E vocês conseguiram identificar um ponto? Alguma localização?

— Conseguimos. O e-mail foi gerado num endereço comercial: hospede@amanibeachretreat.com. Existe um Amani Beach Retreat a aproximadamente 650 quilômetros de Nairóbi. É um resort exclusivo, cinco estrelas, localizado no Oceano Índico.

— Ótimo. Encaminhe a troca de comunicações. E continuem revirando tudo. Quero ter cem por cento de certeza de que este é o nosso cara.

— Entendido, senhor.

Kammler desligou. Digitou as palavras "Amani Beach Resort" no buscador do Google e depois acessou a página do lugar. Apareceram imagens de um crescente de areia imaculadamente branca, banhada por esplêndidas águas azul-turquesa. Uma piscina límpida e cintilante situada bem na beirada da praia, completa com um discreto serviço de bar e espreguiçadeiras à sombra. Gente da região usando os tradicionais trajes batique serviam comidas finas para os elegantes hóspedes estrangeiros.

Nenhum garoto da favela ia para um lugar desses.

Se o menino estava no Amani Beach, alguém devia tê-lo levado para lá. Só poderia ser Jaeger e seu grupo, e só poderiam ter feito isso por um motivo: para escondê-lo. E se estavam protegendo o garoto, talvez *tivessem* percebido a esperança impossível que um garoto pobre das favelas africanas poderia oferecer à humanidade.

Kammler verificou seu e-mail. Acessou a mensagem de Peterson, passando os olhos pelo e-mail de Simon Chucks Bello.

Esse cara chamado Dale me deu *maganji*. Dinheiro para gastar — *maganji* de verdade. Tipo, Jules, meu amigo, eu vou te pagar. Tudo que devo. E sabe o que vou fazer depois, cara? Vou fretar um jumbo com um cassino e uma piscina e dançarinas de todo o mundo — Londres, Paris, Brasil, Rússia, China, de Marte e até da América, é isso aí — Miss América pra caramba — e vocês todos serão convidados, porque vocês são meus *irmãos* e a gente vai sobrevoar a cidade jogando garrafas vazias de cerveja e tudo mais lá embaixo pra que todos saibam da festa maneira que estamos fazendo, e atrás desse jumbo vai ter uma faixa anunciando: FESTA DE ANIVERSÁRIO DO MOTO NO JUMBO — SÓ PRA CONVIDADOS!

Mburu respondeu:

Tá bom. Você nem sabe sua idade, Moto, como vai saber quando é seu aniversário? Além disso, de onde vai surgir toda essa grana? É preciso bastante *maganji* para fretar um jumbo. Apenas relaxe e fique na sua, e faça o que o *mzungu* lhe disser. Vai ter tempo de sobra para festejar quando tudo isso acabar.

Claramente, "Moto" era o apelido do garoto. E ele claramente estava sendo bem tratado por seus benfeitores *mzungu*, palavra essa que Kammler conhecia bem. Na verdade, o garoto estava sendo tratado tão bem que planejava até uma festa de aniversário.

Ah, não, Moto, eu acho que não. Hoje é o meu dia de festejar.

Kammler digitou a identificação de Steve Jones em seu IntelCom com fúria. Após alguns toques curtos, Jones respondeu.

— Ouça, consegui uma localização — chiou Kammler. — Preciso que vá até lá com sua equipe e elimine a ameaça. O Reaper estará no ar caso precise de apoio. Mas se trata de um garoto de favela e quem quer que o esteja protegendo. Vai ser, se me permite o trocadilho, brincadeira de criança.

— Entendido. Me envie os detalhes. Estamos a caminho.

Kammler digitou um e-mail curto fornecendo um link para o resort e o enviou a Jones. Depois, procurou no Google a palavra "Amani". Descobriu que era o equivalente em suaíli para "paz". Abriu seu sorriso fino.

Não por muito mais tempo.

Aquela paz estava prestes a ser destruída.

Capítulo 82

Jaeger abriu a última porta com um golpe de ombro, aplicando toda a força da raiva acumulada que corria por suas veias feito ácido fervilhante.

Parou por um instante, pois o incômodo traje espacial ficara preso ao batente da porta, então, enfim, entrou, esquadrinhando o interior escuro com o feixe da lanterna e a arma. A luz refletia nas prateleiras cheias de equipamentos científicos cintilantes, a maioria dos quais Jaeger não conseguia identificar.

O laboratório estava deserto.

Nem uma só alma ali.

Assim como no resto do complexo, conforme tinham constatado.

Nenhuma equipe de segurança. Nenhum cientista. Tudo em que ele e sua equipe usaram suas armas fora nos macacos acometidos pela doença.

Encontrar aquele lugar tão deserto era uma experiência sinistra, assustadora. E Jaeger se sentia cruelmente traído. Contra todas as probabilidades, haviam encontrado o covil de Kammler. Mas Kammler e sua gente tinham abandonado o ninho antes que a justiça e a retaliação lhes pudessem ser infligidas.

Principalmente, porém, Jaeger se sentia torturado pelo vazio, pela falta de vida, de um jeito que o atingia de maneira mais pessoal: não havia sinal de Ruth e Luke em lugar algum.

Deu um passo à frente e o último a entrar fechou a porta atrás de si. Era uma precaução para evitar que a contaminação se espalhasse de um ambiente para outro.

Quando a porta se fechou, Jaeger ouviu um chiado agudo e ensurdecedor. Vinha bem do alto do batente da porta, soando como um caminhão acionando seus freios pneumáticos. Como uma explosão de ar comprimido.

No mesmo instante, sentiu algo pinicando sua pele. A cabeça e o pescoço pareciam bem, protegidos como estavam pela borracha grossa da máscara FM54, e o filtro robusto parecia proteger suas costas.

Mas suas pernas e seus braços estavam ardendo.

Olhou para o traje. Os minúsculos furos eram claramente visíveis. Fora atingido por alguma espécie de armadilha, que perfurara o tecido de seu Trellchem. Teve de supor que o restante da equipe também fora atingido.

— Tapem com fita! — gritou. — Tapem os buracos! Um ajudando o outro!

Agitado e quase em pânico, virou-se para Raff e começou a arrancar pedaços de fita adesiva para selar os minúsculos buracos abertos no traje do enorme maori. Feito isso, Raff repetiu o procedimento com ele.

Jaeger continuou monitorando a pressão do traje o tempo todo. Permanecera positiva: o filtro soprava o ar puro automaticamente, que teria continuado a vazar pelos rasgos no tecido. Esta pressão para fora deveria impedir qualquer contaminação.

— Status — exigiu Jaeger.

Um a um, sua equipe foi relatando. Todos os trajes tinham sido comprometidos, mas foram selados novamente de maneira eficaz. Todos pareciam ter mantido a pressão positiva do ar, graças a seus respiradores.

Mas Jaeger ainda tinha uma sensação de formigamento onde o que quer que tivesse rasgado seu traje também havia cortado sua pele. Não havia dúvida de que era hora de dar o fora dali. Precisavam dar meia-volta até a linha de descontaminação úmida e fazer uma inspeção dos danos.

Estava prestes a dar a ordem quando algo totalmente inesperado aconteceu.

Ouviram um zumbido tênue e a eletricidade iluminou o complexo, banhando o laboratório de luz com ofuscantes lâmpadas de halogêneo. Numa das extremidades do cômodo, uma tela plana gigante se acendeu, e uma figura apareceu no que parecia ser uma espécie de conexão ao vivo.

Era inconfundível.

Hank Kammler.

— Cavalheiros, já estão partindo? — Sua voz ecoou pelo laboratório, enquanto abria os braços num gesto expansivo. — Sejam bem-vindos... Bem-vindos ao meu mundo. Antes que façam qualquer coisa imprudente, permitam-me explicar. Aquilo foi uma bomba de ar comprimido. Ela disparou pequenas bolinhas de vidro. Nada de explosivos. Vocês vão sentir um leve formigamento na pele. São os pontos onde as bolinhas cortaram vocês. A pele humana é uma grande barreira contra qualquer infecção: uma das melhores. Mas não depois de ser perfurada.

"A ausência de explosivos significa que o agente, o vírus seco, permaneceu intacto e viável. Ao entrar na pele de vocês, impulsionado por uma pressão de quatrocentos bar, o vidro carregava dentro de si o agente inerte. Em suma, vocês foram todos infectados, e acho que não preciso dizer com que tipo de patógeno."

Kammler gargalhou.

— Parabéns. Vocês são algumas das minhas primeiras vítimas. Agora, gostaria que pudessem apreciar por completo sua deliciosa situação. Podem decidir que é melhor continuarem presos nesta ilha. Vejam bem, se voltarem ao mundo, vão se transformar em assassinos em massa. Estão infectados. Já são bombas pestilentas. Podem achar então que não há outra opção a não ser ficar aí mesmo e morrer. Para este fim, descobrirão que as instalações estão bem-abastecidas de alimentos.

"Obviamente, o *Gottvirus* já foi liberado — continuou Kammler. — Ou devo dizer *solto*? Neste exato momento, ele está se espalhando pelos quatro cantos do mundo. Assim, a outra opção que vocês têm é me ajudar. Quanto mais portadores, melhor. Vocês podem decidir sair mundo afora e ajudar a espalhar o vírus. A escolha é de vocês. Mas, só por alguns instantes, fiquem à vontade enquanto conto uma história.

De onde quer que Kammler estivesse falando, parecia estar se divertindo imensamente.

— Era uma vez dois cientistas da SS que encontraram um corpo congelado. Estava perfeitamente preservado, com até mesmo os longos cabelos dourados intactos. Meu pai, o general da SS Hans Kammler, deu a ela o nome de uma antiga deusa nórdica: Vár, a Adorada. Vár era a ancestral de 5 mil anos do povo ariano. Infelizmente, ela tinha adoecido antes de morrer. Tinha sido infectada por um patógeno misterioso.

"No Deutsche Ahnenerbe, em Berlim, ela foi descongelada, e começaram a limpá-la, numa tentativa de deixá-la apresentável para o *Führer*. Mas o corpo começou a se desmanchar de dentro para fora. Seus órgãos, fígado, rins, pulmões, pareciam ter apodrecido e morrido, mesmo que a forma exterior ainda estivesse intacta. Seu cérebro estava transformado em polpa; numa sopa. Para resumir, ela havia se tornado algo próximo de um zumbi, tropeçado numa fenda de gelo e falecido.

"Os homens que receberam a incumbência de torná-la perfeita, uma perfeita ancestral ariana, não sabiam o que fazer. Foi então que um deles, um arqueólogo e pseudocientista chamado Herman Wirth, tropeçou enquanto trabalhava nela. Ele esticou os braços para se segurar, mas, ao fazê-lo, acabou se cortando e também ao seu colega da Deutsche Ahnenerbe, um caçador de mitos chamado Otto Rahn, com uma pequena lâmina de inspeção. Ninguém deu muita importância a isso, até que ambos adoeceram e morreram."

Kammler ergueu os olhos para sua distante audiência, e uma escuridão terrível pareceu tomar conta deles.

— Morreram expelindo um sangue denso, negro e pútrido de cada poro, expressões zumbificadas no rosto. Nem foi necessária uma autópsia para saber o que tinha acontecido. Uma doença de 5 mil anos sobrevivera congelada no Ártico e agora voltara à vida. Vár fizera suas primeiras vítimas.

"O *Führer* deu a este patógeno o nome de *Gottvirus*, pois nada do gênero fora visto antes. Aquele era claramente o pai de todos os vírus. Isso foi em 1943. O pessoal do *Führer* passou os dois anos seguintes aperfeiçoando o *Gottvirus*, com total intenção de usá-lo para expulsar as tropas dos Aliados. Neste sentido, infelizmente falharam. O tempo estava contra nós... Mas, agora, não mais. Agora, hoje, no momento em que falo com vocês, o tempo está bem do nosso lado."

Kammler sorriu.

— Então, cavalheiros... e uma dama, acredito... agora sabem exatamente como vão morrer. E sabem qual escolha têm diante de vocês. Fiquem na ilha e morram discretamente, ou ajudem a espalhar meu presente, meu vírus, pelo mundo. Sabem, os britânicos nunca entenderam: não se pode derrotar o Reich. Os arianos. Passaram-se sete décadas, mas estamos de volta. E sobrevivemos para conquistar. *Jedem das Seine*, meus amigos. Todos têm o que merecem.

Ao esticar o braço para encerrar a conexão, Kammler parou por um momento.

— Ah! Quase esqueci... Uma última coisa. William Jaeger, presumo que você esperava encontrar sua mulher e seu filho na minha ilha, não é mesmo? Bem, pode ficar tranquilo: eles de fato estão aí. Faz tempo que desfrutam da minha hospitalidade. E já está na hora de você se unir a eles.

"Assim como você, obviamente, eles também estão infectados. Ilesos, mas ainda assim infectados. Injetamos a doença semanas atrás. Isso para que você pudesse vê-los morrendo. Quero dizer, não estava nos planos que vocês morressem juntos como uma família feliz. Não, eles têm de partir antes, para que você possa assistir a tudo em primeira mão. Você os encontrará numa jaula de bambu amarrada na selva. E sentindo-se já mais do que apenas um pouquinho mal, acredito.

Kammler deu de ombros.

— Isso é tudo. *Auf Wiedersehen*, amigos. Me resta apenas dizer um último *Wir sind die Zukunft*.

Seus dentes reluziram num sorriso perfeito.

— Nós, a minha espécie, somos mesmo o futuro.

Capítulo 83

Um vulto atacou Jaeger, estocando uma vara de bambu afiada na direção de seu rosto. A figura se movia freneticamente, empunhando a arma rústica como um antigo gladiador empunharia uma lança. Gritava palavrões. Insultos cruéis. Palavras do tipo que Jaeger nunca imaginara que ela fosse capaz de dizer, nem mesmo em seus sonhos mais loucos.

— VÁ EMBORA! FIQUE LONGE! VOU RASGAR VOCÊ, SEU... DESGRAÇADO MALDITO! TOQUE NO MEU FILHO E EU ARRANCO SEU CORAÇÃO!

Jaeger estremeceu. Mal conseguia reconhecer a mulher que amava, a mulher por quem passara os três últimos anos procurando incansavelmente.

Os cabelos dela estavam compridos e emaranhados em chumaços grossos, feito *dreadlocks*. Suas feições estavam abatidas e deformadas, as roupas penduradas nos ombros em farrapos imundos.

Meu Deus, por quanto tempo a tinham mantido daquela forma? Enjaulada feito um animal na selva.

Agachou diante da estrutura tosca de bambu, repetindo a mesma frase sem parar, tentando tranquilizá-la.

— Sou eu. Will. Seu marido. Vim buscar vocês, como prometi. Estou aqui.

Mas cada frase era rebatida com outra estocada de vara contra suas feições torturadas.

No fundo da jaula, Jaeger espiou a forma esquelética de Luke deitada de bruços, provavelmente inconsciente, enquanto Ruth fazia tudo o que podia para defendê-lo do que via como seus inimigos.

Aquela imagem partiu o coração de Jaeger.

Apesar de tudo, sentia que agora a amava mais do que julgava possível, em especial por aquela defesa vibrante, desesperada e frenética do filho deles. Mas teria ela enlouquecido? Teriam o terrível cárcere e o vírus acabado com ela?

Jaeger não sabia ao certo. Tudo o que queria fazer era abraçá-la e dizer para ela que estavam em segurança agora. Ou pelo menos até o *Gottvirus* começar a agir e fritar seus cérebros.

— Sou eu, Ruthy. Will — ele repetiu. — Estava procurando vocês. Agora encontrei. Vim atrás de você e de Luke. Para levá-los para casa. Estão a salvo agora...

— Seu desgraçado... você está mentindo! — Ruth balançou a cabeça com violência, atacando novamente com a vara. — Você é aquele filho da mãe cruel do Jones... Veio aqui atrás do meu filho... — Ela manejou a vara mais uma vez, ameaçadoramente. — TENTE TIRAR LUKE DE MIM E EU...

Jaeger estendeu os braços para ela, mas, ao fazer isso, se deu conta de sua aparência, coberto pelo traje espacial, a viseira e as grossas luvas de borracha.

Mas é claro. Ela não teria ideia de quem ele era.

Não havia como reconhecê-lo.

Vestido daquele jeito, podia ser um daqueles que a torturaram. E o sistema de projeção de voz da máscara significava que ele falava como uma espécie de ciborgue alienígena, o que a impediria de distinguir até mesmo seu tom.

Ele levantou a mão e puxou o capuz para trás. O ar esguichou do traje, mas Jaeger não dava mais a mínima. Estava infectado. Não tinha nada a perder. Com dedos febris, soltou o respirador e o puxou por sobre a cabeça.

Ele a encarou. Suplicando.

— Ruth, sou eu. Sou eu de verdade.

Ela olhou fixamente para ele. A força com que segurava a vara de bambu pareceu se afrouxar. Ruth balançou a cabeça, incrédula, ainda que os sinais de reconhecimento brilhassem em seus olhos. Ela então pareceu desmoronar, jogando o corpo contra a porta da jaula com o que restava de sua energia e soltando um grito agudo e sufocado que destroçou o coração de Jaeger.

Esticou os braços para ele, desesperada e incrédula. As mãos de Jaeger encontraram as dela. Os dedos se cruzaram entre as barras. Suas cabeças se aproximaram, encostando pele contra pele; estavam ávidos por um toque de carinho, por intimidade.

Uma figura se moveu ao lado de Jaeger. Era Raff. Com o máximo de discrição possível, o maori abriu as trancas que mantinham a jaula fechada por fora e depois se afastou para dar a eles um pouco de privacidade.

Jaeger se debruçou para dentro e trouxe a mulher para si. Ele a segurou, abraçando-a com o máximo de força que podia, enquanto tentava ao mesmo tempo não causar mais dor à sua figura machucada e castigada. Ao fazê-lo, pôde sentir o quanto ela estava quente, a febre da infecção correndo por suas veias.

Continuou abraçando-a enquanto ela tremia e soluçava. Ruth chorou pelo que pareceu ser uma eternidade. Jaeger, por sua vez, também deixou as lágrimas rolarem livremente. Com o máximo de delicadeza, Raff recolheu Luke dos fundos da jaula. Jaeger segurou a forma magricela de seu filho num braço, enquanto com o outro evitava que Ruth caísse. Os três desabaram lentamente de joelhos, com Jaeger agarrado a ambos com firmeza.

Luke continuou inerte, e Jaeger o deitou no chão enquanto Raff abria o estojo médico. O grande maori se debruçava sobre a forma inconsciente do garoto, e Jaeger viu lágrimas em seus olhos. Juntos, os dois trataram de cuidar de Luke, enquanto Ruth soluçava e falava.

— Havia esse homem, esse Jones... Ele era mau. A maldade em pessoa. As coisas que ele disse que faria com a gente... O que fez com a gente... Pensei que você fosse ele. — Ela olhou ao redor, amedrontada. — Ele não está mais aqui? Diga que ele não está aqui.

— Não tem mais ninguém aqui além de nós. — Jaeger a puxou para perto. — E ninguém vai machucar vocês. Acredite em mim. Ninguém nunca mais vai machucar vocês.

Capítulo 84

O helicóptero Wildcat escalou os céus da alvorada, subindo rápido.

Jaeger estava agachado no piso frio de aço, junto às cabeceiras de duas macas, segurando as mãos da mulher e do filho. Ambos estavam em um estado desesperador. Ele não tinha certeza sequer de que Ruth ainda o reconhecia.

Conseguia ver agora uma expressão vazia e distante em seus olhos. Era o estágio diretamente anterior ao do olhar vidrado de morto-vivo; do tipo que ele vira nos olhos dos macacos antes de acabar com seu sofrimento.

Achava-se sob o efeito de um cansaço terrível e de uma sensação mórbida de desesperança; ondas de exaustão, misturadas a uma sensação esmagadora de fracasso total, tomavam conta dele.

Kammler estivera um passo à frente durante todo o percurso. Atraíra-os para sua armadilha e os botara para fora novamente como se fossem carapaças mortas e secas. E a Jaeger ele infligira a mais alta vingança, certificando-se de que seus últimos dias fossem mais terríveis do que se poderia imaginar.

Jaeger estava paralisado de dor, assolado por sofrimento. Três longos anos procurando por Ruth e Luke, para finalmente encontrá-los — *daquele jeito*

Pela primeira vez na vida, um pensamento terrível lhe ocorreu: *suicídio*. Sendo forçado a testemunhar Ruth e Luke perecerem daquela forma indescritível e torturante, era melhor que morresse com eles e pelas próprias mãos.

Jaeger resolveu que era isso que faria. Caso sua mulher e seu filho fossem levados dele uma segunda vez — dessa vez, para sempre —, ele optaria por uma morte antecipada. Uma bala na própria cabeça.

Ao menos assim privaria Kammler de sua vitória definitiva.

Ele e a equipe não demoraram muito para tomar a decisão de abandonar a Ilha da Peste. Não podiam fazer nada ali: nada por Ruth e Luke, ou um pelo outro, para não falar na população humana em geral.

Não que estivessem enganando a si mesmos. Não havia cura. Não para aquilo; não para um vírus de 5 mil anos ressuscitado dos mortos. Todos naquela aeronave estavam condenados, junto à maioria da população humana do planeta.

Cerca de 45 minutos antes, o Wildcat pousara na praia. Antes de embarcar, cada integrante da equipe havia passado pela barraca de descontaminação úmida, lavando e descartando os trajes, para então se banharem com EnviroChem e retirarem os cacos de vidro.

Não que tais medidas pudessem mudar algo quanto à contaminação que já haviam sofrido.

Como Kammler lhes dissera, eram agora bombas virais. Para os não infectados, cada expiração de ar deles representava uma sentença de morte em potencial.

Por isso, decidiram permanecer com as máscaras FM54. Os respiradores não só filtravam o ar que eles inspiravam; com uma modificação improvisada feita por Hiro Kamishi, também filtravam o ar que eles expeliam, evitando assim que espalhassem o vírus.

O expediente de Kamishi foi rápido e direto, acompanhado de seus próprios riscos, mas era o melhor que tinham. Cada um usou fita adesiva para prender um filtro particular, similar à máscara de cirurgia básica, sobre a porta de exaustão do respirador. Isso criava uma maior resistência, com a infeliz consequência de que os pulmões se tornavam menos capazes de exalar e anular o vírus.

Em vez disso, o *Gottvirus* se aninharia nos confins do respirador, ou seja, em volta dos olhos, da boca e do nariz. Isso acarretaria um risco maior de uma carga viral aumentada — em outras palavras, uma aceleração da infecção — o que poderia antecipar uma rápida evolução dos sintomas. Em suma, na tentativa de não infectar os outros, arriscaram-se a uma dupla contaminação.

Mas aquilo não parecia ter qualquer importância, levando em conta que toda a humanidade parecia condenada.

Jaeger sentiu uma mão reconfortante em seu ombro. Era de Narov. Encarou-a com uma expressão de vazio e sofrimento nos olhos antes de voltar sua atenção para Ruth e Luke.

— Nós os encontramos... mas, depois de tudo, não há qualquer esperança.

Narov se agachou ao seu lado, alinhando seus olhos — aqueles olhos formidáveis, claros, azuis feito gelo — com os dele.

— Talvez não seja bem assim. — A voz dela estava cheia de determinação. — Como Kammler espalhou seu vírus pelo mundo? Pense nisso. Ele disse que o vírus já foi *solto*. "Neste exato momento ele está se espalhando pelos quatro cantos do mundo." Isso significa que ele o transformou numa arma. Como ele teria *conseguido*?

— E que importância isso tem? Já está lá fora. Está no sangue das pessoas. — Jaeger passou os olhos pelas formas da esposa e do filho. — Está no sangue *deles*. Multiplicando-se. Assumindo o controle. O que importa de que maneira está se espalhando?

Narov balançou a cabeça, apertando o ombro dele com mais força.

— Pense só. A Ilha da Peste estava deserta, e não só de pessoas. Todas as jaulas de macacos estavam vazias. Ele removeu todos os primatas do lugar. Foi assim que lançou o vírus ao mundo: exportando-os junto às cargas da PRK. Confie em mim. Tenho certeza disso. E os poucos animais que já demonstravam sinais de doença foram deixados na selva.

"O Caça-Ratos pode rastrear todos estes voos de exportação — continuou Narov. — Os macacos podem ainda estar de quarentena. Isso não vai deter o vírus completamente, mas, se pudermos bombardear as casas de macacos, talvez consigamos reduzir a velocidade de disseminação.

— Mas do que isso adiantaria? — perguntou Jaeger. — A não ser que estas aeronaves ainda estejam no ar, e possamos de alguma forma detê-las, o vírus já está se espalhando. Certo, pode ser que isso nos dê um pouco de tempo. Alguns dias. Mas, sem uma cura, o resultado será o mesmo.

Narov fechou a cara, suas feições parecendo desmoronar. Agarrara-se àquela esperança, mas, na verdade, sabia da severidade da situação.

— Odeio perder — resmungou. Mexeu o braço como se fosse prender o cabelo num rabo de cavalo, como se estivesse se preparando para entrar em ação, antes de se lembrar de que ainda estava com o respirador. — Precisamos tentar. *Precisamos.* É o que fazemos, Jaeger.

E era mesmo, mas a questão era como. Jaeger sentia-se completamente derrotado. Com Ruth e Luke deitados ali ao seu lado, sendo consumidos lentamente pelo vírus, era como se não houvesse mais nada pelo que lutar.

Quando os sequestradores os tinham arrancado dele, Jaeger fracassara em protegê-los. Assim, agarrara-se à esperança de encontrá-los e resgatá-los; de se redimir. Agora que o fizera, no entanto, sentia-se duplamente impotente, incapaz de fazer qualquer coisa.

— Kammler... *Não podemos deixá-lo vencer.* — Os dedos de Narov se afundaram ainda mais na carne de Jaeger, no ponto onde sua mão segurava o ombro dele. — Onde há vida, há esperança. Mesmo alguns dias podem fazer diferença.

Jaeger olhou para Narov, sem expressão.

Ela apontou para Ruth e Luke, deitados nas macas.

— Onde há vida, há esperança. Você precisa nos guiar. Precisa agir. Você, Jaeger. *Você.* Por mim. Por Ruth. Por Luke. Por todas as pessoas que amam, riem e respiram: aja, Jaeger. Se vamos tombar, que seja lutando.

Jaeger não disse uma só palavra. O mundo parecia ter parado de girar, o tempo, parado de passar. Então, lentamente, ele apertou a mão de Narov e se colocou de pé. Com pernas parecendo gelatina, ele cambaleou em direção à cabine. Falou com o piloto, e suas palavras soavam frias e estranhas ao sair da unidade de projeção de voz da FM54.

— Conecte-me com Miles no Airlander.

O piloto seguiu a ordem e entregou o comando do rádio.

— Aqui é Jaeger. Estamos chegando. — Sua voz era firme. — Estamos levando duas pessoas em macas, ambas infectadas. Kammler enviou os primatas para fora da ilha. É por meio dos macacos que está disseminando o vírus. Coloque o Rato para trabalhar nisso. Rastreiem os voos, encontrem as casas de macacos e as bombardeiem.

— Entendido — respondeu Miles. — Vou cuidar disso. Deixa comigo. — Jaeger se voltou para o piloto do Wildcat. — Temos baixas urgentes que precisamos levar ao Airlander, então por que não me mostra o quão rápido esta coisa pode voar?

O piloto acelerou. Conforme o Wildcat rugia em direção às alturas, Jaeger sentiu seu ânimo reavivando. *Que seja lutando.*

Entrariam naquela batalha e talvez fossem derrotados, mas, como dizia seu chefe escoteiro quando ele era criança, citando Baden-Powell, fundador do escotismo: "*Never say die until you are dead.*"

Tinham uma questão de semanas para salvar sua família e toda a humanidade.

Capítulo 85

Figuras corriam de um lado para o outro dentro do Airlander bastante iluminado. Vozes ecoavam, ordens gritadas reverberando nas linhas suaves dos drones Taranis. Acima de tudo, o ganido áspero dos rotores do Wildcat se aquietava conforme o piloto se preparava para desligar as turbinas.

Tinha entrado em cena uma equipe médica, cujos integrantes agora conduziam Ruth para um Isovac 2004CN-PUR8C — uma unidade portátil de isolamento de pacientes. Consistia em um cilindro de plástico transparente com cinco aros inseridos por dentro, tudo repousando sobre uma maca com rodas. Seu propósito era servir de quarentena para pacientes infeccionados com um patógeno de Nível 4 e, simultaneamente, permitir seu tratamento — do qual, naquele momento, Ruth e Luke tinham uma necessidade urgente.

Resistentes luvas cirúrgicas foram embutidas nas laterais da unidade, de forma que os médicos pudessem inserir as mãos e tratar do paciente sem qualquer risco de contaminação. A unidade vinha também completa com um sistema de vedação que permitia que remédios fossem ministrados e uma "conexão umbilical" para injeção de gotas de soro intravenoso e oxigênio.

Luke já fora devidamente instalado em sua unidade e ligado ao seu cordão umbilical, enquanto Ruth estava sendo retirada do Wildcat para ser colocada em sua própria unidade portátil.

Para Jaeger, aquele era o pior momento até então do que havia sido seu dia mais angustiante. Sentiu que estava perdendo a mulher e o filho mais uma vez, mal tendo acabado de encontrá-los.

Não podia tirar a associação da cabeça — de que para ele as UPIs eram os sacos de corpos de Ruth e Luke. Era como se já tivessem sido declarados mortos ou, pelo menos, estivessem além de qualquer salvação.

Ao sair do helicóptero com a equipe que carregava a forma semiconsciente de sua mulher, sentiu-se como que sugado por um vazio escuro e rodopiante.

Observou Ruth ser enfiada na unidade pelos pés — como uma bala sendo colocada na culatra de uma arma de fogo. Mais cedo ou mais tarde, teria de largar sua mão. Sua mão inerte.

Segurou-a até o último momento, seus dedos enroscados nos dela. E então, justo quando ia relaxar a pressão, sentiu algo. Teria imaginado, ou houve um espasmo de vida, de consciência, nos dedos estendidos da mulher?

Subitamente os olhos dela se abriram. Jaeger olhou para dentro deles, uma impossível centelha de esperança reacendendo em seu coração. O olhar de zumbi havia desaparecido, e por um instante sua mulher estava de volta. Podia ler tudo isso em seus olhos verde-água, uma vez mais salpicados com suas características manchas douradas.

Jaeger viu seu olhar dardejar de um lado a outro, absorvendo tudo. Entendendo tudo. Seus lábios se mexeram. Jaeger se aproximou mais para poder ouvir.

— Chegue mais perto, querido — sussurrou ela.

Ele se debruçou mais, até suas cabeças ficarem à distância de um beijo.

— Encontre Kammler. Encontre os eleitos dele — murmurou. Havia um ardor em seus olhos. — Encontre aqueles que Kammler inoculou...

Dito isso, o breve momento de lucidez pareceu ir embora. Jaeger sentiu os dedos dela relaxarem na sua mão enquanto seus olhos voltavam a se fechar. Ele olhou para os médicos e assentiu com a cabeça, permitindo que a inserissem toda para dentro da unidade.

Deu um passo para trás enquanto eles lacravam o aparelho com zíper. Pelo menos por um momento — um momento fantástico e precioso — ela o havia reconhecido.

A cabeça de Jaeger estava a mil. *Encontre Kammler e aqueles que ele inoculou.* Genial. Ruth era foda. Sentiu o coração acelerar. Talvez — só talvez — ali estivesse a fugaz centelha da esperança.

Com um último olhar para seus entes queridos, Jaeger permitiu que fossem levados para a enfermaria do Airlander. Então agrupou sua equipe e a levou para a dianteira do dirigível. Jaeger dispensou qualquer preliminar; não era hora para isso.

— Ouçam. E ouçam com atenção. Só por alguns segundos, minha mulher recobrou a consciência. Lembrem, ela passou muito tempo no refúgio de Kammler. Viu tudo. — Olhou para o grupo, pousando o olhar no decano Miles. — Foi isso o que ela disse: "Encontre Kammler. Encontre aqueles que Kammler inoculou." Ela deve ter querido dizer que poderíamos isolar uma cura a partir deles. Mas seria isso possível? Seria factível, cientificamente falando?

— Se poderíamos extrair e sintetizar uma cura? Na teoria, sim — respondeu Miles. — Qualquer que seja o antídoto que Kammler injetou no corpo deles, seríamos capazes de copiá-lo e injetá-lo no nosso próprio corpo. Seria um desafio manufaturar medicamentos suficientes a tempo, mas em várias semanas estaria nos limites do possível. Provavelmente. O desafio é encontrar Kammler ou um de seus discípulos. Temos de partir atrás disso imediatamente...

— Certo, não vamos perder tempo — interrompeu Narov. — Kammler deve ter previsto isso. Estará preparado para nós. Precisamos vasculhar até o fim do mundo para encontrá-lo.

— Vou pedir urgência a Daniel Brooks — anunciou Miles. — Teremos a CIA e as demais agências de inteligência na busca. Vamos...

— Ei, ei, ei. — Jaeger ergueu as mãos, pedindo silêncio. — Esperem aí.

Sacudiu a cabeça tentando clarear o pensamento. Fora atingido por um momento de lucidez único e queria capturá-lo, cristalizá-lo completamente. Passou os olhos pela equipe, o olhar ardendo de empolgação.

— Já encontramos. A cura. Ou a fonte dela.

Todas as testas se franziram. De que diabos estava falando?

— O garoto. O garoto da favela. Simon Chucks Bello. Ele sobreviveu. Sobreviveu porque o pessoal de Kammler o inoculou. *Está imunizado.* Tem a imunidade no sangue. Nós temos o garoto. Ou Dale o tem. Por meio dele, podemos isolar a fonte da imunidade. Cultivá-la. Produzi-la em massa. *O garoto é a solução.*

Ao enxergar a resposta — o lampejo ofuscante de entendimento — ardendo nos olhos da equipe, Jaeger sentiu um novo jorro de energia percorrendo o próprio corpo.

Encarou Miles, olhos nos olhos.

— Precisamos colocar o Wildcat em voo de novo. Contatar Dale. Fazer com que leve o garoto a algum lugar até onde a gente possa voar e pegar os dois. Faça com que se afastem de praias cheias de gente e vão para um pedaço de areia facilmente acessível.

— Entendido. Vocês os trarão diretamente para cá, suponho?

— Traremos. Mas diga a eles que fiquem escondidos, para o caso de Kammler estar observando. Ele tem andado sempre um passo à frente de nós, o tempo todo. Não podemos deixar que o faça desta vez.

— Vou lançar os dois Taranis. Vão ficar em órbita sobre a localização de Dale. Assim, você terá cobertura.

— Isso. Radiografe para nós as coordenadas. Nos dê a distância ao norte ou ao sul na praia em referência a Amani e saberemos onde pousar. Diga a Dale para não se mostrar até que possa ver as pupilas dos nossos olhos.

— Entendido. Deixa comigo.

Jaeger conduziu sua equipe apressadamente para o compartimento de carga do Airlander. Foi até o piloto do Wildcat.

— Precisamos que bote o seu helicóptero em ação. Para uma área chamada Ras Kutani. Deve ser bem a oeste daqui. Vamos fazer um resgate num balneário chamado Amani Beach.

— Me dê cinco minutos — respondeu o piloto — e estaremos prontos para partir.

Capítulo 86

Os três Nissan Patrols 4×4 corriam rumo ao sul, seus imensos pneus trepidando feito metralhadoras à medida que seguiam pela superfície irregular da estrada de terra acidentada. Em seu rastro, levantavam uma imensa nuvem de poeira que poderia ser vista por quilômetros — se alguém estivesse olhando.

No banco do passageiro do veículo à frente encontrava-se a corpulenta forma de Steve Jones, cuja cabeça raspada brilhava na luz do início da manhã. Sentiu seu telefone vibrar. Mal haviam percorrido trinta quilômetros do aeroporto; felizmente, ainda contavam com um bom sinal de celular.

— Jones.

— Estão a quanto tempo de Amani? — inquiriu uma voz. Kammler.

— Vinte minutos, no máximo.

— É tempo demais — estourou. — Não dá para esperar.

— O que não dá para esperar?

— Estou com um drone Reaper no ar, e ele identificou um helicóptero Wildcat chegando. Rápido. Talvez a cinco minutos. Pode não ser nada, mas não tenho como correr esse risco.

— O que está sugerindo?

— Vou atacar o resort. Amani. E vou destinar o primeiro Hellfire ao Wildcat.

Steve Jones hesitou por um instante. Até mesmo ele estava chocado com o que acabara de ouvir.

— Mas estamos quase lá. Quinze minutos, se acelerarmos. Ataque apenas o helicóptero.

— Não posso arriscar.

— Mas você não pode bombardear um resort de praia. Vai estar cheio de turistas.

— Não estou pedindo sua opinião — rebateu Kammler. — Estou avisando sobre o que vai acontecer.

— Você vai jogar sete toneladas de merda nas nossas cabeças.

— Então entre e saia depressa. Mate o garoto e quem mais estiver no caminho. Você está na África, lembre-se. E na África a cavalaria demora um bom tempo para chegar, se é que chega. Faça tudo direito e vai receber o maior pagamento da sua vida. Faça algo de errado e eu mesmo vou cuidar disso com o Reaper.

A ligação se encerrou. Jones olhou ao redor, um tanto apreensivo. Começava a ter a sensação de que vinha trabalhando para alguma espécie de lunático megalomaníaco. Vice-diretor da CIA ou não, Kammler tinha a própria lei.

Mas pagava bem. Bem demais para reclamar. Jamais recebera tanto para fazer tão pouco. Além disso, Kammler lhe oferecera um bônus que dobraria seus honorários em caso de prova de morte; prova de que o garoto tivesse sido exterminado.

Jones estava determinado a receber tudo.

De qualquer forma, Kammler provavelmente tinha razão. Quem correria para investigar, naquele pedaço remoto da selva africana? Quando alguém finalmente se importasse, ele e sua equipe já estariam longe há tempos.

Virou-se para o motorista.

— Era o chefe. Corra. Precisamos chegar lá ontem.

O motorista afundou o pé no acelerador. O ponteiro subiu para cem quilômetros por hora. O Nissan imenso parecia prestes a se desfazer sobre a superfície irregular da estrada de terra.

Jones não dava a mínima. Não era problema seu.

Haviam alugado os veículos.

Capítulo 87

Levantando uma nuvem de vapor marinho com o seu vendaval, o Wildcat pousou na areia úmida. A maré estava recuando, e a praia era mais firme onde o solo fora encharcado.

O piloto manteve os rotores em giro enquanto Jaeger, Narov, Raff, James, Kamishi e Alonzo desembarcavam. Tinham pousado numa das paisagens mais surpreendentes. Dale havia levado o menino para o sul, até contornarem um promontório rochoso que os deixava longe da vista do balneário Amani. Ali os despenhadeiros baixos caíam abruptamente sobre o mar, a rocha vermelha esculpida numa série de formas onduladas.

Espalharam-se em posições defensivas, protegendo-se atrás de afloramentos rochosos. Jaeger correu para a frente. Uma figura veio correndo ao seu encontro. Era Dale, a figura inconfundível do garoto a seu lado.

Simon Chucks Bello: a pessoa mais procurada do mundo naquele momento.

Depois de alguns dias em Amani, os cabelos do menino pareciam ainda mais selvagens, endurecidos pela exposição ao sal, à areia e ao sol. Vestia shorts desbotados dois números mais largos do que deveriam ser e óculos escuros que Jaeger supôs terem sido emprestados por Dale.

Simon Chucks Bello era um cara maneiro. E não tinha a menor ideia de como era importante para a humanidade naquele exato instante.

Jaeger estava prestes a agarrá-lo e levá-lo correndo pelos cinquenta metros que os separavam do helicóptero quando algo o gelou até os ossos. Sem nenhum aviso, um objeto rompeu a névoa marinha que rodopiava acima dos rotores do Wildcat, o uivo de sua trajetória invadindo os ouvidos de Jaeger.

O míssil penetrou no teto do helicóptero, rasgando a pele fina como um abridor de latas. Detonou num clarão ofuscante, uma tormenta de estilhaços vermelhos em brasa atravessando o corpo do helicóptero e atingindo os tanques de combustível geminados. Eles se incendiaram, lançando um bafo de dragão mortífero e ardente através da fuselagem que se desintegrava.

Jaeger fitou, petrificado, a coluna de destruição subindo aos céus e se expandindo para os lados, o ruído de sua destruição martelando em seus ouvidos e ecoando ao longo da orla.

Acabou em menos de um segundo.

Já havia visto ataques suficientes de Hellfire para reconhecer o agudo e torturado uivo lupino do míssil. Ele e sua equipe — e Simon Chucks Bello — eram o alvo de um deles agora, o que significava que devia haver um Reaper acima deles.

— HELLFIRE! — gritou. — Voltem! Fiquem debaixo das árvores!

Mergulhou num trecho de vegetação cerrada, arrastando consigo o menino e Dale. Previsivelmente, Simon Chucks Bello estava de olhos esbugalhados e congelado de medo, as pupilas dilatadas de um tamanho inimaginável.

— Fique junto do garoto! — gritou Jaeger para Dale. —Acalme-o. E, faça o que fizer, *não o perca*.

Rolou sobre as costas e tateou os bolsos do uniforme de combate, puxando seu telefone via satélite Thuraya compacto e acionando a discagem rápida para o Airlander. Miles atendeu quase imediatamente.

— Acertaram o helicóptero! Deve haver um Reaper acima de nós.

— Estamos cuidando disso. Temos os Taranis metidos numa briga de cachorro feia com o Reaper agora mesmo.

— Ganhe a parada ou estamos fritos.

— Certo. Tem mais. Detectamos três 4×4 a caminho do balneário. Estão indo a toda velocidade, talvez a cinco minutos do portão principal. Não acredito que estejam indo com boas intenções.

Merda. Kammler devia ter acionado uma força terrestre, além de drones. Fazia sentido que agisse assim. Era cuidadoso demais para deixar o garoto à mercê de um ataque não verificado de um Reaper a três quilômetros de altura.

— Assim que aniquilarmos seus drones, podemos usar os Taranis para cuidar do comboio terrestre — continuou Miles. — Mas é provável que eles já estejam em cima de vocês a essa altura.

— Certo. Tem uma porção de barcos ao longo da costa, no píer — falou Jaeger. — Vou pegar um e escapar com o garoto por ali. Pode mandar o Airlander descer para um resgate no mar?

— Um momento, vou transferir você para o piloto.

Jaeger trocou algumas palavras com o piloto do Airlander. Com o plano de resgate combinado, ele se preparou para executar o plano.

— Venham comigo! — gritou pelo rádio. — Todos comigo!

Um a um, os integrantes de sua equipe se juntaram. Tendo encontrado cobertura, todos tinham sobrevivido ao ataque do Hellfire.

— Certo, vamos em frente. E rápido.

Dito isso, Jaeger começou a correr para a praia, a equipe em seus calcanhares. Sabiam que não era o momento de pedir explicações.

— Mantenham o garoto no centro de todos! — gritou Jaeger por sobre o ombro. — Protejam o menino de qualquer tiro. Ele é tudo o que importa!

Capítulo 88

Uma rajada breve de metralhadora ecoou do resort por uns poucos metros ao longo da praia. O Amani tinha guardas, que talvez tivessem tentado oferecer algum tipo de resistência. Mas, de certa forma, Jaeger duvidava.

Os tiros seriam mais provavelmente das forças de Kammler abrindo caminho a bala.

Jaeger empurrou Dale e o menino para o bote inflável. Era uma embarcação grande e lustrosa para águas oceânicas, e ele rezou para que estivesse abastecida de combustível e preparada para zarpar.

— Dê a partida no motor — gritou para Dale.

Correu os olhos pelo elegante píer de madeira. Havia talvez uma dúzia de barcos em condições de persegui-los. Uma quantidade muito grande para avariar, especialmente com as forças terrestres de Kammler já a caminho.

Estava prestes a instruir sua equipe a deixar suas posições defensivas quando as primeiras figuras vieram correndo para a areia aberta. Jaeger contou seis, com outros chegando a cada segundo. Varreram a praia, apontando as armas, mas Raff, Alonzo, James e Kamishi foram mais rápidos. Suas MP7s dispararam, e duas das figuras distantes tombaram. O primeiro fogo violento por parte do inimigo veio a seguir. A praia pipocou com chumaços de areia, a longa erupção terminando na água aos pés de Jaeger.

Narov passou dardejando por ele, esquivando-se dos tiros enquanto corria.

— Vão lá! — gritava. — Vão, vão, vão. Nós vamos segurar essa gente. VÃO!

Por um instante, Jaeger vacilou. Isso ia contra todos os seus instintos e treinamento. Você nunca deixava um companheiro para trás. Era a sua equipe. O seu pessoal. Não podia simplesmente abandoná-los.

— VÃO EMBORA! — berrou Narov. — SALVEM O GAROTO!

Sem uma palavra, Jaeger se forçou a abandonar a equipe.

Ao seu sinal, Dale deu uma rápida partida no motor, e o bote se afastou do píer, perseguido por uma tempestade de balas.

Jaeger procurou Narov com os olhos. Ela corria pelo píer, metralhando com sua MP7 os motores dos barcos ancorados. Tentava garantir que os pistoleiros de Kammler não conseguiriam uma embarcação para segui-los, mas, ao fazer isso, se expunha a uma quantidade mortífera de fogo inimigo.

Enquanto o bote inflável contornava o fim do píer, ela deu uma corrida final e saltou. Por um breve momento voou pelo ar, seus braços estendidos para o bote em movimento, e então caiu na água.

Jaeger estendeu o braço, agarrou-a pela gola da camisa e, com braços fortes, puxou seu corpo encharcado para a embarcação. Narov ficou deitada no fundo do bote, tentando recuperar o fôlego e expulsando água salgada dos pulmões.

O bote se aproximou do primeiro recife. Já estava bem a salvo de tiros perigosos. Jaeger ajudou Dale a erguer o pesado motor de popa e içá-lo para que ficasse fora d'água. O casco saltitou sobre os baixios, onde havia uma passagem estreita no coral, e então eles deslizaram em direção ao mar aberto.

Dale soltou o afogador e o bote se distanciou da praia escura e esfumaçada, deixando os escombros do Wildcat e a tripulação morta para trás. No entanto, Jaeger tinha a dolorosa ciência de que a maioria da sua equipe estava encurralada naquela praia, envolvida na luta pelas próprias vidas.

Narov olhou para ele.

— Sempre detestei férias no mar — gritou por cima do ruído do motor. — O garoto está vivo. Mantenha o foco nisso. Não na equipe.

Jaeger assentiu. Narov parecia sempre ser capaz de ler seus pensamentos. Não sabia ao certo se gostava disso.

Virou-se para Simon Chucks Bello. O menino estava no ponto mais fundo do bote, olhos arregalados de medo. Muito menos pomposo agora, mais parecido com o pequeno órfão que realmente era. Na verdade, parecia ter o rosto particularmente pálido. Jaeger não duvidava que esta fosse a primeira vez que este menino do gueto tenha andado num barco e, o que era pior, enfrentado um tremendo tiroteio.

Considerando os acontecimentos recentes, ele estava se saindo muito bem. Jaeger se lembrou das palavras de Falk Konig: *"Você é criado para ser forte naquelas favelas."*

Com certeza.

Jaeger se perguntava onde estaria Konig agora, e de que lado, em última análise, ele se colocava. Dizem que o sangue é mais espesso do que a água, mas ele ainda imaginava que Falk estivesse do lado dos anjos. Mas não podia apostar o futuro da humanidade nisso.

Virou-se para Narov, apontando um dedo na direção do garoto.

— Faça companhia a ele. Acalme o menino. Vou checar nossos apoios.

Puxou seu Thuraya e acessou a discagem rápida. Foi inundado por uma onda de alívio ao ouvir a voz calma de Peter Miles.

— Estou num bote inflável com o menino — gritou Jaeger. — Seguimos para leste a trinta nós. Consegue ver a gente?

— Tenho o seu visual por meio dos Taranis. Vai ficar feliz em saber que os drones Reaper já eram.

— Beleza! Me dê um roteiro a seguir para o resgate.

Miles passou a ele um conjunto de coordenadas GPS a cerca de trinta quilômetros da costa, já embrenhadas em águas internacionais. Com o Airlander precisando descer de 3 mil metros para o nível do mar, era também o ponto de interceptação prático mais próximo.

— Metade da minha equipe está na praia combatendo numa ação de retaguarda. Pode direcionar os drones até lá para detonarem os caras do Kammler?

— Só restou um Taranis, que, além do mais, está sem mísseis. Gastamos tudo na briga. Mas ele pode voar a níveis baixos em Mach 1, queimando a areia.

— Faça isso. Mantenha seus olhos na equipe. Estamos a salvo. O menino está seguro. Dê a eles todo o apoio que puder.

— Certo.

Miles faria seu operador de drone levar o Taranis para uma baixa altitude sobre a praia, fazendo repetidos voos rasantes. Isso obrigaria os pistoleiros a abaixarem as cabeças. Dessa forma, a equipe de Jaeger teria chance de escapar.

Jaeger se concedeu um momento para relaxar. Encostou-se na lateral do bote, resistindo às ondas de exaustão. Sua cabeça embarcou em pensamentos sobre Ruth e Luke. Agradeceu a Deus por ainda estarem vivos e por Simon Bello também estar.

Era quase um milagre que tivessem o garoto em segurança naquele bote.

Ele era a chave para a sobrevivência da família de Jaeger.

Capítulo 89

Enquanto atravessavam o oceano a toda velocidade, Jaeger pensou na tripulação do Wildcat. Não era uma maneira legal de partir, mas pelo menos fora instantânea. Haviam feito um sacrifício para salvar a humanidade; foram heróis e ele não os esqueceria. Sua missão agora era fazer com que tal sacrifício não tivesse sido em vão. E garantir que Raff, Alonzo, Kamishi e James saíssem daquela praia vivos.

Jaeger lembrou a si mesmo de que eram bons operadores. Alguns dos melhores. Se alguém podia sair de lá vivo, eram eles. Mas aquele trecho de areia aberta oferecia muito pouca cobertura, e sua equipe estava em inferioridade numérica de três para um. Ele desejava estar lá, lutando ombro a ombro ao lado deles.

Sua mente se voltou para o orquestrador de tanta morte e sofrimento, o arquiteto do mal: Kammler. Certamente tinham provas suficientes agora para condená-lo mais de dez vezes. Certamente o chefe dele, Daniel Brooks, começaria a caçá-lo de maneira determinada. Certamente aquela caçada já devia ter começado.

Mas, como Narov advertira, Kammler teria antecipado isso, escondendo-se onde achava que ninguém jamais o encontraria.

O som da chamada no Thuraya trouxe Jaeger para o presente com um estrondo. Ele atendeu.

— É Miles. E receio que vocês tenham companhia. Um iate com um motor veloz está seguindo na sua direção. É o pessoal do Kammler; conseguiram de algum jeito sair de Amani.

Jaeger praguejou.

— Podemos ir mais rápido que eles?

— É um Sunseeker Predator 57. Capaz de fazer quarenta nós. Vão pegar vocês… e logo.

— O Taranis pode cuidar deles?

— Está sem mísseis.

Uma ideia súbita passou pela cabeça de Jaeger.

— Escute: lembre-se dos pilotos japoneses kamikazes que jogavam deliberadamente seus aviões nos navios dos Aliados na Segunda Guerra. Seu operador de drone conseguiria fazer algo semelhante? Atingir o Sunseeker com um drone sem míssil? Golpear o Sunseeker com o último Taranis viajando a Mach 1?

Miles pediu que esperasse enquanto verificava. Segundos depois, estava de volta.

— Ele consegue. Não é um procedimento padrão. Não foram exatamente treinados para isso. Mas ele acha que é viável.

Os olhos de Jaeger se iluminaram.

— Perfeito. Mas isso significa que vamos deixar nossos rapazes na praia sem nada: cobertura zero.

— Sim. Mas não temos opções. Além do mais, o garoto é a prioridade. Tem de ser.

— Eu sei — respondeu Jaeger, um tanto relutante.

— Certo. Vamos reconfigurar o Taranis. Mas o Sunseeker está na cola de vocês, então estejam preparados para o fogo inimigo. Vamos levar o Taranis para aí o mais rápido possível.

— Entendido — disse Jaeger.

— E para garantir com certeza absoluta que o garoto fique a salvo, assim que vocês estiverem a bordo, teremos em breve uma escolta aérea de dois F-16. Brooks os arregimentou da base aérea norte-americana mais próxima. Disse que está pronto para tornar pública toda a história de Kammler.

— Já não era sem tempo.

Jaeger desligou e aprontou sua MP7, sinalizando a Narov que fizesse o mesmo.

— Temos companhia. Um barco de perseguição rápido. Estará visível a qualquer momento agora.

O bote inflável seguia seu trajeto, mas, como Jaeger temia, eles avistaram a proa branca e a névoa de vapor vindo rapidamente na direção deles. Tomou posição junto a Narov, ajoelhando-se junto à amurada do bote, cada um com sua MP7 apoiada na borda. Era em ocasiões como esta que Jaeger desejava ter uma arma mais comprida, dotada de um alcance mais generoso.

A proa fina e inclinada do Sunseeker cortava o mar como uma faca, o marulho dos seus motores jogando uma massa de espuma branca no seu rastro. Aqueles a bordo estavam armados de AK-47s que, em teoria, tinham um alcance efetivo de 350 metros, contra a metade disso para as MP7s.

Mas atirar com precisão a bordo de um barco em velocidade máxima era difícil, até mesmo para os melhores atiradores. E Jaeger esperava que os homens de Kammler tivessem conseguido suas armas na região, de forma que elas não estariam perfeitamente calibradas.

O Sunseeker avançava rapidamente até eles. Jaeger podia distinguir várias silhuetas. Duas delas estavam empoleiradas no compartimento de proa do barco, à frente da cabine bastante inclinada, com suas armas apoiadas no parapeito do Sunseeker. Nos assentos mais ao fundo, havia três atiradores.

Os homens na proa abriram fogo, lançando uma torrente de disparos sobre o bote em alta velocidade. Dale começou a lançar a embarcação numa série de guinadas aleatórias, num esforço para confundir os atiradores, mas seu tempo e suas opções estavam rapidamente se esgotando.

Jaeger e Narov continuavam fazendo a mira, mas ainda não tinham aberto fogo. O Sunseeker se assomava ruidosamente sobre eles. Balas passavam e se cravavam na superfície do oceano a cada lado do bote inflável.

Jaeger deu uma breve olhada para trás. Simon Bello estava encaracolado ao pé do banco de passageiros, tremendo e revirando os olhos de medo.

Atirou em seguida uma rajada curta que polvilhou o casco do Sunseeker, mas pareceu não ter nenhum efeito sobre o barco. Tentou acalmar seus nervos e se concentrar na respiração, bloqueando todos os outros pensamentos. Olhou de relance para Narov, e, juntos, os dois lançaram uma segunda rajada de balas.

Jaeger viu os projéteis atingirem uma das figuras no compartimento de proa do Sunseeker. O sujeito caiu para a frente sobre a própria arma. Sob as vistas de Jaeger, o outro atirador ergueu o companheiro ferido sem esforço e o jogou ao mar.

Era uma ação totalmente desumana; um gesto arrepiante.

O atirador havia jogado o corpo do outro ao mar usando a força dos braços e ombros corpulentos. Por um momento, a cabeça de Jaeger voltou para um instante em seu passado: a forma e a corpulência do atirador e seus movimentos pareciam de certo modo familiares.

E então tudo ficou claro. A noite do ataque. A noite em que sua mulher e seu filho foram sequestrados. A forma maciça e corpulenta e os tons cheios de ódio por trás da máscara de gás. *Aquele homem e este aqui eram uma só pessoa.*

A figura na proa do Sunseeker era Steve Jones, o cara que quase conseguira matar Jaeger durante as provas de seleção do SAS.

O sujeito, Jaeger compreendeu na mesma hora, que sequestrara sua mulher e seu filho.

Capítulo 90

Jaeger estendeu a mão para o menino — o precioso menino — deitado no fundo do bote inflável, protegido do pesado tiroteio. Simon Chucks Bello não podia ver nada ali de baixo, e Jaeger não duvidava do quanto ele sofria, física e mentalmente. Já o ouvira vomitar uma vez naquele meio-tempo.

— Fique firme aí, campeão! — gritou ao garoto, dando-lhe um sorriso animado. — Não vou deixar você morrer, eu prometo!

Mas o Sunseeker avançava rápido. Estava a uns 150 metros da popa deles, e só o oceano revolto mantinha o bote protegido do fogo inimigo.

Só que aquilo não ia durar muito.

Quando chegasse mais perto, os disparos feitos por Jones e seus asseclas acertariam seus alvos. Para piorar, Jaeger estava ficando com pouca munição

Ele e Narov tinham gasto seis pentes, cerca de 240 cartuchos ao todo. Parecia muito, mas não quando se tentava reagir ao ataque de um bando de atiradores num barco de perseguição veloz, usando duas armas de curto alcance.

Era apenas uma questão de tempo até que o bote sofresse um disparo catastrófico.

Jaeger ficou tentado a pegar o Thuraya e ligar para Miles, pedindo aos gritos o ataque do Taranis. Mas sabia que não podia se dar ao luxo de baixar a guarda ou relaxar a mira. Assim que o Sunseeker fosse avistado de novo, precisariam atingi-lo com força e precisão redobradas.

Momentos depois, o esguio iate reapareceu, seus contornos poderosos cortando a água no rastro deles. Jaeger e Narov se lançaram numa troca de tiros selvagem. Viram a figura inconfundível de Jones levantar-se e disparar uma longa rajada de metralhadora. Os tiros cortaram um abismo no mar em busca do bote inflável. Não havia dúvida de que Jones era um atirador de primeira e que essa rajada os atingiria.

Mas, então, no último momento, Dale manobrou por cima de uma onda gigantesca e o bote escapou de vista, os tiros passando por sobre suas cabeças.

O uivo dos motores possantes do Sunseeker já era audível. Jaeger se agarrou à arma, tenso, esquadrinhando o horizonte para avistar o ponto onde o iate faria sua próxima investida.

Foi então que ele ouviu. Um ruído estupendo enchendo o ar, um estrondo imenso de fazer a terra tremer, como se um maremoto estivesse rasgando as entranhas do oceano. O ruído reverberava pelos ares, abafando todos os outros sons.

Momentos depois, uma forma dardejante desceu do céu, com sua turbina a jato Rolls-Royce Adour impelindo-a à velocidade de 1.200 quilômetros por hora. Passou por cima deles num voo rasante, ziguezagueando à medida que o operador do drone corrigia a rota do Taranis para mantê-lo sobre o alvo.

Jaeger ouviu a metralhadora em ação no Sunseeker tentando explodir o Taranis nas alturas. Cravou Jones na mira de sua MP7, detonando rajadas curtas enquanto seu arqui-inimigo devolvia o fogo com ferocidade.

Ao seu lado, Narov gastava também suas últimas balas.

Nessa hora, os ouvidos de Jaeger captaram o ruído oco suave e enojante de uma bala em alta velocidade ferindo a carne humana. Narov nem chegou a gritar. Não teve tempo. O impacto do tiro a jogou para trás, e ela caiu do barco no mar.

Enquanto sua forma ensanguentada caía sob o rastro do bote, o vulto dardejante do Taranis surgiu no horizonte. Houve um clarão de luz ofuscante, e, uma fração de segundo depois, uma explosão ensurdecedora ribombou pelo oceano, estilhaços chovendo por todos os lados.

Chamas borbulhavam e se espalhavam nos entornos dos destroços do Sunseeker enquanto o bote seguia em frente pelo oceano. O iate fora atingido na popa e agora estava sendo tomado pelo fogo e pela fumaça.

Jaeger esquadrinhou desesperadamente as águas no rastro do bote, procurando por Narov, mas não viu nenhum sinal dela.

— Dê meia-volta! — gritou para Dale. — Narov foi baleada e caiu no mar!

Dale estivera olhando para a frente o tempo todo, mantendo uma rota tortuosa pela extensão das ondas. Diminuiu a velocidade do bote, preparando-se para fazer a volta, quando o Thuraya foi chamado.

Jaeger atendeu. Era Miles.

— O Sunseeker foi destruído, mas ainda não acabou. Há várias figuras vivas e ainda armadas. — Ele fez uma pausa, como se monitorando algo do seu ponto de vista privilegiado, e acrescentou: — Não importa por que tenha desacelerado, siga em frente para o local de resgate. *Você tem de salvar o menino.*

Jaeger bateu o punho na borda do bote. Se voltassem atrás em direção aos destroços fumegantes do Sunseeker em busca de Narov, o risco de o menino ser atingido era muito alto. Sabia disso.

Sabia que a coisa certa a fazer era seguir em frente a todo vapor — por sua família, pela humanidade. Mas se amaldiçoou pela decisão que estava sendo forçado a tomar.

— Volte para a rota normal! — rosnou para Dale. — Vamos embora! Direto para o local de resgate.

Como que para reforçar o bom senso dessa decisão, uma rajada de balas surgiu a distância. Alguns dos homens de Kammler, entre eles possivelmente Jones, estavam claramente determinados a continuar lutando.

Jaeger cruzou o bote, ocupado em tentar tranquilizar Simon Bello enquanto olhava para o céu em busca da forma achatada e bulbosa do Airlander. Não sabia o que mais poderia fazer.

— Olha só, garoto, fique calmo, tá? Não falta muito para tirarmos você de toda essa merda.

Mas Jaeger nem ouviu a resposta de Simon, pois por dentro estava queimando de raiva e frustração.

Minutos depois, o dirigível foi se avolumando, sua presença branca e fantasmagórica descendo do céu como uma aparição impossível. O piloto levou o bojo maciço a uma perfeita suspensão sobre a superfície do mar. Os propulsores gigantes de cinco lâminas, um em cada quina do casco do dirigível, levantavam uma tempestade de vapor conforme os esquis do aparelho faziam contato com as ondas.

O piloto baixou um pouco mais o veículo, até que a rampa do compartimento de carga estivesse tocando o mar com sua ponta. As turbinas do Airlander chiavam enquanto o piloto mantinha o dirigível estabilizado e a corrente de ar de cima para baixo provocava uma tempestade que fustigava o rosto dos dois homens no bote.

Jaeger assumiu o controle do bote. O que ele ia tentar era uma manobra que só vira executada por um dos ex-timoneiros do seu destacamento, quando ainda era um jovem recruta dos fuzileiros navais. O sujeito passara por anos de treinamento para dominá-la, mas Jaeger só tinha uma única chance de executá-la perfeitamente.

Virou o bote até que a proa estivesse mirando diretamente o compartimento de carga do dirigível. Da rampa aberta, o chefe de carga sinalizou o polegar para cima e Jaeger investiu com o bote a todo vapor. Foi jogado para trás no assento do leme quando o bote avançou a toda.

Em poucos instantes eles se chocaram em alta velocidade com a rampa do Airlander, e Jaeger torceu como um louco para que tivesse calculado bem a manobra.

Capítulo 91

Momentos antes do ponto de impacto, Jaeger levantou o motor de popa até o ponto onde as hélices mal ficavam submersas, quando então o desligou. O enorme dirigível flutuava sobre eles, e ouviu-se um solavanco brusco quando o bote chegou à rampa, deu um salto e aterrissou com uma pancada nauseante, deslizando com tudo para dentro do compartimento.

O bote correu descontroladamente pela pista e derrapou de lado até, enfim, parar, trepidando.

Estavam dentro.

Jaeger ergueu o polegar para o chefe de carga. Os propulsores gritaram em cima deles ao ganharem força máxima, e o imenso dirigível se preparou para levantar sua massa inverossímil do mar, levando consigo sua carga extra.

O dirigível subiu um pouco, o bojo sugando avidamente os esquis de pouso.

Jaeger se virou e bagunçou o cabelo de Simon Chucks Bello.

Talvez o tivessem salvado, mas teriam também salvado a humanidade?

Ou Ruth e Luke?

Kammler devia ter imaginado que iriam atrás do garoto. Por qual outro motivo se arriscaria a enviar sua tropa de caça, seus cães de guerra? Devia ter reparado que Simon Bello era a resposta para eles, a cura.

Bem no fundo Jaeger estava convencido de que o garoto provaria ser o salvador coletivo de todos eles. Mas, naquele exato momento, sentia pouco a euforia da alegria ou do sucesso. A terrível imagem final de Narov sendo lançada do bote estava marcada a ferro em sua mente.

Abandoná-la à própria sorte — aquilo o estava torturando.

Ele espiou pela rampa de carregamento.

A superfície do oceano estava sendo fustigada a ponto de parecer uma tempestade frenética de borrifos. Os propulsores gritavam em potência máxima, mas o dirigível parecia momentaneamente travado na mesma velocidade. Ele olhou para o lado, entristecido, e seus olhos pousaram na forma característica de um dos botes salva-vidas do Airlander.

Num lampejo, um plano cristalizou em sua mente.

A hesitação de Jaeger não durou mais que um instante. E então, com um grito para que Dale mantivesse o menino a salvo, ele saltou de seu bote, arrancou o salva-vidas e correu pela rampa do Airlander até se empoleirar bem na beira do abismo.

Agarrou o fone que o chefe de carga usava para se comunicar por rádio e chamou Miles.

— Coloque essa coisa no ar, mas fique a menos de quinze metros. Siga devagar para oeste.

Miles confirmou a mensagem, e Jaeger sentiu os quatro enormes propulsores ganharem ainda mais força. Por longos segundos o Airlander pareceu pairar ali, os propulsores cortando o ar nos dois lados da aeronave, as ondas batendo com força no casco.

Depois, o gigantesco dirigível pareceu tremular uma vez por toda sua estrutura e, fazendo um esforço final, libertou-se do abraço do mar. Subitamente, estavam no ar.

O leviatã que era a aeronave virou e começou a trilhar uma rota a oeste sobre as ondas. Jaeger esquadrinhou a superfície do oceano, usando seu GPS e o vulto flamejante do Sunseeker como seus pontos de referência.

Finalmente a avistou: uma minúscula figura entre as ondas.

O dirigível estava a cerca de cem metros dela.

Jaeger não hesitou nem por um instante. Estimou a queda em cerca de quinze metros. Alta, mas possível de sobreviver, se entrasse na água da maneira certa. O crucial era não se agarrar ao bote. Caso contrário, a flotabilidade da embarcação interromperia a queda, como se Jaeger se chocasse contra um muro de tijolos.

Ele deixou o bote salva-vidas cair e saltou segundos depois, despencando rumo ao oceano. Um pouco antes do impacto, assumiu a posição clássica — pernas juntas, pontas dos pés esticadas, braços cruzados sobre o peito e queixo colado nele.

A colisão o deixou sem fôlego, mas, ao se sentir afundar sob as ondas, agradeceu a Deus por não ter quebrado nada. Emergiu segundos depois, ouvindo o chiado característico do bote salva--vidas se autoinflando. Era dotado de um sistema interno acionado automaticamente quando entrava em choque com a água.

Jaeger olhou para cima. O Airlander subia determinado rumo aos céus e para longe do perigo com sua preciosa carga.

O termo "bote salva-vidas" não fazia justiça ao inflável de Jaeger. Enquanto se enchia de ar, transformou-se numa versão em miniatura do bote inflável rígido que estivera usando momentos antes, completo com uma espessa capa com zíper e um par de remos.

Jaeger subiu a bordo e se orientou. Como ex-*bootneck* — um soldado dos Royal Marines — sentia-se tão à vontade na água quanto na terra. Determinou a posição onde vira Narov pela última vez e começou a remar.

Levou diversos minutos até avistar algo. Era de fato uma forma humana, mas Narov não estava só. O olhar de Jaeger foi atraído para a distinta forma de V de uma barbatana dorsal rasgando a superfície da água, circulando seu corpo ensanguentado. Estavam bem além da barreira protetora dos recifes de coral que mantinham as praias isoladas daqueles tipos de predadores.

Com certeza se tratava de um tubarão, e Narov estava encrencada.

Jaeger esquadrinhou as águas, avistando mais uma e depois outra barbatana em forma de lâmina. Redobrou seus esforços, e seus ombros castigados gritavam de dor à medida que se forçava a remar cada vez mais rápido, num esforço desesperado para alcançá-la.

Até que finalmente se aproximou e guardou os remos, depois esticou o braço para o mar e a puxou pela lateral, colocando-a em segurança. Os dois desabaram juntos, uma só massa ofegante e ensopada no fundo do bote salva-vidas. Narov passara um bom tempo flutuando na superfície e sangrando em profusão, e Jaeger não tinha ideia de como ela ainda podia estar consciente.

Deitada ali, arfando em busca de fôlego e com os olhos bem fechados, coube a Jaeger se ocupar de suas feridas. Como todos os bons botes salva-vidas, aquele vinha completo com os itens básicos de sobrevivência, incluindo um estojo médico. Ela fora alvejada no ombro, mas, até onde Jaeger podia ver, a bala atravessara a carne sem acertar nenhum osso.

Que sorte do diabo, pensou ele. Estancou o sangramento e enfaixou a ferida. O ponto principal ali era colocar água em seu corpo, para reidratá-la e compensar a perda de sangue. Passou uma garrafa para ela.

— Beba. Não importa o quanto se sinta mal, você precisa beber.

Ela pegou a garrafa e deu uns goles. Seus olhos encontraram os dele e ela formou algumas palavras inaudíveis com os lábios. Então as repetiu, com a voz ainda pouco mais alta que um sussurro rouco.

— Mas que demora... Por que levou tanto tempo?

Jaeger balançou a cabeça, então sorriu. Narov era inacreditável.

Ela tentou abafar o riso, que saiu na forma de uma tosse aguada. Seu rosto se contorceu em agonia. Jaeger precisava levá-la para receber os cuidados médicos apropriados, e rápido, disso tinha certeza.

Ele estava prestes a pegar os remos e começar a remar novamente quando escutou o barulho. Vozes, vindas do oeste. A posição deles estava obscurecida pela grossa cortina de fumaça que soprava dos destroços do Sunseeker.

Jaeger não tinha muita dúvida de quem poderia ser — ou do que tinha de fazer.

Capítulo 92

Jaeger procurou uma arma. Não havia nada no bote salva-vidas, e a MP7 de Narov devia estar em algum lugar no fundo do mar.

Foi então que ele a avistou. Presa ao estojo de peito de Narov, como sempre: a faca comando que era sua marca registrada, um presente do avô de Jaeger para ela. Com sua lâmina afiada de dezoito centímetros, era perfeita para o que ele tinha em mente.

Esticou a mão e desafivelou o estojo, amarrando-o em volta do próprio corpo. Em resposta ao olhar inquisitivo de Narov, ele se inclinou sobre ela.

— Fique aqui. Não se mexa. É um assunto que tenho de resolver.

Com estas palavras, levantou junto à lateral do bote e se jogou de novo no mar.

Uma vez na água, Jaeger parou por um momento para se orientar de acordo com o som das vozes que chegava até ele, atravessando a cortina de fumaça grudada às ondas.

Partiu com longas e poderosas braçadas, mantendo apenas a cabeça acima da superfície. Em pouco tempo, a fumaça o engoliu. Usava apenas os ouvidos para navegar agora. Uma voz em particular — o tom grosseiro, mas ao mesmo tempo estridente, de Jones — o fez seguir em frente.

O bote salva-vidas do Sunseeker era uma enorme geringonça inflável, com desenho hexagonal e coberto por uma capa de chuva. Jones e seus três companheiros sobreviventes estavam lá dentro, com a aba aberta, enquanto examinavam as provisões do bote.

Jones devia ter visto o tiro acertar Narov, devia tê-la visto ser lançada ao mar. Como não era homem de desistir ou de se entregar, sabia que tinha um trabalho a terminar.

Estava na hora de Jaeger pôr um fim naquilo.

Tinha de cortar o mal pela raiz.

O bote salva-vidas era muito mais visível que um nadador solitário que se mantinha submerso. Quando Jaeger chegou à retaguarda da embarcação, parou e começou a boiar, com os olhos e o nariz pouco acima das ondas. Ele levou um segundo para se preparar, então encheu os pulmões de ar e deslizou para debaixo da superfície.

Mergulhou fundo sob a embarcação, emergindo silenciosamente no ponto onde a aba do inflável estava aberta. Podia ver a enorme forma de Jones fazendo um peso desproporcional em um dos lados do bote. Atacou com tudo, emergindo do mar diretamente atrás de seu alvo, e, num só movimento-relâmpago, passou o braço direito pelo pescoço do homem, dando-lhe um mata-leão furioso, movendo o queixo de Jones para cima e para a direita.

Ao mesmo tempo, seu braço esquerdo se moveu com um forte impulso, afundando a lâmina da faca na clavícula do homem, furando-a em direção ao seu coração. Em questão de segundos, o peso combinado dos dois os fez cair da embarcação, afundando como se fossem um.

Era difícil matar um homem com uma faca. E, com um adversário tão forte e experiente como este, a tarefa era duplamente difícil.

À medida que afundavam nas profundezas do oceano, os dois homens giravam, se contorciam e lutavam, com Jones tentando se livrar do aperto mortal de Jaeger. Arranhou, acotovelou e unhou, tentando desesperadamente se libertar. Apesar da ferida, era imensamente — inacreditavelmente — forte.

Jaeger não conseguia acreditar naquela força: era como estar amarrado a um rinoceronte. No momento em que percebeu que não conseguiria mais segurá-lo, uma forma esguia e pontuda passou por sua visão periférica, cortando a água com sua barbatana em forma de V.

Um tubarão. Atraído até ali pelo cheiro de sangue. O sangue de Steve Jones. Jaeger olhou na direção do tubarão e percebeu, com um sobressalto, que havia uma dúzia ou mais os circulando.

Juntando suas forças, soltou Jones e se impeliu para o mais longe dele que podia. O homem enorme girou, com seus braços musculosos tateando em busca de Jaeger na meia-luz.

Mas foi então que Jones deve ter sentido aquela presença. *Aquelas presenças. Os tubarões.*

Jaeger viu os olhos dele se arregalarem de medo.

A ferida de Jones bombeava uma nuvem de sangue na água. À medida que Jaeger se afastava ainda mais, viu o primeiro tubarão dar um encontrão agressivo em Jones com o focinho. O homenzarrão tentou revidar, socando o olho do bicho, mas o tubarão agora sentira o gosto do seu sangue.

Enquanto fazia uma subida desesperada rumo à superfície, Jaeger perdeu a forma de Jones de vista num mar de corpos em movimento.

Sentia-se dolorosamente necessitado de ar agora, mas sabia o que o esperava lá em cima: pistoleiros, esquadrinhando o mar. Com um último ímpeto de energia, nadou por debaixo do bote, usando a faca de Narov para rasgar a parte de baixo por toda a extensão.

O fundo da embarcação se desmanchou, e as três figuras dentro dela caíram na água. Enquanto despencavam, uma delas começou a chutar, acertando a cabeça de Jaeger. Seus olhos se reviraram e, por um instante, Jaeger pensou que fosse desmaiar. Momentos depois, sua mão segurou a beira rasgada do inflável, no ponto onde vazava ar, e se impulsionou para cima.

Jaeger jogou a cabeça e os ombros por sobre a parte de trás do bote, encheu os pulmões de ar algumas vezes e mergulhou novamente. Ao descer cada vez mais fundo, percebeu que soltara a faca de Narov. Teria de se preocupar com aquilo mais tarde... caso conseguisse sair dali vivo.

Partiu na direção de seu próprio bote salva-vidas. Os pistoleiros na água podiam muito bem tê-lo visto, mas os esforços deles naquele momento seriam pela própria sobrevivência. Haveria coletes salva-vidas na embarcação atacada, e, naquele exato momento, estariam tentando salvar a si mesmos. Jaeger deixaria que o mar e os tubarões cuidassem deles. Seu trabalho ali estava encerrado. Precisava ir embora e levar Narov para um lugar seguro.

Minutos depois, Jaeger ergueu sua forma ensopada para dentro do bote salva-vidas. Deitado e arfando pesadamente, viu Narov tentar se levantar para assumir os remos e teve de impedi-la fisicamente de fazê-lo.

Jaeger tomou posição e começou a remar, afastando-se da carnificina e seguindo em direção ao litoral. Enquanto remava, olhou para Narov. Estava exaurida, sentindo o choque da perda de sangue com força total agora. Ele precisava que ela ficasse consciente, para continuar a se reidratar e manter o calor, e ambos precisariam de energia assim que os efeitos da adrenalina começassem a passar.

— Veja o que tem nas despensas. As rações de emergência. Temos um longo caminho pela frente, e você precisa comer e continuar bebendo. Vou dar um jeito em tudo, mas só se você me prometer continuar viva.

— Eu prometo — murmurou Narov, a voz soando quase delirante. Ela esticou o braço bom para tatear. — Afinal, você voltou para me buscar.

Jaeger deu de ombros.

— Você faz parte da minha equipe.

— Sua esposa estava naquela aeronave: morrendo. Eu estava no mar: morrendo. E você voltou por mim.

— Minha mulher está com uma equipe de médicos tomando conta dela. Já você... bem, nós somos um casal em lua-de-mel, lembra?

Ela sorriu.

— *Schwachkopf.*

Jaeger precisava mantê-la falando e focada.

— Como está a dor? O ombro?

Narov tentou dar de ombros. O movimento provocou uma careta de dor.

— Vou sobreviver.

Bom para você, pensou Jaeger. Firme, seca e sincera até o fim.

— É melhor você sentar e curtir a viagem, então, enquanto eu a levo para casa.

Capítulo 93

Cinco semanas se passaram desde que Jaeger remou com o bote salva-vidas do Airlander até o litoral e levou Narov para o hospital mais próximo. Aquilo o deixara no limite de sua resistência e pareceu tê-lo envelhecido. Fora o que Narov havia dito, pelo menos.

Ele pegou uma máscara cirúrgica, usando-a para cobrir a boca e o nariz, e fazendo o mesmo com a figura pequenina ao seu lado. Ao longo das últimas semanas, não passara um dia longe de Simon Chucks Bello, e os dois acabaram se aproximando.

Era quase como se o garoto que salvara o mundo tivesse se tornado um segundo filho para ele.

Jaeger ergueu o olhar. Avistou alguém. Sorriu.

— Ah, ótimo. Você está aqui.

O homem com o uniforme cirúrgico branco, Dr. Arman Hanedi, deu de ombros.

— Nas últimas semanas, quando eu não estive aqui? As coisas andam agitadas... Acho que até me esqueci de como são minha mulher e meu filho.

Jaeger sorriu. Tinha um bom relacionamento com o médico responsável por Ruth e Luke e, com o tempo, descobrira um pouco de sua história. Hanedi era originariamente da Síria. Chegara ao Reino Unido quando criança, na primeira onda de refugiados, ainda nos anos 1980.

Estudara em bons colégios e subira nos escalões da profissão médica, o que não era pouco. Claramente amava sua profissão, o que era um bônus, pois durante as últimas semanas enfrentara algumas dificuldades ao combater a epidemia mais grave do mundo.

— Me diga: foi tudo bem? Ela está consciente? — questionou Jaeger.

— Está. Acordou há meia hora. Sua mulher é incrivelmente forte. Numa exposição longa como esta ao vírus, sobreviver... é quase um milagre.

— E Luke? Ele dormiu melhor na noite passada?

— Bom, o filho é mais como o pai, desconfio. Um sobrevivente por natureza. — Hanedi bagunçou os cabelos de Simon Bello. — E então, meu camaradinha? Pronto para dar um alô aos milhares de pessoas que você salvou?

O garoto corou. Vinha tendo dificuldades em lidar com a atenção da mídia, para dizer o mínimo. As coisas pareciam tão exageradas. Tudo o que fizera fora doar algumas gotas de sangue.

— Claro, mas Jaeger fez a parte mais difícil. Eu não fiz porra nenhuma.

Simon olhou timidamente para Jaeger, que vinha tentando fazê-lo moderar o palavreado, nem sempre obtendo sucesso.

Todos caíram no riso.

— Chame isso de trabalho em equipe — sugeriu Hanedi, modestamente.

Atravessaram portas duplas. Uma figura estava escorada em alguns travesseiros. Uma massa de cabelos grossos e escuros, feições finas, quase como as de uma fada, além daqueles enormes olhos verdes, salpicados de pontinhos dourados. Eram mais verdes que azuis ou mais azuis que verdes? Jaeger jamais havia chegado a uma conclusão; pareciam mudar constantemente, tanto com a luz quanto com o humor.

Ficou estupefato mais uma vez ao ver o quanto a aparência de sua mulher era formidável. Tinha passado todas as horas possíveis com ela e Luke, simplesmente os fitando ou segurando suas mãos. E em todas as vezes era assolado pela mesma pergunta: *De onde vem um amor como este? É a única coisa que acaba completamente comigo.*

Ruth sorriu para ele, sem forças. Aquele era seu primeiro momento de consciência desde que o vírus a pegara de jeito, sugando-a em seu vórtice escuro e rodopiante; desde que Jaeger a vira ser colocada naquela unidade portátil de isolamento de paciente a bordo do Airlander.

Ele sorriu.

— Bem-vinda de volta. Como está se sentindo?

— Há quanto tempo estou... lutando contra isso? — perguntou ela, um pouco confusa. — Parece uma eternidade.

— Semanas. Mas agora você está de volta. — Jaeger olhou para o garoto. — E aqui está o porquê. Este é Simon Chucks Bello. Pensei... nós pensamos... que você gostaria de conhecê-lo.

Ela se voltou para o garoto. Seus olhos sorriam, e, ao fazê-lo, o mundo sorria junto com eles. Ruth sempre tivera esta capacidade milagrosa de iluminar todo um ambiente com sua risada, com sua mágica. Fora a primeira coisa que Jaeger havia notado nela.

Ruth esticou a mão.

— Prazer em conhecê-lo, Simon Chucks Bello. Pelo que sei, sem você nenhum de nós estaria... respirando. Você é um garoto e tanto.

— Obrigado, dona. Mas não fiz muito, para falar a verdade. Só fui picado por uma agulha.

Ruth balançou a cabeça, achando graça.

— Não foi o que eu ouvi. Fiquei sabendo que vocês foram perseguidos pelos vilões, pularam num barco para escapar e sobreviveram a uma viagem dos diabos no mar, isso sem falar do resgate épico da aeronave. Bem-vindo à vida com o meu marido, o adorável, mas igualmente perigoso, Will Jaeger.

Caíram no riso. Aquela era Ruth, pensou Jaeger. Sempre calma, sempre generosa e sempre certa.

Ele apontou para a porta que levava a um quarto adjacente.

— Vá dar uma olhada em Luke. Vá derrotá-lo no xadrez. É isso que você quer e sabe disso.

Simon Bello apalpou a mochila que levava no ombro.

— Aqui dentro. Também trouxe alguns petiscos para ele. Estamos prontos. — Ele desapareceu do outro lado da porta. Luke recobrara a consciência já havia uma semana, e ele e Simon pareciam ter desenvolvido uma boa amizade.

Não havia muito em termos de diversão eletrônica nas favelas. Poucos eram os lares com computadores ou até mesmo televisões, principalmente para órfãos. Assim, jogavam muitos jogos de tabuleiro, ainda que a maioria fosse caseira, feita a partir de pedaços de cartolina e outras porcarias.

Simon Chucks Bello era um craque no xadrez. Luke usava todas as táticas que lhe foram ensinadas e tentava várias sequências elaboradas, mas ainda assim Simon conseguia derrotá-lo em quinze movimentos. Luke ia à loucura. Herdara o espírito competitivo do pai. Vinha de uma longa linhagem de gente que não sabia perder.

Ruth apalpou a cama. Jaeger se sentou ao lado dela e os dois se abraçaram como se não quisessem se largar nunca mais. Jaeger mal podia acreditar que ela estava de volta. Passara por tantas ocasiões nas últimas semanas em que havia temido perdê-la.

— Ele é um garoto e tanto — murmurou Ruth. Olhou para Jaeger. — E quer saber de uma coisa? Você é um pai e tanto.

Ele a olhou nos olhos.

— No que está pensando?

Ela sorriu.

— Bem, ele salvou o mundo. E nos salvou. E Luke sempre quis um irmão...

Pouco depois, Jaeger e Simon deixaram o hospital. Uma vez do lado de fora, Jaeger ligou o telefone celular. Ouviu a notificação de uma nova mensagem. Clicou sobre ela.

Meu pai se refugiou em sua toca sob a montanha. No Pico dos Anjos em Chamas... Sou inocente. Ele é louco.

Não precisava de assinatura.

Finalmente, Falk Konig reaparecera.

E dava a Jaeger o tipo de pista pela qual vinha procurando.

EPÍLOGO

Em questão de dias depois de ser resgatado do mar, Simon Chucks Bello foi levado às pressas para o Centro de Controle e Prevenção de Doenças em Atlanta, na Geórgia.

A fonte de sua imunidade foi isolada do sangue. Depois, foi sintetizada numa vacina que poderia ser produzida em massa, de modo que aqueles não contaminados pelo vírus pudessem ser imunizados.

A cura levou mais tempo para ser desenvolvida, mas ainda assim ficou pronta a tempo de salvar a maioria dos infectados pelo *Gottvirus*. A contagem final dos mortos decorrente da pandemia foi menor que 1.300 almas — ainda uma grande tragédia, mas nada comparado ao que Hank Kammler tinha pretendido.

No auge da epidemia, o mundo ficou à beira de um colapso global. Um número de vítimas como aquele não podia morrer sem que houvesse pânico nas ruas. Mas a maior parte dos problemas e do caos foi evitada. Ao menos daquela vez, os governos mundiais foram transparentes sobre o que era exatamente o vírus e de onde viera. Foi necessária esta honestidade para restabelecer a confiança entre os povos do mundo.

Mesmo assim, passaram-se vários meses antes que a Organização Mundial da Saúde das Nações Unidas pudesse declarar a pandemia encerrada. Àquela altura, Simon Chucks Bello já havia recebido a cidadania britânica e fazia parte da família Jaeger.

Tinha recebido também a Medalha Presidencial da Liberdade, maior honraria civil americana àqueles que deram uma contribuição excepcional para a segurança dos Estados Unidos e da paz mundial.

Porém, o presidente americano, Joseph Byrne, não chegou a presenteá-lo com a medalha: em meio a um escândalo ligado às agências de inteligência, foi retirado do poder. Felizmente.

A equipe de Jaeger na Praia de Amani — Raff, Alonzo, Kamishi e James — acabou sofrendo ferimentos sob o fogo intenso, mas conseguiu escapar sob a cobertura dada pelos Taranis. Todos sobreviveram. Ainda provocavam Jaeger, comentando que gostava de receber os louros pela vitória e nunca o deixando esquecer que os abandonara para lutar naquela praia.

Irina Narov se recuperou por completo, tanto do vírus quanto dos ferimentos. Mas obviamente culpou Jaeger por perder sua preciosa faca comando na luta contra Jones.

Enquanto estas palavras eram escritas, o coronel Hank Kammler, ex-vice-diretor da CIA —, ainda estava à solta, com paradeiro desconhecido. Não era surpresa alguma que tivesse se tornado o homem mais procurado do mundo.

Nesse meio-tempo, Jaeger, Ruth, Luke e "Bellows", como fora apelidado, voltaram a ser uma família. E Jaeger já havia encomendado uma nova faca para Narov.

Como uma instrução especial, solicitou que a lâmina fosse afiadíssima.

Acesse agora mesmo o site

www.record.com.br/BearGrylls

e veja como adquirir a continuação

de "Anjos em Chamas".

Este livro foi composto na tipologia
Palatino Lt Std, em corpo 11/16, e impresso em
papel off-set 75 g/m² no Sistema Cameron da
Divisão Gráfica da Distribuidora Record.